理论力学

颜玲月　曾武华
主编

U0112321

厦门大学出版社 国家一级出版社
XIAMEN UNIVERSITY PRESS 全国百佳图书出版单位

图书在版编目（CIP）数据

理论力学 / 颜玲月，曾武华主编. -- 厦门 ：厦门大学出版社，2022.7

ISBN 978-7-5615-8643-3

Ⅰ. ①理… Ⅱ. ①颜… ②曾… Ⅲ. ①理论力学－高等学校－教材 Ⅳ. ①O31

中国版本图书馆CIP数据核字(2022)第102592号

出 版 人 郑文礼
责任编辑 李峰伟

出版发行 厦门大学出版社
社　　址 厦门市软件园二期望海路 39 号
邮政编码 361008
总　　机 0592-2181111　0592-2181406(传真)
营销中心 0592-2184458　0592-2181365
网　　址 http://www.xmupress.com
邮　　箱 xmup@xmupress.com
印　　刷 厦门兴立通印刷设计有限公司

开本 787 mm×1 092 mm　1/16
印张 12.25
字数 306 千字
版次 2022 年 7 月第 1 版
印次 2022 年 7 月第 1 次印刷
定价 36.00 元

厦门大学出版社
微信二维码

厦门大学出版社
微博二维码

前 言

Preface

《理论力学》是土木工程专业中的一门核心技术专业基础课程。在整个土木工程专业教学体系中，理论力学这门课程承担着承前启后的作用。作者结合多年的教学经验，在教改实践的基础上，参考了诸多国内外同类教材，依据最新国家对《理论力学》课程要求编写而成。全书内容积极健康，政治方向、价值取向正确；贯彻理论联系实际的原则，并考虑应用型本科人才培养要求，结合市场调研，使教材有一定的针对性；重点讲述了静力学部分，对运动学和动力学两部分的内容进行了酌情取舍；内容叙述力求由浅入深，分散难点，在重要知识点后，我们都安排有典型的例题。通过分析例题，可使前面所学知识得以应用。

参加本书编写工作的有：三明学院刘静（第 1、4 章）、颜玲月（第 2、3 章）、蔡雪霁（第 5、8 章）、曾武华（第 6、7 章）、田尔布（第 12、13、14 章），厦门市建筑科学研究院集团股份有限公司郭岩昕（第 9、10、11 章）。

本书在编写过程中参阅了大量图书和相关文献资料，在此向这些资料的作者表示衷心的感谢。由于编者水平有限，书中存在的不足和考虑不周之处，希望广大专家、同行和读者提出宝贵的意见和建议。

编 者

2021 年 12 月

目 录

Contents

第一篇 静力学

第二篇 运动学

第三篇 动力学

第一篇

静力学

引 言

力是指物体之间相互的机械作用。静力学研究物体在力的作用下平衡的条件。而所谓平衡,则是物体相对于惯性参考系(在工程中习惯上将地面作为惯性参考系)保持静止或做匀速直线运动。例如,房屋建筑、桥梁、堤坝及沿直线轨道行驶的机车等。平衡是物体机械运动的一种特殊形式。

静力学主要研究三方面的问题:

(1)物体的受力分析。

根据物体受到的约束情况,对物体所受外力进行分析,并以受力图的形式反映出来,称为物体的受力分析,即分析物体受几个力的作用,以及每个力的作用位置和方向。

(2)力系的简化。

所谓力系,是指作用在物体上的一群力。当两个力系对物体的作用效果相同时,则此二力互为等效力系。力系的简化就是用一个简单的力系等效地替换一个复杂的力系。当某力系与另一个力等效时,则此力称为该力系的合力。

(3)物体在力系作用下的平衡条件。

当物体处于平衡时,其所受的力系称为平衡力系。研究物体平衡时,作用在物体上的各种力系所应满足的条件,称为平衡条件。

第1章　静力学公理和受力分析

[教学提示]

学习静力学，首先必须弄清一些基本的力学概念和静力学公理。同时，工程上大量研究对象都受有约束，故必须熟悉工程中常见的典型约束的性质及所提供的约束反力的特征，在此基础上，才能正确分析物体的受力，并画出物体的受力图。这是解决力学问题的基础环节，也是本章所要介绍的内容。

[教学要求]

通过本章的学习，要求学生掌握力、刚体的基本概念和静力学公理；熟悉工程中常见的典型约束的特点及约束反力的表示方法；能熟练地进行受力分析，正确画出受力图。

1.1　刚体和力的概念

1.1.1　刚体的概念

刚体是静力学所研究的主要对象。所谓刚体，就是在力的作用下，其内部任意两点之间的距离始终保持不变的物体，即刚体是不发生变形的物体。显然，任何物体在力的作用下，都会发生或多或少的变形。但是，有许多物体，如工程结构的构件，在受力后所产生的变形很小，在研究物体在力的作用下的平衡问题时，其影响极小，可以忽略不计，这样就可以把物体视为不变形的刚体，使问题的研究得以简化。所以说刚体是一个经过简化和抽象后的理想模型，这样的物体称为理想刚体，又称不变形体。本书所研究的物体都视为刚体。必须指出的是，不能将刚体的概念绝对化，这与所研究的问题的性质有关，在所研究的物体发生变形且变形是主要因素的情况下，就不能把物体都视为刚体，而应当成变形体来分析。例如，在计算工程结构的位移时，就常要考虑各种因素引起的变形。这类问题将在今后的材料力学、结构力学、弹性力学、塑性力学以及流体力学等学科中进行研究。

1.1.2　力的概念

力是指物体之间相互的机械作用，其效应是使物体的机械运动状态发生改变，或使其发生变形。对于不变形的刚体而言，力只改变其机械运动状态。力的实现分两种情况：一种是彼此接触的两个物体，当有相互运动趋势时，在界面上所发生的相互作用，如压力、摩擦力、黏结力等；另一种是通过物理场实现的两物体之间的彼此作用，如重力、万有引力、电磁力等。力使物体的运动状态发生改变的效应称为力的外效应，而力使物体发生变形的效应称为力的内效应。

力对物体的作用效应取决于力的三个因素——大小、方向和作用点，通常称为力的三要素。力是有方向的量，可以用矢量表示，如图 1.1 所示。

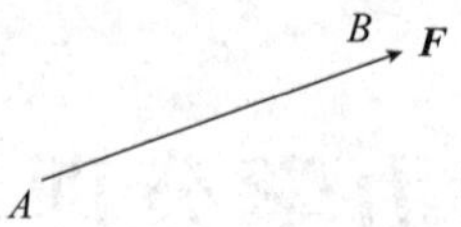

图 1.1

力可以表示为一个带箭头的有方向线段，线段的长度表示力的大小，线段所示的方向和箭头表示力的作用方向，线段的起点或终点表示力的作用点，因此力是定位矢量。通常习惯用 F、P 等英文字母作为力的代号。在国际单位制中，力的单位是牛(N)或千牛(kN)。在工程单位制中，力的常用单位是千克力(kgf)或吨力(tf)。两者的换算关系为

$$1\ \text{kgf}=9.8\ \text{N}$$

1.1.3 集中力和分布力

我们把集中作用在物体上某一点处的力称为集中力；但实际上力总是连续作用在物体表面一定面积上，或者连续作用在物体内部一定体积范围内，这样的力称为分布力。分布力的大小用力的集度表示。例如，重力是体积分布力，其大小用重力集度 γ 表示，单位为 N/m^3 或 kN/m^3。再如，水对容器的压力是面积分布力，其大小用面积力集度表示，单位为 N/m^2 或 kN/m^2。而分布在狭长条面积或体积上的力可以看成线分布力。线分布力的集度单位为 N/m 或 kN/m。图 1.2 表示在梁 AB 上沿长度方向有均匀作用的向下的分布力，其大小为 2 kN/m。

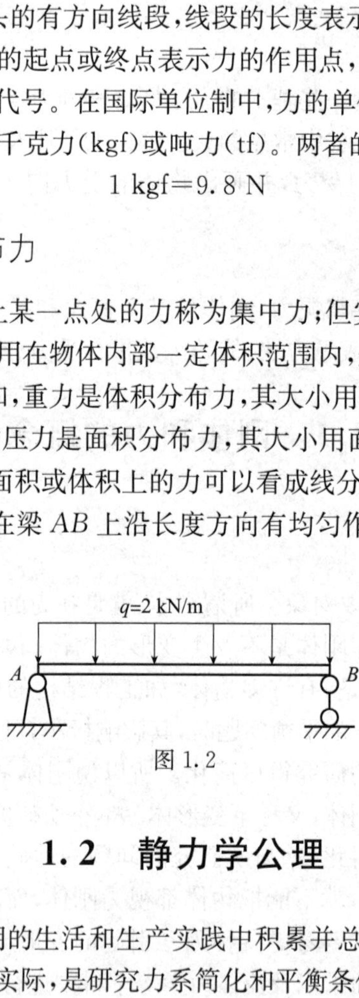

图 1.2

1.2 静力学公理

静力学公理是人们在长期的生活和生产实践中积累并总结出来的所公认的客观真理。它经过实践的检验，符合客观实际，是研究力系简化和平衡条件的理论基础。

公理一　力的平行四边形法则

作用在物体上同一点的两个力，可以合成一个合力。合力的作用点也在该点，大小和方向由这两个力为边所构成的平行四边形的对角线所确定，如图 1.3(a)所示。这种合成方法称为力的平行四边形法则，用矢量表示为

$$\boldsymbol{F}=\boldsymbol{F}_1+\boldsymbol{F}_2$$

合力 $\boldsymbol{F}$ 与两力 $\boldsymbol{F}_1$、$\boldsymbol{F}_2$ 的共同作用等效。如果求合力 $\boldsymbol{F}$ 的大小和方向，可以不必作出整个平行四边形，而是将两力 $\boldsymbol{F}_1$、$\boldsymbol{F}_2$ 的首尾相连构成开口三角形，而合力 $\boldsymbol{F}$ 就是力三角形的封闭边，如图 1.3(b)所示。这种求合力的方法又称为力的三角形法则。

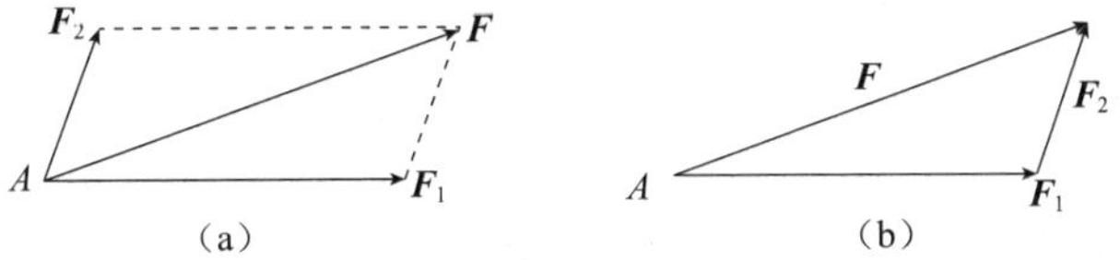

图 1.3

两个共点的力可以合成一个合力，同样一个力也可以按平行四边形法则分解成两个分力，力在分解时必须指定分力的方向，因此同样一个力可以按不同的方向分解成两个分力。特别需要注意的是，当一个分力的方向改变时，两个分力的大小都将发生变化。

公理二　二力平衡公理

作用在刚体上的两个力，使刚体处于平衡的充分和必要条件是：这两个力的大小相等、方向相反，且沿同一直线，也就是此二力等值、反向、共线，如图 1.4 所示，即 $\boldsymbol{F}_1=-\boldsymbol{F}_2$。

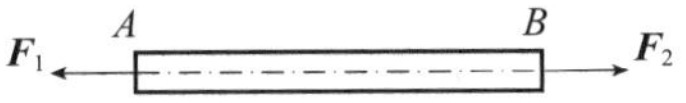

图 1.4

应当指出，对于刚体来说，这个条件是充分和必要的；而对于变形体来说，此二力平衡条件只是必要条件而非充分条件。如图 1.5(a)和图 1.5(b)所示，软绳受两个等值、反向、共线的拉力时可以平衡，但如受两个等值、反向、共线的压力时就不平衡了。

图 1.5

公理三　加减平衡力系公理

在作用于刚体的任意力系上，加上或减去任意的平衡力系，不改变原力系对刚体的作用效应。这个公理是研究力系等效替换的重要依据。由此可得出两个推论，即

推论一　力的可传性原理

作用于刚体上某点的力，可以沿其作用线移至刚体上的任意一点，而不改变原力对刚体的作用效应。

证明　设力 $\boldsymbol{F}$ 作用于刚体上的 A 点，如图 1.6(a)所示。在力的作用线上任意取一点 B，加上一对等值、反向、共线的平衡力 $\boldsymbol{F}_1$ 和 $\boldsymbol{F}_2$，并使 $\boldsymbol{F}=\boldsymbol{F}_2=-\boldsymbol{F}_1$。根据公理三，加减平衡力系并不影响原力对刚体的作用效应，由公理二可知，力 $\boldsymbol{F}$ 和 $\boldsymbol{F}_1$ 平衡，去除这一对平衡力，只剩下一个力 $\boldsymbol{F}_2$，所以力 $\boldsymbol{F}_2$ 与原来的力 $\boldsymbol{F}$ 等效。这个力的作用点由 A 点沿其作用线移至 B 点，如图 1.6(b)所示。

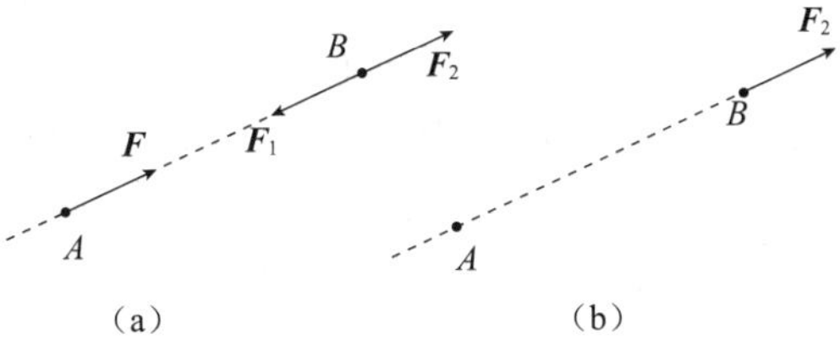

图 1.6

所以，作用在刚体上的力的三要素是：大小、方向和作用线。力的作用点就不再是决定力的作用的主要因素。力的矢量可以从它的作用线上的任意一点画出，因而作用在刚体上的力是滑移矢量。

必须注意的是，力的可传性原理只能在刚体内部应用，不能沿其作用线滑移至其他刚体上。如图 1.7(a)所示，作用于 A 物体上的力 $\boldsymbol{F}$ 不能沿作用线滑移到 B 物体上去。图 1.7(a)与图 1.7(b)所示两种情形显然并不等效。再如图 1.7(c)所示作用于三铰拱的左半拱上的力同样不能滑移到右半拱上。图 1.7(c)与图 1.7(d)所示两种情形显然并不等效。另外，力的可传性原理不适用于变形体。

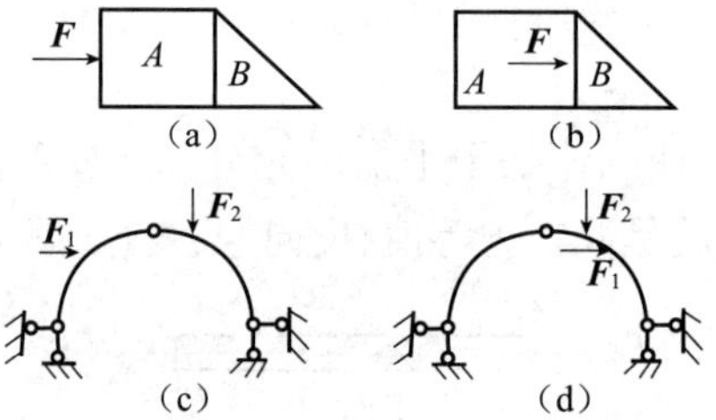

图 1.7

推论二　三力平衡汇交定理

作用于刚体上的三个相互平衡的力，若此三个力不互相平行，则此三力必汇交于一点，且三力共面。

证明　如图 1.8(a)所示，刚体上作用有三个相互平衡的力 $\boldsymbol{F}_1$、$\boldsymbol{F}_2$、$\boldsymbol{F}_3$。将力 $\boldsymbol{F}_1$、$\boldsymbol{F}_2$ 沿作用线移至两力的交点 D，合成为力 $\boldsymbol{F}$，则刚体只受两个力作用，根据二力平衡条件，力 $\boldsymbol{F}_3$、$\boldsymbol{F}$ 共线，所以 $\boldsymbol{F}_3$ 必与 $\boldsymbol{F}_1$、$\boldsymbol{F}_2$ 共面，且通过 $\boldsymbol{F}_1$ 和 $\boldsymbol{F}_2$ 的交点，如图 1.8(b)所示。

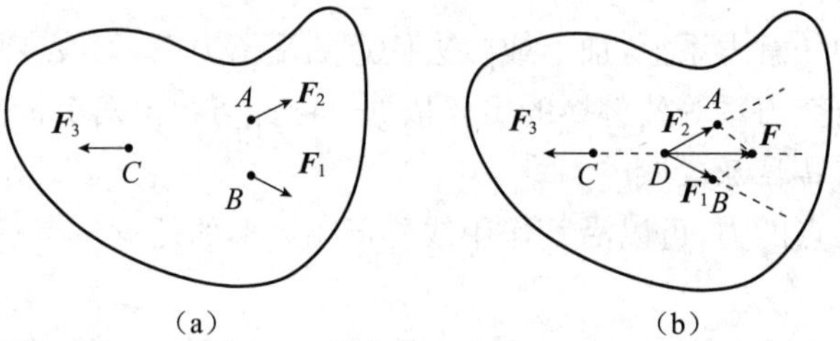

图 1.8

三力平衡汇交定理讨论的是平衡的必要条件，因此适用于刚体，也适用于变形体或刚体系统。

公理四　作用与反作用公理

两物体间存在作用力和反作用力，两个力的大小相等、方向相反且沿同一直线，分别作用在两个相互作用的物体上。如图 1.9 所示，置于台面上的物体 A 对台面施加一个向下的作用力 $\boldsymbol{F}$，台面同时也对物体施加一个反向作用力 $\boldsymbol{F}'$。$\boldsymbol{F}$ 与 $\boldsymbol{F}'$ 是一对作用力和反作用力，分别作用在两个物体上，它们不构成平衡力系。

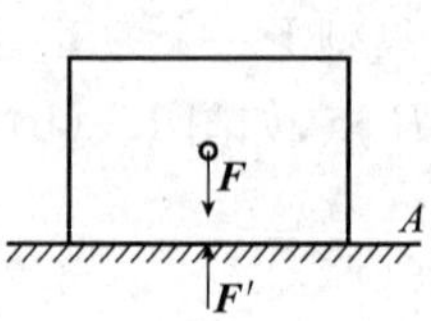

图 1.9

这个公理概括了自然界中物体相互作用的关系，表明一切力都是成对出现的，有作用力必有反作用力，它们共同出现、共同消失。

公理五　刚化原理

如果我们将在力系作用下处于平衡状态的变形体用相同形状的刚体代替，那么原有的平衡状态并不改变。这一原理称为刚化原理。可见，刚体的平衡条件是相同形状变形体平衡的必要条件。必须注意，刚化原理的逆命题并不成立，即刚体的平衡条件不是变形体平衡的充分条件。例如，在刚性杆的两端加一对大小相等的压力，可以使杆件平衡；但是同样一对力加在外形相同的绳索（变形体）两端，绳索是不能平衡的。

1.3　约束与约束反力

如果物体在空间没受到限制，可以做任意的运动，则该物体称为自由体。例如，飞行的飞机、炮弹等。然而，许多物体当与其他物体相互接触联系时，物体的运动会受到周围其他物体的限制，它在空间某一方向的运动成为不可能，这样的物体称为非自由体。例如，地面上的建筑物，被活页固定在窗框上的窗扇以及沿轨道行驶的火车都属于非自由体。对非自由体的运动起限制作用的周围物体称为约束。约束对非自由体的作用，实际上就是力，这种力称为约束反力，简称反力。因为约束反力是限制物体运动的，所以约束反力的作用点应在约束和非自由体的接触处，方向必与该约束所能阻碍的运动方向相反。这是确定约束反力方向和作用线的基本准则。至于约束反力的大小，一般是未知的，可以通过与物体上受到的其他力组成平衡力系，由平衡方程求出。

与约束反力对应，我们将主动作用在物体上，使物体产生运动趋势的力称为主动力，工程上又称为载荷，如重力、气体和液体压力、电磁力等。

约束反力的大小由施加于物体上的主动力大小及物体运动状态决定，所以约束反力是被动力。

一般情况下，约束和约束反力较为复杂，静力学中为研究方便将约束形式理想化。下面介绍几种常见的典型理想约束及约束反力的特点。

1.3.1　柔索约束

由柔软的绳索、皮带或链条等软物所构成的约束，在不考虑其自重、变形时可以简化为柔索约束。如图 1.10 所示，绳索只能限制物体沿绳的中心线离开的运动，而不能限制物体在其他方向上的运动。所以柔索约束对物体的约束反力为柔索的拉力，即沿着柔索背离物体，一般用 $\boldsymbol{F}_{\mathrm{T}}$ 表示。

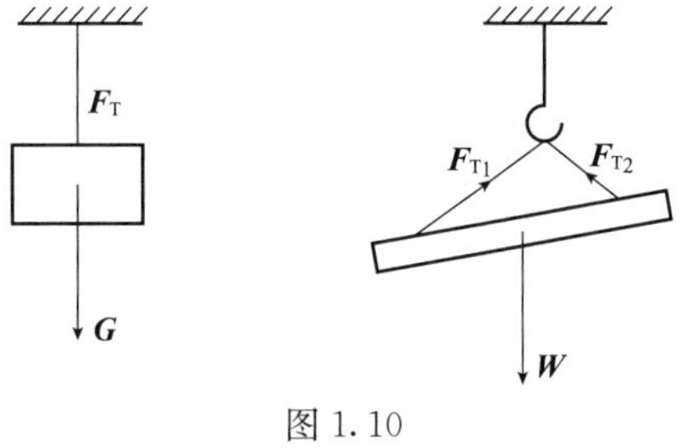

图 1.10

1.3.2 光滑面约束

如果物体的接触面摩擦很小,可以忽略不计,就认为接触面是光滑的。则不论接触面的形状如何,都不能限制物体沿接触面的公切线方向运动,而只能限制物体沿接触面的公法线方向并趋向接触面的运动。所以光滑面接触的约束反力必通过接触点且沿接触面的公法线方向并指向物体,一般用 $\boldsymbol{F}_N$ 表示,如图 1.11 所示。

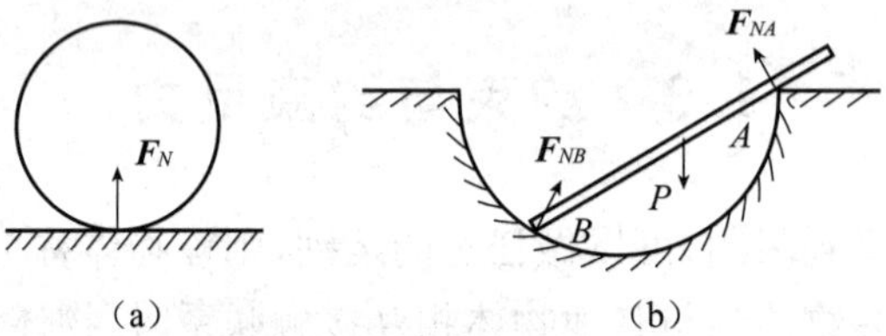

图 1.11

1.3.3 圆柱形铰链

如果在两个物体的连接处钻上直径相同的圆孔,再用圆柱形的销钉串起来,就构成圆柱形铰链,简称铰链,如图 1.12(a)所示。其简图可以用图 1.12(b)表示。此时物体可以绕铰链中心做相对转动,但销钉限制了物体彼此之间沿孔径方向的运动。由于在不同的主动力作用下,销钉与孔的接触点位置不同,在忽略摩擦力的情况下,铰链对物体的约束反力必通过铰链中心,可以看成是物体彼此之间的一对相互作用力,但其方向不能确定,取决于物体所受的主动力状态。因此,通常用两个经过铰链中心且大小未知的正交分力 $\boldsymbol{F}_{Ax}$、$\boldsymbol{F}_{Ay}$ 表示,分力的指向可任意假定,如图 1.12(c)所示。

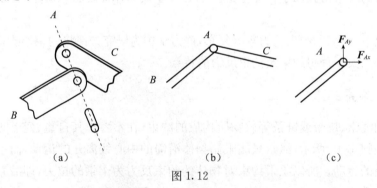

图 1.12

1.3.4 固定铰支座

如果铰链连接中有一端固定在地面或基础上作为支座,就构成了固定铰支座,如图 1.13(a)所示。它的简图可以用多种形式来表示,如图 1.13(b)所示。固定铰支座的约束反力通过铰链中心,但其方向和大小都是未知待定的,通常也用两个正交分力 $\boldsymbol{F}_{Ax}$、$\boldsymbol{F}_{Ay}$ 表示,如图 1.13(c)所示。

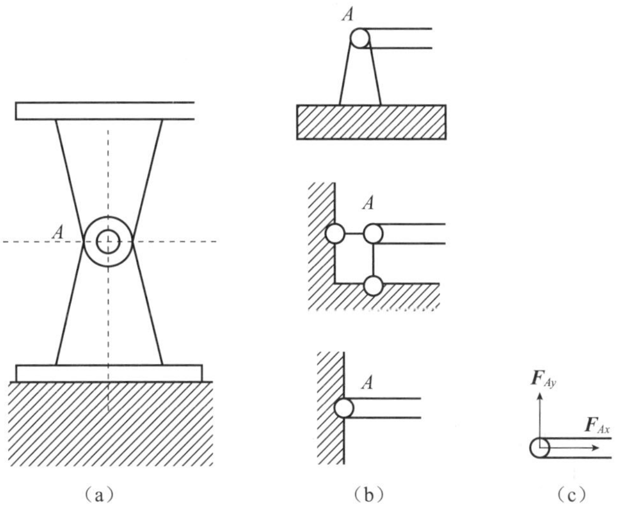

图 1.13

1.3.5　滚动支座

如果在固定铰支座下面增加一排圆柱形滚子，就形成了滚动支座约束，又称滑动支座，如图 1.14(a)所示。滚动支座约束的简图可以用图 1.14(b)中的多种形式表示。显然，滚动支座的约束反力通过辊轴的中心，且垂直于光滑接触面，一般用 $\boldsymbol{F}_N$ 表示，如图 1.14(c)所示。

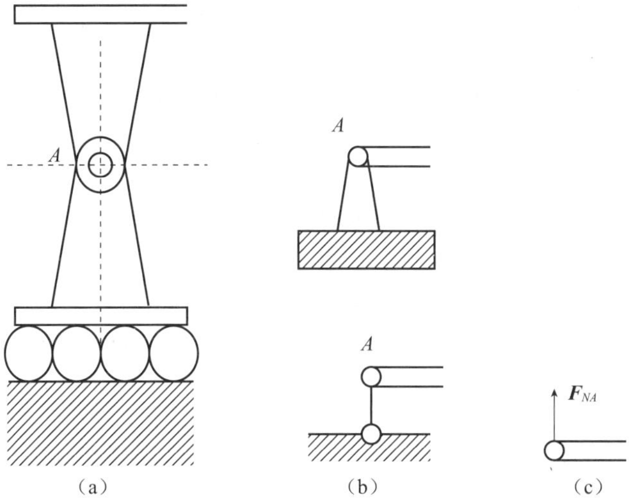

图 1.14

1.3.6　链杆约束

两端用铰链与其他物体相连的钢杆，构成链杆约束。链杆阻止被连接物体之间沿链杆轴线方向的相对运动，其约束反力沿杆件中心线方向通过两端的铰接点，如图 1.15 所示。

一端与支承面铰接并与支承面垂直的短链杆（或称支杆）与滚动支座有相同的约束作用。两根汇交的短链杆与固定铰支座有相同的约束作用。所以，在计算简图中经常用支杆表示固定铰支座和滚动支座，如图 1.16 所示。

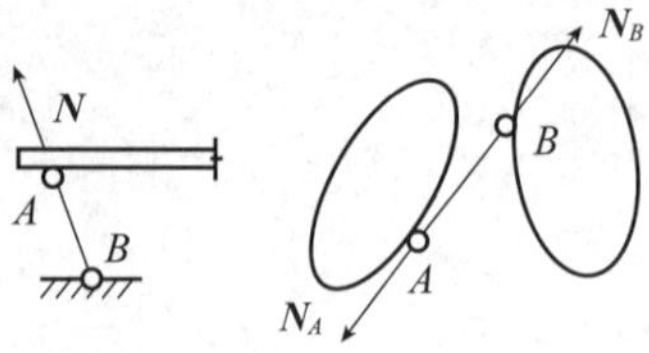

图 1.15

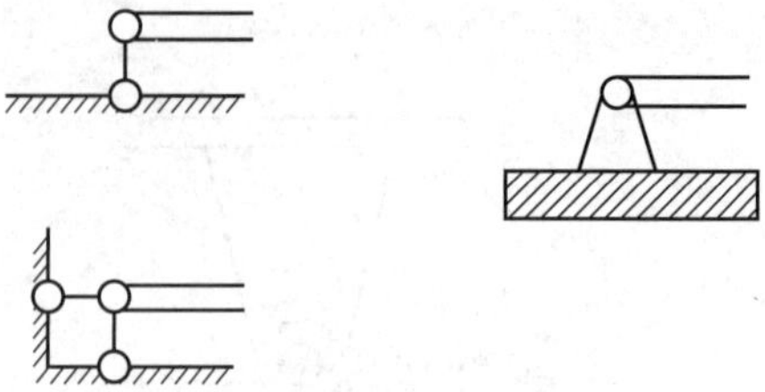

图 1.16

1.4 物体的受力分析和受力图

在工程实际中，无论是研究物体平衡中力的关系，还是研究物体运动中作用力与运动的关系，都需要首先对物体进行受力分析，即确定物体所受力的个数，每个力的作用位置、方向及大小等。

为了清晰地表示物体的受力状态，通常的做法是：首先根据问题的要求确定需要进行分析研究的具体物体，这称为取研究对象；然后把研究对象所受的约束解除，从周围物体中分离出来，分离后的研究对象称为分离体，单独画它的简图，确定分离体受哪些力的作用，其中哪一些是已知力，哪一些是未知力以及这一些力的作用点、大小（指已知力）和方向，这一过程称为受力分析。受力分析时要在分离体上根据已知条件画出所有的主动力和约束反力，这样得到的图形称为受力图，有时也叫分离体图。

分析物体受力情况和画受力图是解决静力学问题的一个重要步骤，其关键是根据约束的性质正确地作出约束反力。

下面举例说明对物体进行受力分析和绘制受力图的具体方法。

【例 1-1】 如图 1.17(a)所示，刚体 AB 一端用铰链，另一端用柔索固定在墙上，刚体自重为 $\boldsymbol{P}$。试画出刚体 AB 的受力图。

解：(1)取 AB 为分离体，除去所有约束单独画出它的简图。

(2)首先画出主动力 $\boldsymbol{P}$。

(3)其次画约束反力。在 A 点有铰链，其约束反力必通过铰链中 A，但其方向不能确定，故用两个大小未知的正交分力 $\boldsymbol{F}_{Ax}$、$\boldsymbol{F}_{Ay}$ 表示。B 点为柔索约束，其约束反力为 $\boldsymbol{F}_T$，即软绳对刚体 AB 的拉力。

(4)整个受力图如图 1.17(b)所示，由于刚体 AB 在三点受力并处平衡状态，故可以根据三力平衡原理确定铰链 A 的约束反力 $\boldsymbol{F}_A$ 的方向，如图 1.17(c)所示。

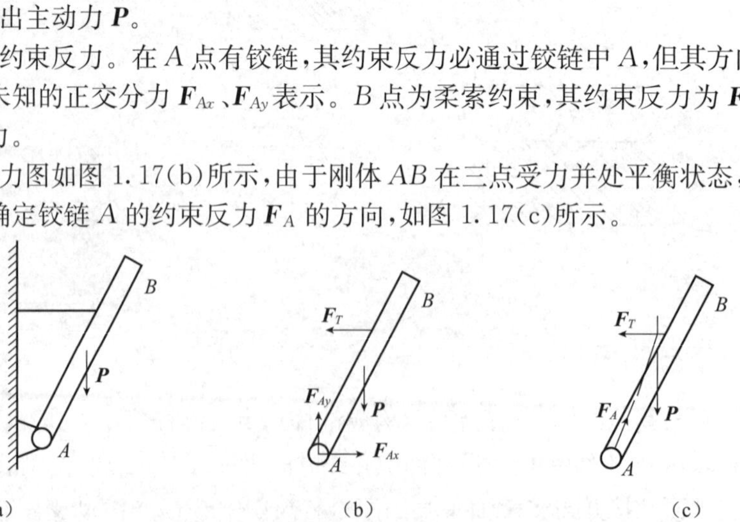

图 1.17

【例 1-2】　如图 1.18(a)所示三铰拱，由曲杆 AC、BC 通过铰链连接而成，在 D 点作用有主动力 $\boldsymbol{P}$。试分别画出曲杆 AC、BC 的受力图。

解:(1)先取 BC 为分离体，分析它的受力。曲杆 BC 只在 B、C 两点受到铰链的约束，并处于平衡。因此，根据二力平衡条件，B、C 两点上的约束反力的作用线必沿 BC 连线，即 $\boldsymbol{F}_B=-\boldsymbol{F}_C$，由经验判断，曲杆 BC 受压，其受力如图 1.18(b)所示。

仅在两点受力作用而处于平衡的构件，称为二力构件或二力杆。它所受的两个力必定沿两力作用点的连线，且等值、反向，一般此两力的指向不能预先判定，可先任意假定构件受拉力或压力。若根据平衡方程求得的力为正值，说明原先假定力的指向正确，反之则相反。

(2)再分析曲杆 AC 的受力。C 点处的铰链对 AC 的约束反力 $\boldsymbol{F}'_C$ 可以由作用力与反作用力公理得到 $\boldsymbol{F}'_C=-\boldsymbol{F}_C$。另外在 AC 上作用有主动力 $\boldsymbol{P}$，则 A 点处铰链的约束反力 $\boldsymbol{F}_A$ 可以通过三力平衡原理来确定其作用方向，如图 1.18(c)所示。

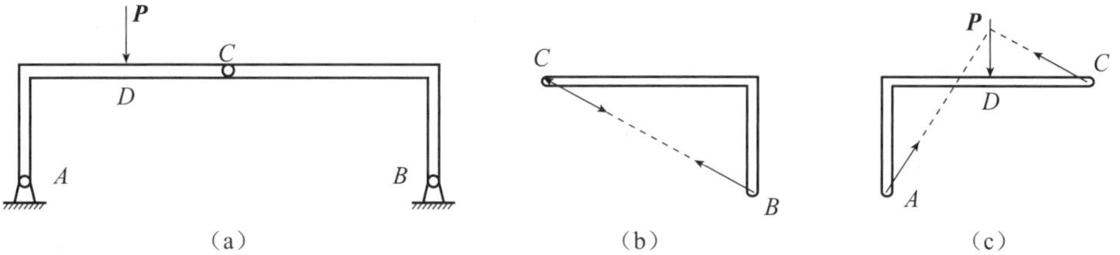

图 1.18

【例 1-3】　如图 1.19(a)所示为一两跨静定梁及其所受载荷。试分别对 AC 梁、CE 梁以及两跨静定梁整体进行受力分析，并绘制其受力图。

解:AC 梁、CE 梁以及两跨静定梁整体受力图分别如图 1.19(b)～图 1.19(d)所示。

(1)以 AC 梁为研究对象，先画出主动力，即均布载荷 q。A 点处的固定铰支座，其反力作用于 A 点，方向、大小均未知，需由主动力大小通过计算确定。固定铰链 A 对梁的约束反力为 $\boldsymbol{F}_{Ax}$ 和 $\boldsymbol{F}_{Ay}$。B 点为滚动支座，滚动支座 B 的反力为 $\boldsymbol{F}_{ND}$。C 铰处的两段梁之间的互相作用力，也是一对方向、大小均未知的作用力与反作用力，一般也以两对互相垂直的力来表示，即 $\boldsymbol{F}_{Cx}$、$\boldsymbol{F}_{Cy}$ 和 $\boldsymbol{F}'_{Cx}$、$\boldsymbol{F}'_{Cy}$。受力图如图 1.19(b)所示。

(2)以 CE 梁为研究对象，先画出主动力 $\boldsymbol{P}$。C 铰处为 AC 梁对 CE 梁的作用力，即 $\boldsymbol{F}'_{Cx}$、$\boldsymbol{F}'_{Cy}$。E 点为滚动支座，滚动支座 E 的反力为 $\boldsymbol{F}_{ED}$。受力图如图 1.19(c)所示。

(3)以整体为研究对象，先画出主动力 $\boldsymbol{q}$、$\boldsymbol{P}$。固定铰链 A 对梁的约束反力为 $\boldsymbol{F}_{Ax}$ 和 $\boldsymbol{F}_{Ay}$，滚动支座 B、E 的反力分别为 $\boldsymbol{F}_{ND}$、$\boldsymbol{F}_{ED}$。受力图如图 1.19(d)所示。

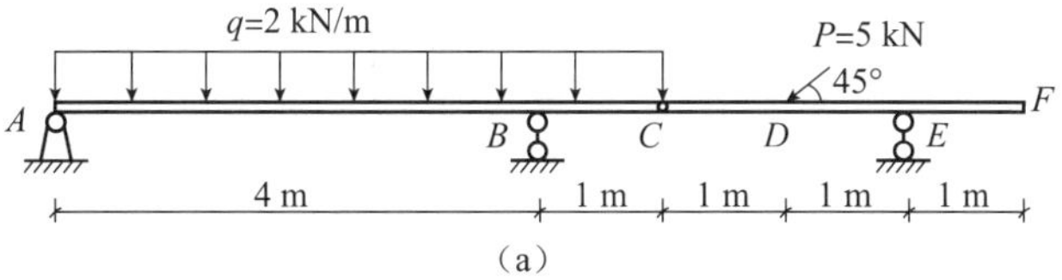

(a)

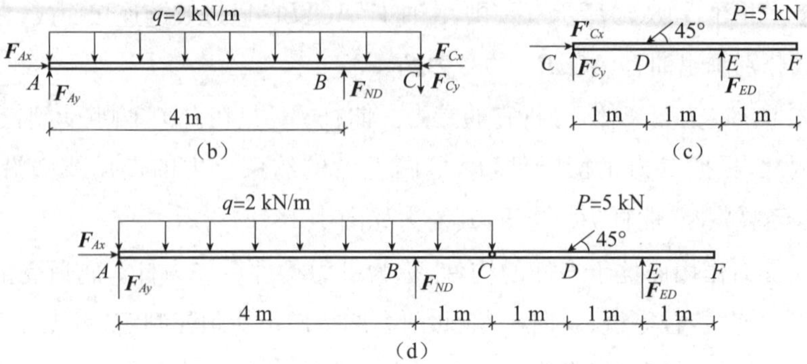

图 1.19

【例 1-4】 如图 1.20(a)所示的平面构架由杆 AD、BE、CF 铰接而成，A 点为固定铰链，D 点为滚动支座，F 点处用软绳系有重物，自重为 $\boldsymbol{P}$，各杆及滑轮的重量不计，试画出整体及各杆的受力图。

解：(1)取整体为分离体，则平面构架受到重力 $\boldsymbol{P}$，固定铰链 A 对构架的约束反力为 $\boldsymbol{F}_{Ax}$ 和 $\boldsymbol{F}_{Ay}$，滚动支座 D 的反力为 $\boldsymbol{F}_{ND}$，如图 1.20(b)所示。

(2)取 BE 为研究对象，BE 为二力杆，故二力 $\boldsymbol{F}_B$、$\boldsymbol{F}_E$ 的作用线沿 BE 的连线，设 BE 杆受压，则 $\boldsymbol{F}_B$、$\boldsymbol{F}_E$ 的方向如图 1.20(c)所示。

(3)取 CF 为研究对象，受到软绳的约束反力 $\boldsymbol{P}$，二力杆 BE 的约束反力 $\boldsymbol{F}'_E$ 以及铰 C 的约束反力 $\boldsymbol{F}_{Cx}$ 和 $\boldsymbol{F}_{Cy}$，如图 1.20(d)所示。

(4)取 AC 为研究对象，A 点受到固定铰链的约束反力 $\boldsymbol{F}_{Ax}$ 和 $\boldsymbol{F}_{Ay}$，滚动支座 D 的反力 $\boldsymbol{F}_{AD}$，再根据作用力与反作用力定律，分析铰 B、C 对杆 AC 的约束反力 $\boldsymbol{F}'_B$、$\boldsymbol{F}'_{Cx}$ 和 $\boldsymbol{F}'_{Cy}$，如图 1.20(e)所示。

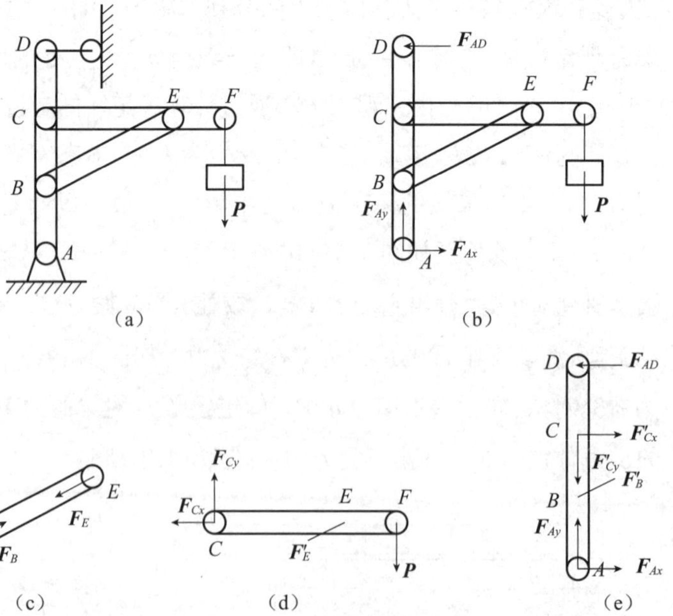

图 1.20

本章小结

(1)静力学基本概念。

(2)静力学公理。

(3)约束与约束反力。

(4)受力图。

思考题

1. 二力平衡原理和作用力与反作用力定律都说二力等值、反向、共线,但两者有何区别?

2. 哪几条公理或推论只适合于刚体?

3. 若作用于刚体上的三个力共面且汇交于一点,则刚体一定平衡;反之,若作用于刚体上的三个力共面,但不汇交于一点,则刚体一定不平衡,这话对吗?

4. 将刚体上 A 点的作用力 $\boldsymbol{F}$ 平移到另一点 B,是否会改变力的作用效应?

5.“分力一定小于合力”这一说法对吗?为什么?试举例说明。

6. 将力 F 沿指定方向分解为两个分力 $\boldsymbol{F}_1$ 和 $\boldsymbol{F}_2$,试问 $\boldsymbol{F}_1$ 和 $\boldsymbol{F}_2$ 的大小是否确定不变?为什么?

7. 力能否按三个指定方向分解成三个分力,如果能分解,试问其结果是否确定不变?为什么?

8. 试判断图 1.21 所示三种情况下,铰链 A 的约束反力方向。

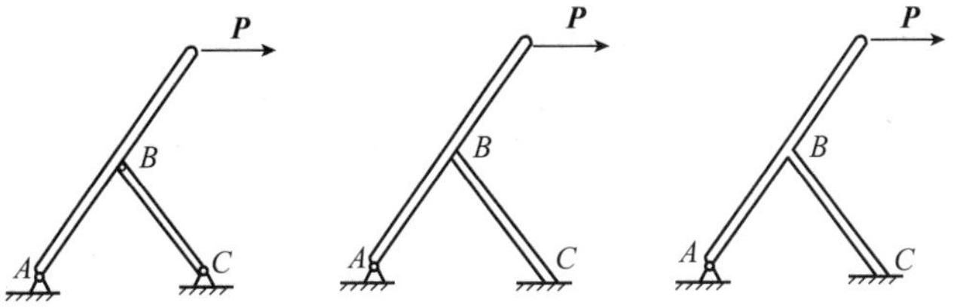

图 1.21

习　题

1-1　如图 1.22 所示,画出各图中指定物体的受力图,各接触面为光滑面。

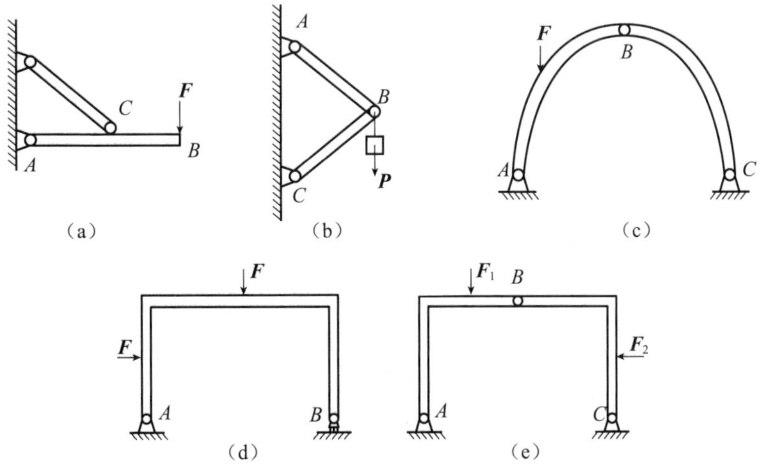

图 1.22

1-2　如图 1.23 所示,试分别画出下列各物体系统中指定物体的受力图。

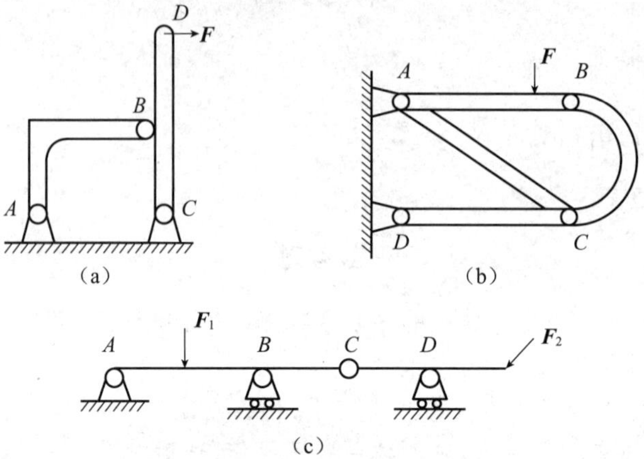

图 1.23

1-3　如图 1.24 所示,试分别画出下列各标注字母的物体的受力图及整体受力图。未画重力的物体的质量均不计,所有接触面均为光滑面。

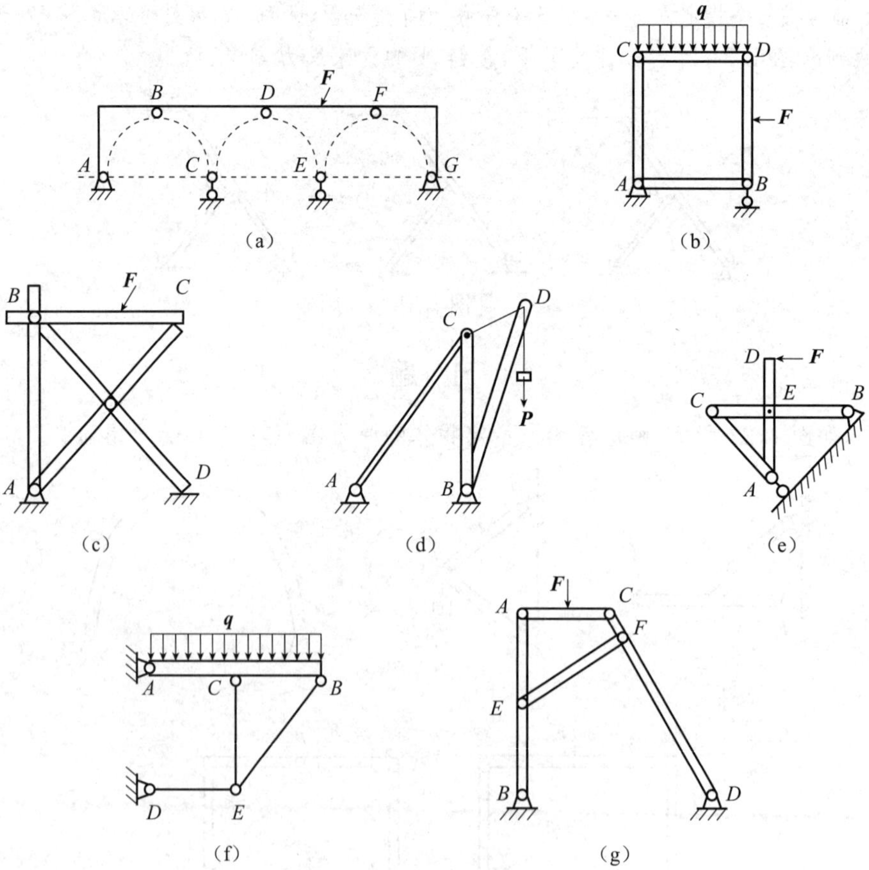

图 1.24

第 2 章　平面汇交力系与平面力偶系

[教学提示]

工程中常遇到这样的情形,作用在物体上的各力作用线都在同一平面内,这种力系称为平面力系。在平面力系中,如果各力的作用线汇交于一点,则称为平面汇交力系。如果平面力系是由几个处在同一平面内的力偶所组成,则称为平面力偶系。平面汇交力系和平面力偶系是平面力系中比较简单的情形。本章将分别研究这两种力系的合成与平衡问题,并通过实例来说明求解平衡问题的基本方法。

[教学要求]

通过本章的学习,要求学生掌握平面汇交力系合成的几何法和解析法;正确理解力、力矩、力偶的基本概念及其性质;能熟练计算力对点之矩和力偶矩。

2.1　平面汇交力系合成与平衡的几何法

力系是指作用在同一物体(可以是一个构件、一个结点、几个构件的组合,也可以是整个结构)上的一组力。为便于研究问题,我们将力系按其各力作用线的分布情况进行分类,凡各力的作用线如果不在同一平面内,则该力系称为空间力系;如果在同一平面内,则称为平面力系。在平面力系中,各力的作用线交于一点的力系,称为平面汇交力系;各力作用线互相平行的力系,称为平面平行力系;各力作用线任意分布的力系称为平面一般力系。

平面汇交力系是力系中最简单的一种。例如,在图 2.1 中的梁和吊环都是受到平面汇交力系作用的例子。

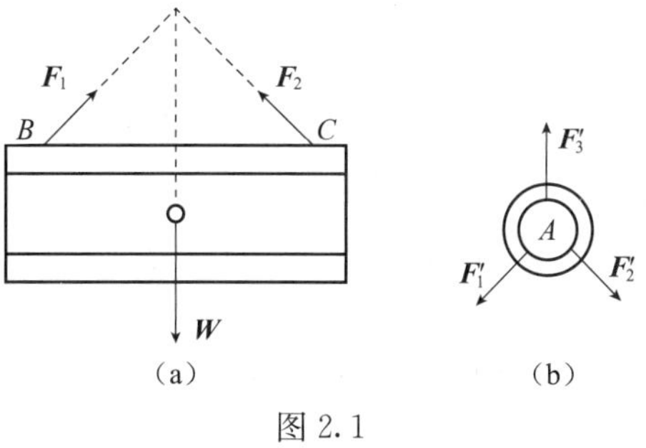

图 2.1

又如图 2.2(a)所示的屋架通常被简化为由一些在其两端用光滑圆柱形铰链互相连接的直杆组成,而且由于各杆的自重比屋架所承受的各个载荷小很多而可忽略不计,因此每根直杆都在分别作用于其两端且沿杆轴线的两个力的作用下处于平衡。当以各个铰结点为研究对象时，与该结点相连接的各杆作用于其上的力就组成一个平面汇交力系。图 2.2(b)所示就是屋架结点 C 的受力图。

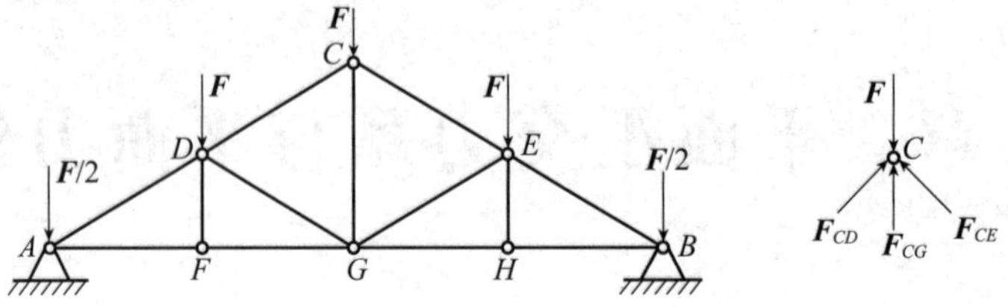

(a)　　(b)

图 2.2

平面汇交力系的合成方法可以分为几何法与解析法，其中几何法是应用力的平行四边形法则(或力的三角形法则)，用几何作图的方法，研究力系中各分力与合力的关系，从而求力系的合力；而解析法则是用列方程的方法，研究力系中各分力与合力的关系，然后求力系的合力。

2.1.1 平面汇交力系合成的几何法

1. 两个汇交力的合成

设在物体上作用有汇交于 O 点的两个力 $\boldsymbol{F}_1$ 和 $\boldsymbol{F}_2$，如图 2.3(a)所示，求这两个力的合力。根据力的平行四边形法则，可知合力 $\boldsymbol{R}$ 的大小和方向是以两力 $\boldsymbol{F}_1$ 和 $\boldsymbol{F}_2$ 为邻边的平行四边形的对角线来表示，合力 $\boldsymbol{R}$ 的作用点就是这两个力的汇交点 O；也可以取平行四边形的一半，即利用力的三角形法则求合力，如图 2.3(b)所示。

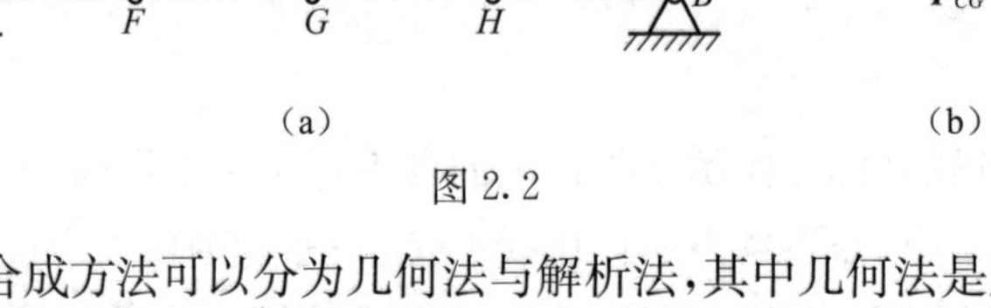

(a)　　(b)

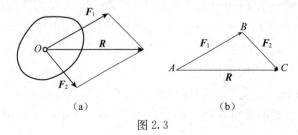

图 2.3

2. 多个汇交力的合成

对于由多个力组成的平面汇交力系，可以连续应用力的三角形法则进行力的合成。设作用于物体上 O 点的力 $\boldsymbol{F}_1$、$\boldsymbol{F}_2$、$\boldsymbol{F}_3$、$\boldsymbol{F}_4$ 组成平面汇交力系，现求其合力，如图 2.4(a)所示。应用力的三角形法则，首先将 $\boldsymbol{F}_1$ 与 $\boldsymbol{F}_2$ 合成得 $\boldsymbol{R}_1$，然后把 $\boldsymbol{R}_1$ 与 $\boldsymbol{F}_3$ 合成得 $\boldsymbol{R}_2$，最后将 $\boldsymbol{R}_2$ 与 $\boldsymbol{F}_4$ 合成得 $\boldsymbol{R}$，力 $\boldsymbol{R}$ 就是原汇交力系 $\boldsymbol{F}_1$、$\boldsymbol{F}_2$、$\boldsymbol{F}_3$、$\boldsymbol{F}_4$ 的合力，图 2-4(c)所示即是此汇交力系合成的几何示意。矢量关系的数学表达式为

$$\boldsymbol{R}=\boldsymbol{F}_1+\boldsymbol{F}_2+\boldsymbol{F}_3+\boldsymbol{F}_4 \tag{2-1a}$$

实际作图时，可以不必画出中间合力 $\boldsymbol{R}_1$ 和 $\boldsymbol{R}_2$，只要按照一定的比例尺将表达各力矢的有向线段首尾相接，形成一个不封闭的多边形 $abcde$，然后再画一条从起点 a 指向终点 e 的矢量 $\boldsymbol{R}$，即为原汇交力系的合力，如图 2.4(c)所示。把由各分力和合力构成的多边形 $abcde$ 称为力多边形，合力矢是力多边形的封闭边 ae。按照与各分力同样的比例，封闭边的长度表

示合力的大小,合力的方位与封闭边的方位一致,指向则由力多边形的起点至终点,合力的作用线通过汇交点。这种求合力矢的几何作图法称为力多边形法则。

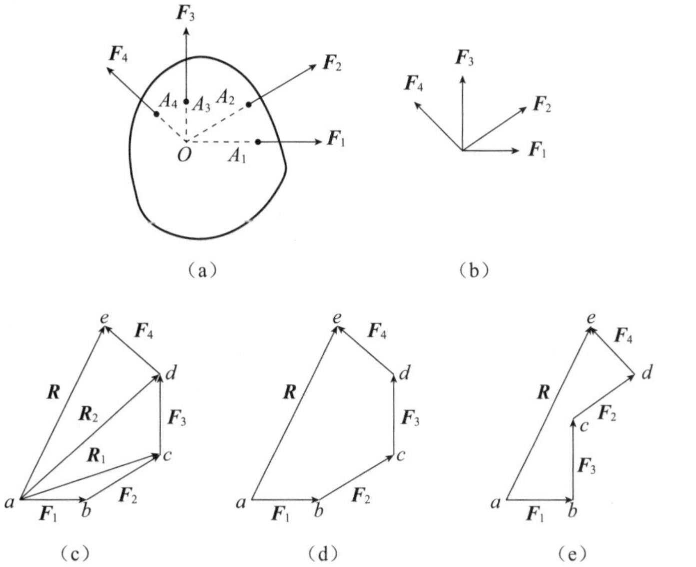

图 2.4

显然,任意改变各分力矢的顺序,可得到形状不同的力多边形,但力多边形封闭边的长短及方位不会改变,即合力矢与各分力的作图顺序无关,如图 2-4(e)所示。因此,力多边形法则可归纳为按一定比例尺,从任一点出发,将各分力矢首尾相接(顺序可变),合力矢从所画的第一个分力矢的起点指向最后一个分力矢的终点。矢量表达式为

$$\boldsymbol{R}=\boldsymbol{F}_1+\boldsymbol{F}_2+\cdots+\boldsymbol{F}_n=\sum_{i=1}^{n}\boldsymbol{F}_i=\sum\boldsymbol{F}_i=\sum\boldsymbol{F} \tag{2-1b}$$

或简写为

$$\boldsymbol{R}=\sum\boldsymbol{F}(\text{矢量和}) \tag{2-1c}$$

若力系中各力的作用线位于同一条直线上,在这种特殊情况下,力多边形变成一条直线,合力为

$$R=\sum F(\text{代数和}) \tag{2-1d}$$

需要指出的是,利用几何法对力系进行合成,对于平面汇交力系,并不要求力系中各分力的作用点位于同一点,因为根据力的可传性原理,只要它们的作用线汇交于同一点即可。另外,几何法只适用于平面汇交力系,而对于空间汇交力系来说,由于作图不方便,用几何法求解是不适宜的,一般用解析法求合力。

对于由多个力组成的平面汇交力系,用几何法进行简化的优点是直观、方便、快捷,画出力多边形后,按与画分力同样的比例,用尺子和量角器即可量得合力的大小和方向。但是,这种方法要求作图精确、准确,否则误差会较大。

【例 2-1】 如图 2.5(a)所示,作用在 A 点的 4 个力分别为 $F_1=0.5$ kN,$F_2=1$ kN,$F_3=$

0.4 kN,F_4=0.3 kN,试用几何法求此力系的合力。

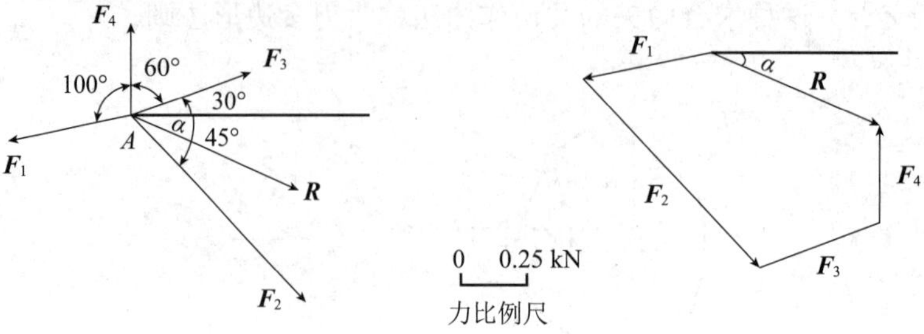

(a)　　　　(b)

图 2.5

解:选定比例尺如图 2.5 所示,按力的多边形法则,任取其中一个力(如 $\boldsymbol{F}_1$)作为起始力,然后按首尾相连的顺序依次画出各力矢,所得的力多边形如图 2.5(b)所示。依比例尺量得 $R=0.6225$ kN,$\alpha=27.5°$。

合力的作用线通过原各力的汇交点。

3. 平面汇交力系平衡的几何条件

汇交力系的作用效果可以由合成的合力来度量。显然,如果汇交力系的合力等于零,则该力系平衡;反之,如果汇交力系平衡,则其合力必等于零。因此,汇交力系平衡的必要与充分条件是力系的合力等于零,即

$$\boldsymbol{R}=\sum \boldsymbol{F}=0 \tag{2-2}$$

根据力多边形法则,合力等于零,表明力多边形中最后一个分力矢的终点与第一个分力矢的起点重合,即汇交力系中各分力矢首尾相接,形成一个封闭的力多边形。因此,汇交力系平衡的必要与充分的几何条件是力多边形自行封闭。此结论称为汇交力系平衡的几何条件。利用这一条件可以求出平面汇交力系平衡问题中所需的未知量,但未知量的个数不能超过两个。

【例 2-2】 水平梁 AB 中点 C 作用着力 $\boldsymbol{P}$,其大小等于 20 kN,方向与梁的轴线成 60°角,支承情况如图 2.6(a)所示,试求固定铰支座 A 和活动铰支座 B 的反力。梁的自重不计。

解:取梁为研究对象,画它的受力图。梁受到主动力 $\boldsymbol{P}$ 和支座反力 $\boldsymbol{R}_A$、$\boldsymbol{R}_B$ 的作用。B 处是可动铰支座,$\boldsymbol{R}_B$ 的作用线垂直于支承面,指向如图 2.6(b)所示;A 处是固定铰支座,R_A 的方向未定。因为梁只受到三个共面不平行力的作用而处于平衡,所以可应用三力平衡汇交定理求解。

力 $\boldsymbol{P}$ 与 $\boldsymbol{R}_B$ 的作用线相交于 D 点,$\boldsymbol{R}_A$ 必沿着 AD 直线作用,指向假设如图 2.6(b)所示。按比例尺作闭合的力$\triangle EHK$,如图 2.6(c)所示。由图可见,两反力指向的假设正确,按比例尺量得

$$R_A=17.3\ \text{kN},R_B=10\ \text{kN}$$

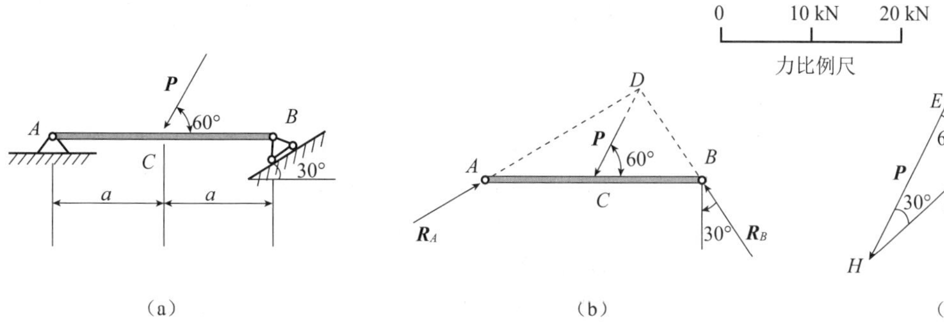

图 2.6

【例 2-3】 如图 2.7(a)所示三铰钢架，在梁与柱的连接点作用了一个力 $\boldsymbol{F}$，其大小为 20 kN，方向为水平向右，试求固定铰链支座 A、B 的约束力。刚架自重不计。

解：选取三铰钢架为研究对象，画出受力图。由受力分析可知，CB 杆是二力杆，所以 $\boldsymbol{F}_B$ 的方向通过 B、C 的连线；又由于刚架受三力平衡，$\boldsymbol{F}_A$ 的方向通过 A、C 的连线（C 点是三力的汇交点），如图 2.7(b)所示。根据汇交力系平衡的几何条件，画出自行封闭的力三角形，即先取 $ab=\boldsymbol{F}$，画出水平线段 ab，然后过 a、b 两点分别作 $\boldsymbol{F}_A$ 和 $\boldsymbol{F}_B$ 的平行线，得交点 c，c 必是力矢 $\boldsymbol{F}_A$ 的始点和 $\boldsymbol{F}_B$ 的终点，最后画出封闭的首尾相接的力$\triangle abc$，如图 2.7(c)所示。根据图中几何关系解出 $\boldsymbol{F}_A$ 和 $\boldsymbol{F}_B$ 的大小

$$F_A=F_B=F\cos 45^\circ=10\sqrt{2}\ \text{kN}$$

根据$\triangle abc$ 中各力的指向，即可确定 $\boldsymbol{F}_A$ 和 $\boldsymbol{F}_B$ 的真实方向，如图 2.7 所示。

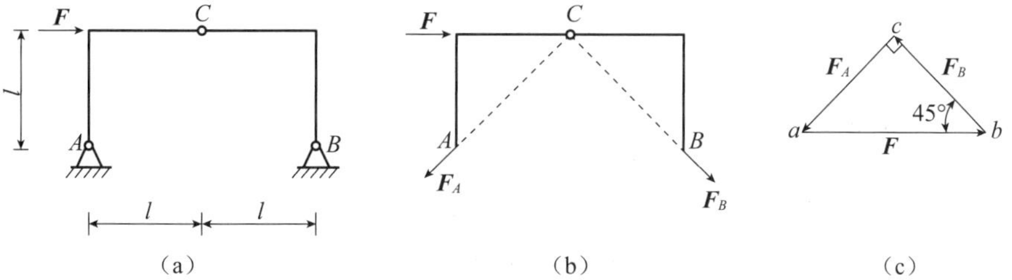

图 2.7

通过以上各例，可归纳出用几何法求解平面汇交力系平衡问题的步骤如下：

(1)选取研究对象。弄清题意，明确已知力和未知力，选取能反映出所要求的未知力和已知力关系的物体为研究对象。

(2)画受力图。在研究对象上画出全部主动力和约束反力，正确运用二力构件的性质和三力平衡汇交定理来确定约束反力的作用线，如果约束反力的指向未定，可先假设，也可暂不画。

(3)作闭合的力多边形。选择适当的比例尺，先画已知力，后画未知力，作闭合的力多边形，按“首尾相接”画出各力的箭头方向。

(4)求出未知力。从力多边形中量出所要求的力的大小和角度，并根据力多边形上力的箭头指向确定未知力的指向。

2.1.2　平面汇交力系合成的解析法

平面汇交力系合成的几何法具有直观、简捷的优点，但其精度较差，因此在求解平面汇

交力系合成时，常用另一种方法——解析法。这种方法是以力在坐标轴上的投影为基础建立方程的。

1. 力在平面直角坐标轴上的投影

设力 $\boldsymbol{F}$ 作用于物体的 A 点，如图 2.8 所示。取直角坐标系 xOy，使力 $\boldsymbol{F}$ 在 xOy 平面内。过力 $\boldsymbol{F}$ 的两端点 A 和 B 分别向 x、y 轴作垂线，得垂足 a、b 及 a'、b'，将线段 ab 与 $a'b'$ 加上正负号后，分别称为力 $\boldsymbol{F}$ 在 x、y 轴上的投影，记作 F_x、F_y，并规定：当力的始端的投影到终端的投影的方向与投影轴的正向一致时，力的投影取正值；反之，当力的始端的投影到终端的投影的方向与投影轴的正向相反时，力的投影取负值。在图 2.8 中，显然除(b)中的 F_y 为负值外，其余各投影均为正值。

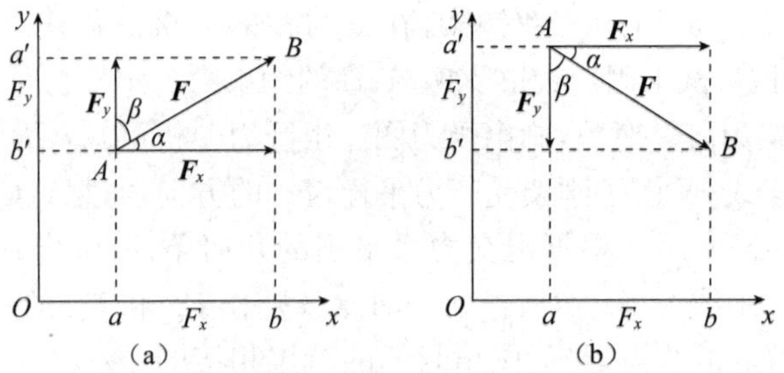

图 2.8

通常采用力 $\boldsymbol{F}$ 与 x 轴所夹的锐角来计算投影，其正号或负号可根据上述规定直观判断得出。由图 2.8 可见，投影 F_x、F_y 可用下式计算：

$$\begin{cases} F_x = \pm F\cos\alpha \\ F_y = \pm F\sin\alpha \end{cases} \tag{2-3}$$

式中，α 为力 $\boldsymbol{F}$ 与 x 轴所夹的锐角。

应当注意：力的投影与力的分力 $\boldsymbol{F}_x$、$\boldsymbol{F}_y$ 是不同的，力的投影只有大小和正负，它是标量；而力的分力是矢量，其作用效果还与作用点或作用线有关。在直角坐标系中，分力分别与其对应的投影大小相等，因此可以用投影表示分力的大小。但在斜坐标系中，则分力与其所对应的投影，甚至在大小上也不相同。

力在平面直角坐标轴上的投影计算，在力学计算中应用非常普遍，必须熟练掌握。

【例 2-4】 如图 2.9 所示，已知 $F_1=10\ \text{kN}$，$F_2=15\ \text{kN}$，$F_3=20\ \text{kN}$，$F_4=25\ \text{kN}$，各力的方向已在图中画出，试分别求各力在 x 轴和 y 轴上的投影。

解：根据公式(2-3)，列表计算如下：

$F_{1x}=10\times\cos0°=10\ \text{kN}$

$F_{1y}=10\times\sin0°=0$

$F_{2x}=-15\times\cos60°=-7.5\ \text{kN}$

$F_{2y}=15\times\sin60°=13.0\ \text{kN}$

$F_{3x}=-20\times\cos60°=-10\ \text{kN}$

$F_{3y}=-20\times\sin60°=-17.3\ \text{kN}$

$F_{4x}=25\times\cos45°=17.7\ \text{kN}$

$F_{4y}=-25\times\sin45°=-17.7\ \text{kN}$

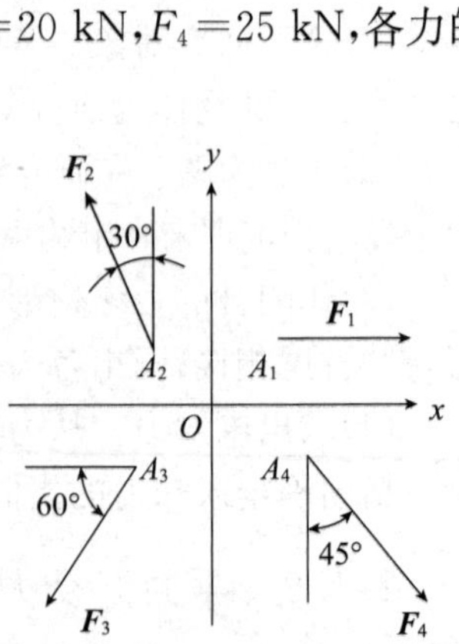

图 2.9

由本例可知，当力与坐标轴垂直时，投影为零；而当力与坐标轴平行时，投影大小的绝对值等于该力的大小。

2. 合力投影定理

为了用解析法求平面汇交力系的合力，必须先讨论合力及其分力在同一坐标轴上投影的关系。

设有一平面汇交力系 $\boldsymbol{F}_1$、$\boldsymbol{F}_2$、$\boldsymbol{F}_3$ 作用在物体的 O 点，如图 2.10(a)所示。从任一点 A 作力多边形 $ABCD$，如图 2.10(b)所示，则矢量$\overrightarrow{AD}$就表示该力系的合力 $\boldsymbol{R}$ 的大小和方向。取任一轴 x 如图示，把各力都投影在 x 轴上，并且令 F_{x1}、F_{x2}、F_{x3} 和 R_x 分别表示各分力 $\boldsymbol{F}_1$、$\boldsymbol{F}_2$、$\boldsymbol{F}_3$ 和合力 $\boldsymbol{R}$ 在 x 轴上的投影。由图 2.10(b)可见

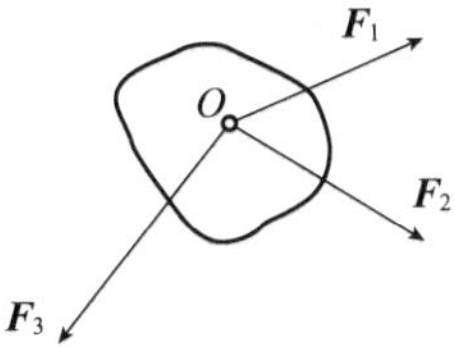

(a)

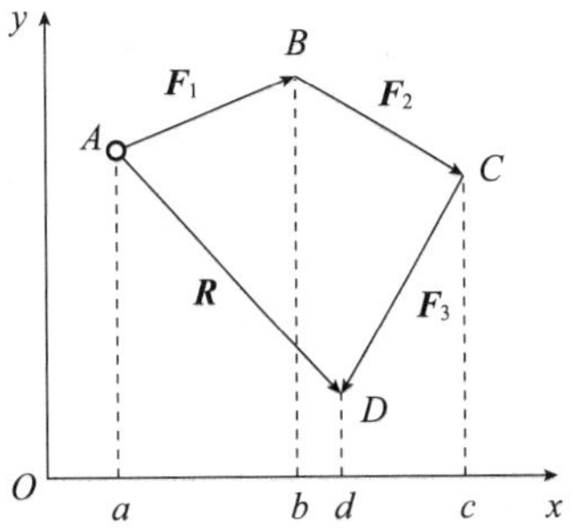

(b)

图 2.10

$$F_{x1}=ab, F_{x2}=bc, F_{x3}=-cd, R_x=ad$$

而
$$ad=ab+bc-cd$$

因此可得

$$R_x=F_{x1}+F_{x2}+F_{x3}$$

同理可得
$$R_y=F_{y1}+F_{y2}+F_{y3}$$

这一关系可推广到任意个汇交力的情形，即

$$\begin{cases} R_x=F_{x1}+F_{x2}+\cdots+F_{xn}=\sum F_{xi}=\sum F_x \\ R_y=F_{y1}+F_{y2}+\cdots+F_{yn}=\sum F_{yi}=\sum F_y \end{cases} \tag{2-4}$$

由此可见，合力在任一轴上的投影，等于各分力在同一轴上投影的代数和。这就是合力投影定理。

3. 用解析法求平面汇交力系的合力

当平面汇交力系为已知时，如图 2.11 所示，我们可选直角坐标系，先求出力系中各力在 x 轴和 y 轴上的投影，再根据合力投影定理求得合力 $\boldsymbol{R}$ 在 x、y 轴上的投影 R_x、R_y。从图 2.11 中的几何关系，可见合力 $\boldsymbol{R}$ 的大小和方向由下式确定：

$$\begin{cases} R=\sqrt{R_x^2+R_y^2}=\sqrt{\left(\sum F_x\right)^2+\left(\sum F_y\right)^2} \\ \tan\alpha=\dfrac{|R_y|}{|R_x|}=\dfrac{\left|\sum F_y\right|}{\left|\sum F_x\right|} \end{cases} \tag{2-5}$$

式中，α 为合力 $\boldsymbol{R}$ 与 x 轴所夹的锐角，$\boldsymbol{R}$ 在哪个象限由 $\sum F_x$ 和 $\sum F_y$ 的正负号来确定，具

体详见图 2.12。合力的作用线通过力系的汇交点 O。

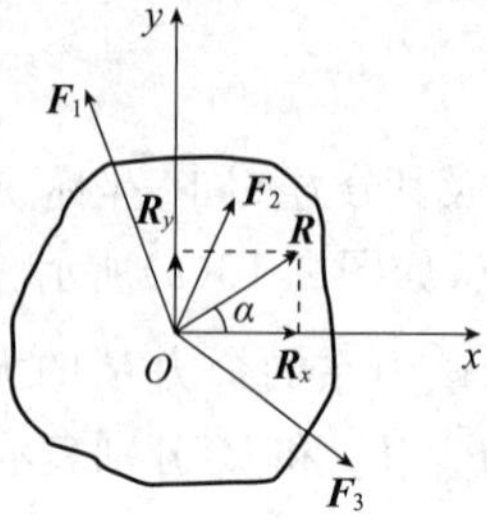

图 2.11

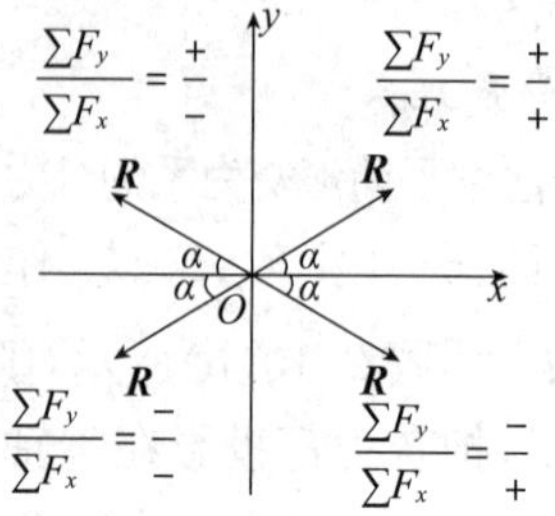

图 2.12

【例 2-5】 如图 2.13 所示，固定的圆环上作用着共面的三个力，已知 $F_1=10$ kN，$F_2=20$ kN，$F_3=25$ kN，三力均通过圆心 O。试用解析法求此力系合力的大小和方向。

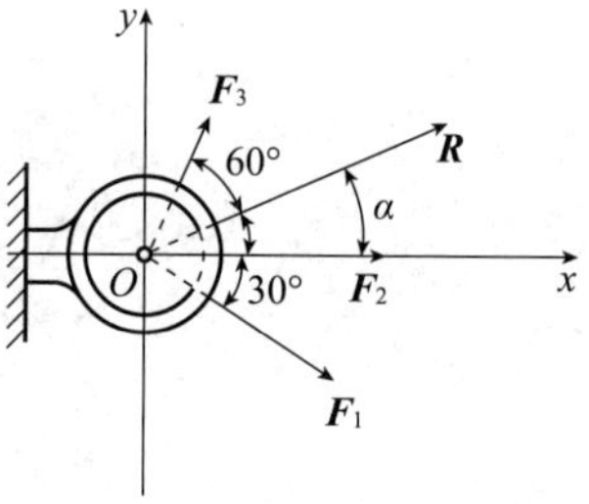

图 2.13

解：取如图 2.13 所示的直角坐标系 xOy，则合力的投影分别为

$$R_x=F_1\cos30°+F_2+F_3\cos60°=41.16\ \text{kN}$$

$$R_y=-F_1\sin30°+F_3\sin60°=16.65\ \text{kN}$$

则合力 R 的大小为

$$R=\sqrt{R_x^2+R_y^2}=\sqrt{41.16^2+16.65^2}=44.40\ \text{kN}$$

合力 R 的方向为

$$\tan\alpha=\frac{|R_y|}{|R_x|}=\frac{16.65}{41.16}$$

$$\alpha=\arctan\frac{|R_y|}{|R_x|}=\arctan\frac{16.65}{41.16}=21.79°$$

由于 $R_x>0$，$R_y>0$，故 α 在第一象限，而合力 R 的作用线通过汇交力系的汇交点 O。

4. 平面汇交力系平衡的解析条件

由公式(2-5)可知：

$$R=\sqrt{R_x^2+R_y^2}=\sqrt{\left(\sum F_x\right)^2+\left(\sum F_y\right)^2}$$

要使 $\boldsymbol{R}=\mathbf{0}$，必须 $R=0$，即

$$R=\sqrt{R_x^2+R_y^2}=\sqrt{\left(\sum F_x\right)^2+\left(\sum F_y\right)^2}=0$$

上面式中$(\sum F_x)^2$ 和$(\sum F_y)^2$ 恒为正值，所以要使 $\boldsymbol{R}=\mathbf{0}$，必须且只需：

$$\begin{cases}\sum F_x=0\\ \sum F_y=0\end{cases} \tag{2-6}$$

因此，平面汇交力系平衡的必要和充分的解析条件是：力系中各力在两个不平行的坐标轴中的每一轴上的投影的代数和等于零。式(2-6)称为平面汇交力系的平衡方程。它们相互独立，应用这两个独立的平衡方程可求解两个未知量。

利用平衡方程求解实际问题时，受力图中的未知力指向有时可以任意假设，若计算结果为正值，表示假设的力的指向就是实际的指向；反过来，若计算结果为负值，表示假设的力的指向与实际指向相反。在实际计算中，适当地选取投影轴，可使计算简化。

【例 2-6】　图 2.14(a)中斜梁 AB 的中部承受铅垂载荷 $F=20$ kN。求 A、B 两端的支座反力。

解：处于平衡状态下的梁除受到主动力 $\boldsymbol{F}$ 的作用外，就只受到两端支座的反力 $\boldsymbol{F}_A$、$\boldsymbol{F}_B$ 的作用，且 $\boldsymbol{F}$、$\boldsymbol{F}_A$、$\boldsymbol{F}_B$ 三个力构成平面汇交力系。梁的受力图如图 2.14(b)所示，B 支座是可动铰支座，其支座反力 $\boldsymbol{F}_B$ 必垂直于支承面，$\boldsymbol{F}_B$ 与 $\boldsymbol{F}$ 作用线相交于 D 点，根据三力平衡汇交必要条件可知，$\boldsymbol{F}_A$ 应沿 A、D 两点的连线，其作用线应如图 2.14(b)所示。

选坐标系如图 2.14(b)所示，设 $AB=2l$，则 $DB=\sqrt{3}\,l$，$AD=\sqrt{7}\,l$，则

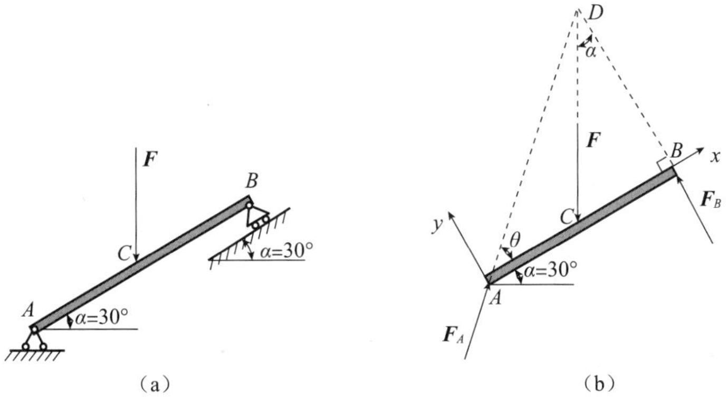

图 2.14

$$\cos\theta=\frac{AB}{AD}=\frac{2}{7}\sqrt{7}\,,\sin\theta=\frac{BD}{AD}=\frac{\sqrt{21}}{7}$$

列平衡方程如下：

$$\sum F_x=0,F_A\cos\theta-F\sin\alpha=0$$

将 F、$\cos\theta$ 及 $\sin\alpha$ 的已知值代入，得

$$F_A=F\,\frac{\sin\alpha}{\cos\theta}=20\times\frac{\frac{1}{2}}{\frac{2\sqrt{7}}{7}}=5\sqrt{7}\ \text{kN}=13.2\ \text{kN}$$

再列

$$\sum F_y=0,F_B+F_A\sin\theta-F\cos\alpha=0$$

将各已知值代入，得

$$F_B=F\cos\alpha-F_A\sin\theta=20\times\frac{\sqrt{3}}{2}-5\sqrt{7}\times\frac{\sqrt{21}}{7}=5\sqrt{3}\ \text{kN}=8.66\ \text{kN}$$

【例 2-7】　简易起重机如图 2.15 所示。B、C 为铰链支座。钢丝绳的一端缠绕在卷扬机 D 上，另一端绕过滑轮 A 将重量为 $W=20$ kN 的重物匀速吊起。杆件 AB、AC 及钢丝绳的自重不计，各处的摩擦不计。试求杆件 AB、AC 所受的力。

解:(1)取滑轮 A 为研究对象进行受力分析:杆件 AB 及杆件 AC 仅在其两端受力且处于平衡,因此都是二力杆,设都为受拉;由于不计摩擦,钢丝绳两端的拉力应相等,都等于物体的重量 $\boldsymbol{W}$。如果不考虑滑轮的尺寸,则滑轮的受力图如图 2.15(b)所示。

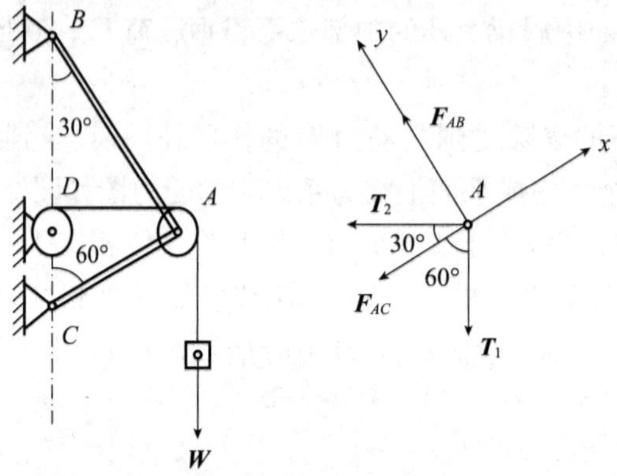

(a) (b)

图 2.15

取坐标轴 xAy,如图 2.15(b)所示,利用平衡方程,得

$$\sum F_x=0, -F_{AC}-T_1\cos 60^\circ-T_2\cos 30^\circ=0$$

由于 $T_1=T_2=W=20$ kN,代入上式即得

$$F_{AC}=-27.32 \text{ kN}$$

F_{AC} 为负值,说明 AC 杆受压力。

$$\sum F_y=0, F_{AB}+T_2\sin 30^\circ-T_1\sin 60^\circ=0$$

解得

$$F_{AB}=7.32 \text{ kN}$$

F_{AB} 为正值,说明 AB 杆受拉力。

【例 2-8】 支架如图 2.16(a)所示,由杆 AB 与 AC 组成,A、B、C 处均为铰链,在圆柱销 A 上悬挂重量为 $\boldsymbol{G}$ 的重物,试求杆 AB 与 AC 所受的力。

解:(1)取圆柱销 A 为研究对象,画受力图。作用于圆柱销 A 上有重力 $\boldsymbol{G}$,杆 AB 和 AC 的作用力 $\boldsymbol{F}_{AB}$ 和 $\boldsymbol{F}_{AC}$[图 2.16(c)]。因杆 AB 和 AC 均为二力杆[图 2.16(b)],所以力 $\boldsymbol{F}_{AB}$ 和 $\boldsymbol{F}_{AC}$ 的方向必分别沿杆 AB 和 AC 两端的连线,指向暂假设。圆柱销 A 受力如图 2.16(c)所示,显然这是一个平面汇交的平衡力系。

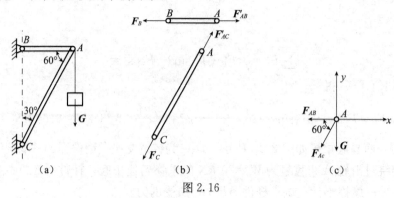

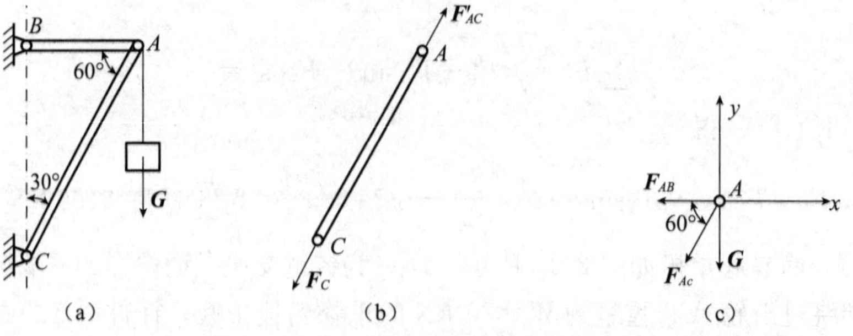

(a) (b) (c)

图 2.16

(2)建立坐标系如图 2.16(c)所示,列平衡方程:

因为 $\sum F_y=0$,所以 $-F_{AC}\sin60°-G=0$,则

$$F_{AC}=-\frac{G}{\sin60°}=-\frac{2\sqrt{3}}{3}G$$

F_{AC}为负值,则杆 AC 受压。

因为 $\sum F_x=0$,所以 $-F_{AB}-F_{AC}\cos60°=0$,则

$$F_{AB}=-F_{AC}\cos60°=\frac{2\sqrt{3}}{3}G\times\frac{1}{2}=\frac{\sqrt{3}}{3}G$$

F_{AB}为正值,则杆 AB 受拉。

【例 2-9】 图 2.17(a)所示为一夹紧机构,杆 AB 和 BC 的长度相等,各杆自重忽略不计,A、B、C 处为铰链连接。已知 BD 杆受压力 $F=3$ kN,$h=200$ mm,$l=1500$ mm。求压块 C 加于工件的压力。

解:(1)取 DB 杆为研究对象,作用于 DB 杆上有压力 $\boldsymbol{F}$,杆 AB 和 BC 作用的力 $\boldsymbol{F}_{AB}$ 和 $\boldsymbol{F}_{BC}$,设二力杆 AB 和 BC 均受压力[图 2.17(b)],因此 DB 杆受力如图 2.17(c)所示。这是一个平面汇交的平衡力系。建立直角坐标系 xBy,列平衡方程:

因为 $\sum F_x=0$,所以 $F_{AB}\cos\alpha-F_{BC}\cos\alpha=0$,则 $F_{AB}=F_{BC}$。

因为 $\sum F_y=0$,所以 $F_{AB}\sin\alpha+F_{BC}\sin\alpha-F=0$,则 $F_{AB}=F_{BC}=\dfrac{F}{2\sin\alpha}$。

(2)取压块 C 为研究对象,受力如图 2.17(d)所示,也是一个平面汇交的平衡力系。由二力杆 BC 可知:$F'_C=F'_{BC}=F_{BC}$,又 $F_C=F'_C$,故 $F_C=F_{BC}$。建立直角坐标系 xCy,列平衡方程:

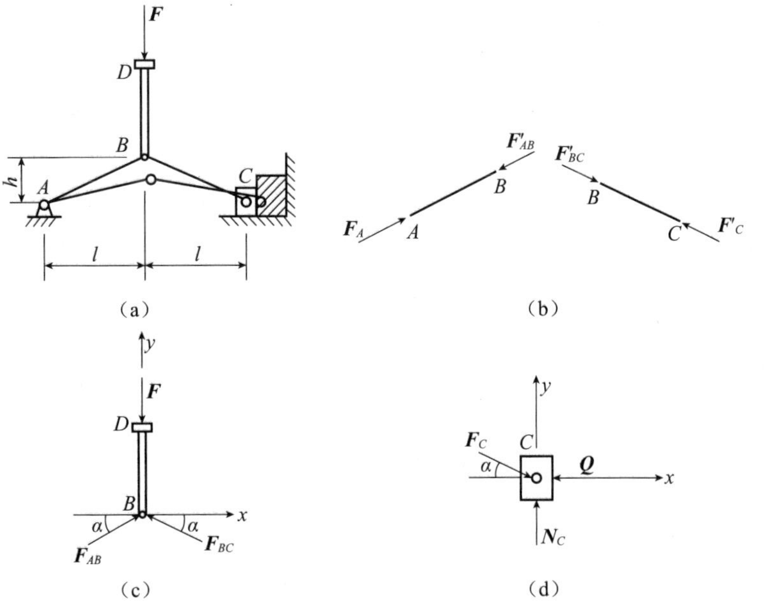

图 2.17

$$\sum F_x=0 \Rightarrow -Q+F_C\cos\alpha=0$$

得
$$Q=F_C\cos\alpha=\frac{F}{2\sin\alpha}\cos\alpha=\frac{F}{2}\cot\alpha=\frac{F}{2}\cdot\frac{l}{h}=\frac{3\times1500}{2\times200}\ \text{kN}=11.25\ \text{kN}$$

压块对工件的压力与力 Q 等值反向，作用于工件上。

通过以上各例的分析，可知用解析法求解平面汇交力系平衡问题的步骤如下：

(1)选取研究对象。所选研究对象应与已知力(或已求出的力)、未知力有直接关系，这样才能应用平衡条件由已知条件求未知力。

(2)画受力图。根据研究对象所受外部载荷、约束及其性质，对研究对象进行受力分析并得出它的受力图。约束反力指向未定者应先假设。

(3)选择坐标轴。最好使某一坐标轴与一个未知力垂直，以便简化计算。

(4)列平衡方程求解未知量。列方程时注意各力的投影的正负号。当求出的未知力为负数时，就表示该力的实际指向与假设的指向相反。

2.2 平面力偶系

2.2.1 平面力对点的矩

1. 力对点的矩

人们从实践中知道力除能使物体移动外，还能使物体转动。而力矩的概念是人们在使用杠杆、滑轮、绞盘等简单机械搬运或提升重物时逐渐形成的。下面以用扳手拧螺帽为例说明力矩的概念(图 2.18)。

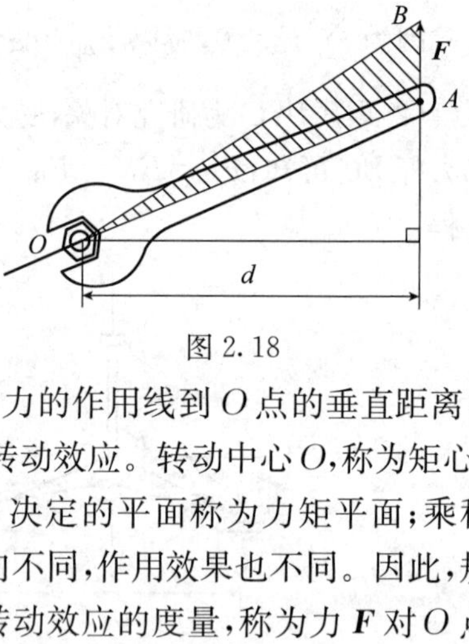

图 2.18

实践表明，作用在扳手上 A 点的力 $\boldsymbol{F}$ 能使扳手绕螺母中心 O 点(即绕通过 O 点并垂直于图面的轴)发生转动。而这种转动效应不仅与力 $\boldsymbol{F}$ 的大小成正比，而且与力的作用线到 O 点的垂直距离 d 成正比，因此可用两者的乘积 $F\cdot d$ 来量度力 $\boldsymbol{F}$ 对扳手的转动效应。转动中心 O，称为矩心；矩心到力作用线的垂直距离 d，称为力臂；力 $\boldsymbol{F}$ 与矩心 O 决定的平面称为力矩平面；乘积 $F\cdot d$ 为力矩的大小。另外，力 $\boldsymbol{F}$ 使扳手绕 O 点转动的方向不同，作用效果也不同。因此，规定 $F\cdot d$ 冠以适当的正负号作为力 $\boldsymbol{F}$ 使物体绕 O 点发生转动效应的度量，称为力 $\boldsymbol{F}$ 对 O 点之矩，简称力矩，用符号 $M_O(\boldsymbol{F})$ 或 M_O 表示，一般规定：使物体产生逆时针方向转动的力矩为正；反之，为负。所以在平面力系问题中，力对点之矩只取决于力矩的大小和转向，因此力矩是个代数量，即

$$M_O(\boldsymbol{F})=\pm F\cdot d \tag{2-7}$$

由图 2.18 可以看出，力 $\boldsymbol{F}$ 对 O 点之矩的大小还可以用以力 $\boldsymbol{F}$ 为底边、矩心 O 为顶点所构成的三角形面积的两倍来表示，即

$$M_O(\boldsymbol{F})=\pm 2\triangle OAB\ \text{的面积} \tag{2-8}$$

必须注意，作用于物体上的力可对任意点取矩。在具体应用时，对于矩心的选择无任何

限制,它可以是物体上的固定点,也可以是物体上的不固定点,甚至是所研究物体以外的点。

由上所述,可得如下结论:

(1)力矩在下列两种情况下等于零:①力为零;②力的作用线通过矩心,即力臂等于零。

(2)力 $\boldsymbol{F}$ 沿其作用线滑动,不会改变该力对指定点的力矩。

(3)力 $\boldsymbol{F}$ 对 O 点之矩,不仅与力 $\boldsymbol{F}$ 有关,同时还与矩心 O 的位置有关,一般力矩将随矩心位置不同而异,因此必须指明矩心,力对点之矩才有意义。

力矩的常用单位是牛·米(N·m)或千牛·米(kN·m)。

2. 合力矩定理

我们知道平面汇交力系对物体的作用效应可以用它的合力 $\boldsymbol{R}$ 来代替。这里的作用效应当然包括物体绕某点转动的效应,而力使物体绕某点的转动效应由力对该点的矩来度量。因此,平面汇交力系的合力对平面内任一点的矩等于该力系的各分力对同一点的矩的代数和。现对两个汇交力的情形给以证明。

如图 2.19 所示,设 $\boldsymbol{F}_1$、$\boldsymbol{F}_2$ 作用于物体上的 A 点,$\boldsymbol{R}$ 为其合力。任选一点 O 为矩心,通过点 O 并垂直于 OA 作 y 轴。由图 2.19 可见,

$$F_{1y}=Ob_1,F_{2y}=-Ob_2,R_y=Ob$$

各力对点 O 的矩分别为

$$\begin{cases}M_O(\boldsymbol{F}_1)=2\triangle OAB_1\text{ 的面积}=Ob_1\cdot OA=F_{1y}\cdot OA\\ M_O(\boldsymbol{F}_2)=-2\triangle OAB_2\text{ 的面积}=-Ob_2\cdot OA=F_{2y}\cdot OA\\ M_O(\boldsymbol{R})=2\triangle OAB\text{ 的面积}=Ob\cdot OA=R_y\cdot OA\end{cases}\tag{2-9}$$

根据合力投影定理有

$$R_y=F_{1y}+F_{2y}$$

上式两边同乘以 OA,可得

$$R_y\cdot OA=F_{1y}\cdot OA+F_{2y}\cdot OA$$

将式(2-9)代入,就得

$$M_O(\boldsymbol{R})=M_O(\boldsymbol{F}_1)+M_O(\boldsymbol{F}_2)$$

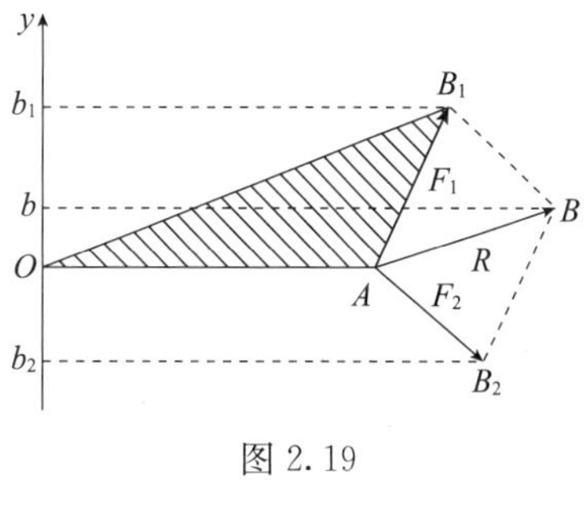

图 2.19

以上证明可以推广到几个汇交力的情形。因此,平面汇交力系的合力对平面内任意一点的力矩,等于力系中各力对同一点的力矩的代数和。这就是平面汇交力系的合力矩定理。即

$$M_O(\boldsymbol{R})=M_O(\boldsymbol{F}_1)+M_O(\boldsymbol{F}_2)+\cdots+M_O(\boldsymbol{F}_n)=\sum M_O(\boldsymbol{F}_i)=\sum M_O(\boldsymbol{F})\tag{2-10}$$

或

$$M_O(\boldsymbol{R})=M_{O1}+M_{O2}+\cdots+M_{On}=\sum M_{Oi}=\sum M_O$$

应用合力矩定理可以简化力矩的计算。在求一个力对某点的矩时,若力臂不易计算,就可将该力分解为两个相互垂直的分力,两分力对某点的力臂比较容易计算,就可方便地求出两分力对该点的矩的代数和,来代替原力对该点的矩。

【例 2-10】 已知 $F_1=4$ kN,$F_2=3$ kN,$F_3=2$ kN,试求图 2.20 中三力的合力对 O 点的力矩。

解:根据合力矩定理得到合力对 O 点的矩:

$$M_O(F_1)=F_1d_1=4\times 5\sin 30^\circ=10\ \text{kN}\cdot\text{m}$$

$$M_O(F_2)=F_2d_2=0$$

$$M_O(F_3)=F_3d_3=-2\times 5\sin 60^\circ=-8.66\ \text{kN}\cdot\text{m}$$

$$M_O(R)=\sum M_O(F)=10+0-8.66=1.34\ \text{kN}\cdot\text{m}$$

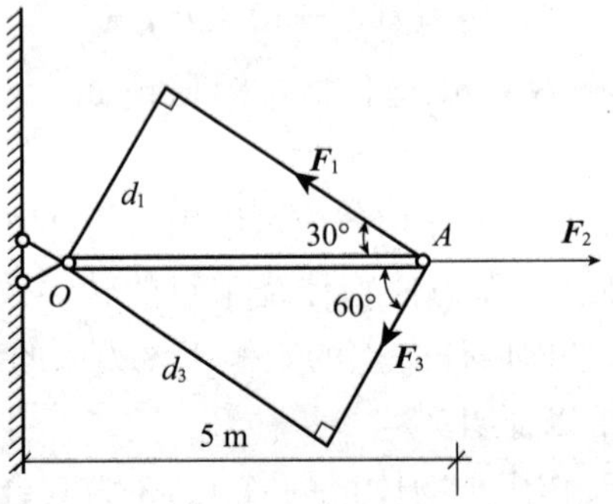

图 2.20

【例 2-11】 图 2.21 所示每 1 m 长挡土墙所受土压力的合力为 $\boldsymbol{R}$,它的大小 $R=150$ kN,方向如图 2.21 所示。求土压力 $\boldsymbol{R}$ 使墙倾覆的力矩。

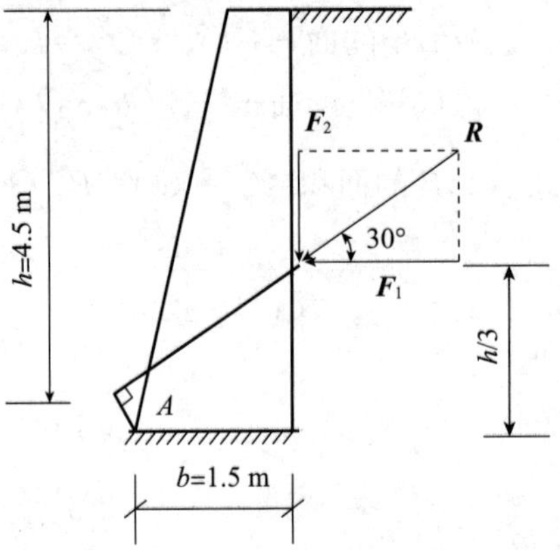

图 2.21

解:土压力 $\boldsymbol{R}$ 可使挡土墙绕点 A 倾覆,故求 $\boldsymbol{R}$ 使墙倾覆的力矩,就是求 $\boldsymbol{R}$ 对点 A 的力矩。由已知尺寸求力臂 d 不方便,但如果将 $\boldsymbol{R}$ 分解为两分力 $\boldsymbol{F}_1$ 和 $\boldsymbol{F}_2$,则两分力的力臂是已知的,故由式(2-10)可得

$$M_A(R)=M_A(F_1)+M_A(F_2)=F_1\cdot\frac{h}{3}-F_2\cdot b$$

$$=150\cos 30^\circ\times 1.5-150\sin 30^\circ\times 1.5$$

$$=82.4\ \text{kN}\cdot\text{m}$$

2.2.2 平面力偶

1. 力偶的概念

在实际生活中,人们常用两个手指旋转水龙头、钢笔套、钥匙,用双手转动汽车方向盘

[图 2.22(a)] 以及用丝锥攻螺纹等，在驾驶盘、丝锥、水龙头、钥匙等物体上作用两个大小相等、方向相反、不共线的平行力。这两个等值、反向的平行力不能合成为一个力，且因该两力不共线，所以也不能平衡。事实上，这样的两个力能使物体产生转动效应。这种由大小相等、方向相反且不共线的一对平行力构成的力系称为力偶，如图 2.22(b) 所示，记作($\boldsymbol{F}$, $\boldsymbol{F}'$)。力偶中两力作用线所决定的平面称为力偶作用面，两力作用线间的垂直距离 d 称为力偶臂。

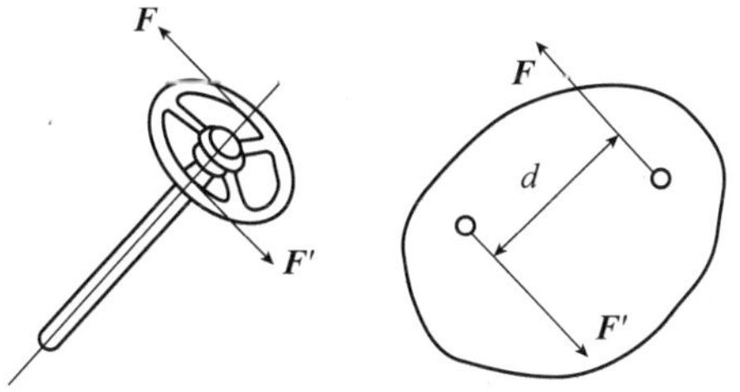

图 2.22

一个力偶使得物体转动的效果与哪些因素有关呢?实践表明，力偶对物体的转动效应与力偶中力 $\boldsymbol{F}$(或 $\boldsymbol{F}'$) 的大小和力偶臂 d 有关。力偶的转动效应用力的值与力臂长度的乘积冠以适当的正负号后所得代数量来表示，称为力偶矩，用 $M(\boldsymbol{F},\boldsymbol{F}')$ 表示，即

$$M(\boldsymbol{F},\boldsymbol{F}') = \pm F \cdot d \tag{2-11}$$

其正负号的规定：当力偶使物体逆时针转动时取正号，顺时针转动时取负号。

力偶的单位和力对点的矩的单位相同，用 N·m 或 kN·m 表示。

2. 力偶特点

(1) 力偶中的二力不满足二力平衡公理，故不是平衡力系。

(2) 力偶不会引起物体的移动效应，只能使物体发生转动效应(纯转动)。

(3) 由于力偶中的两个力在同一轴上的投影总是等值、异号，因此力偶在任何坐标轴上的投影都等于零。

3. 力偶的性质

(1) 力偶是一个由二力组成的特殊的不平衡力系，它不能合成为一个合力，所以不能与一力等效或平衡，力偶只能与力偶等效或平衡。

(2) 力偶对其作用面内任一点的矩恒等于力偶矩，与矩心的位置无关。

设有力偶($\boldsymbol{F}$,$\boldsymbol{F}'$)，其力偶臂为 d，如图 2.23 所示。在力偶作用面内任取一点 O 为矩心，以 $M_O(\boldsymbol{F},\boldsymbol{F}')$ 表示力偶对点 O 的矩，则

$$M_O(\boldsymbol{F},\boldsymbol{F}') = M_O(\boldsymbol{F}) + M_O(\boldsymbol{F}') = -F(x+d) + F'x = Fd$$

由此可知，力偶对其作用面内任一点的矩恒等于力偶矩，与矩心的位置无关。

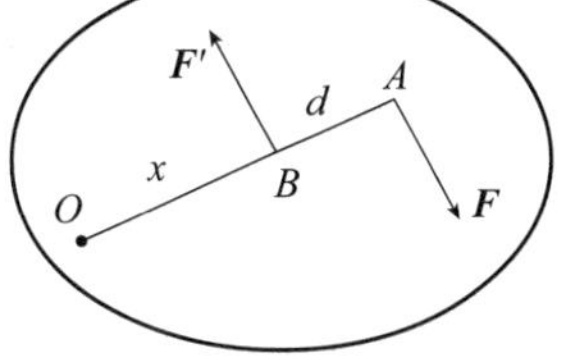

图 2.23

(3) 力偶的等效性 在同一平面内的两个力偶，如果它们的力偶矩大小相等、转向相同，则此二力偶等效。

根据力偶的等效性可以得到以下两个推论：

推论 1　力偶的可移性。只要力偶矩不变，力偶可在其作用面内任意移动，而不改变力偶对物体的效应，即力偶对物体的转动效果与它在作用面内的位置无关，如图 2.24(a) 所示。

推论 2　力偶的可改装性。在保持力偶矩大小不变和力偶转向不变的条件下，可任意改变力偶中力的大小和力偶臂的长短，而不改变它对物体的转动效应，如图 2.24(b) 所示。

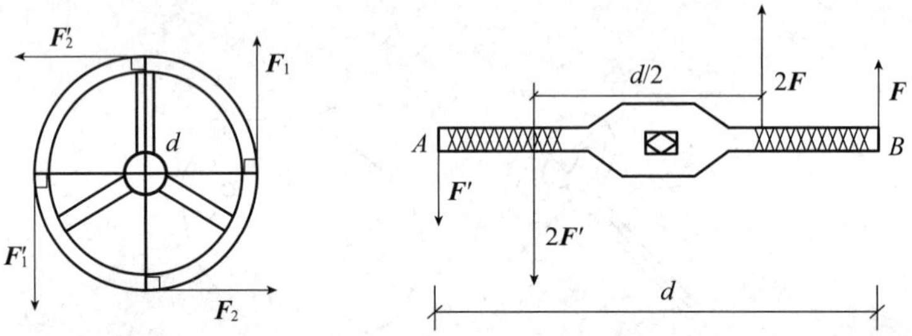

(a)　　(b)

图 2.24

从以上分析可知，力偶的作用效果完全取决于力偶矩的大小、转向和作用面，此即为力偶的三要素。因此，力偶在其作用面内除可用两个力表示外，通常还可用一带箭头的弧线来表示，如图 2.25 所示。其中弧线所在平面代表力偶作用面，箭头表示力偶的转向，m 表示力偶矩的大小。

图 2.25

2.2.3　平面力偶系的合成与平衡

设在物体某平面内作用有两个力偶 M_1 和 M_2，其力偶矩为 m_1 和 m_2，如图 2.26(a) 所示，任选一线段 $AB = d$ 作为公共力偶臂，根据力偶的等效性，得等效力偶($\boldsymbol{F}_1, \boldsymbol{F}'_1$) 及($\boldsymbol{F}_2, \boldsymbol{F}'_2$)，如图 2.26(b) 所示，则

$$F_1 = F'_1 = \frac{m_1}{d}, F_2 = F'_2 = \frac{m_2}{d}$$

于是，力偶 M_1 和 M_2 可合成为一个合力偶 M，如图 2.26(c) 所示，其合力偶矩为

$$M = Rd = (F_1 - F_2)d = m_1 + m_2$$

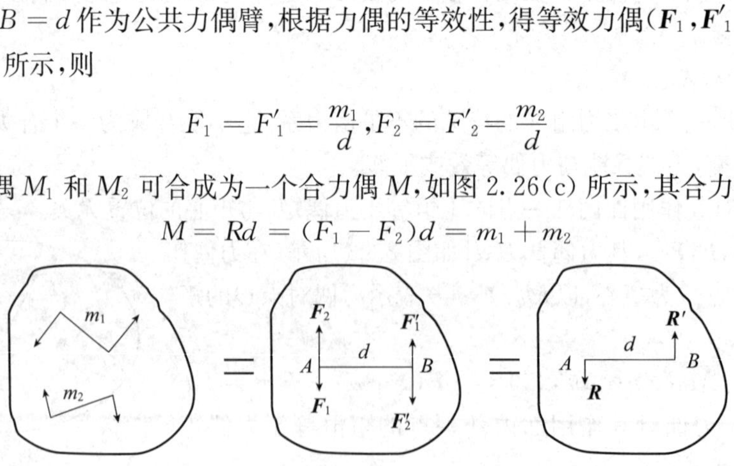

(a)　　(b)　　(c)

图 2.26

若有 n 个力偶作用于物体的某一平面内，这种力系称为平面力偶系。同样采用上述方法

合成，可得一个合力偶，合力偶矩等于各分力偶矩的代数和，即

$$M = m_1 + m_2 + \cdots + m_n = \sum m_i = \sum m \tag{2-12}$$

平面力偶系平衡的充要条件是：各力偶矩的代数和等于零。用式子表示为

$$\sum m = 0 \tag{2-13}$$

对于平面力偶系的平衡问题，可用式(2-13)求解一个未知量。

【例 2-12】 在梁 AB 的两端各作用一力偶，其力偶矩的大小分别为 $m_1 = 120\ \text{kN}\cdot\text{m}$，$m_2 = 360\ \text{kN}\cdot\text{m}$，转向如图 2.27(a)所示。梁长 $l = 6$ m，重量不计。求 A、B 处的支座反力。

解：取梁 AB 为研究对象，作用在梁上的力有：两个已知力偶 m_1、m_2 和支座 A、B 的反力 $\boldsymbol{R}_A$、$\boldsymbol{R}_B$。如图 2.27(b)所示，B 处为可动铰支座，其反力 $\boldsymbol{R}_B$ 的方位铅垂，指向假定向上。A 处为固定铰支座，其反力 $\boldsymbol{R}_A$ 的方向本属未能确定的，但因梁上只受力偶作用，故 $\boldsymbol{R}_A$ 必须与 $\boldsymbol{R}_B$ 组成一个力偶才能与梁上的力偶平衡，所以 $\boldsymbol{R}_A$ 的方向亦为铅垂，指向假定向下。由式(2-13)得

$$\sum m = 0,\ m_1 - m_2 + R_A \cdot l = 0$$

故

$$R_A = R_B = \frac{m_2 - m_1}{l} = \frac{360 - 120}{6} = 40\ \text{kN}$$

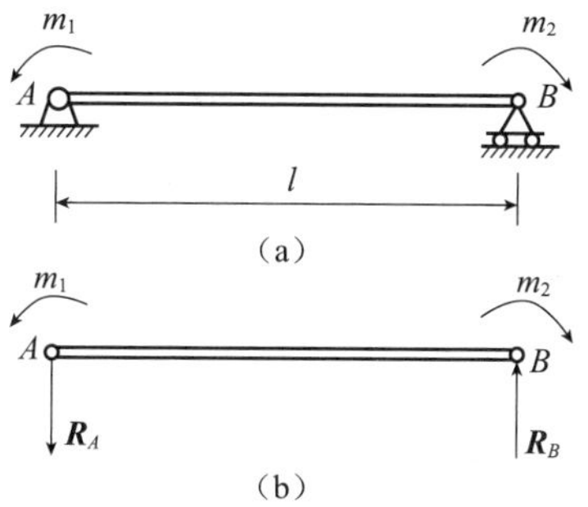

图 2.27

【例 2-13】 力偶矩分别为 m_1、m_2 的两个力偶，作用在跨度为 l 的简支梁 AB 上，支座 B 的支承面倾角为 θ，梁重不计，如图 2.28(a)所示。试求 A、B 处的支座反力。

解：(1) 取 AB 梁为研究对象。梁在两个主动力偶和 A、B 两处支座反力 $\boldsymbol{R}_A$、$\boldsymbol{R}_B$ 的共同作用下处于平衡，因此必过 B 点与其支承面垂直，考虑到力偶只能与力偶平衡，$\boldsymbol{R}_A$ 与 $\boldsymbol{R}_B$ 必等值、反向、平行而构成一力偶，画出 AB 梁的受力图[图 2.28(b)]。

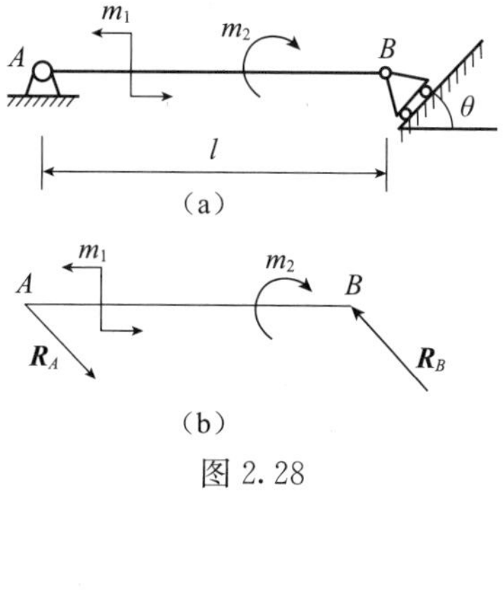

图 2.28

(2)列平面力偶系的平衡方程：

由 $\sum m=0$，得 $R_A \times l\cos\theta + m_1 - m_2 = 0$，从而

$$R_A = R_B = \frac{m_2 - m_1}{l\cos\theta}$$

【例 2-14】 如图 2.29 所示，在一钻床上水平放置工件，在工件上同时钻四个等直径的孔，每个钻头的力偶矩大小为 $m_1 = m_2 = m_3 = m_4 = 15\ \text{N}\cdot\text{m}$，求工件的总切削力偶矩和 A、B 端水平反力。

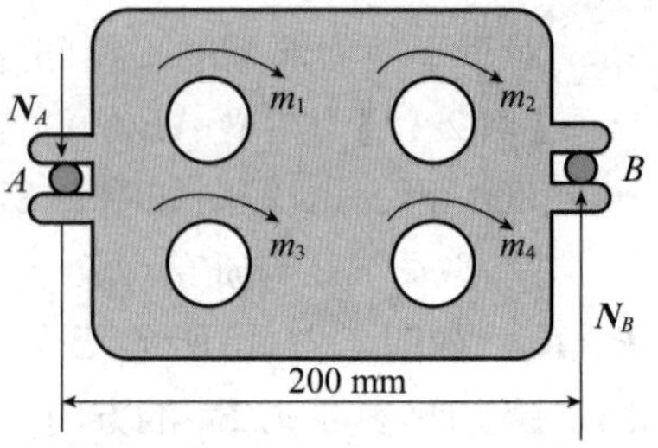

图 2.29

解：各力偶的合力偶矩为

$$M = m_1 + m_2 + m_3 + m_4 = 4\times(-15) = -60\ \text{N}\cdot\text{m}$$

由力偶只能与力偶平衡的性质，力 $\boldsymbol{N}_A$ 与力 $\boldsymbol{N}_B$ 组成一力偶。列平衡方程：

$$\sum m = 0$$

由

$$N_B \times 0.2 - m_1 - m_2 - m_3 - m_4 = 0$$

所以 $N_B = \dfrac{60}{0.2} = 300\ \text{N}$，则 $N_A = N_B = 300\ \text{N}$。

本章小结

本章主要研究平面汇交力系和平面力偶系的合成方法，平衡条件和平衡方程，应用平衡方程求解物体平衡问题的方法步骤。

1. 平面汇交力系

(1)平面汇交力系的合成：

合成方法有两种——几何法和解析法，实际工程中多采用解析法，应重点掌握。

(2)合力投影定理：

合力在某轴上的投影等于力系中各力在同一轴上投影的代数和。

$$\begin{cases} R_x = F_{x1} + F_{x2} + \cdots + F_{xn} = \sum F_{xi} = \sum F_x \\ R_y = F_{y1} + F_{y2} + \cdots + F_{yn} = \sum F_{yi} = \sum F_y \end{cases}$$

$$\begin{cases} R = \sqrt{R_x^2 + R_y^2} = \sqrt{\left(\sum F_x\right)^2 + \left(\sum F_y\right)^2} \\ \tan\alpha = \dfrac{|R_y|}{|R_x|} = \dfrac{\left|\sum F_y\right|}{\left|\sum F_x\right|} \end{cases}$$

(3)平面汇交力系的平衡条件：

①平衡的几何条件是力多边形自行闭合。

②平衡的解析条件是力系中各力在任意两个互相垂直坐标轴上的投影的代数和分别等于零。平衡方程为

$$\begin{cases} \sum F_x = 0 \\ \sum F_y = 0 \end{cases}$$

(4)利用平衡方程求解未知量的步骤:

①选取研究对象。所选研究对象应与已知力(或已求出的力)、未知力有直接关系,这样才能应用平衡条件由已知条件求未知力。

②画受力图。根据研究对象所受外部载荷、约束及其性质,对研究对象进行受力分析并得出它的受力图。约束反力指向未定者应先假设。

③选择坐标轴。最好使某一坐标轴与一个未知力垂直,以便简化计算。

④列平衡方程求解未知量。列方程时注意各力的投影的正负号,当求出的未知力为负数时,就表示该力的实际指向与假设的指向相反。

2. 力矩和力偶的基本理论

(1)力矩及其计算。

①力矩的概念。力矩是力使物体绕矩心转动效应的度量。它等于力的大小与力臂乘积,在平面问题中它是代数量,一般规定力使物体绕矩心逆时针方向转动为正,反之为负。即

$$M_O(\boldsymbol{F}) = \pm F \cdot d$$

可见力矩的大小和转向与矩心的位置有关。

②合力矩定理。平面汇交力系的合力对平面内任一点的力矩,等于力系中各分力对同一点的力矩的代数和。即

$$M_O(\boldsymbol{R}) = M_O(\boldsymbol{F}_1) + M_O(\boldsymbol{F}_2) + \cdots + M_O(\boldsymbol{F}_n) = \sum M_O(\boldsymbol{F}_i) = \sum M_O(\boldsymbol{F})$$

应用合力矩定理常常可以简化力矩的计算。

(2)力偶的基本理论。

①力偶。由等值、反向、作用线平行而不重合的两个力组成的力系,称为力偶。

②力偶的性质:

A. 力偶不能简化为一个力,也不能和一个力平衡,力偶只能与力偶平衡。

B. 力偶对物体的转动效应取决于力偶的作用面、力偶矩的大小和力偶的转向。

C. 在同一平面内的两个力偶,如果它们力偶矩的代数值相等,则这两个力偶是等效的。或者说,只要保持力偶矩的代数值不变,力偶可在其作用面内任意移动,也可以改变组成力偶的力的大小和力偶臂的长短。

(3)力偶的基本运算。

①力偶在任一轴上的投影等于零。

②力偶中的两个力对其作用面内任一点的矩都等于力偶矩,而与矩心的位置无关。

(4)力偶的合成与平衡。

①平面力偶系可合成为一个合力偶,合力偶矩等于各分力偶矩的代数和。即

$$M = m_1 + m_2 + \cdots + m_n = \sum m_i = \sum m$$

②平面力偶系的平衡条件是各力偶矩的代数和等于零。即

$$\sum m = 0$$

思考题

试证明组成力偶的两个力在任意轴上的投影之和等于零。

习 题

2-1 一物体重为 30 kN,用不可伸长的柔索 AB 和 BC 悬挂于如图 2.30 所示的平衡位置,设柔索的重量不计,AB 与铅垂线的夹角 $\alpha=30°$,BC 水平。试用几何法求柔索 AB 和 BC 的拉力。

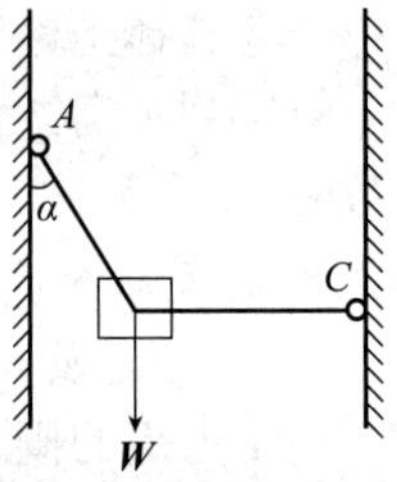

图 2.30

2-2 如图 2.31 所示为一吊环受到三条钢丝绳的拉力作用。已知 $F_1=2000$ N,水平向左;$F_2=5000$ N,与水平成 30°角;$F_3=3000$ N,铅直向下。试求合力大小。(仅是求合力大小)

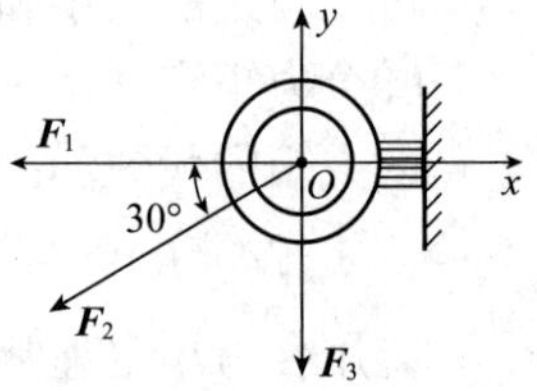

图 2.31

2-3 如图 2.32 所示为三铰钢架受力 $\boldsymbol{F}$ 作用,求 A、B 支座反力的大小。

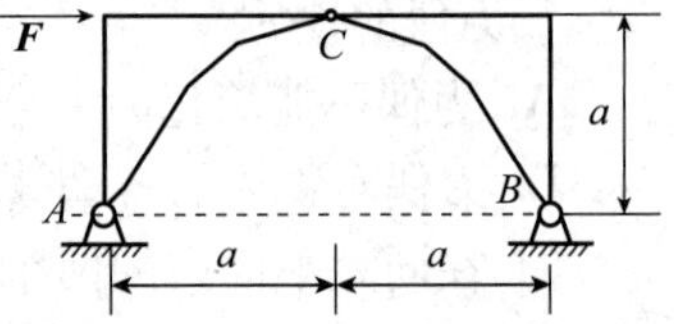

图 2.32

2-4 如图 2.33 所示为一简易起重机装置,重量 $G=2$ kN 的重物吊在钢丝绳的一端,钢丝绳的另一端跨过定滑轮 A,绕在铰车 D 的鼓轮上,定滑轮用直杆 AB 和 AC 支承,定滑轮半径较小,大小可忽略不计,定滑轮、直杆以及钢丝绳的重量不计,各处接触都为光滑。试求当重物被匀速提升时杆 AB、AC 所受的力。

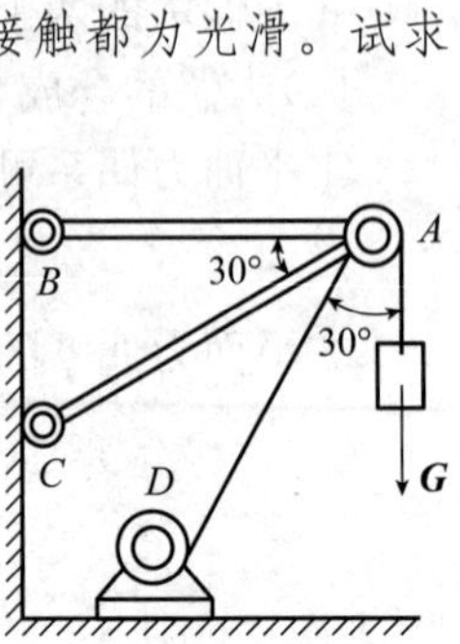

图 2.33

2-5 如图 2.34 所示为一拔桩装置，AB、ED、DB、CB 均为绳，$\theta=0.1$ rad，DB 水平，AB 铅直向下。力 $F=800$ N，求绳 AB 作用于桩上的力。

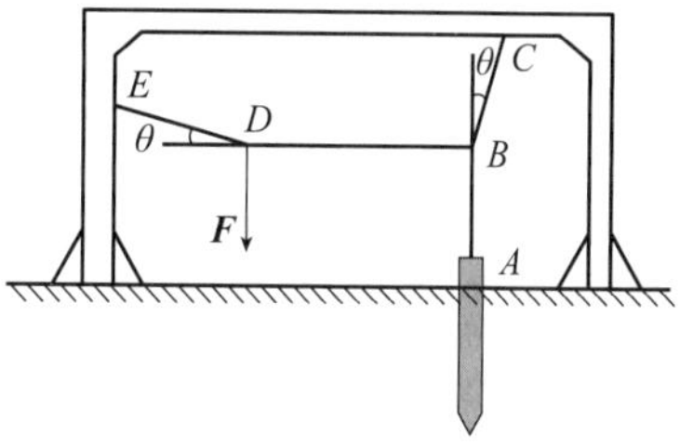

图 2.34

2-6 物体重 $P=20$ kN，用绳子挂在支架的滑轮 B 上，绳子的另一端接在铰 D 上，如图 2.35 所示。转动铰，物体便能升起。设滑轮的大小、AB 与 CB 杆自重及摩擦略去不计，A、B、C 三处均为铰链连接。当物体处于平衡状态时，求拉杆 AB 和支杆 CB 所受的力。

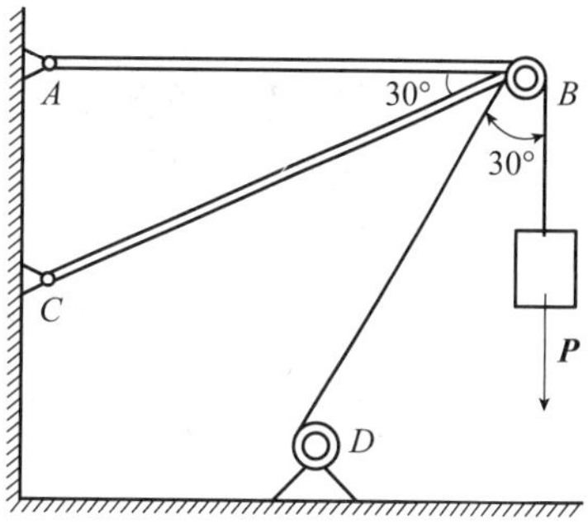

图 2.35

2-7 不计刚架自重，求图 2.36 所示刚架的支座反力。

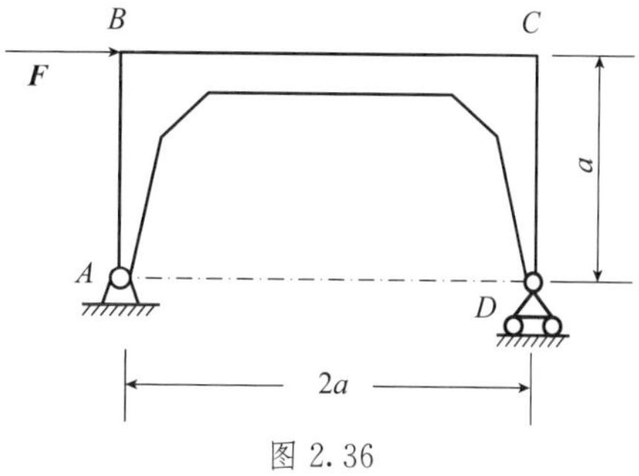

图 2.36

2-8 图 2.37 所示机构处于平衡位置，不计自重，求力 $\boldsymbol{F}_1$ 与 $\boldsymbol{F}_2$ 的关系。

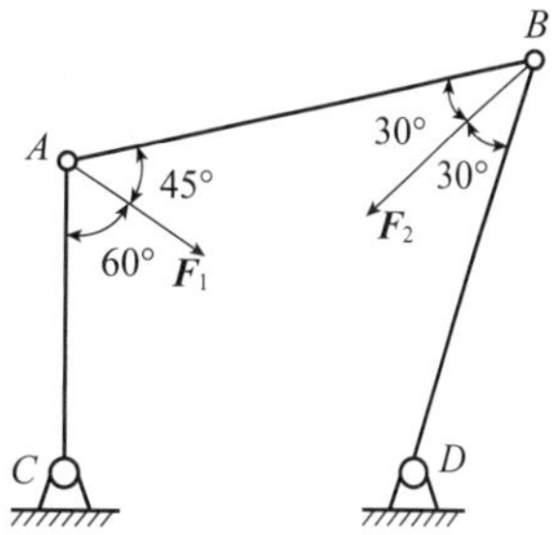

图 2.37

2-9 刚架受力情况和尺寸如图 2.38 所示，求力 $\boldsymbol{F}$ 对点 A、B 的力矩。

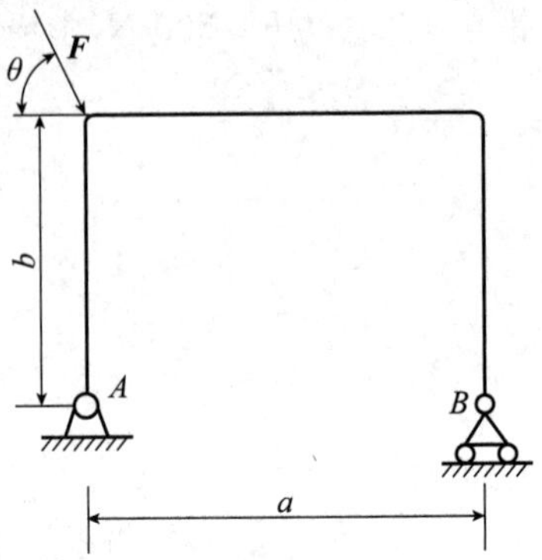

图 2.38

2-10 梁 AB 的支座如图 2.39 所示，不计梁的自重，试分别求在图示(a)、(b)两种情况下的各支座的约束反力。

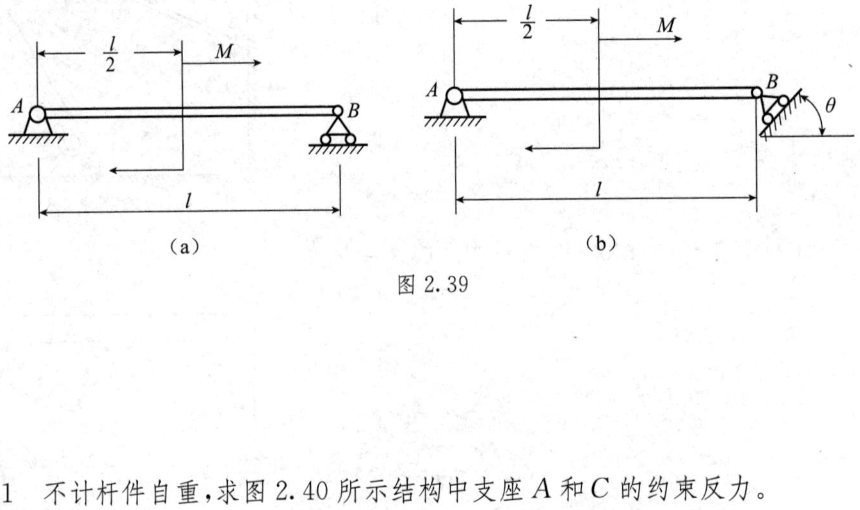

图 2.39

2-11 不计杆件自重，求图 2.40 所示结构中支座 A 和 C 的约束反力。

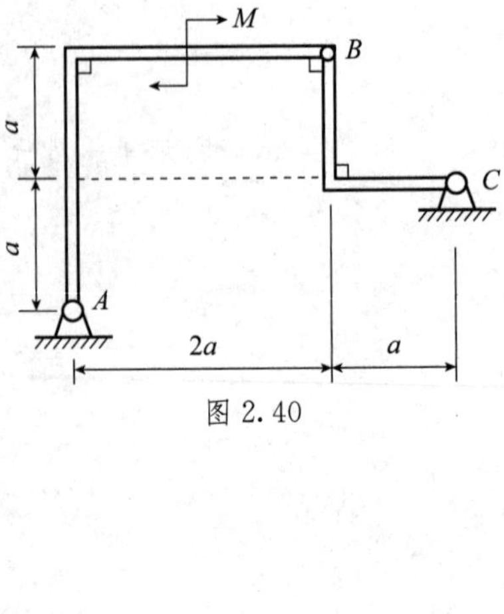

图 2.40

2 12 直角弯杆 $ABCD$ 与直杆 DE 及 EC 铰接，如图 2.41 所示，在杆 DE 上作用着力偶矩 $M=40\ \mathrm{kN\cdot m}$ 的力偶，不计各杆件自重，不考虑摩擦，求支座 AB 处的约束反力和杆 EC 所受的力。

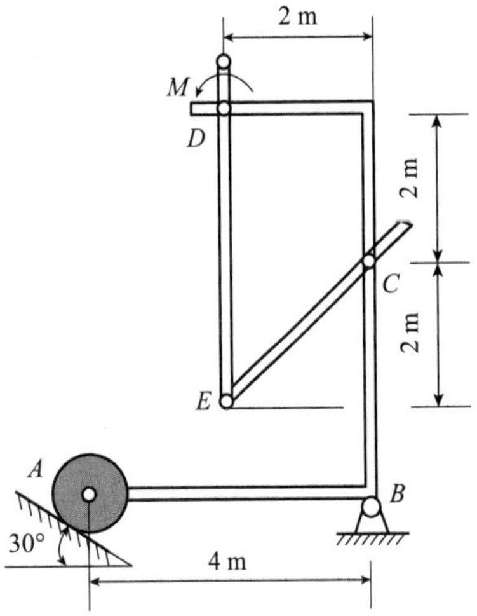

图 2.41

2-13 不计杆件自重，求图 2.42 示结构中支座 A 和 B 的约束反力。

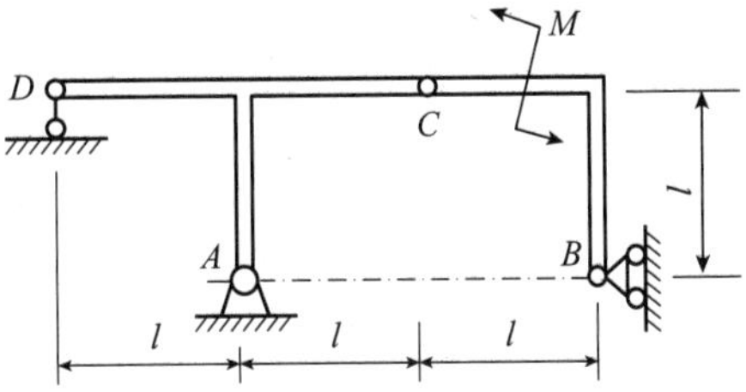

图 2.42

2-14 图 2.43 所示机构处于平衡位置，已知 $OA=0.4$ m，$O_1B=0.6$ m，$M_1=1\ \mathrm{kN\cdot m}$，各杆的自重均不计，试求作用在杆 O_1B 上的力偶矩 M_2 的大小及杆 AB 所受的力。

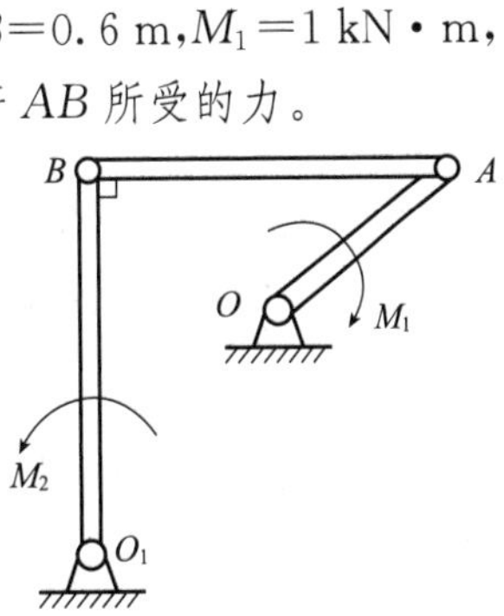

图 2.43

第3章 平面一般力系

[教学提示]

平面一般力系是各力作用线分布在同一平面内但不全部汇交于一点且任意分布的力系。在工程实际中,有很多都是平面一般力系的问题,或者是可以简化为平面一般力系的问题。因此,平面一般力系的研究具有特别重要的意义。本章将研究平面一般力系的简化与平衡问题。

[教学要求]

通过本章的学习,要求学生熟练计算力的投影,掌握各种力系的简化方法和简化结果,熟悉主矢和主矩;能应用各种平面力系的平衡条件和平衡方程求解单个物体和简单物体系统的平衡问题,特别是对平面任意力系的平衡问题,能熟练地取分离体和应用各种形式的平衡方程求解。

3.1 概 述

平面一般力系是各力作用线分布在同一平面内但不全部汇交于一点且任意分布的力系。平面汇交力系和平面力偶系都是平面一般力系的特例。

平面一般力系在工程中极为常见。在工程实际中,有些结构的厚度比其他两个方向的尺寸小得多,这种结构称为平面结构。在平面结构上作用的各力,一般都在同一平面内,组成平面一般力系。如图3.1(a)所示屋架,如果考虑屋架整体,其受力则为平面一般力系。

不仅当作用在平面结构或机构上的力系分布在同一平面时可视为平面一般力系,而且当空间结构或机构具有对称面且作用在其上的力系关于对称面对称时,也可简化为作用在对称面内的平面一般力系来研究。例如,图3.1(b)所示沿直线行驶的汽车,车受到的重力$\boldsymbol{G}$、空气阻力$\boldsymbol{F}$及地面对左右轮的约束反力的合力$\boldsymbol{R}_A$、$\boldsymbol{R}_B$可简化到汽车的对称面内,组成平面一般力系。

总之,在工程中,许多结构的受力,一般都可以简化为平面一般力系的问题来处理,因此,平面一般力系是工程中最常见的力系。本章将讨论平面一般力系的简化、合成和平衡问题。

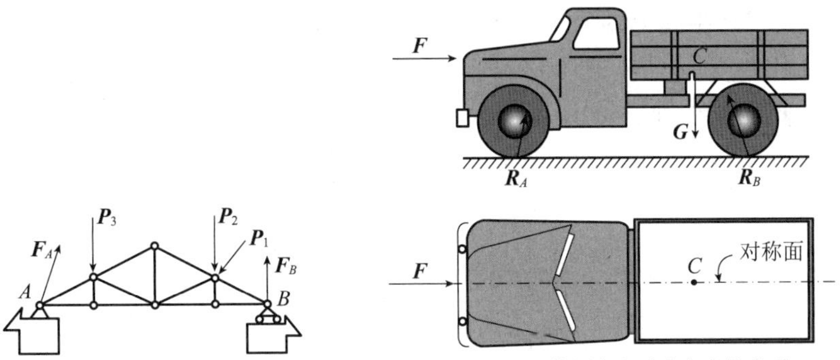

作用在平面屋架上的力系
(a)

作用在行驶汽车上的力系
(b)

图 3.1

3.2　平面一般力系的合成

3.2.1　力的平移定理

前面已经研究了平面汇交力系与平面力偶系的合成与平衡，为了将平面一般力系简化为这两种力系，首先必须解决力的作用线如何平行移动的问题。

如图 3.2(a)所示，设刚体 A 上作用着一个力 $\boldsymbol{F}$，在此刚体上任取一点 O。现在来讨论怎样才能把力 $\boldsymbol{F}$ 平移到 O 点，而不改变其原来的作用效应。为此，可在 O 点加上两个大小相等、方向相反，与 $\boldsymbol{F}$ 平行的力 $\boldsymbol{F}'$ 和 $\boldsymbol{F}''$，且 $\boldsymbol{F}'=\boldsymbol{F}''=\boldsymbol{F}$，如图 3.2(b)所示。根据加减平衡力系公理，$\boldsymbol{F}$、$\boldsymbol{F}'$ 和 $\boldsymbol{F}''$ 与图 3.2(a)的 $\boldsymbol{F}$ 对刚体的作用效应相同。显然 $\boldsymbol{F}''$ 和 $\boldsymbol{F}$ 组成一个力偶，其力偶矩为

$$m=Fd=M_O(\boldsymbol{F})$$

这三个力可转换为作用在 O 点的一个力和一个力偶[图 3.2(c)]。由此可得力的平移定理：作用在刚体上的力 $\boldsymbol{F}$，可以平移到同一刚体上的任一点 O，但必须附加一个力偶，其力偶矩等于力 $\boldsymbol{F}$ 对新作用点 O 之矩。

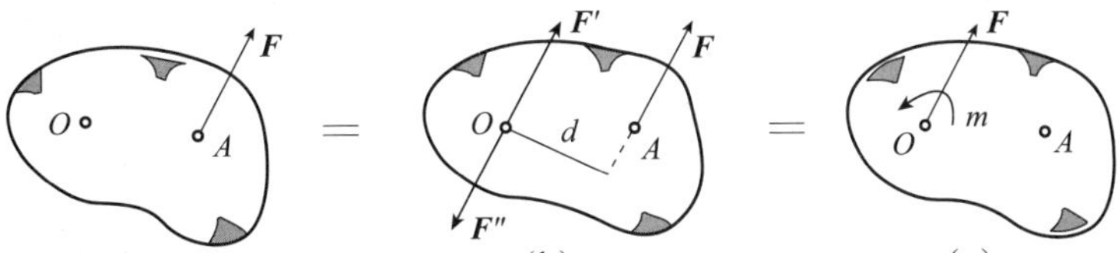

(a)　(b)　(c)

图 3.2

根据上述力的平移的逆过程，共面的一个力和一个力偶总可以合成为一个力，该力的大小和方向与原力相同，作用线间的垂直距离为

$$d=\frac{|m|}{F'}$$

力的平移定理是一般力系向一点简化的理论依据，也是分析力对物体作用效应的一个重要方法。例如，图 3.3(a)所示的厂房柱子受到吊车梁传来的载荷 $\boldsymbol{F}$ 的作用，在分析下段

柱的受力情况时，常将牛腿上的力 $\boldsymbol{F}$ 平移到柱轴线上的 O 点，根据力的平移定理得一个力 $\boldsymbol{F}'$，同时还必须附加一个力偶[图 3.3(b)]。力 $\boldsymbol{F}$ 经平移后，它对柱子的变形效果就可以很明显地看出，力 $\boldsymbol{F}'$ 使柱子轴向受压，力偶使柱弯曲。

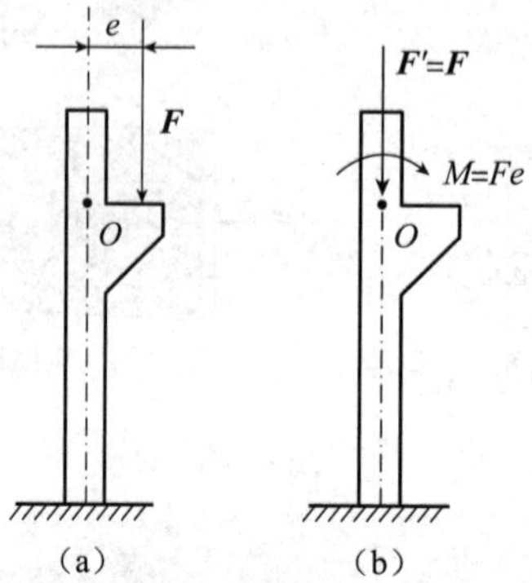

图 3.3

在此必须注意的是，在研究物体的内力时，不能随意将力从一点平移到另一点，这样会使物体的内力和变形发生改变。

3.2.2 平面一般力系向作用面内任一点简化

前面讨论平面汇交力系可以合成为一个力，平面力偶可以合成为一个力偶。那么，平面一般力系的合成是怎样的呢？下面就讨论平面一般力系的合成。

如图 3.4(a)所示，设在物体上作用有平面一般力系 $\boldsymbol{F}_1,\boldsymbol{F}_2,\cdots,\boldsymbol{F}_n$，简化中心 O 点是该力系的作用面内任选的一点，根据力的平移定理，将各力全部平移到 O 点[如图 3.4(b)]，得到一个平面汇交力系 $\boldsymbol{F}'_1,\boldsymbol{F}'_2,\cdots,\boldsymbol{F}'_n$ 和一个力偶矩为 $m_1,m_2,\cdots,m_n$ 的附加的平面力偶系。

其中平面汇交力系中各力的大小和方向分别与原力系中对应的各力相同，即

$$\boldsymbol{F}'_1=\boldsymbol{F}_1,\boldsymbol{F}'_2=\boldsymbol{F}_2,\cdots,\boldsymbol{F}'_n=\boldsymbol{F}_n$$

各附加的力偶矩分别等于原力系中各力对简化中心 O 点之矩，即

$$m_1=M_O(\boldsymbol{F}_1),m_2=M_O(\boldsymbol{F}_2),\cdots,m_n=M_O(\boldsymbol{F}_n)$$

将汇交于 O 点的各力 $\boldsymbol{F}'_1,\boldsymbol{F}'_2,\cdots,\boldsymbol{F}_n{}'$ 继续合成为一个作用于 O 点的力 $\boldsymbol{R}'$，并将 $\boldsymbol{R}'$ 称为原力系的主矢[如图 3.4(c)]，即

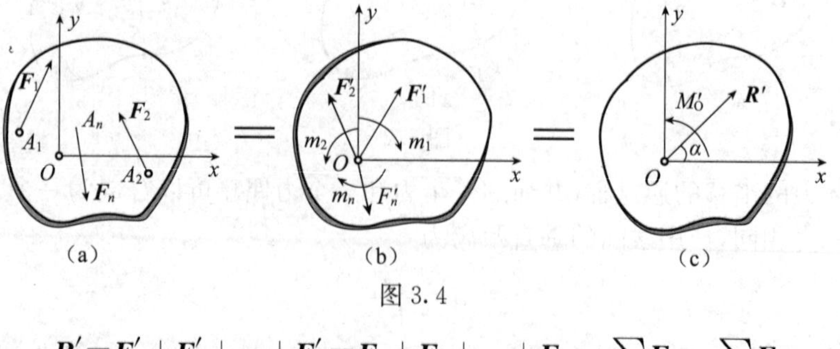

图 3.4

$$\boldsymbol{R}'=\boldsymbol{F}'_1+\boldsymbol{F}'_2+\cdots+\boldsymbol{F}'_n=\boldsymbol{F}_1+\boldsymbol{F}_2+\cdots+\boldsymbol{F}_n=\sum\boldsymbol{F}_i=\sum\boldsymbol{F} \tag{3-1}$$

求主矢 $\boldsymbol{R}'$ 的大小和方向，可应用解析法。过 O 点取直角坐标系 xOy，如图 3.4 所示。

主矢 $\boldsymbol{R}'$在 x 轴和 y 轴上的投影为

$$R'_x=F'_{1x}+F'_{2x}+\cdots+F'_{nx}=F_{1x}+F_{2x}+\cdots+F_{nx}=\sum F_{ix}=\sum F_x$$

$$R'_y=F'_{1y}+F'_{2y}+\cdots+F'_{ny}=F_{1y}+F_{2y}+\cdots+F_{ny}=\sum F_{iy}=\sum F_y$$

式中，F'_{ix}、F'_{iy}和 F_{ix}、F_{iy}分别是力 $\boldsymbol{F}'_i$和 $\boldsymbol{F}_i$在坐标轴 x 和 y 轴上的投影。由于 $\boldsymbol{F}'_i$和 $\boldsymbol{F}_i$大小相等、方向相同，因此它们在同一轴上的投影相等。

主矢 $\boldsymbol{R}'$的大小和方向为

$$\begin{cases} R'-\sqrt{R'^2_x+R'^2_y}=\sqrt{\left(\sum F_x\right)^2+\left(\sum F_y\right)^2} \\ \tan\alpha=\dfrac{|R'_y|}{|R'_x|}=\dfrac{\left|\sum F_y\right|}{\left|\sum F_x\right|} \end{cases} \tag{3-2}$$

式中，α 为 $\boldsymbol{R}'$与 x 轴所夹的锐角，$\boldsymbol{R}'$的指向由 $\sum \boldsymbol{F}_x$和 $\sum \boldsymbol{F}_y$的正负号确定。从式(3-2)可知，求主矢的大小和方向时，只要求出原力系中各力在两个坐标轴上的投影就可得出，而不必将力平移后再求投影。

如图 3.4(c)所示，由力偶系合成的理论可知，力偶矩为 $m_1, m_2, \cdots, m_n$ 的平面力偶系可合成为一个力偶，其力偶矩 M'_O称为原力系对简化中心 O 的主矩，即

$$M'_O=m_1+m_2+\cdots+m_n=M_O(\boldsymbol{F}_1)+M_O(\boldsymbol{F}_2)+\cdots+M_O(\boldsymbol{F}_n)=\sum M_O(\boldsymbol{F}_i)$$

$$M'_O=\sum M_O(\boldsymbol{F})=\sum M_O \tag{3-3}$$

综上所述，平面一般力系向作用面内任一点简化的结果，是一个力和一个力偶。这个力作用在简化中心，它的矢量称为原力系的主矢，且等于原力系中各力的矢量和；这个力偶的力偶矩称为原力系对简化中心的主矩，它等于原力系各力对简化中心的力矩的代数和。

应当注意，作用于简化中心的力 $\boldsymbol{R}'$一般并不是原力系的合力，力偶矩为 M'_O的力偶也不是原力系的合力偶，只有 $\boldsymbol{R}'$与 M'_O两者相结合才与原力系等效。

由于主矢等于原力系各力的矢量和，因此主矢 $\boldsymbol{R}$ 的大小和方向与简化中心的位置无关。而主矩等于原力系各力对简化中心的力矩的代数和，取不同的点作为简化中心，各力的力臂都要发生变化，则各力对简化中心的力矩也会改变，所以主矩一般随着简化中心的位置不同而改变。因此，主矩必须标明简化中心。

3.2.3 平面一般力系简化结果的讨论

平面力系向一点简化，一般可以得到一个力和一个力偶，但这并不是最后的简化结果。根据主矢与主矩是否存在，可能出现下列几种情况：

(1)若 $R'=0, M'_O\neq 0$，则说明原力系与一个力偶等效，即原力系合成为一个合力偶，合力偶的力偶矩就是主矩。

由于力偶对平面内任意一点之矩都相同，因此当力系简化为一力偶时，主矩和简化中心的位置无关，无论向哪一点简化，所得的主矩都相同。

(2)若 $R'\neq 0, M'_O=0$，则说明原力系与通过简化中心的一个力等效，作用于简化中心的

力$\boldsymbol{R}'$就是原力系的合力，作用线通过简化中心。

(3)若$R'\neq 0$，$M'_O\neq 0$，这时根据力的平移定理的逆过程，可以进一步合成为合力$\boldsymbol{R}$，如图3.5所示。

将力偶矩为M'_O的力偶用两个反向平行力R'、R''表示，并使R'和R''等值、共线，使它们构成一平衡力[图3.5(b)]，为保持M'_O不变，只要取力臂d为

$$d=\frac{|M'_O|}{R'}=\frac{|M'_O|}{R}$$

将$\boldsymbol{R}''$和$\boldsymbol{R}'$这一平衡力系去掉，这样就只剩下$\boldsymbol{R}$力与原力系等效[图3.5(c)]。合力$\boldsymbol{R}$在O点的哪一侧，可根据$\boldsymbol{R}$对O点的矩的转向应与主矩M'_O的转向相一致来确定。

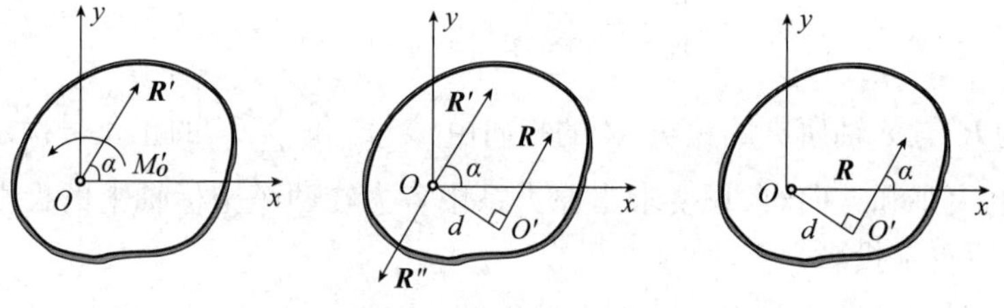

图3.5

(4)若$R'=0$，$M'_O=0$，此时力系处于平衡状态。

综上所述，平面一般力系最后简化的结果为三种：①一个力；②一个力偶；③力系平衡。

3.2.4 平面一般力系的合力矩定理

由上面分析可知，当$R'\neq 0$，$M'_O\neq 0$时，还可进一步简化为一合力$\boldsymbol{R}$(图3.5)，合力$\boldsymbol{R}$对O点的矩是

$$M_O(\boldsymbol{R})=R\cdot d$$

而

$$R\cdot d=|M'_O|, M'_O=\sum M_O(\boldsymbol{F})$$

且$M_O(\boldsymbol{R})$与M'_O应同为正值或同为负值，上式中的绝对值符号可以去掉，所以

$$M_O(\boldsymbol{R})=\sum M_O(\boldsymbol{F}) \tag{3-4}$$

由于简化中心O是任意选取的，故上式有普遍的意义，于是可得到平面力系的合力矩定理：平面一般力系的合力对作用面内任一点之矩等于力系中各力对同一点之矩的代数和。

【例3-1】 如图3.6(a)所示，梁AB的A端是固定端支座，受载荷作用，试用力系向某点简化的方法说明固定端支座的反力情况。

解：梁的A端嵌入墙内成为固定端，固定端约束的特点是使梁的端部既不能移动也不能转动。在主动力作用下，梁插入部分与墙接触的各点都受到大小和方向都不同的约束反力作用[图3.6(b)]，这些约束反力就构成一个平面一般力系，将该力系向梁上A点简化就得到一个力$\boldsymbol{R}_A$和一个力偶矩为M_A的力偶[图3.6(c)]。一般情况下，约束反力$\boldsymbol{R}_A$的大小和方向都是未知量，可用它的水平分力$\boldsymbol{X}_A$和垂直分力$\boldsymbol{Y}_A$来代替。因此，在平面力系情况下，

固定端支座的约束反力包括三个，即阻止梁端向任何方向移动的水平反力 $\boldsymbol{X}_A$ 和竖向反力 $\boldsymbol{Y}_A$，以及阻止物体转动的反力偶 M_A。它们的指向都是假定的[图 3.6(d)]。

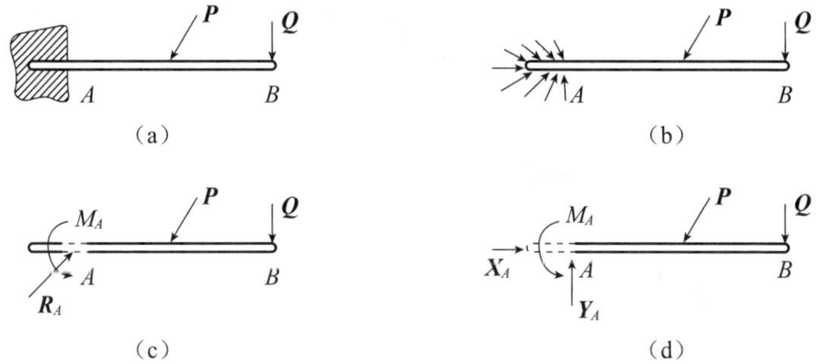

图 3.6

【例 3-2】 已知素混凝土水坝自重 $G_1=600$ kN，$G_2=300$ kN，水压力在最低点的载荷集度 $q=80$ kN/m，各力的方向及作用线位置如图 3.7(a)所示。试将这三个力向底面 A 点简化，并求简化的最后结果。

解：以底面 A 为简化中心，取坐标系如图 3.7(a)所示，由式(3-2)可求得主矢 $\boldsymbol{R}'$ 的大小和方向。由于

$$\sum F_x=\frac{1}{2}\times q\times 8=\frac{1}{2}\times 80\times 8=320 \text{ kN}$$

$$\sum F_y=G_1+G_2=600+300=900 \text{ kN}$$

所以

$$R'=\sqrt{(\sum F_x)^2+(\sum F_y)^2}=\sqrt{320^2+900^2}=955.2 \text{ kN}$$

$$\tan\alpha=\frac{\left|\sum F_y\right|}{\left|\sum F_x\right|}=\frac{900}{320}=2.813$$

$$\alpha=70.43^\circ$$

因为 $\sum F_x$ 为正值，$\sum F_y$ 为正值，故 $\boldsymbol{R}'$ 指向第一象限，与 x 轴夹角为 α，再由式(3-3)可求得主矢为

$$\begin{aligned}M'_A&=\sum M_A(F)\\&=-\frac{1}{2}\times q\times 8\times\frac{1}{3}\times 8-G_1\times 1.5-G_2\times 4\\&=-\frac{1}{2}\times 80\times 8\times\frac{1}{3}\times 8-600\times 1.5-300\times 4\\&=-2953.3 \text{ kN}\cdot\text{m}\end{aligned}$$

计算结果为负值表示 M'_A 是顺时针转向。

因为主矢 $R'\neq 0$，主矩 $M'_A\neq 0$，如图 3.7(b)所示，所以还可进一步合成为一个合力 $\boldsymbol{R}$。$\boldsymbol{R}$ 的大小、方向与 $\boldsymbol{R}'$ 相同，它的作用线与 A 点的距离为

$$d=\frac{|M'_O|}{R'}=\frac{2953.3}{955.2}=3.10 \text{ m}$$

因 M_A' 为负，故 $M_A(\boldsymbol{R})$ 也应为负，即合力 $\boldsymbol{R}$ 应在 A 点右侧，如图 3.7(c)所示。

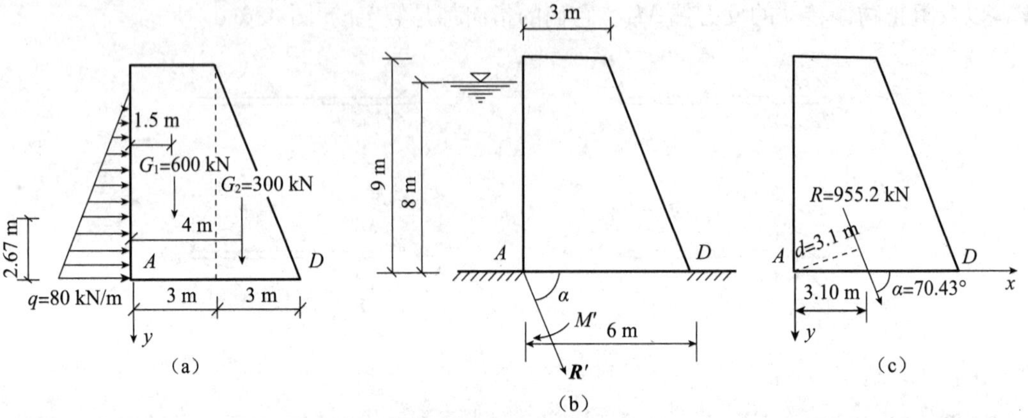

图 3.7

【例 3-3】 简支梁 AB 所受的线载荷呈二次抛物线分布，如图 3.8(a)所示。欲使此载荷恰好组成一力偶，试求 q_A 与 q_B 之比。

解： 为使此载荷组成一力偶，则 AB 梁上面的载荷图面积应等于梁下面的载荷图面积。

为简化载荷图面积的计算，可将载荷图看成向下的均布载荷 $CEBA$ 和向上的抛物线载荷 DEC 叠加而成，如图 3.8(b)所示。

因为 $CEBA$ 的面积 $=q_A l$，DEC 的面积 $=\frac{1}{3}(q_A+q_B)\cdot l$。

令 $q_A l=\frac{1}{3}(q_A+q_B)\cdot l$，得

$$q_A : q_B=\frac{1}{2}$$

由于 $CEBA$ 的面积形心与 DEC 的面积形心不在同一铅垂线上，故向上的载荷与向下的载荷组成一逆时针向的力偶。

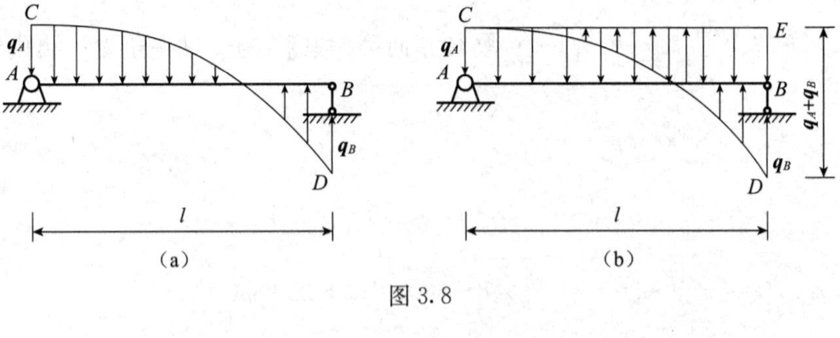

图 3.8

3.3 平面一般力系平衡条件及其应用

3.3.1 平面一般力系的平衡条件

由上一节可知，当平面一般力系向任一点简化时，若主矢、主矩同时等于零，则该力系为

平衡力系;反之,若主矢、主矩不同时等于零,则原力系可合成为一个合力或一个力偶,力系就不平衡。因此,平面一般力系平衡的必要与充分条件是:力系的主矢和力系对于任一点的主矩都等于零,即

$$R'=0, M_O'=0$$

由于

$$R'=\sqrt{\left(\sum F_x\right)^2+\left(\sum F_y\right)^2}, M_O'=\sum M_O(F)=\sum M_O$$

于是可得到平面一般力系的平衡条件为

$$\begin{cases}\sum F_x=0\\ \sum F_y=0\\ \sum M_O=0\end{cases} \tag{3-5}$$

式(3-5)说明平面一般力系平衡的必要与充分条件是:力系中所有各力在两个坐标轴中每一轴上的投影的代数和均等于零,所有各力对任一点之矩的代数和等于零。

式(3-5)中包含两个投影方程和一个力矩方程,是平面一般力系平衡方程的基本形式。这三个方程是彼此独立的(即其中的一个不能由另外两个得出),因此可求解三个未知量。

【例 3-4】 试求图 3.9(a)所示悬臂梁固定支座 A 的约束力。梁上受集中力 $\boldsymbol{F}$ 和线载荷作用,线载荷最大集度为 $\boldsymbol{q}_A$,梁长度为 l。

解:取 AB 梁为研究对象,画出 AB 梁的受力图如图 3.9(b)所示。集中力 $\boldsymbol{F}$、线性分布载荷及三个约束力 $\boldsymbol{F}_{Ax}$、$\boldsymbol{F}_{Ay}$、M_A 组成一平面一般力系。由于未知反力 $\boldsymbol{F}_{Ax}$、$\boldsymbol{F}_{Ay}$ 相互正交且交于 A 点,而约束力偶在任一轴上投影均为零且对其作用平面内任一点之矩恒等于力偶矩 M_A,而与矩心位置无关,故选择平衡方程的基本形式。建立图 3.9(b)所示 xAy 坐标系,列平衡方程:

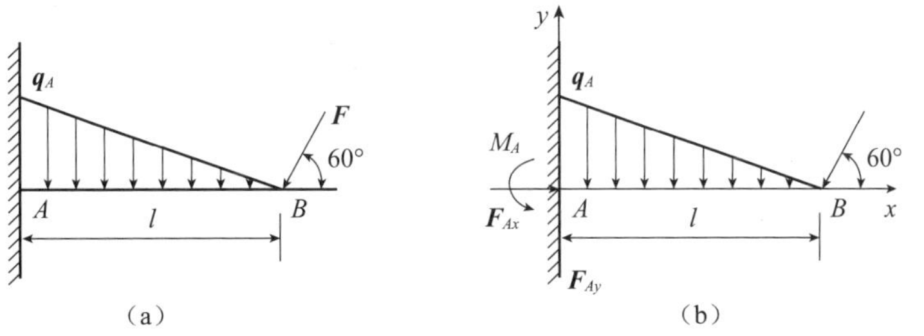

图 3.9

$$\sum F_x=0 \Rightarrow F_{Ax}-F\cos 60^\circ=0 \Rightarrow F_{Ax}=\frac{1}{2}F$$

$$\sum F_y=0 \Rightarrow F_{Ay}-F\sin 60^\circ-\frac{1}{2}q_A l=0 \Rightarrow F_{Ay}=\frac{\sqrt{3}}{2}F+\frac{1}{2}q_A l$$

选 A 为矩心建立力矩方程:

$$\sum M_A(F)=0 \Rightarrow M_A-F\sin 60^\circ \cdot l-\frac{1}{2}q_A l \cdot \frac{l}{3}=0$$

$$M_A=\frac{\sqrt{3}}{2}Fl+\frac{1}{6}q_A l^2$$

力系既然平衡，则力系中各力在任一轴上的投影代数和必然等于零，力系中各力对任一点之矩的代数和也必然为零。因此，我们可以列出其他的平衡方程，用来校核计算有无错误。

校核：

因为 $\sum M_A=-\frac{q_A l}{2}\cdot\frac{l}{3}-F\sin60^\circ\cdot l+M_A$

$$=-\frac{q_A l}{2}\cdot\frac{l}{3}-F\cdot\frac{\sqrt{3}}{2}\cdot l+\frac{\sqrt{3}}{2}Fl+\frac{1}{6}q_A l^2=0$$

所以所求支座反力正确。

【例 3-5】 图 3.10(a)所示为一伸臂梁。受到载荷 $P=2$ kN、三角形分布载荷 $q=1$ kN/m作用。如果不计梁重，求支座 A 和 B 的反力。

解：取 CD 梁为研究对象，受力图如图 3.10(b)所示，列平衡方程：

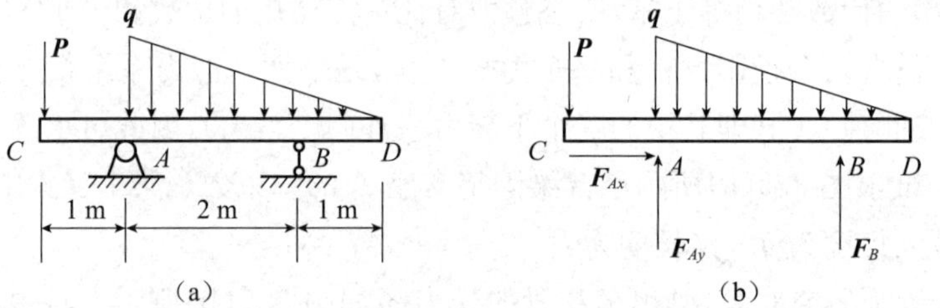

图 3.10

$$\sum F_x=0\Rightarrow F_{Ax}=0$$

$$\sum M_A=0\Rightarrow P\times1-\frac{1}{2}\times q\times3\times1+F_B\times2=0$$

$$F_B=\frac{1}{2}\times\left(\frac{3}{2}\times q-2\times1\right)=-0.25\ \text{kN}$$

$$\sum F_y=0\Rightarrow F_{Ay}+F_B-P-\frac{1}{2}\times q\times3=0$$

$$F_{Ay}=P+\frac{3}{2}q-F_B=2+\frac{3}{2}\times1-(-0.25)=3.75\ \text{kN}$$

得数为正值，说明实际的反力方向与假设的方向一致；得数为负值，说明实际的反力方向与假设的方向相反。

校核：

因为 $\sum M_B=P\cdot3-F_{Ay}\cdot2+\frac{1}{2}q\cdot3\cdot1=2\times3-3.75\times2+\frac{1}{2}\times1\times3\times1=0$

所以所求支座反力正确。

【例 3-6】 一水平托架承受重 $G=20$ kN 的重物，如图 3.11(a)所示，A、B、C 各处均为铰链连接。各杆的自重不计，试求托架 A、B 两处的约束反力。

解：取托架水平杆 AD 作为研究对象，其受力图如图 3.11(b)所示。由于杆 BC 为二力杆，它对托架水平杆的约束反力 $\boldsymbol{S}_B$ 沿杆 BC 轴线作用，A 处为固定铰支座，其约束反力可用相互垂直的一对反力 $\boldsymbol{F}_{Ax}$ 和 $\boldsymbol{F}_{Ay}$ 来代替。取坐标系如图 3.11(b)所示，列出三个平衡方程：

$$\sum M_A=0 \Rightarrow S_B\sin45°\times2-3G=0$$

$$S_B=\frac{3G}{2\sin45°}=\frac{3\sqrt{2}G}{2}=42.43\ \text{kN}$$

$$\sum F_x=0 \Rightarrow -F_{Ax}+S_B\cos45°=0$$

$$F_{Ax}=S_B\cos45°=42.43\times0.707=30\ \text{kN}$$

$$\sum F_y=0 \Rightarrow -F_{Ay}+S_B\sin45°-G=0$$

$$F_{Ay}=S_B\sin45°-G=42.43\times0.707-20=10\ \text{kN}$$

校核：

因为 $\sum M_D=F_{Ay}\times3-S_B\sin45°\times1=10\times3-42.43\times0.707\times1=0$

所以所求支座反力正确。

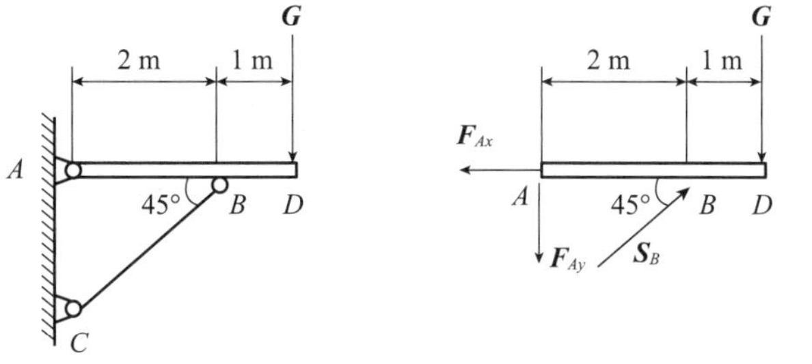

图 3.11

【例 3-7】 在水平单伸梁作用有集中力偶和梯形线载荷，如图 3.12(a)所示。已知 $m=60\ \text{kN}\cdot\text{m}$，$q_A=4\ \text{kN/m}$，$q_B=2\ \text{kN/m}$，$l=2\ \text{m}$，试求 B、C 支座反力。

解：研究 AC 梁，画出其受力图如图 3.12(b)所示。

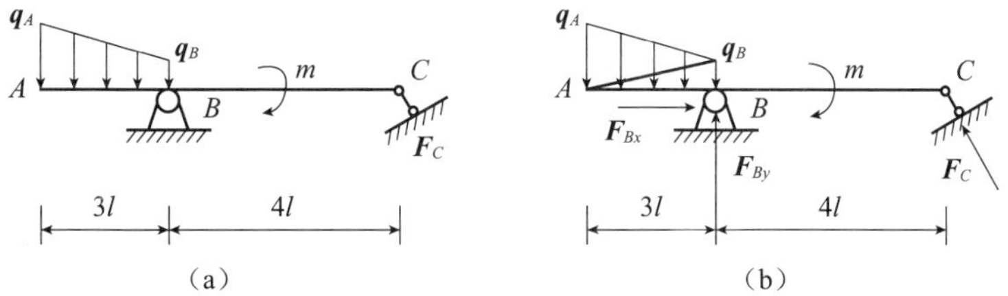

图 3.12

在列平衡方程时，梯形线载荷可视为载荷集度为 $\boldsymbol{q}_B$ 的均布载荷，再叠加一个最大集度为 $\boldsymbol{q}_A-\boldsymbol{q}_B$ 的三角形载荷，也可以将梯形线载荷视为由载荷集度分别为 $\boldsymbol{q}_A$ 和 $\boldsymbol{q}_B$ 的两个三角形载荷组成，本题采用将梯形线载荷视为两个三角形线载荷组成，求解更为简单。先计算两个线载荷的合力大小和作用线位置，再计算它们在所选投影轴上的投影以及对所选矩心之矩。

建立平衡方程(设 C 支座所在支承面的倾角为 θ)：

$$\sum M_B=0 \Rightarrow F_C \cdot 4l\cos\theta - m + \frac{1}{2}q_A \cdot 3l \cdot 2l + \frac{1}{2}q_B \cdot 3l \cdot l = 0$$

$$F_C = \frac{1}{4l\cos\theta}\left(m - 3q_A l^2 - \frac{3}{2}q_B l^2\right)$$

$$= \frac{1}{4\times 2\cos\theta}\left(60 - 3\times 4\times 2^2 - \frac{3}{2}\times 2\times 2^2\right)$$

$$=0$$

再由投影方程

$$\sum F_x = 0 \Rightarrow F_{Bx} - F_C \sin\theta = 0$$

$$F_{Bx}=0$$

$$\sum F_y = 0 \Rightarrow F_{By} + F_C\cos\theta - \frac{1}{2}(q_A+q_B)\cdot 3l = 0$$

$$F_{By} = \frac{3l}{2}(q_A+q_B) = \frac{3\times 2}{2}\times(4+2) = 18\ \text{kN}$$

校核：

因为 $\sum M_C = \frac{1}{2}q_A \cdot 3l \cdot 6l + \frac{1}{2}q_B \cdot 3l \cdot 5l - F_{By} \cdot 4l - m$

$$= \frac{1}{2}\times 4\times 3\times 2\times 6\times 2 + \frac{1}{2}\times 2\times 3\times 2\times 5\times 2 - 18\times 4\times 2 - 60$$

$$=0$$

所以所求支座反力正确。

【例 3-8】 钢筋混凝土刚架所受载荷及支承情况如图 3.13(a)所示。已知 $q=4$ kN/m，$P=10$ kN，$m=2$ kN·m，$Q=20$ kN，试求支座处的反力。

解：取刚架为研究对象，画其受力图如图 3.13(b)所示，图中各支座反力指向都是假设的。

本题有一个力偶载荷，由于力偶在任一轴上投影为零，故写投影方程时不必考虑力偶；由于力偶对平面内任一点的矩都等于力偶矩，故写力矩方程时，可直接将力偶矩 $\boldsymbol{m}$ 列入。

设坐标系如图 3.13(b)所示，列三个平衡方程：

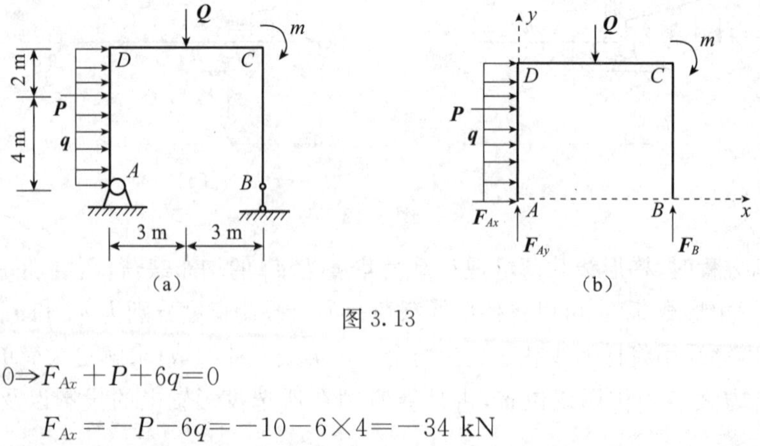

图 3.13

$$\sum F_x = 0 \Rightarrow F_{Ax} + P + 6q = 0$$

$$F_{Ax} = -P - 6q = -10 - 6\times 4 = -34\ \text{kN}$$

$$\sum M_A = 0 \Rightarrow F_B\times 6 - P\times 4 - Q\times 3 - m - 6q\times 3 = 0$$

$$F_B=\frac{4P+3Q+m+18q}{6}=\frac{4\times10+3\times20+2+18\times4}{6}=29\ \text{kN}$$

$$\sum F_y=0\Rightarrow F_{Ay}+F_B-Q=0$$

$$F_{Ay}=Q-F_B=20-29=-9\ \text{kN}$$

校核：

因为 $\sum M_C=6F_{Ax}-6F_{Ay}+2P+3Q-m+6q\times3$

$=6\times(-34)-6\times(-9)+2\times10+3\times20-2+6\times4\times3$

$=0$

所以所求支座反力正确。

【例 3-9】 均质楼梯 AB 长为 l，重为 $\boldsymbol{G}_1$，A 端靠在垂直墙面上，B 端搁在水平地面上，一人重为 $\boldsymbol{G}_2$，爬至楼梯的 D 处，$AD=a$。若墙、地光滑，为防止楼梯下滑，在楼梯 E 点与墙角 O 处用一绳相连接，梯与水平面间的夹角为 α，绳与水平面间的夹角为 β，如图 3.14(a)所示。求此时绳子的拉力。

解：以楼梯为研究对象，其受力图如图 3.14(b)所示。已知主动力 $\boldsymbol{G}_1$、$\boldsymbol{G}_2$ 和未知约束力 $\boldsymbol{F}_A$、$\boldsymbol{F}_B$、$\boldsymbol{F}_T$ 构成一平面一般力系，故用平面一般力系的平衡方程求解。

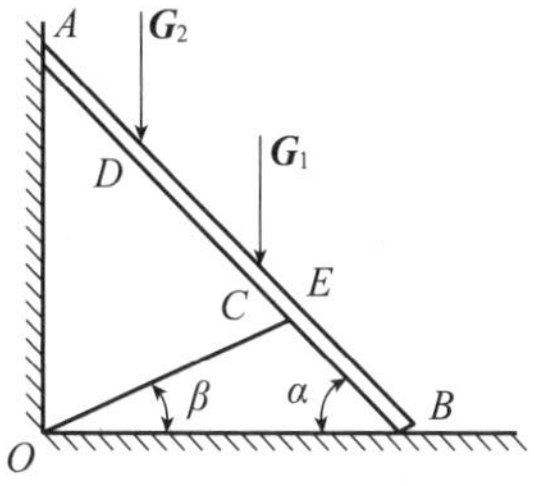

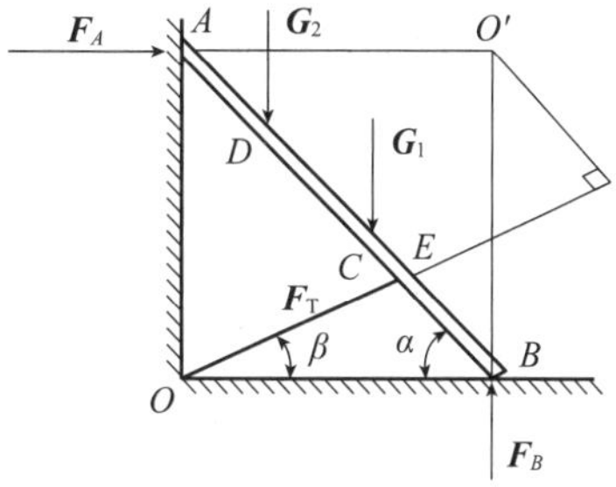

图 3.14

因为本题中只需求解绳子的拉力 $\boldsymbol{F}_T$，可不求 $\boldsymbol{F}_A$ 和 $\boldsymbol{F}_B$，故选 $\boldsymbol{F}_A$ 的作用线与 $\boldsymbol{F}_B$ 的作用线的交点 O' 为矩心建立力矩方程。

$$\sum M_{O}(F)=0\Rightarrow G_1 l\cdot\frac{1}{2}\cos\alpha+G_2\cdot(l-\alpha)\cos\alpha-F_T\cdot l\sin(\alpha-\beta)=0$$

$$F_T=\frac{\left[\dfrac{G_1 l}{2}+G_2(l-a)\right]\cos\alpha}{l\sin(\alpha-\beta)}$$

3.3.2　平面一般力系平衡方程的其他形式

前面我们通过平面一般力系的平衡条件导出了平面一般力系平衡方程的基本形式，除了这种形式，还可将平衡方程表示为二力矩形式及三力矩形式。

1. 二力矩形式的平衡方程

在力系作用面内任取两点 A、B 及 x 轴，如图 3.15 所示，可以证明平面一般力系的平衡方程可改写成两个力矩方程和一

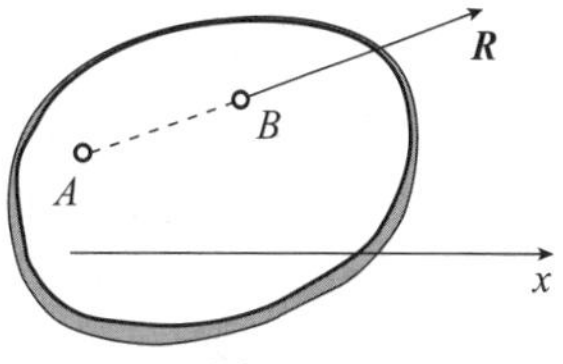

图 3.15

个投影方程的形式,即

$$\begin{cases}\sum F_x=0\\ \sum M_A=0\\ \sum M_B=0\end{cases} \tag{3-6}$$

式中,x 轴不与 A、B 两点的连线垂直。

证明:首先将平面一般力系向 A 点简化,一般可得到过 A 点的一个力和一个力偶。若 $M_A=0$ 成立,则力系只能简化为通过 A 点的合力 $\boldsymbol{R}$ 或成平衡状态。如果 $\sum M_B=0$ 又成立,说明 $\boldsymbol{R}$ 必通过 B 点。可见合力 $\boldsymbol{R}$ 的作用线必为 AB 连线。又因 $\sum F_x=0$ 成立,则 $R_x=\sum F_x=0$,即合力 $\boldsymbol{R}$ 在 x 轴上的投影为零,因 AB 连线不垂直于 x 轴,合力 $\boldsymbol{R}$ 亦不垂直于 x 轴,由 $R_x=0$ 可推得 $R=0$。可见满足式(3-6)的平面一般力系是平衡力系。反之,若力系平衡,则其对任一点的主矩和主矢量都等于零,所以式(3-6)必然成立。

2. 三力矩形式的平衡方程

在力系作用面内任意取三个不在一直线上的点 A、B、C,如图 3.16所示,则力系的平衡方程可写为三个力矩方程形式,即

$$\begin{cases}\sum M_A=0\\ \sum M_B=0\\ \sum M_C=0\end{cases} \tag{3-7}$$

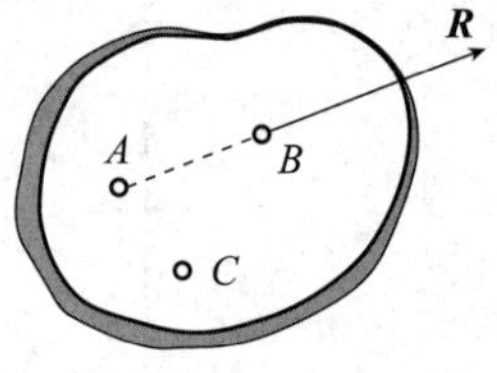

图 3.16

式中,A、B、C 三点不在同一直线上。

同上面讨论一样,若 $\sum M_A=0$ 和 $\sum M_B=0$ 成立,则力系合成结果只能是通过 A、B 两点的一个力(图 3.16)或者平衡。如果 $\sum M_C=0$ 也成立,则合力必然通过 C 点,而一个力不可能同时通过不在一直线上的三点,除非合力为零, $\sum M_C=0$ 才能成立。因此,力系必然是平衡力系。

综上所述,平面一般力系共有三种不同形式的平衡方程,即式(3-5)、式(3-6)、式(3-7),在解题时可以根据具体情况选取某一种形式。但无论采用哪种形式,都只能写出三个独立的平衡方程,求解三个未知数。任何第四个平衡方程都是力系平衡的必然结果而不再代表力系平衡的必要条件,因而不是独立的方程,但可以利用这个方程来校核计算的结果。

应用平面一般力系平衡方程解题的步骤:

(1)选取研究对象,作出研究对象的受力图。根据题意分析已知量和未知量,选取适当的研究对象,在研究对象上画出它受到的所有主动力和约束反力。当约束反力的方向未定时,一般可用两个互相垂直的分反力表示。当约束反力的指向未定时,可以先假设其方向,如果计算结果为正,则表示假设的指向正确;如果计算结果为负,则表示实际的指向与假设的相反。

(2)对所选取的研究对象,列出平衡方程。选取适当的平衡方程形式、投影轴和矩心,选取哪种形式的平衡方程,完全取决于计算的方便与否。通常力求一个平衡方程只包含一个未知量,以免求解联立方程。在应用投影方程时,投影轴应尽可能选取与较多的未知力的作

用线垂直;应用力矩方程时,矩心往往取两个未知力的交点;计算力矩时,要善于运用合力矩定理,以便使计算简单。

(3)解平衡方程,求出未知量。

(4)校核。将计算结果代入不独立的平衡方程,以校核解题过程有无错误。

【例 3-10】 某屋架如图 3.17(a)所示,设左屋架及盖瓦共重 $P_1=3$ kN,右屋架受到风力及载荷作用,其合力 $P_2=7$ kN,P_2 与 BC 夹角为 80°,试求 A、B 支座的反力。

解:取整个屋架为研究对象,画其受力图,并选取坐标轴 x 轴和 y 轴,如图 3.17(b)所示,列出三个平衡方程。

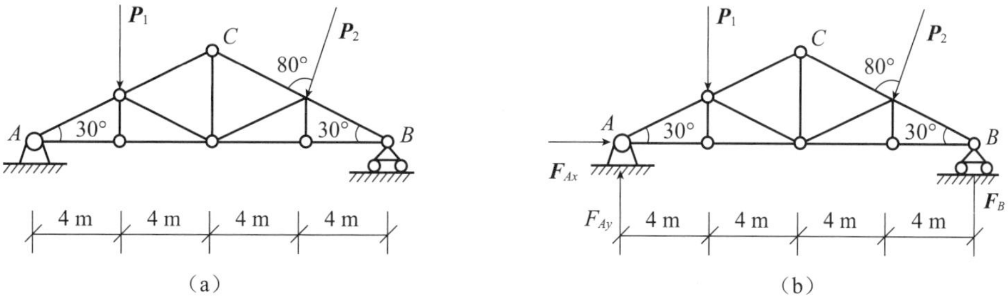

图 3.17

$$\sum F_x=0\Rightarrow F_{Ax}-P_2\cos70°=0$$

$$F_{Ax}=P_2\cos70°=7\times0.342=2.39\text{ kN}$$

$$\sum M_A=0\Rightarrow F_B\times16-4\times P_1-P_2\sin70°\times12+P_2\cos70°\times4\times\tan30°=0$$

$$F_B=\frac{4P_1+12P_2\sin70°-4P_2\cos70°\times\tan30°}{16}$$

$$=\frac{4\times3+12\times7\times0.94-4\times7\times0.342\times0.577}{16}$$

$$=5.34\text{ kN}$$

$$\sum M_B=0\Rightarrow-16F_{Ay}+12P_1+P_2\sin70°\times4+P_2\cos70°\times4\times\tan30°=0$$

$$F_{Ay}=\frac{12P_1+4P_2\sin70°+4P_2\cos70°\times\tan30°}{16}$$

$$=4.24\text{ kN}$$

校核:

因为 $\sum F_y=F_{Ay}+F_B-P_1-P_2\sin70°$

$$=4.24+5.34-3-7\times0.94$$

$$=0$$

所以所求支座反力正确。

【例 3-11】 梁 AC 用三根支座链杆连接,受一力 $P=50$ kN 作用,如图 3.18(a)所示。不计梁及链杆的自重,试求每根支座链杆的反力。

解:取 AC 梁为研究对象,画其受力图,如图 3.18(b)所示。列平衡方程时,为避免解联立方程组,最好所列的方程中只有一个未知力。因此,取 $\boldsymbol{R}_A$ 和 $\boldsymbol{R}_B$ 的交点 O_1 为矩心列平衡方程。

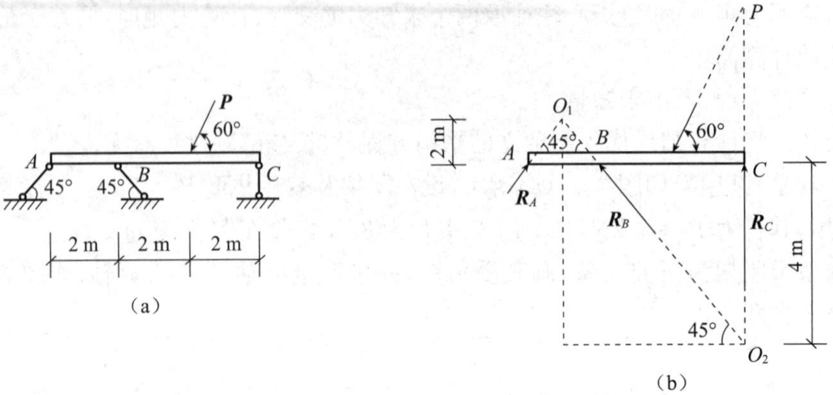

图 3.18

$\sum M_{O_1}=0 \Rightarrow R_C \times 6 - P\cos60^\circ \times 2 - P\sin60^\circ \times 4 = 0$

$R_C=\dfrac{2P\cos60^\circ+4P\sin60^\circ}{6}=\dfrac{2\times50\times0.5+4\times50\times0.866}{6}=37.2\ \text{kN}$

取 $\boldsymbol{R}_B$ 与 $\boldsymbol{R}_C$ 的交点 O_2 为矩心列平衡方程：

$\sum M_{O_2}=0 \Rightarrow -R_A \times \dfrac{6}{\cos45^\circ} + P\cos60^\circ \times 4 + P\sin60^\circ \times 2 = 0$

$R_A=\dfrac{(4P\cos60^\circ+2P\sin60^\circ)}{6}=\dfrac{(4\times50\times0.5+2\times50\times0.866)\times0.707}{6}$

$=21.99\ \text{kN}$

取 $\sum F_x=0 \Rightarrow R_A\cos45^\circ - R_B\cos45^\circ - P\cos60^\circ = 0$

$$R_B=\frac{R_A\cos45^\circ-P\cos60^\circ}{\cos45^\circ}=\frac{21.99\times0.707-50\times0.5}{0.707}=-13.37\ \text{kN}$$

校核：

因为 $\sum F_x = R_A\sin45^\circ + R_B\sin45^\circ + R_C - P\sin60^\circ$

$=21.99\times0.707-13.37\times0.707+37.2-50\times0.866$

$=0$

所以所求支座反力正确。

3. 平面力系的特殊情况

平面一般力系是平面力系的一般情况。除前面讲的平面汇交力系、平面力偶系外，还有平面平行力系都可以看作平面一般力系的特殊情况，它们的平衡方程都可以从平面一般力系的平衡方程得到，现讨论如下。

(1)平面汇交力系。

对于平面汇交力系，可取力系的汇交点 O 作为坐标的原点，如图 3.19(a)所示，因各力的作用线均通过坐标原点 O，各力对 O 点的矩必为零，即恒有 $\sum M_O=0$。因此，平面汇交力系平衡方程的基本形式为

$$\begin{cases}\sum F_x=0\\ \sum F_y=0\end{cases} \tag{3-8}$$

同样，平面汇交力系的平衡方程也可写成矩式和二矩式

$$\begin{cases}\sum F_x=0\\ \sum M_A=0\end{cases}\tag{3-9}$$

其中力系汇交点 O 与矩心 A 点的连线不得垂直于 x 轴。

$$\begin{cases}\sum M_A=0\\ \sum M_B=0\end{cases}\tag{3-10}$$

其中力系汇交点 O 与两矩心 A、B 不得共线。

(2)平面力偶系。

平面力偶系如图 3.19(b)所示，因构成力偶的两个力在任何轴上的投影必为零，则恒有 $\sum F_x=0$ 和 $\sum F_y=0$，只剩下第三个力矩方程，但因为力偶对某点的矩等于力偶矩，则平面力偶系的平衡方程为

$$\sum m_O=0\tag{3-11}$$

(3)平面平行力系。

平面平行力系是指其各力作用线在同一平面上并相互平行的力系，如图 3.19(c)所示，选 Oy 轴与力系中的各力平行，则各力在 x 轴上的投影恒为零，则平衡方程只剩下两个独立的方程：

$$\begin{cases}\sum F_y=0\\ \sum M_O=0\end{cases}\tag{3-12}$$

若采用二力矩式(3-6)，可得

$$\begin{cases}\sum M_A=0\\ \sum M_B=0\end{cases}\tag{3-13}$$

式中，A、B 两点的连线不与各力作用线平行。

平面平行力系只有两个独立的平衡方程，只能求解两个未知量。

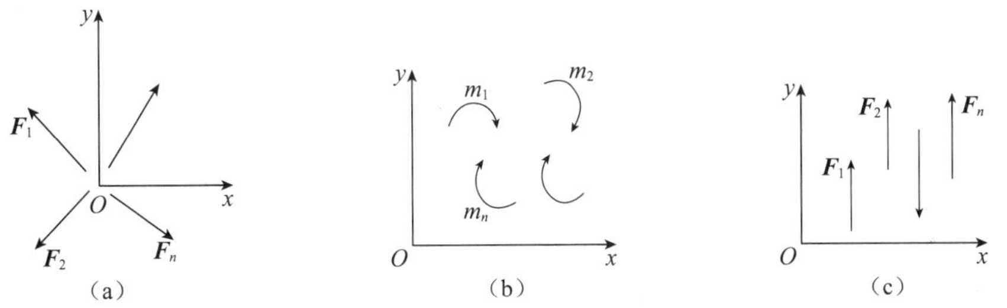

图 3.19

【例 3-12】　图 3.20(a)所示为塔式起重机。已知轨距 $b=4$ m，机身重 $G=220$ kN，其作用线到右轨的距离 $e=1.5$ m，起重机平衡重 $Q=50$ kN，其作用线到左轨的距离 $a=4$ m，载荷 P 的作用线到右轨的距离 $l=10$ m。

(1)试证明空载时($P=0$ 时)起重机是否会向左倾倒？

(2)求出起重机不向右倾倒的最大载荷 P。

解:以起重机为研究对象,作用于起重机上的力有主动力 $\boldsymbol{G}$、$\boldsymbol{P}$、$\boldsymbol{Q}$ 及约束力 $\boldsymbol{N}_A$ 和 $\boldsymbol{N}_B$,它们组成一个平行力系[图 3.20(b)]。

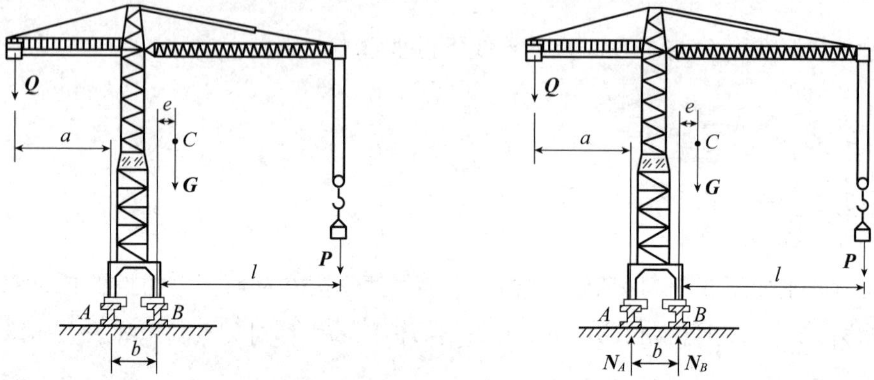

图 3.20

(1)使起重机不向左倾倒的条件是 $N_B \geqslant 0$。当空载时,取 $P=0$,列平衡方程:

$$\sum M_A=0 \Rightarrow Q \cdot a+N_B \cdot b-G(e+b)=0$$

$$\begin{aligned} N_B &=\frac{1}{b}[G(e+b)-Q \cdot a] \\ &=\frac{1}{4}[220\times(1.5+4)-50\times4] \\ &=252.5\ \mathrm{kN}>0 \end{aligned}$$

所以起重机不会向左倾倒。

(2)使起重机不向右倾倒的条件是 $N_A \geqslant 0$,列平衡方程:

$$\sum M_B=0 \Rightarrow Q(a+b)-N_A \cdot b-G \cdot e-P \cdot l=0$$

$$N_A=\frac{1}{b}[Q(a+b)-G \cdot e-P \cdot l]$$

欲使 $N_A \geqslant 0$,则需

$$Q(a+b)-G \cdot e-P \cdot l \geqslant 0$$

$$\begin{aligned} P &\leqslant \frac{1}{l}[Q(a+b)-G \cdot e] \\ &=\frac{1}{10}\times[50\times(4+4)-220\times1.5] \\ &=7\ \mathrm{kN} \end{aligned}$$

当载荷 $P \leqslant 7$ kN 时,起重机是稳定的。

【例 3-13】 外伸梁的尺寸如图 3.21(a)所示,求支座 A、B 的反力。

解:取梁 AC 为研究对象,画其受力图如图 3.21(b)所示。在竖向载荷 q_1 和 q_2 作用下,支座反力 $\boldsymbol{R}_A$、$\boldsymbol{R}_B$ 沿铅垂方向,它们组成平面平行力系。

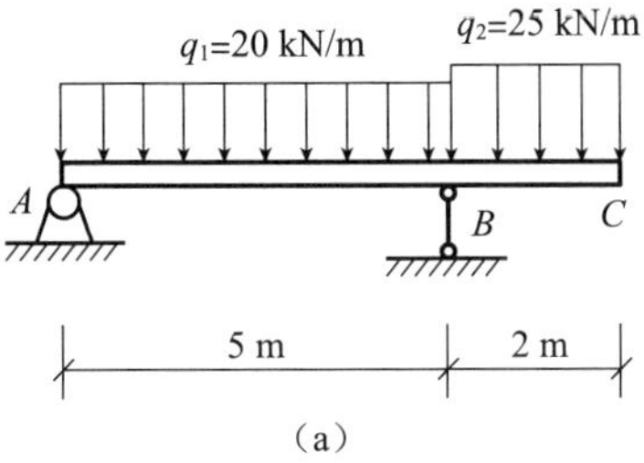

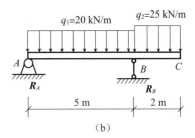

图 3.21

应用二力矩式平衡方程可求解两个未知力：

$$\sum M_B=0\Rightarrow q_1\times5\times2.5-q_2\times2\times1-R_A\times5=0$$

$$R_A=\frac{12.5q_1-2q_2}{5}=\frac{12.5\times20-2\times25}{5}=40\ \text{kN}$$

$$\sum M_A=0\Rightarrow R_B\times5-q_1\times5\times2.5-q_2\times2\times6=0$$

$$R_B=\frac{12.5q_1+12q_2}{5}=\frac{12.5\times20+12\times25}{5}=110\ \text{kN}$$

校核：

因为 $\sum F_y=R_A+R_B-q_1\times5-q_2\times2=40+110-20\times5-25\times2=0$

所以所求支座反力正确。

3.4　物体系统的平衡

前面研究了平面力系单个物体的平衡问题，但是在工程结构中往往是由若干个物体通过一定的约束来组成一个系统，这种系统称为物体系统。例如，图 3.22(a)所示的组合梁，就是由梁 AB 和梁 BC 通过铰 B 连接，并支承在 A、C 支座而组成的一个物体系统。

在一个物体系统中，一个物体的受力与其他物体是紧密相关的；整体受力又与局部是紧密相关的。物体系统的平衡是指组成系统的每一个物体及系统的整体都处于平衡状态。

在研究物体系统的平衡问题时，不仅要知道外界物体对这个系统的作用力，同时还应分析系统内部物体之间的相互作用力。通常将系统以外的物体对这个系统的作用力称为外力，系统内各物体之间的相互作用力称为内力。图 3.22(b)所示为组合梁的受力图，载荷及 A、C 支座的反力就是外力，而在铰 B 处左右两段梁之间的互相作用的力就是内力。

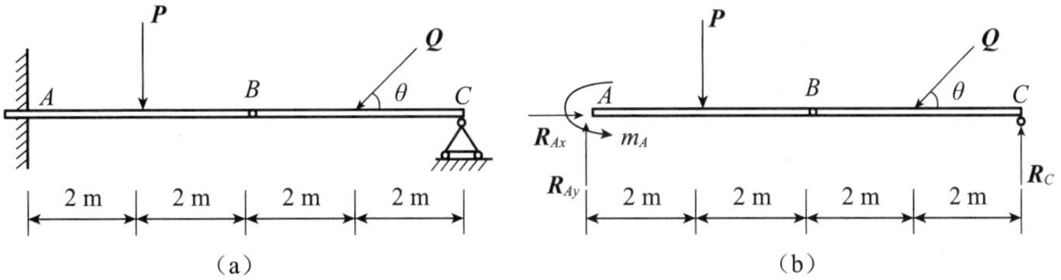

图 3.22

应当注意，外力和内力是相对的概念，是对一定的考察对象而言的。如图 3.22 所示的组合梁在铰 B 处两段梁的相互作用力，对组合梁的整体来说，就是内力，而对左段梁或右段梁来说，就为外力了。由于内力必成对存在，且每对内力均为平衡力，因此内力不应出现在受力图和平衡方程中。

当物体系统平衡时，组成该系统的每个物体都处于平衡状态。如果该物体系统有 n 个物体，而每个物体又都在平面一般力系作用下，则有 $3n$ 个独立的平衡方程，可以求出 $3n$ 个未知量。但是，如果系统中的物体受平面汇交力系或平面平行力系的作用，则独立的平衡方程将相应减少，而所能求的未知量数目也相应减少。若整个系统中未知量的数目不超过独立的平衡方程数目，则未知量可由平衡方程全部求出，这样的问题称为静定问题。若未知量的数目超过了独立平衡方程数目，则未知量就不能由平衡方程全部求出，这样的问题称为超静定问题。

求解物体系统平衡问题的关键在于恰当地选取研究对象，可以选取整个物体系统作为研究对象，也可以选取物体系统中某部分物体（一个物体或几个物体组合）作为研究对象，以建立平衡方程。由于物体系统的未知量较多，因此应尽量避免从总体的联立方程组中解出，以简化计算。在工程实际中，组成物体系统的物体数目、约束设置、各物体的连接方式以及外表形状可说是千变万化，但按其构造特点和载荷传递规律可将物体系统归纳为三大类：①有主次之分的物体系统；②无主次之分的物体系统；③运动机构系统。

主要部分（基本部分）是指在自身部分外约束作用下能独立承受载荷并维持平衡的部分。次要部分（附属部分）是指在自身部分外约束作用下不能独立承受载荷和维持平衡，必须依赖内约束与主要部分或其他次要部分连接才能承受载荷和维持平衡的部分。

3.4.1 有主次之分的物体系统的平衡

对多跨梁等这类有主次之分的物体系统，其载荷传递规律是：作用在主要部分上的载荷，不传递给次要部分，也不传递给与它无关的主要部分；而作用在次要部分上的载荷，一定要传递给与它相关的主要部分。因此，在研究这类物体系统的平衡问题时，若须拆开选取某部分讨论分析，应先选取次要部分分析，后分析主要部分或整体。

【例 3-14】 组合梁受载荷如图 3.23(a)所示。已知 $P_1=16\ \text{kN}$，$P_2=20\ \text{kN}$，$m=8\ \text{kN}\cdot\text{m}$，梁自重不计，求支座 A、C 的反力。

解：这是一个由主要部分 AB 和次要部分 BC 组成的物体系统。首先研究梁 BC，求出 B、C 处的约束反力后，再研究整体 ABC 或主要部分 AB，求出 A 处的约束反力。

(1)以梁 BC 为研究对象，其受力图如图 3.23(b)所示。列平衡方程：

$$\sum M_B=0\Rightarrow 2R_C-P_2\sin60^\circ\times1=0$$

$$R_C=\frac{P_2\sin60^\circ}{2}=8.66\ \text{kN}$$

(2)取整体为研究对象，其受力图如图 3.23(c)所示。列平衡方程：

$$\sum M_A=0\Rightarrow 5R_C-4P_2\sin60^\circ-P_1\times2-m+m_A=0$$

$$m_A=4P_2\sin60^\circ+2P_1-5R_C+m=65.98\ \text{kN}$$

$\sum F_y=0 \Rightarrow F_{Ay}+R_C-P_1-P_2\sin60^\circ=0$

$$F_{Ay}=P_1+P_2\sin60^\circ-R_C=24.66\ \text{kN}$$

$\sum F_x=0 \Rightarrow F_{Ax}-P_2\cos60^\circ=0$

$$F_{Ax}=P_2\cos60^\circ=10\ \text{kN}$$

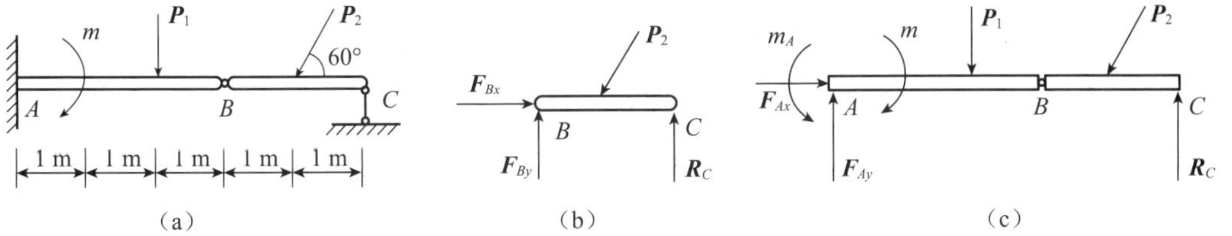

图 3.23

(3)校核：对整个组合梁：

因为 $\sum M_C=m_A-5F_{Ay}-m+P_1\times3+P_2\sin60^\circ\times1$

$=65.98-5\times24.66-8+16\times3+20\times0.866\times1$

$=0$

所以所求支座反力正确。

3.4.2　无主次之分的物体系统的平衡

无主次之分的物体系统(如三铰钢架等)，其载荷传递规律是：作用在某部分上的载荷，一般要通过与其相互连接的约束依次传递到其他部分上去，引起各相关部分物体约束的约束力。在研究此类物体系统的平衡问题时，若须拆开分析讨论，可选取其中任一部分分析，但通常选择载荷及约束作用较为简洁的部分研究。

1. 无主次之分但支座在同一水平线上或铅垂线上的物体系统的平衡

解题时，应先分析整体，求出部分未知量之后，再分析其中的某一部分，求得部分未知量，最后回到整体或分析另外部分，求得全部未知量。

【例 3-15】 钢筋混凝土三铰钢架受载荷如图 3.24(a)所示，已知 $q=16\ \text{kN/m}$，$P=24\ \text{kN}$，求支座 A 和 B 铰的约束反力。

解：这是一个无主次之分且支座在同一水平线上的系统，因此应选用先整体再部分后回到整体或选另一部分为对象的解题方案。

(1)取整个三铰钢架为研究对象，受力图如图 3.24(b)所示。

$\sum M_A=0 \Rightarrow -q\times8\times4-P\times10+F_{By}\times16=0$

$$F_{By}=\frac{1}{16}(q\times8\times4+P\times10)=47\ \text{kN}$$

$\sum M_B=0 \Rightarrow q\times8\times12+P\times6-F_{Ay}\times16=0$

$$F_{Ay}=\frac{1}{16}(q\times8\times12+P\times6)=105\ \text{kN}$$

(2)取左半刚架为研究对象，受力图如图 3.24(c)所示。

$\sum M_C=0 \Rightarrow F_{Ax}\times8+q\times8\times4-F_{Ay}\times8=0$

$$F_{Ax}=\frac{1}{8}(8F_{Ay}-q\times8\times4)=41\ \text{kN}$$

(3)取整个三铰钢架为研究对象,受力图如图 3.24(b)所示。

$$\sum F_x=0\Rightarrow F_{Ax}-F_{Bx}=0$$

$$F_{Bx}=F_{Ax}=41\ \text{kN}$$

(4)校核:考虑右半刚架的平衡,受力图如图 3.24(d)所示。

因为 $\sum M_C=-P\times2+F_{By}\times8-F_{Bx}\times8$

$=-24\times2+47\times8-41\times8$

$=0$

所以所求支座反力正确。

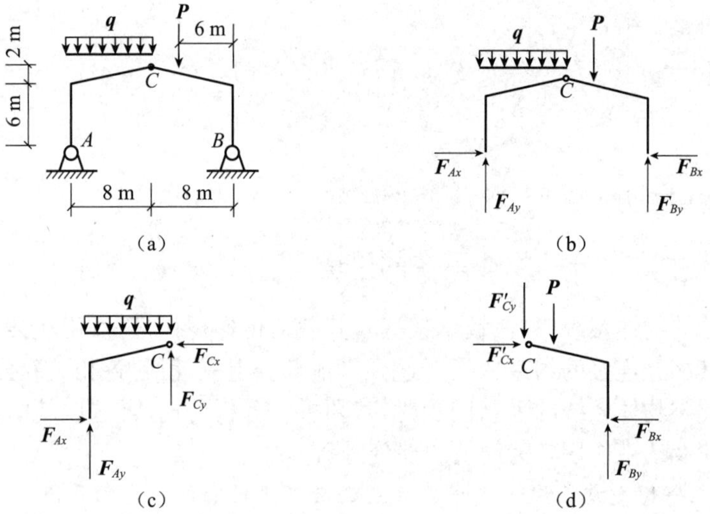

图 3.24

2. 无主次之分但支座不在同一水平线上或铅垂线上的物体系统的平衡

【例 3-16】 如图 3.25(a)所示三铰钢架,受均布载荷 **q** 及力偶矩为 M 的力偶作用,已知 $q=10$ kN/m,$M=20$ kN·m,试求 A、B 支座的约束力。

解:这是一个无主次之分的物体系统,但其支座不在同一水平线上,因此对整体而言,就无法列出只含一个未知量的独立平衡方程。即使分拆后取其中任一部分分析也含 4 个未知量,同样无法列出只含一个未知量的独立平衡方程,故应想法使所解的联立方程尽可能简单。

(1)选择整体分析,其受力图如图 3.25(b)所示。列平衡方程

$$\sum M_A=0\Rightarrow M-q\times8\times4+F_{By}\times8+F_{Bx}\times2=0$$

(2)选取 BC 部分分析,其受力图如图 3.25(c)所示。列平衡方程

$$\sum M_C=0\Rightarrow -q\times4\times\frac{4}{2}+F_{By}\times4-F_{Bx}\times4=0$$

联立上两式,解得

$$F_{Bx}=14\ \text{kN},F_{By}=34\ \text{kN}$$

(3)以整体为研究对象,列平衡方程:

$$\sum F_x=0 \Rightarrow F_{Ax}-F_{Bx}=0$$

$$F_{Ax}=14\ \mathrm{kN}$$

$$\sum F_y=0 \Rightarrow -q\times 8+F_{Ay}+F_{By}=0$$

$$F_{Ay}=46\ \mathrm{kN}$$

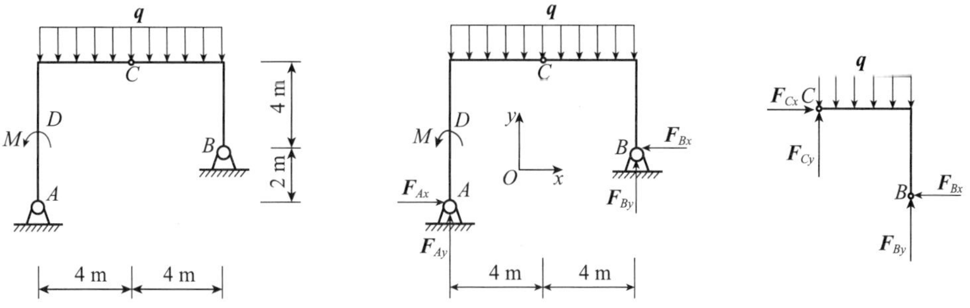

图 3.25

【例 3-17】　三跨静定刚架,自重不计,如图 3.26(a)所示。已知 $q=2.5\ \mathrm{kN/m}$,$F=3\ \mathrm{k\cdot N}$,$a=1\ \mathrm{m}$。试求铰链 G、I 和 B 的约束力。

解:这是一个由基本部分三铰钢架 ACB 和两个附属的三铰钢架 DEF 及 GHI 所组成的系统。作用在附属部分 DEF 上的载荷要传递到基本部分 ACB 上去,但不会向其他附属部分 GHI 上传递,而 GHI 上又无载荷作用,故铰链 G、H、I 的约束力都为零。附属部分 DEF 本身可以看成是一个支座不等高的三铰钢架,故应先研究 DEF,建立含二未知力的平衡方程后,再拆开铰链 E 研究 EF,建立含相同二未知力的平衡方程,联立解出此二未知力。

(1)取附属部分 DEF 为研究对象,受力图如图 3.26(b)所示。选二未知力的交点 D 为矩心,列出平衡方程:

$$\sum M_D=0 \Rightarrow F_{Fy}\cdot 2a+F_{Fx}\cdot 2a-F\cdot a-q\cdot 2a\cdot a=0 \qquad ①$$

(2)取 EF 为研究对象,受力图如图 3.26(c)。列出平衡方程:

$$\sum M_E=0 \Rightarrow F_{Fy}\cdot 2a-F\cdot a=0$$

$$F_{Fy}=\frac{1}{2}F=1.5\ \mathrm{kN}$$

代入①式,得

$$F_{Fx}=qa=2.5\ \mathrm{kN}$$

(3)取 ACB 为研究对象,受力图如图 3.26(d)所示。列平衡方程:

$$\sum M_A=0 \Rightarrow F_{By}\cdot 4a+F'_{Fx}\cdot 2a=0$$

$$F_{By}=\frac{1}{2}F'_{Fx}=\frac{qa}{2}=1.25\ \mathrm{kN}$$

(4)取 BC 部分为研究对象,受力图如图 3.26(e)所示。列平衡方程:

$$\sum M_C=0 \Rightarrow F_{By}\cdot 2a-F_{Bx}\cdot 4a=0$$

$$F_{Bx}=\frac{1}{2}F_{By}=\frac{qa}{4}=0.625\ \mathrm{kN}$$

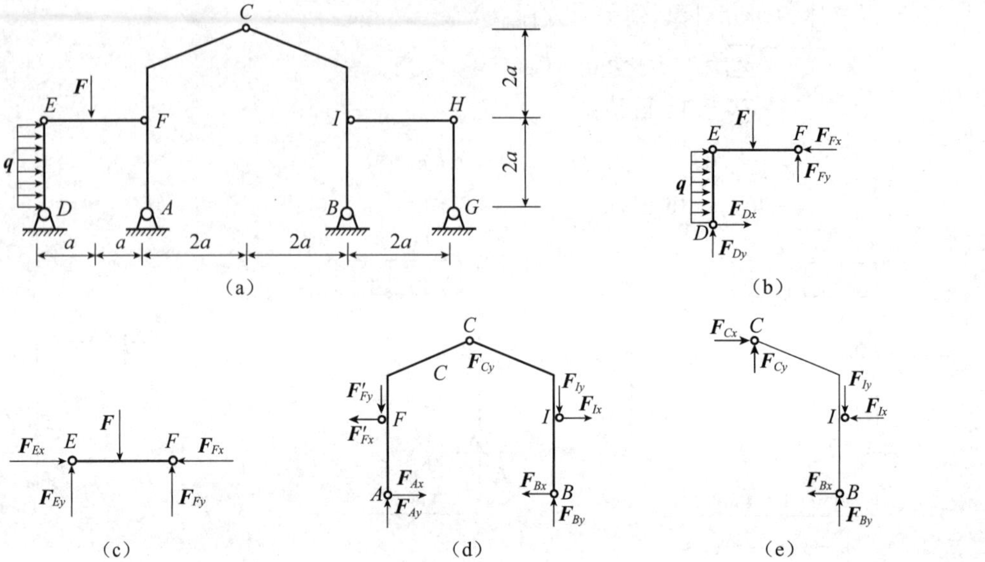

图 3.26

本章小结

本章讨论了平面一般力系的简化和平衡条件。

1. 平面一般力系向一点的简化

(1)力的平移定理。

当一个力平行移动时,必须附加一个力偶才能与原力等效,附加力偶的力偶矩等于原力对新作用点的矩。力的平移定理是平面一般力系简化的依据。

(2)平面一般力系向平面内任一点简化。

平面一般力系向平面内任一点简化,可得到一个作用在简化中心的平面汇交力系和一个平面力偶系,进而可以合成为一个力和一个力偶。该力称为原力系的主矢,它作用于简化中心,与简化中心的位置无关;该力偶称为原力系对简化中心的主矩,它的大小、转向一般与简化中心有关。

2. 平面一般力系的平衡方程

平面一般力系的平衡条件是主矢和主矩都等于零,其平衡方程有三种形式。

(1)基本形式:

$$\begin{cases}\sum F_x=0\\ \sum F_y=0\\ \sum M_O=0\end{cases}$$

(2)二力矩形式:

$$\begin{cases}\sum F_x=0\\ \sum M_A=0\\ \sum M_B=0\end{cases}$$

其中 x 轴或 y 轴不能垂直于 A、B 两点的连线。

(3)三力矩形式：

$$\begin{cases}\sum M_A=0\\ \sum M_B=0\\ \sum M_C=0\end{cases}$$

其中 A、B、C 三点不在同一直线上。

不论采用哪种形式，都只能写出三个独立的方程，求解三个未知量。

3. 特殊力系的平衡方程

(1)汇交力系。

①基本形式：

$$\begin{cases}\sum F_x=0\\ \sum F_y=0\end{cases}$$

②矩式：

$$\begin{cases}\sum F_x=0\\ \sum M_A=0\end{cases}$$

其中力系汇交点 O 与矩心 A 点的连线不得垂直于 x 轴。

③二矩式：

$$\begin{cases}\sum M_A=0\\ \sum M_B=0\end{cases}$$

其中力系汇交点 O 与两矩心 A、B 不得共线。

平面汇交力系只有两个独立的平衡方程，只能求解两个未知量。

(2)平面力偶系。

$$\sum m_O=0$$

平面力偶系只有一个独立的平衡方程，只能求解一个未知量。

(3)平面平行力系。

①矩式：

$$\begin{cases}\sum F_y=0\\ \sum M_O=0\end{cases}$$

②二力矩式：

$$\begin{cases}\sum M_A=0\\ \sum M_B=0\end{cases}$$

式中，A、B 两点的连线不与各力作用线平行。

平面平行力系只有两个独立的平衡方程，只能求解两个未知量。

4. 平衡方程的应用

应用平面力系的平衡方程，可以求解单个物体及物体系统的平衡问题。求解时要通过受力分析，恰当地选取研究对象，画出其受力图。选取合适的平衡方程形式，选择好矩心和投影轴，力求做到一个方程只含有一个未知量，以便简化计算。

思考题

1. 平面任意力系的平衡方程能不能全部采用投影方程？为什么？

2. 平面汇交力系向汇交点以外一点简化，其结果可能是一个力吗？可能是一个力偶吗？可能是一个力和一个力偶吗？

3. 平面力系向同平面内任一点简化的结果都相同，此力系简化的最终结果可能是什么？

习　题

3-1　如图 3.27 所示，平面任意力系中 $F_1=40\sqrt{2}$ N，$F_2=80$ N，$F_3=40$ N，$F_4=110$ N，$M=2000$ N·mm。求力系向点 O 简化的最后结果及合力作用线方程。

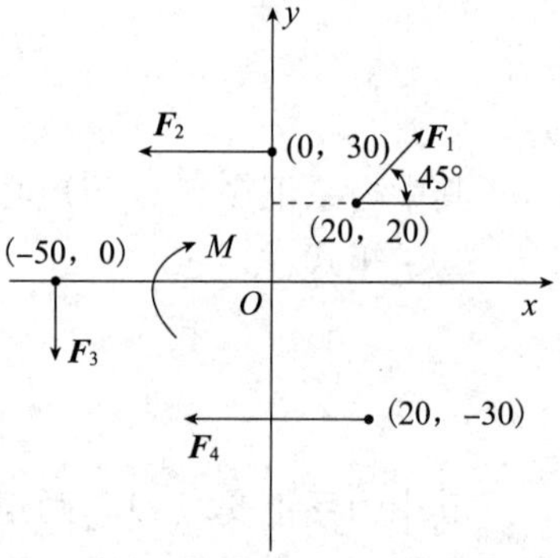

图 3.27

3-2　在图 3.28 所示刚架中，$q=3$ kN/m，$F=6\sqrt{2}$ kN，$M=10$ kN·m，不计刚架自重，求固定端 A 的约束力。

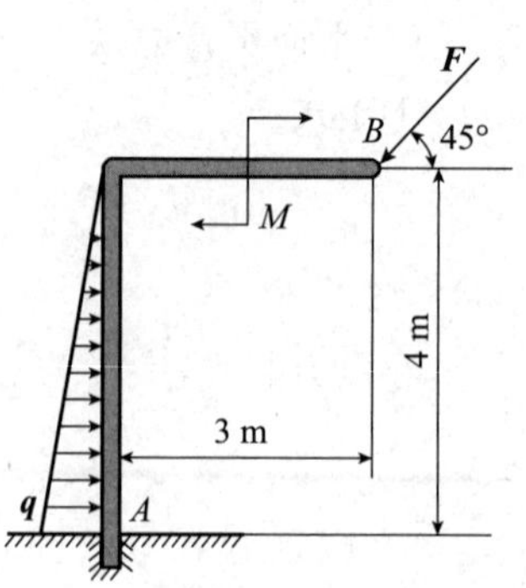

图 3.28

3-3　无重水平梁的支承和载荷如图 3.29 所示，已知力 $\boldsymbol{F}$、力偶矩为 M 的力偶和强度为 $\boldsymbol{q}$ 的均匀载荷，求支座 A 和 B 处的约束力。

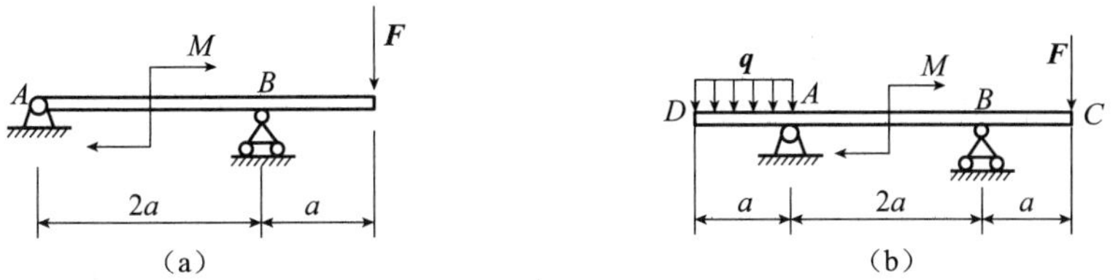

图 3.29

3-4　如图 3.30 所示，行动式起重机不计平衡锤的重为 $P=500$ kN，其重心在离右轨 1.5 m 处。起重机的起重力为 $P_1=250$ kN，突臂伸出离右轨 10 m。跑车本身重力略去不计，欲使跑车空载及满载时起重机均不致翻倒，求平衡锤的最小重力 P_2 及平衡锤到左轨的最大距离 x。

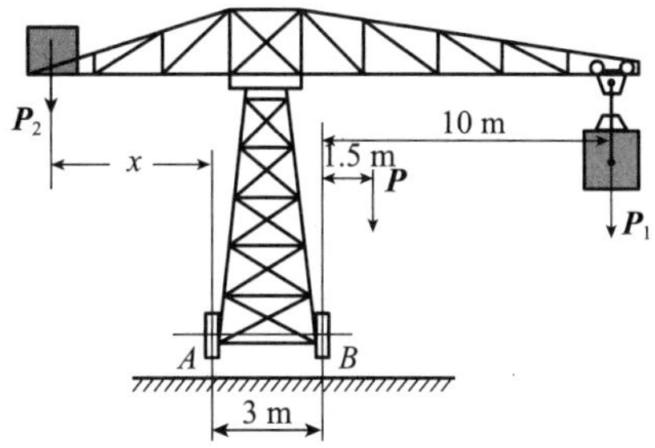

图 3.30

3-5　水平梁 AB 由铰链 A 和 BC 所支持，如图 3.31 所示。在梁上 D 处用销子安装半径为 $r=0.1$ m 的滑轮。有一跨过油轮的绳子，其一端水平系于墙上，另一端悬挂有重为 $P=1800$ N 的重物。如 $AD=0.2$ m，$BD=0.4$ m，$\varphi=45°$，且不计梁、杆、滑轮和绳子的重力，求铰链 A 和 BC 对梁的约束力。

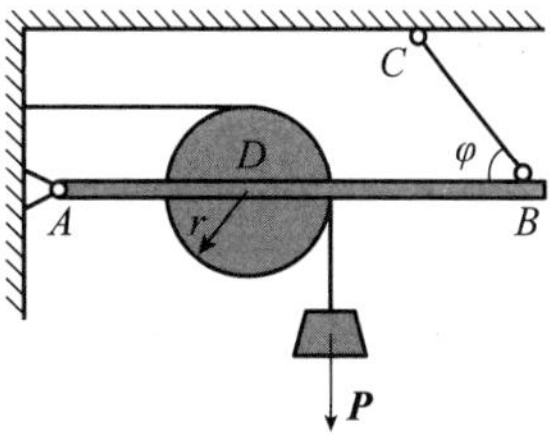

图 3.31

3-6 图 3.32 所示组合梁由 AC 和 CD 两段铰接构成，起重机放在梁上。已知起重机为 $P_1=50$ kN，重心在铅垂线 EC 上，起重载荷为 $P_2=10$ kN，如不计梁重，求支座 A、B、D 三处的约束力。

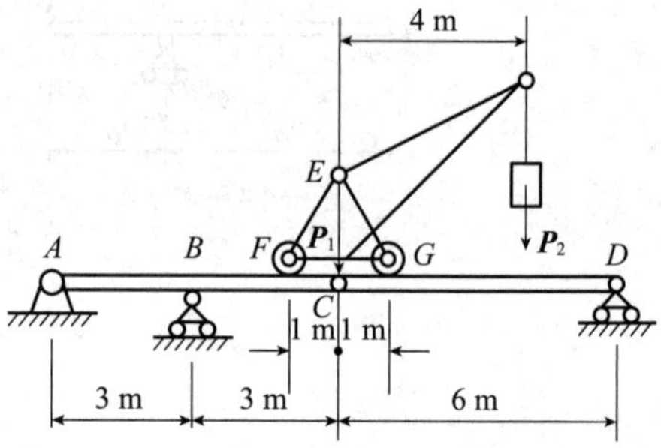

图 3.32

3-7 在图 3.33 所示连续梁中，已知 $\boldsymbol{q}$、M、a 及 θ，不计梁的自重，求各连续梁在 A、B、C 三处的约束力。

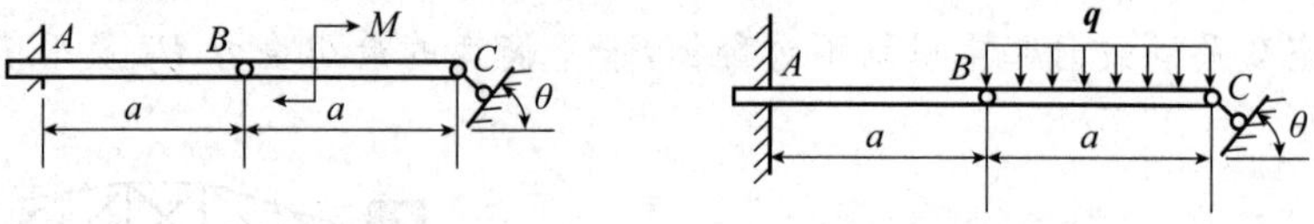

图 3.33

3-8 由 AC 和 CD 构成的组合梁通过铰链 C 连接。它的支承和受力如图 3.34 所示。已知 $q=10$ kN/m，$M=40$ kN·m，不计梁的自重，求支座 A、B、D 的约束力和铰链 C 所受力。

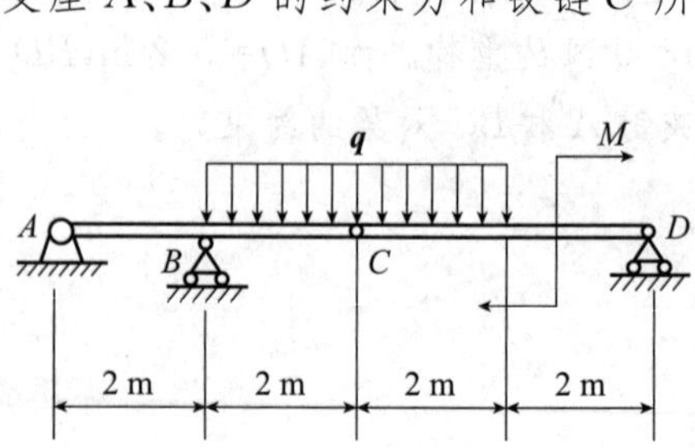

图 3.34

3-9　有一滑道连杆机构上作用着一水平力 F，如图 3.35 所示。已知 $OA=r$，滑道倾角为 β，机构重力和各处摩擦均不计，求当机构平衡时，作用在曲柄 OA 上的力偶矩 M 与角 θ 之间的关系。

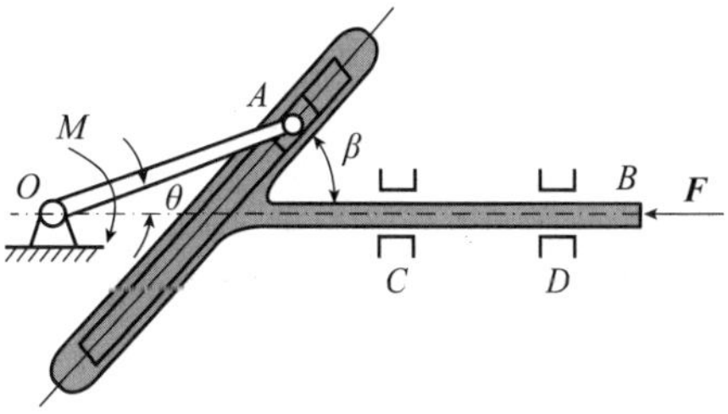

图 3.35

3-10　图 3.36 所示三铰拱由两半拱和三个铰链 ACB 构成，已知每半拱重为 $P=300\ \mathrm{kN}$，$l=32\ \mathrm{m}$，$h=10\ \mathrm{m}$，求支座 A、B 的约束力。

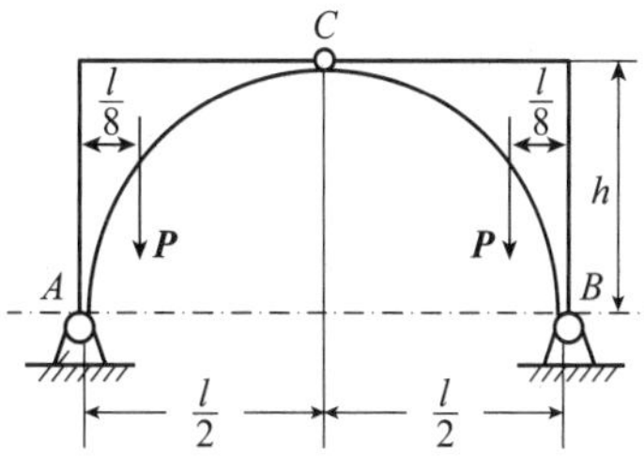

图 3.36

3-11　构架由杆 AB、AC 和 DF 铰接而成，如图 3.37 所示，在杆 DEF 上作用一力偶矩为 M 的力偶，各杆重力不计，求杆 AB 上铰链 A、D 和 B 所受的力。

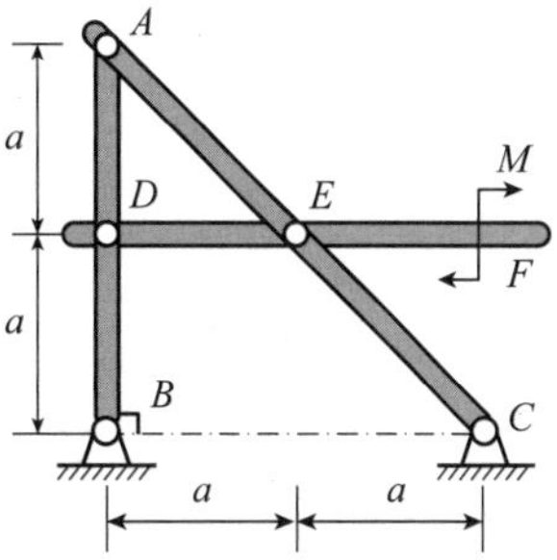

图 3.37

3-12　图 3.38 所示构架由杆 AB、AC 和 DF 组成，杆 DF 上的销子 E 可在杆 AC 的光滑槽内滑动，不计各杆的重量，在水平杆 DF 的一端作用铅直力 $\boldsymbol{F}$，求铅直杆 AB 上铰链 A、D、B 所受的力。

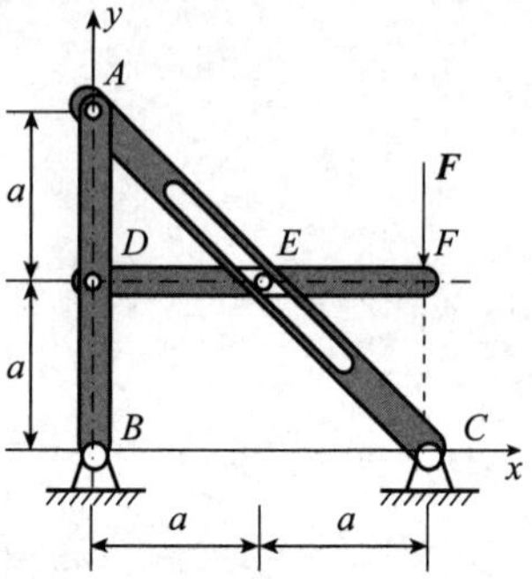

图 3.38

3-13　在图 3.39 所示的构架中，物体重 $W=1200$ N，由细绳跨过滑轮 E 而水平系于墙上，不计杆和滑轮的重力，求支承 A 和 B 的约束力及杆 BC 的内力 $\boldsymbol{F}_{BC}$。

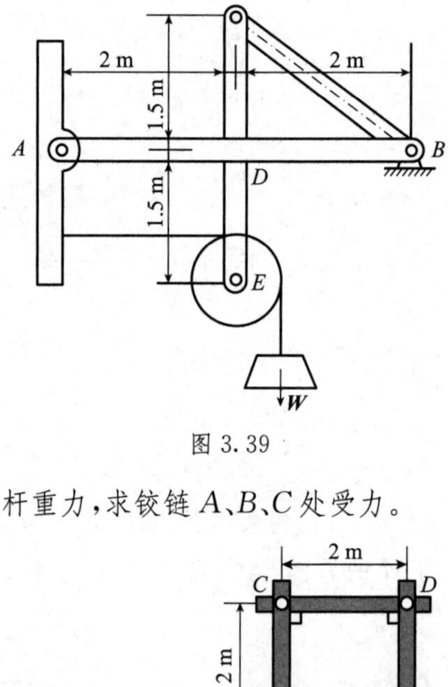

图 3.39

3-14　在图 3.40 所示构架中，力 $F=40$ kN，不计各杆重力，求铰链 A、B、C 处受力。

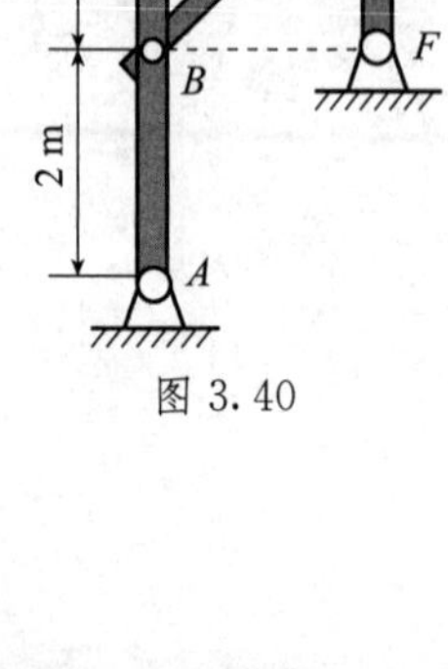

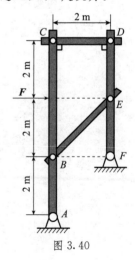

图 3.40

3-15 如图 3.41 所示，直角弯杆 DAB 与直杆 BC、CD 通过铰链连接。受力情况及尺寸如图 3.41 所示。不计各构件的自重，求铰链 D 的约束力。

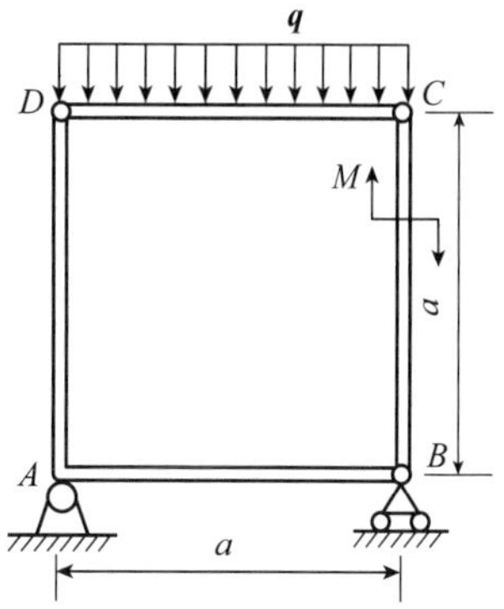

图 3.41

3-16 在图 3.42 所示构架中，各杆的自重均为 $P=10\ \mathrm{kN}$，载荷 $q=0.3\ \mathrm{kN/m}$，A 处为固定端，B、C、D 处为铰链。求固定端 A 处及铰链 B、C 处的约束力。

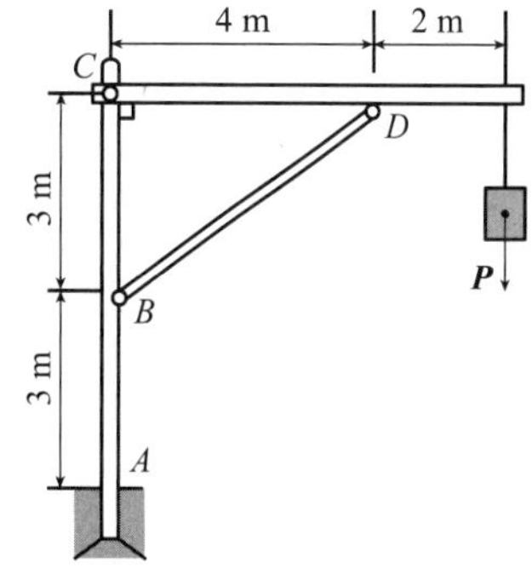

图 3.42

3-17 图 3.43 所示三铰钢架，A、B、C 三点都用螺栓连接。受力情况及尺寸如图 3.43 所示。试计算 A、B 支座的约束反力。

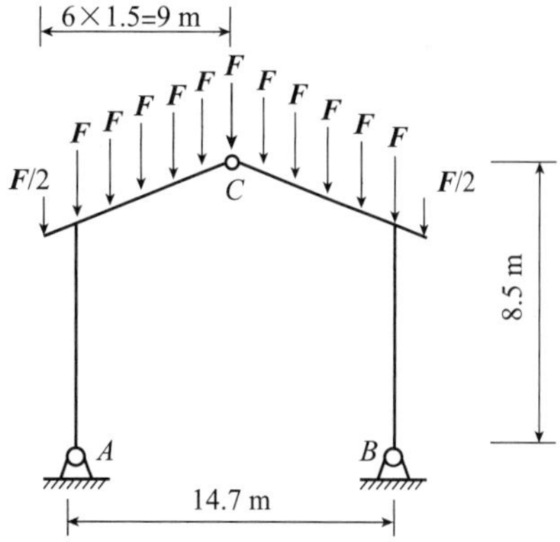

图 3.43

3-18　图 3.44 所示刚架受均布载荷 $q=10$ kN/m 及集中载荷 20 kN 作用，试求各支座的约束反力。

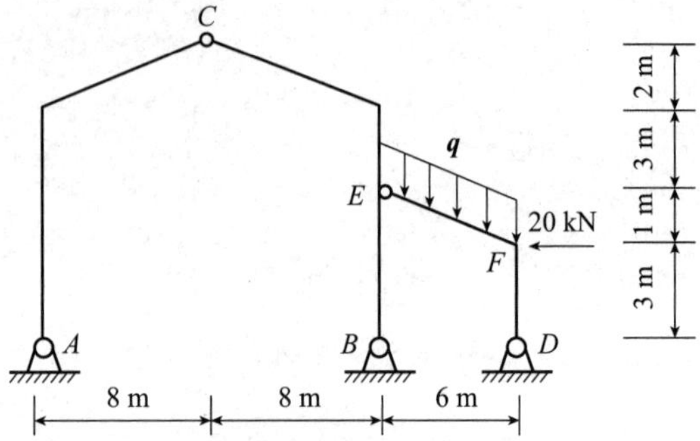

图 3.44

3-19　刚架如图 3.45 所示，已知 $q=1$ kN/m，$F=3$ kN，求刚架支座 A 和 B 的约束反力。

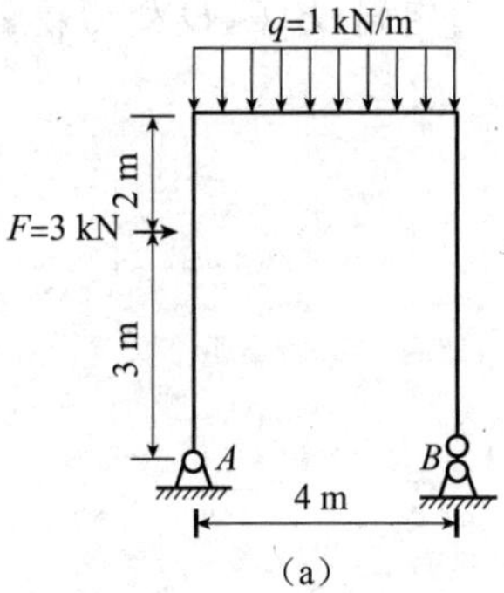

图 3.45

3-20　图 3.46 所示组合结构由 T 形杆 ABC 和直角杆 DEC 铰接而成，BC 和 DE 均与地面平行。已知 $P=20$ kN，$q=6$ kN/m，不计杆重，求固定端 A 及支座 D 处的约束反力。

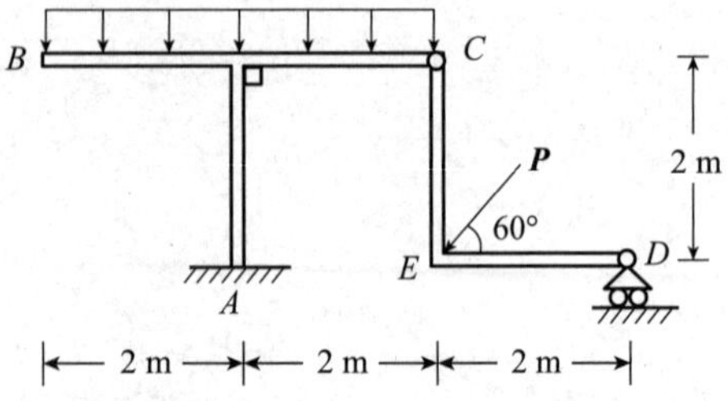

图 3.46

3-21　组合梁由 AC 和 CE 用铰链连接而成，结构的尺寸和载荷如图 3.47 所示，已知 $F=5$ kN，$q=4$ kN/m，$M=10$ kN·m，试求梁 A、B、E 的支座反力。

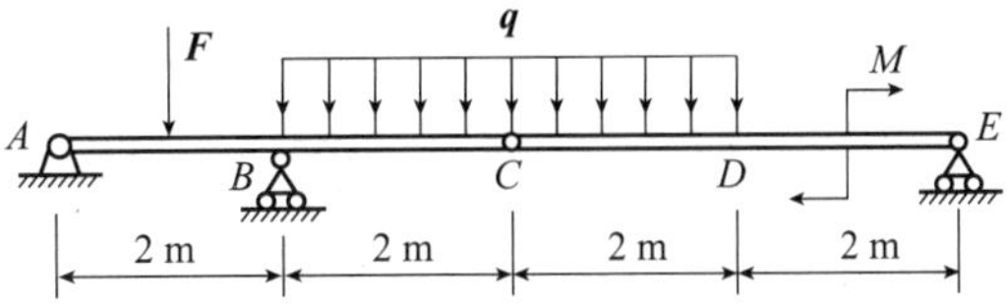

图 3.47

3-22　图 3.48 所示组合梁(不计自重)由 AC 和 CD 铰接而成。已知 $F=20$ kN，均布载荷 $q=10$ kN/m，$M=20$ kN·m，$a=1$ m，试求固定端 A 及支座 B 的约束力。

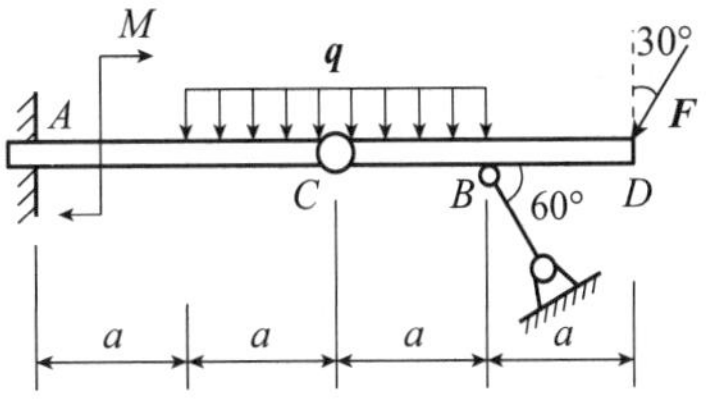

图 3.48

3-23　在图 3.49 所示构架中，各杆不计自重，$F_1=120$ kN，$F_2=75$ kN，求杆 AC 及 AD 所受的力。

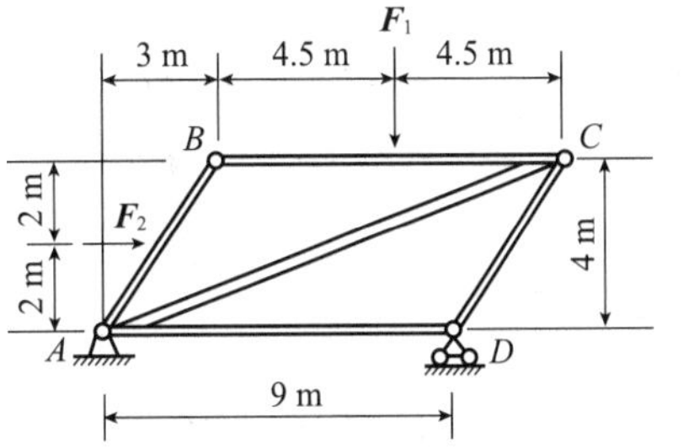

图 3.49

第4章　空间力系

[教学提示]

当力系中各力的作用线不在同一平面而呈空间分布时，称为空间力系。在工程上有许多结构，其受力情况是属于空间力系的。例如，各种起重设备、水塔和高压输电线塔等，在对这些结构进行受力分析和设计时，都需要用到空间力系的理论知识。本章将研究空间力系的简化与平衡问题。

[教学要求]

通过本章的学习，要求学生了解力沿空间直角坐标的分解、空间一力对坐标轴之矩、空间力系的平衡；掌握计算物体重心的方法。

4.1　概　述

当力系中各力的作用线不在同一平面而呈空间分布时，称为空间力系。与平面力系一样，空间力系可分为空间汇交力系、空间平行力系及空间一般力系。

在工程实际中，物体所受的力系都是空间力系。在很多情况下，为了计算方便，我们将实际的空间力系简化为平面力系来处理，但对有些工程问题，必须按空间力系来计算。如图4.1所示车床主轴，受有切削力 $\boldsymbol{F}_x$、$\boldsymbol{F}_y$、$\boldsymbol{F}_z$ 和齿轮上的圆周力 $\boldsymbol{F}_t$、径向力 $\boldsymbol{F}_r$ 以及轴承 A、B 处的约束反力，这些力构成一组空间一般力系。又如图4.2所示起重用三脚架，重物的重量 $\boldsymbol{W}$ 与三脚架的每一个脚所受的力以及拉力 $\boldsymbol{F}$ 不全在同一平面内，但都交于一点，构成空间汇交力系。

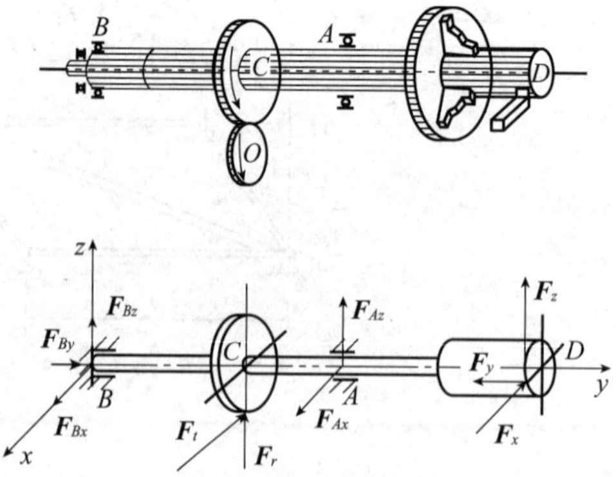

图4.1

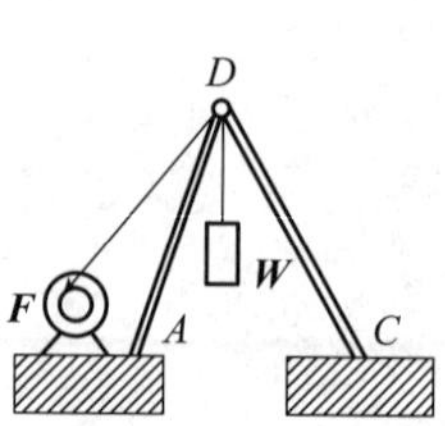

图4.2

物体在空间共有六种可能运动，即沿 x、y、z 三轴的移动和绕这三轴的转动。有几种运动受到约束的阻碍，就有几个约束反力。图4.3所示是几种常见的空间约束类型。

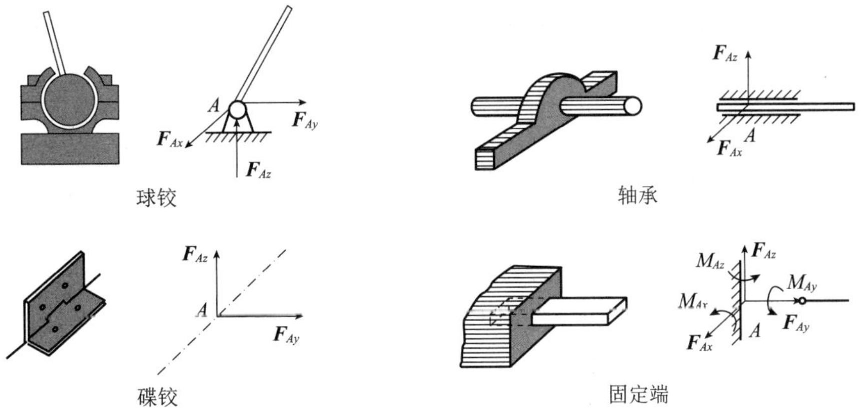

图 4.3

4.2 力在空间直角坐标轴上的投影及分解

4.2.1 力在空间直角坐标轴上的投影

在平面力系中，常将作用于物体上某点的力向坐标轴 x、y 上投影。同理，在空间力系中，也可将作用于空间某一点的力向坐标轴 x、y、z 上投影。具体做法如下：

(1)一次投影法。若一力 $\boldsymbol{F}$ 的作用线与 x、y、z 轴对应的夹角已经给定，如图 4.4(a)所示，则可直接将力 $\boldsymbol{F}$ 向三个坐标轴投影，得

$$\begin{cases} F_x = F\cos\alpha \\ F_y = F\cos\beta \\ F_z = F\cos\gamma \end{cases} \tag{4-1}$$

其中，α、β、γ 分别为力 $\boldsymbol{F}$ 与 x、y、z 三坐标轴间的夹角。

(2)二次投影法。当力 $\boldsymbol{F}$ 与 x、y 坐标轴间的夹角不易确定时，可先将力 $\boldsymbol{F}$ 投影到坐标平面 xOy 和 z 轴上，分别得两个分力 $\boldsymbol{F}_{xy}$ 和 $\boldsymbol{F}_z$，然后再将 $\boldsymbol{F}_{xy}$ 向 x、y 轴上投影，如图 4.4(b)所示。若 γ 为力 $\boldsymbol{F}$ 与 z 轴间的夹角，φ 为 $\boldsymbol{F}_{xy}$ 与 x 轴间的夹角，则力 $\boldsymbol{F}$ 在三个坐标轴上的投影为

$$\begin{cases} F_x = F_{xy}\cos\varphi = F\sin\gamma\cos\varphi \\ F_y = F_{xy}\sin\varphi = F\sin\gamma\sin\varphi \\ F_z = F\cos\gamma \end{cases} \tag{4-2}$$

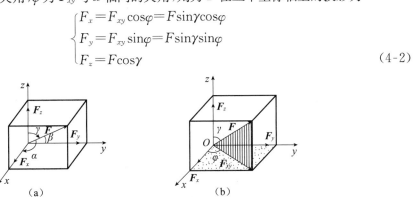

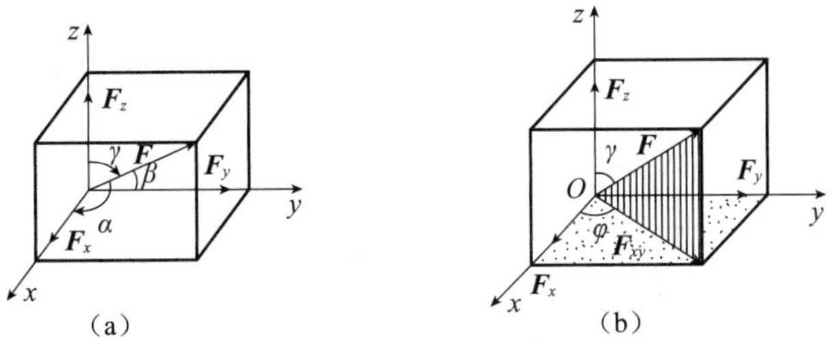

图 4.4

具体计算时，可根据问题的实际情况选择一种适当的投影方法。当角度 γ、φ 已知或容

易求得时，可用这种方法求投影。通常应用这种方法计算投影比较方便。在计算时，一般取力 $\boldsymbol{F}$ 与轴 z 的夹角 γ 以及 $\boldsymbol{F}_{xy}$ 与轴 x 的夹角 φ 为锐角，而 F_x、F_y、F_z 三个投影的正负号由直观判断。即力 $\boldsymbol{F}$ 在某轴投影的指向与该轴的正向一致时，投影为正；反之，为负。

力和它在坐标轴上的投影是一一对应的，如果力 $\boldsymbol{F}$ 的大小、方向是已知的，则它在选定的坐标系的三个轴上的投影是确定的；反之，如果已知力 $\boldsymbol{F}$ 在三个坐标轴上的投影 F_x、F_y、F_z 的值，则力 $\boldsymbol{F}$ 的大小、方向也可以求出，其形式如下：

$$F=\sqrt{F_x^2+F_y^2+F_z^2} \tag{4-3}$$

$$\begin{cases}\cos\alpha=\dfrac{F_x}{F}\\ \cos\beta=\dfrac{F_y}{F}\\ \cos\gamma=\dfrac{F_z}{F}\end{cases} \tag{4-4}$$

【例 4-1】 在一边长为 a 的立方体上作用有三个力 $\boldsymbol{P}_1$、$\boldsymbol{P}_2$、$\boldsymbol{P}_3$，如图 4.5 所示。已知 $P_1=2$ kN，$P_2=1$ kN，$P_3=5$ kN，试分别计算这三个力在坐标轴 x、y、z 上的投影。

解： 力 $\boldsymbol{P}_1$ 的作用线与 x 轴平行，与坐标面 xOy 垂直，与 yz 轴也垂直，根据力在轴上的投影的定义可得

$$P_{1x}=-P_1=-2\ \text{kN},P_{1y}=0,P_{1z}=0$$

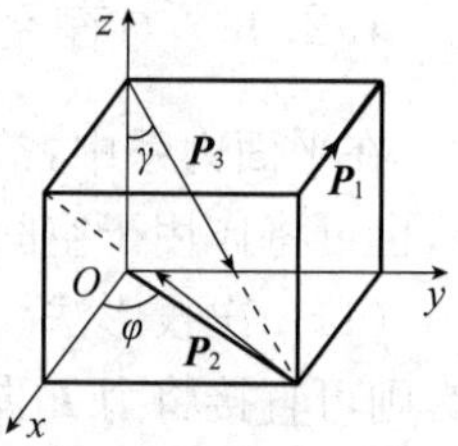

图 4.5

力 $\boldsymbol{P}_2$ 的作用线与 x 轴垂直，与坐标面 yOz 平行，先将此力投影在 x 轴和 yOz 面上，在 x 轴上投影为零，在 yOz 面上投影 $\boldsymbol{P}_{2yz}$ 就等于此力本身；然后再将 $\boldsymbol{P}_{2yz}$ 投影到 y、z 轴上，于是可得

$$P_{2x}=0$$

$$P_{2y}=-P_{2yz}\cos45°=-P_2\cos45°=-1\times0.707=-0.707\ \text{kN}$$

$$P_{2z}=-P_{2yz}\sin45°=P_2\sin45°=1\times0.707=0.707\ \text{kN}$$

设力 $\boldsymbol{P}_3$ 与 z 轴的夹角为 γ，它在 xOy 面上的投影与 x 轴的夹角为 φ，则由式(4-2)可得

$$P_{3x}=P_3\sin\gamma\cos\varphi=P_3\frac{\sqrt{2}a}{\sqrt{3}a}\cdot\frac{a}{\sqrt{2}a}=\frac{5}{\sqrt{3}}=2.89\ \text{kN}$$

$$P_{3y}=P_3\sin\gamma\sin\varphi=P_3\frac{\sqrt{2}a}{\sqrt{3}a}\cdot\frac{a}{\sqrt{2}a}=\frac{5}{\sqrt{3}}=2.89\ \text{kN}$$

$$P_{3z}=-P_3\cos\gamma=-5\cdot\frac{a}{\sqrt{3}a}=-\frac{5}{\sqrt{3}}=-2.89\ \text{kN}$$

4.2.2 力沿空间直角坐标轴上的分解

将力 $\boldsymbol{F}$ 沿空间直角坐标轴分解为三个正交分力 $\boldsymbol{F}_x$、$\boldsymbol{F}_y$、$\boldsymbol{F}_z$，如图 4.6 所示，则有

$$\boldsymbol{F}=\boldsymbol{F}_x+\boldsymbol{F}_y+\boldsymbol{F}_z \tag{4-5}$$

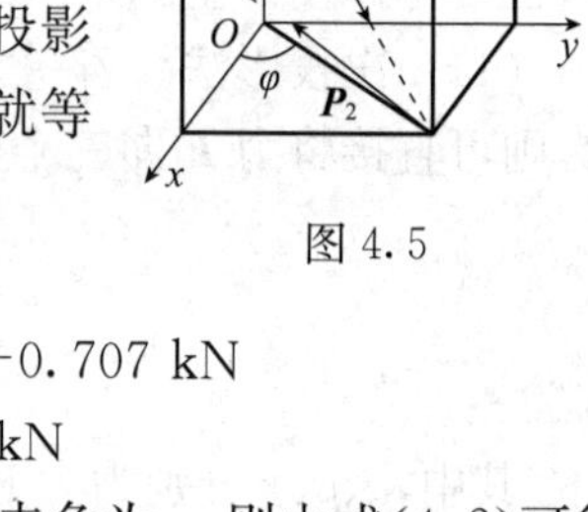

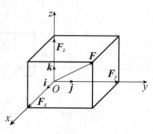

图 4.6

若以 $\boldsymbol{i}$、$\boldsymbol{j}$、$\boldsymbol{k}$ 分别表示沿 x、y、z 轴正向的单位矢量，则力 $\boldsymbol{F}$ 的三个正交分力与力在对应轴上的投影有如下关系：

$$\begin{cases}\boldsymbol{F}_x=F_x\boldsymbol{i}\\ \boldsymbol{F}_y=F_y\boldsymbol{j}\\ \boldsymbol{F}_z=F_z\boldsymbol{k}\end{cases}\tag{4-6}$$

将式(4-6)代入式(4-5)，得到力 $\boldsymbol{F}$ 沿直角坐标轴的解析表达式：

$$\boldsymbol{F}=F_x\boldsymbol{i}+F_y\boldsymbol{j}+F_z\boldsymbol{k}\tag{4-7}$$

若已知力 $\boldsymbol{F}$ 在三个直角坐标轴上的投影 F_x、F_y、F_z，则力 $\boldsymbol{F}$ 的大小和方向余弦可用下列各式计算：

$$\begin{cases}F=\sqrt{F_x^2+F_y^2+F_z^2}\\ \cos(\boldsymbol{F},\boldsymbol{i})=\dfrac{F_x}{F}\\ \cos(\boldsymbol{F},\boldsymbol{j})=\dfrac{F_y}{F}\\ \cos(\boldsymbol{F},\boldsymbol{k})=\dfrac{F_z}{F}\end{cases}\tag{4-8}$$

4.3　力对轴之矩

4.3.1　力对点之矩的矢量表示法

力对点之矩表示了力使物体绕该点，亦即绕通过该点且垂直于力矩平面的轴的转动效应。在平面力系中，各力的作用线与矩心决定的力矩平面都相同，因此在平面力系中，只要知道力矩的大小和用以表明力矩转向的正负号，就足以表明力使物体绕矩心的转动效应，即力对点之矩用代数量表示就可以了。而在空间力系中，各力作用线不在同一平面内，研究各力使物体绕同一点转动时其力矩平面的方位，亦即转轴的方位各不相同。所以在空间力系中，一般情况下力使物体绕某点的转动效应取决于如下三个因素：①力矩大小，即力和力臂的乘积；②力矩平面的方位，亦即转动轴的方位；③力矩转向，即在力矩平面内，力使物体绕矩心的转向。这三个因素称为力对点之矩的三要素，这三个要素不可能用一个代数量表示出来，而必须用矢量来表示。因此，力对点之矩必须用一个矢量来表示：从矩心 O 作垂直于力矩平面的矢量，该矢量的方位表示力矩平面的方位，即转轴的方位；该矢量的指向按右手螺旋法则表示力矩的转向；该矢量的模等于力矩的大小(图 4.7)。这个矢量称为力对点之矩矢，用符号 $\boldsymbol{M}_O(\boldsymbol{F})$ 表示。在图 4.7 中，为了与力矢相区别，凡力对点的矩矢量均以带圆弧箭头的有向线段表示。$\boldsymbol{M}_O(\boldsymbol{F})$ 是一个作用线通过矩心的定位矢量，它是力使物体绕矩心转动效应的度量，其大小为

$$M_O(\boldsymbol{F})=Fd=2\triangle OAB\text{ 面积}$$

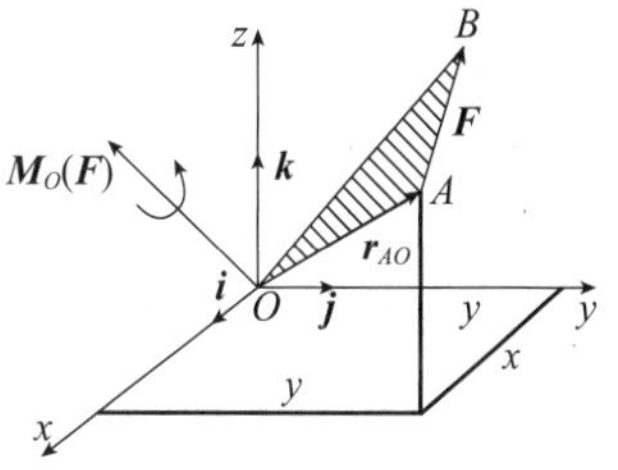

图 4.7

如从力 $\boldsymbol{F}$ 的作用点 A 作相对于矩心 O 的位置矢径，如图 4.7 所示，则力对点之矩可用矢积表示为

$$\boldsymbol{M}_O(\boldsymbol{F})=\boldsymbol{r}_{AO}\times\boldsymbol{F}\tag{4-9}$$

即力对于任一点之矩等于力作用点相对于矩心的位置矢径 $\boldsymbol{r}_{AO}$ 与该力 $\boldsymbol{F}$ 的矢积。由于矢量 $\boldsymbol{r}_{AO}$ 和 $\boldsymbol{F}$ 都服从矢量合成法则，故它们的矢积也必然服从矢量合成法则，因此矩心相同的各力矩矢量符合矢量合成法则。

如以矩心 O 为原点建立空间直角坐标系 $Oxyz$，如图 4.7 所示，坐标轴的单位矢量为 $\boldsymbol{i}$、$\boldsymbol{j}$、$\boldsymbol{k}$，以 x、y、z 和 F_x、F_y、F_z 分别表示位置矢径 $\boldsymbol{r}_{AO}$ 和力 $\boldsymbol{F}$ 在对应坐标轴上的投影，则有

$$\boldsymbol{r}_{AO}=x\boldsymbol{i}+y\boldsymbol{j}+z\boldsymbol{k}$$

$$\boldsymbol{F}=F_x\boldsymbol{i}+F_y\boldsymbol{j}+F_z\boldsymbol{k}$$

则式(4-9)可改写为

$$\boldsymbol{M}_O(\boldsymbol{F})=\boldsymbol{r}_{AO}\times\boldsymbol{F}=\begin{vmatrix}\boldsymbol{i} & \boldsymbol{j} & \boldsymbol{k}\\ x & y & z\\ F_x & F_y & F_z\end{vmatrix}$$

$$=(yF_z-zF_y)\boldsymbol{i}+(zF_x-xF_z)\boldsymbol{j}+(xF_y-yF_x)\boldsymbol{k} \quad (4\text{-}10)$$

式(4-10)为力对点之矩矢的解析表达式，由此式可得力对点之矩矢在坐标轴上的投影表达式为

$$\begin{cases}[\boldsymbol{M}_O(\boldsymbol{F})]_x=yF_z-zF_y\\ [\boldsymbol{M}_O(\boldsymbol{F})]_y=zF_x-xF_z\\ [\boldsymbol{M}_O(\boldsymbol{F})]_z=xF_y-yF_x\end{cases} \quad (4\text{-}11)$$

4.3.2 力对轴之矩的概念

1. 力对轴之矩的概念

在工程中，常遇到刚体绕固定轴转动的情形，为了度量力对转动刚体的作用效应，必须引入力对轴之矩的概念。现以开门为例来说明问题。

图 4.8 中门的一边有固定轴 z，在 A 点作用一力 $\boldsymbol{F}$，为度量此力对刚体的转动效应，可将该力 $\boldsymbol{F}$ 分解为两个互相垂直的分力：一个是与转轴平行的分力 $\boldsymbol{F}_z=\boldsymbol{F}\sin\beta$；另一个是在与转轴垂直平面上的分力 $\boldsymbol{F}_{xy}=\boldsymbol{F}\cos\beta$。

由经验可知，$\boldsymbol{F}_z$ 不能使门绕 z 轴转动，只有分力 $\boldsymbol{F}_{xy}$ 才能产生使门绕 z 轴转动的效应。而分力 $\boldsymbol{F}_{xy}$ 使门绕 z 轴转动的效应可用力 $\boldsymbol{F}_{xy}$ 对 O 点之矩来度量。于是力对轴之矩可以定义为：力对某轴之矩等于力 F 在垂直于轴的任一平面上的分力(另一分力与轴平行)对该轴与此平面交点的矩，并用以作为力使物体绕该轴转效应的度量。其用符号 $M_z(\boldsymbol{F})$ 表示，即

$$M_z(\boldsymbol{F})=M_O(\boldsymbol{F}_{xy})=\pm F_{xy}\,d \quad (4\text{-}12)$$

式中，d 表示 $\boldsymbol{F}_{xy}$ 作用线到 z 轴与平面的交点 O 的距离。

力对轴之矩是代数量，其正负号代表其转动作用的方向，通常可用右手法则确定，即以右手四指表示力 $\boldsymbol{F}$ 使物体绕 z 轴转动的方向，若大拇指指向与 z 轴正向相同，则为正号；反之为负号。

由图 4.9 可知，乘积 $F_{xy}d$ 等于△Oab 面积的两倍。因此，力对轴之矩又可表示为

$$M_z(F)=\pm 2\triangle Oab$$

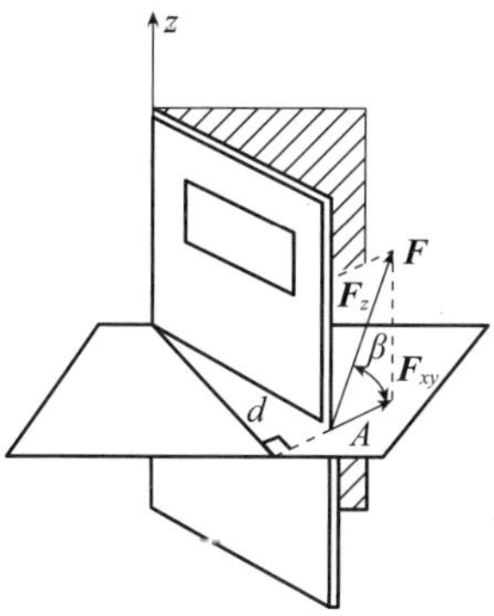

图 4.8

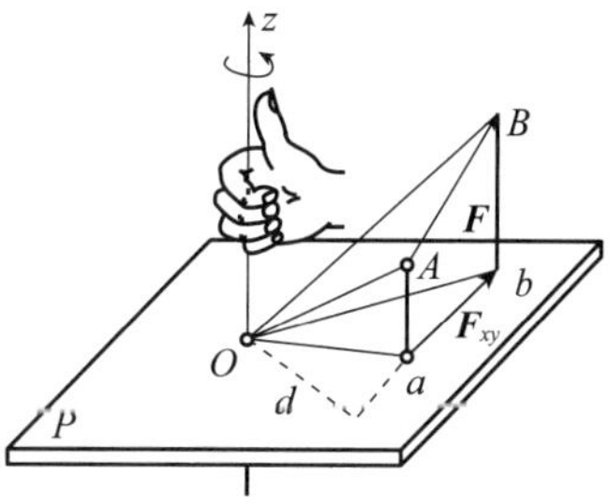

图 4.9

由式(4-12)可知：①当力的作用线与转轴平行($F_{xy}=0$)，或者与转轴相交时($d=0$)，即当力与转轴共面时，力对该轴之矩等于零。②当力沿其作用线移动时，不会改变它对轴之矩。力对轴之矩的单位是牛顿·米(N·m)或千牛·米(kN·m)。

2. 力对点之矩与力对通过此点的轴之矩之间的关系

设已知力 $\boldsymbol{F}$ 作用于物体的 A 点，力 $\boldsymbol{F}$ 对任意点 O 之矩用矢量 $\boldsymbol{M}_O(\boldsymbol{F})$ 表示(图 4.10)，其大小等于△OAB 面积的两倍，即

$$M_O(\boldsymbol{F})=2\triangle OAB$$

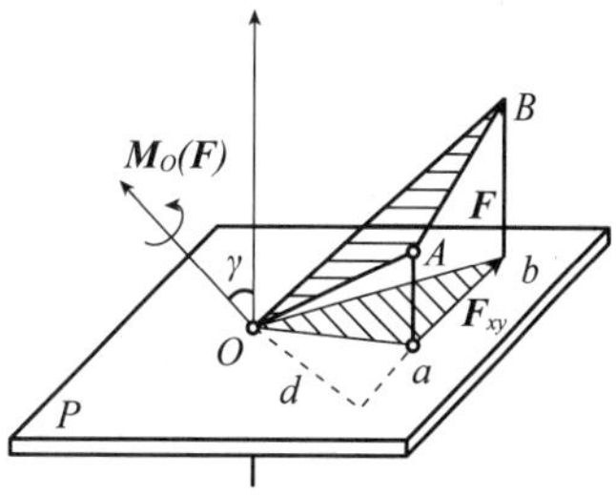

图 4.10

若过 O 点任取一轴 z，并作平面 P 与 z 轴垂直，则根据力对轴之矩的定义，有

$$M_z(\boldsymbol{F})=2\triangle Oab$$

但△Oab 是△OAB 的面积在 P 平面上的投影。若以 γ 表示△OAB 平面与 P 平面之间的夹角，也就是力矩矢量 $\boldsymbol{M}_O(\boldsymbol{F})$ 与 z 轴正向之间的夹角，则由几何学知，△Oab 的面积应等于△OAB 面积乘以该夹角的余弦，即

$$\triangle Oab=\triangle OAB\cos\gamma$$

所以

$$M_z(\boldsymbol{F})=M_O(\boldsymbol{F})\cos\gamma=[\boldsymbol{M}_O(\boldsymbol{F})]_z \tag{4-13}$$

其中$[\boldsymbol{M}_O(\boldsymbol{F})]_z$表示力矩矢 $\boldsymbol{M}_O(\boldsymbol{F})$在 z 轴上的投影。式(4-13)就是力对点之矩与力对通过该点的轴之矩的关系，即力对某点之矩的矢量在过此点的任意轴上的投影，等于此力对该轴之矩。该式通常称为力矩关系定理。

利用力对点之矩与力对通过此点的轴之矩之间的关系，可以导出力对坐标轴之矩的解析式。根据矢量沿直角坐标轴分解的公式，有

$$\boldsymbol{M}_O(\boldsymbol{F})=[\boldsymbol{M}_O(\boldsymbol{F})]_x\boldsymbol{i}+[\boldsymbol{M}_O(\boldsymbol{F})]_y\boldsymbol{j}+[\boldsymbol{M}_O(\boldsymbol{F})]_z\boldsymbol{k}$$

将上式与式(4-10)比较可得

$$\begin{cases}M_x(\boldsymbol{F})=yF_z-zF_y\\M_y(\boldsymbol{F})=zF_x-xF_z\\M_z(\boldsymbol{F})=xF_y-yF_x\end{cases} \tag{4-14}$$

【例 4-2】 计算图 4.11 所示手摇曲柄上 $\boldsymbol{F}$ 对 x、y、z 轴之矩。已知 $\boldsymbol{F}$ 为平行于 xz 平面的力，$F=100\ \text{N}$，$\alpha=60°$，$AB=20\ \text{cm}$，$BC=40\ \text{cm}$，$CD=15\ \text{cm}$，A、B、C、D 处于同一水平面上。

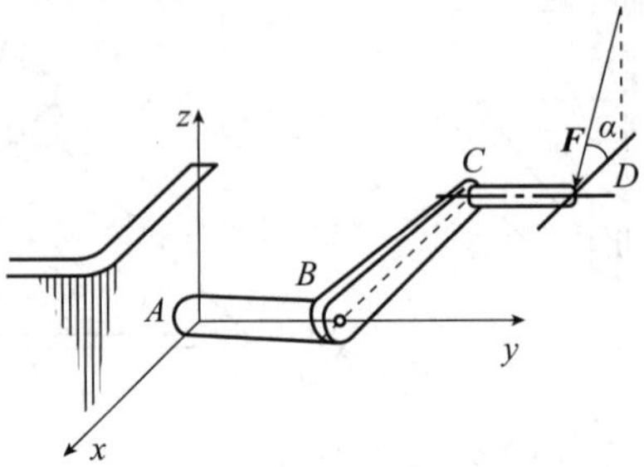

图 4.11

解：力 $\boldsymbol{F}$ 在 x 和 z 轴上的投影：

$F_x=F\cos\alpha$，$F_z=-F\sin\alpha$

计算 $\boldsymbol{F}$ 对 x、y、z 各轴的力矩

$$\begin{aligned}M_x(\boldsymbol{F})&=-F_z(AB+CD)=-100\sin60°(20+15)\\&=-3031\ \text{N}\cdot\text{cm}=-30.31\ \text{N}\cdot\text{m}\\M_y(\boldsymbol{F})&=-F_zBC=-100\sin60°\times40\\&=-3464\ \text{N}\cdot\text{cm}=-34.64\ \text{N}\cdot\text{m}\\M_z(\boldsymbol{F})&=-F_x(AB+CD)=-100\cos60°(20+15)\\&=-1750\ \text{N}\cdot\text{cm}=-17.5\ \text{N}\cdot\text{m}\end{aligned}$$

4.4 空间汇交力系与空间力偶系

4.4.1 空间汇交力系

1. 空间汇交力系的几何法

设在物体上作用有空间汇交力系 $\boldsymbol{F}_1,\boldsymbol{F}_2,\cdots,\boldsymbol{F}_n$，与平面汇交力系相似，利用几何法合成时，可连续应用三角形法则，作出空间汇交力系的力多边形，则从这个力多边形的起点向终点所作矢量就表示原力系的合力 $\boldsymbol{R}$，其作用线通过各力的汇交点。以矢量式表示，有

$$\boldsymbol{R}=\boldsymbol{F}_1+\boldsymbol{F}_2+\cdots+\boldsymbol{F}_n=\sum_{i=1}^{n}\boldsymbol{F}_i=\sum\boldsymbol{F}_i=\sum\boldsymbol{F} \tag{4-15}$$

即空间汇交力系合成的结果是一个合力，它等于原力系中各力的矢量和，合力的作用线通过各力的汇交点。

如果空间汇交力系的力多边形自行闭合，即合力等于零，则该力系为平衡力；反之，要使空间汇交力系平衡，它的合力必须等于零。所以，空间汇交力系平衡的必要和充分的几何条件是：该力系中各力所构成的力多边形自行闭合，即它的合力等于零。以矢量表示，有

$$\boldsymbol{R}=\boldsymbol{0}\ 或\ \sum\boldsymbol{F}=\boldsymbol{0} \tag{4-16}$$

2. 空间汇交力系的解析法

在空间汇交力系中，由于各力的作用线不在同一平面内，按几何法作出的力多边形是空间的，实际求解时很不方便，因此对于空间汇交力系的合成与平衡问题，一般不采用几何法，而采用解析法求解。

根据力在空间任一轴上的投影的定义，平面汇交力系合力投影定理很容易推广到空间汇交力系：即合力在任一轴上的投影，等于力系中所有各力在同一轴上的投影的代数和，且这种关系对于在空间情况下的任何矢量也同样适用。因此，以这个定理为依据，可应用解析法来求空间汇交力系的合成。

如图 4.12 所示，设有空间汇交力系 $\boldsymbol{F}_1, \boldsymbol{F}_2, \cdots, \boldsymbol{F}_n$，以力系的汇交点 O 为坐标原点，建立直角坐标系 $Oxyz$，力系中任一力在坐标轴 x、y、z 上的投影分别为 F_{xi}、F_{yi}、F_{zi}，其合力在相应坐标轴上的投影为 R_x、R_y、R_z，则根据合力投影定理有

$$\begin{cases} R_x = \sum F_{ix} \\ R_y = \sum F_{iy} \\ R_z = \sum F_{iz} \end{cases} \tag{4-17}$$

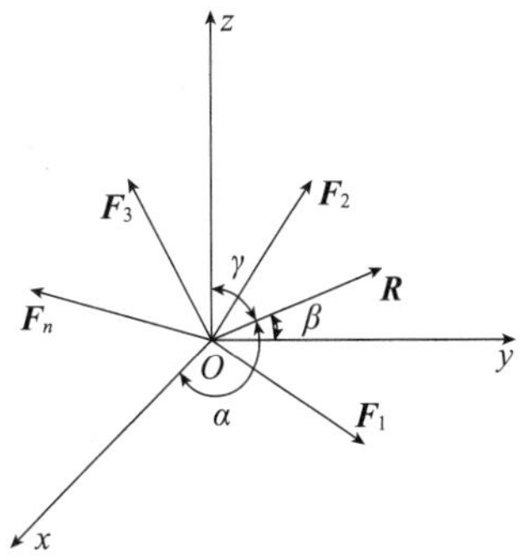

图 4.12

今后为书写方便，将下角标“i”均省略。

根据各分力的投影算出合力 $\boldsymbol{R}$ 的投影后，即可求出合力 $\boldsymbol{R}$ 的大小和方向余弦分别为

$$\begin{cases} R = \sqrt{R_x^2 + R_y^2 + R_z^2} = \sqrt{\left(\sum F_x\right)^2 + \left(\sum F_y\right)^2 + \left(\sum F_z\right)^2} \\ \cos\alpha = \dfrac{R_x}{R} \\ \cos\beta = \dfrac{R_y}{R} \\ \cos\gamma = \dfrac{R_z}{R} \end{cases} \tag{4-18}$$

其中 α、β、γ 分别为合力 $\boldsymbol{R}$ 与 x、y、z 轴正向的夹角。

空间汇交力系平衡的必要和充分条件是合力等于零，即 $R=0$，必须也只需

$$\begin{cases} \sum F_x = 0 \\ \sum F_y = 0 \\ \sum F_z = 0 \end{cases} \tag{4.19}$$

于是空间汇交力系平衡的必要和充分的解析条件是：力系中所有各力在三个坐标轴中每一轴上的投影的代数和等于零。式(4-19)称为空间汇交力系的平衡方程，利用这组方程，可以求解三个未知量。

在实际应用方程组(4-19)时，三个投影轴不一定要互相垂直，只要这三个投影轴不在同一平面内，且任何两个轴不互相平行即可。根据这个原则，我们可以适当选取投影轴，以便简化计算。

【例 4-3】 有一空间支架固定在相互垂直的墙上。支架由垂直于两墙的铰接二力杆 OA、OB 和钢绳 OC 组成。已知 $\theta=30°$，$\varphi=60°$，O 点吊一重量 $G=1.2$ kN 的重物[图 4.13(a)]。试求两杆和钢绳所受的力。图中 O、A、B、D 四点都在同一水平面上，杆和绳的重量都忽略不计。

解：(1)选研究对象，画受力图。取铰链 O 为研究对象，设坐标系为 $Dxyz$，受力图如图 4.13(b)所示。

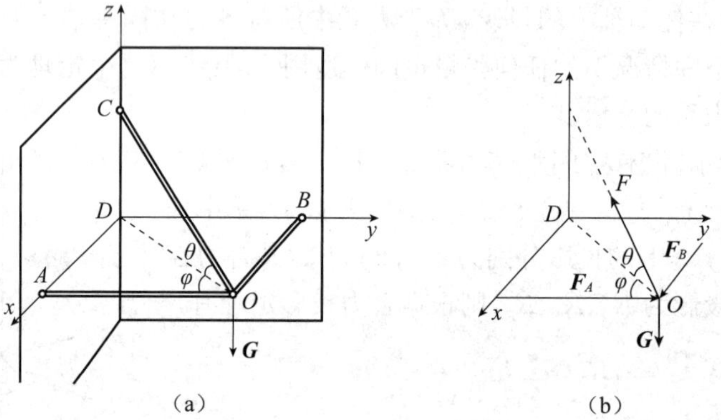

图 4.13

(2)列平衡方程式，求未知量

$\sum F_x=0 \Rightarrow F_B-F\cos\theta\sin\varphi=0$

$\sum F_y=0 \Rightarrow F_A-F\cos\theta\cos\varphi=0$

$\sum F_z=0 \Rightarrow F\sin\theta-G=0$

$$F=\frac{G}{\sin\theta}=\frac{1.2}{\sin 30°}=2.4 \text{ kN}$$

解上述方程得

$$F_A=F\cos\theta\cos\varphi=2.4\cos 30°\cos 60°=1.04 \text{ kN}$$

$$F_B=F\cos\theta\sin\varphi=2.4\cos 30°\sin 60°=1.8 \text{ kN}$$

【例 4-4】 空间构架由三根无重直杆组成，在 D 端用球铰链连接，如图 4.14(a)所示。A、B 和 C 端则用球铰链固定在水平地板上。如果挂在 D 端的物重 $P=10$ kN，求铰链 A、B 和 C 的约束力。

解：(1)选研究对象，画受力图。取节点 D 为研究对象，设坐标系为 $Oxyz$，设各杆受拉，受力图如图 4.14(b)所示。

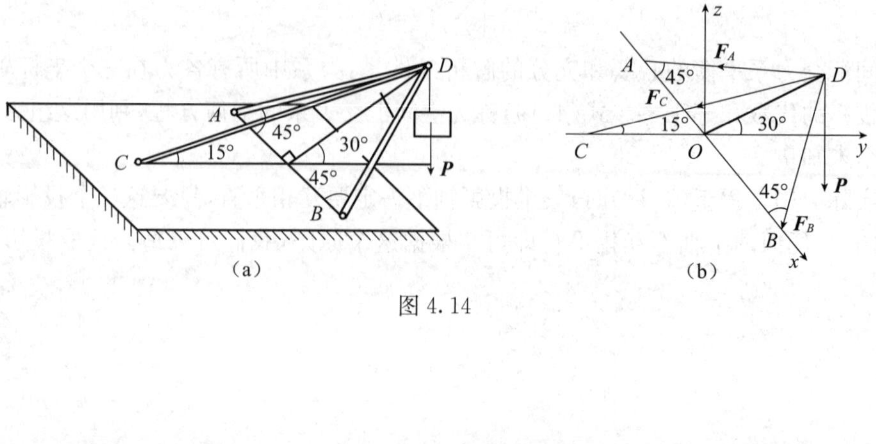

图 4.14

(2)列平衡方程式，求未知量，即

$$\sum F_x=0 \Rightarrow F_B\cos45^\circ-F_A\cos45^\circ=0 \tag{1}$$

$$\sum F_y=0 \Rightarrow -F_A\sin45^\circ\cos30^\circ-F_B\sin45^\circ\cos30^\circ-F_C\cos15^\circ=0 \tag{2}$$

$$\sum F_z=0 \Rightarrow -F_A\sin45^\circ\sin30^\circ-F_B\sin45^\circ\sin30^\circ-F_C\sin15^\circ-P=0 \tag{3}$$

由式(1)得　　$F_A=F_B$　　(4)

将式(4)代入式(2)得　　$F_C=-1.27F_B$　　(5)

将式(4)及式(5)代入式(3)得　$F_A=F_B=$　26.4 kN，$F_C-33.5$ kN

4.4.2　空间力偶系

1. 空间力偶的等效性

在平面力偶系中，各力偶具有同一作用面，力偶矩被视为代数量。但在空间力偶系中，各力偶作用面具有不同的方位，力偶对物体作用的效应，不仅取决于力偶矩的大小和力偶在其作用面内的转向，而且还与力偶作用面的方位有关。通常，我们把决定力偶对物体作用效应的这三个因素，即力偶矩的大小、转向和力偶的作用面，称为力偶的三要素。

与力对点之矩相类似，这三个因素可以用一个矢量完整地表示出来，即在空间力偶中，力偶矩可以用矢量表示。

力偶矩的矢量表示法如下：如图 4.15 所示，在平面 P 内作用有一力偶($\boldsymbol{F},\boldsymbol{F}'$)，力偶矩的大小为 $M=Fd$。现作一矢量 $\boldsymbol{M}$，使其长度按一定的比例尺代表力偶矩的大小，矢量 $\boldsymbol{M}$ 的方位就是力偶作用面法线的方位；至于矢量 $\boldsymbol{M}$ 的指向，可按右手法则确定，即以右手握矢量 $\boldsymbol{M}$，四个手指的指向表示力偶矩的转向，则大拇指的指向就是力偶矩矢 $\boldsymbol{M}$ 的指向。或从 $\boldsymbol{M}$ 的末端朝始端看去，力偶矩的转向应是逆时针向，如图 4.15 所示。与力矩矢相似，力偶矩矢 $\boldsymbol{M}$ 在图中也以带圆弧箭头的有向线段表示。

下面来证明力偶的各力对空间任一点之矩的矢量和等于该力偶矩矢，而与矩心的选择无关。

设有力偶($\boldsymbol{F},\boldsymbol{F}'$)作用在刚体上，二力作用点分别为 A、B，作 A 点相对于 B 点的位置矢径 $\boldsymbol{r}_{AB}$，再任取一点 O 为矩心，自 O 点分别作 A、B 点的矢径 $\boldsymbol{r}_A$、$\boldsymbol{r}_B$，如图 4.16 所示，则力偶对 O 点之矩为

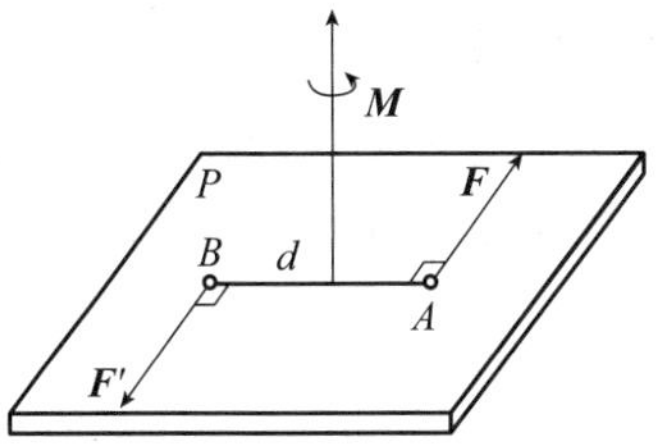

图 4.15

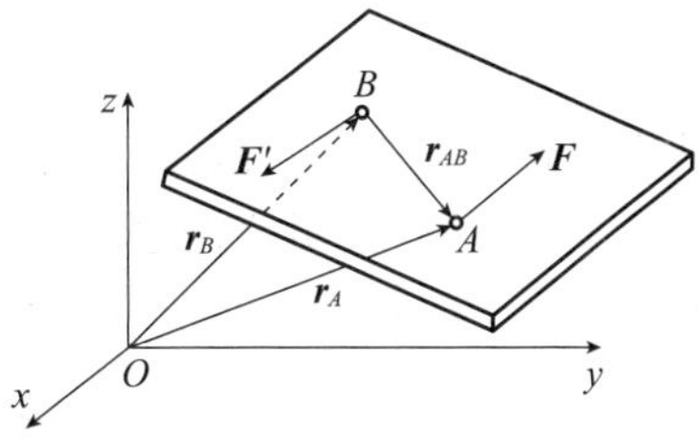

图 4.16

$$\begin{aligned}\boldsymbol{M}_O(\boldsymbol{F},\boldsymbol{F}')&=\boldsymbol{M}_O(\boldsymbol{F})+\boldsymbol{M}_O(\boldsymbol{F}')\\&=\boldsymbol{r}_A\times\boldsymbol{F}+\boldsymbol{r}_B\times\boldsymbol{F}'\\&=\boldsymbol{r}_A\times\boldsymbol{F}-\boldsymbol{r}_B\times\boldsymbol{F}\end{aligned}$$

$$=\boldsymbol{r}_{AB}\times\boldsymbol{F}$$
$$=\boldsymbol{M}$$

既然力偶对空间任一点之矩等于力偶矩矢，而与矩心的位置无关，所以空间力偶对物体的转动效应完全取决于力偶矩矢。如果空间两个力偶的力偶矩矢相等，则它们是互等力偶，亦即这两个力偶等效。据此，我们还可以得出如下的推论：只要力偶的大小和转向不变，力偶可以从刚体的一个平面移到另一个平行的平面内，而不改变其对刚体的转动效应。

空间力偶的上述特性，在生产实践中也可以得到验证。如用两手转动方向盘时，两手的相对位置可以作用于方向盘的任何地方，只要两手作用于方向盘上的力组成的力偶矩不变，则它们使方向盘转动的效应就是完全相同的。又如用螺丝刀拧螺钉时，只要力偶矩的大小和转向保持不变，长螺丝刀与短螺丝刀的效果相同，即力偶的作用面可以垂直于螺丝刀的轴线平行移动，而并不影响拧螺钉的效果。

力偶既然可以在其作用面内转移，又可以从刚体的一个平面移到另一个平行的平面内，所以力偶矩矢量是自由矢量。只要力偶矩矢的大小和方向不变，力偶可在空间平行而同向地任意移动和转动，因此力偶矩矢在空间可以画在任何位置。

2. 空间力偶系的合成与平衡

(1)空间力偶系的合成。

设在刚体上作用有由 n 个力偶组成的任意力偶系，其力偶矩矢各为 $\boldsymbol{M}_1,\boldsymbol{M}_2,\cdots,\boldsymbol{M}_n$，如图 4.17(a)所示。根据力偶矩矢是自由矢量的性质，把各力偶矩矢平移到任一点 O，得到一个汇交于 O 点的力偶矩矢量系。根据汇交矢量系的合成规则可求得力偶系的合力偶矩矢，用符号 $\boldsymbol{M}$ 表示，如图 4.17(b)，则有

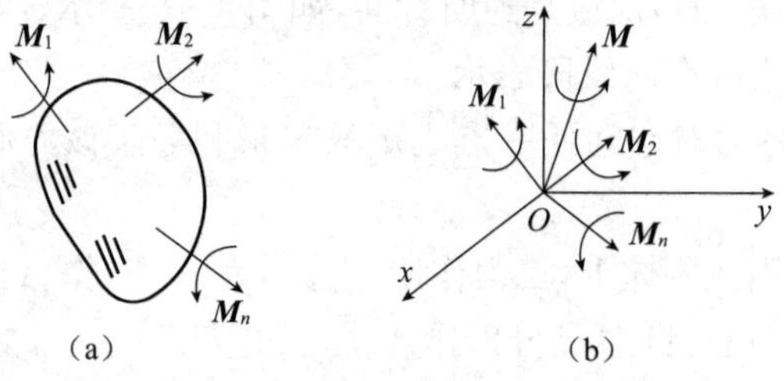

图 4.17

$$\boldsymbol{M}=\boldsymbol{M}_1+\boldsymbol{M}_2+\cdots+\boldsymbol{M}_n=\sum\boldsymbol{M}_i \tag{4-20}$$

即任意力偶系可合成为一合力偶，且合力偶矩矢等于力偶系中各分力偶矩矢的矢量和。

在实际计算时，一般采用解析法。为此建立直角坐标系 $Oxyz$，根据矢量投影定理，得合力偶矩矢在坐标轴上的投影为

$$\begin{cases}M_x=\sum M_{ix}\\M_y=\sum M_{iy}\\M_z=\sum M_{iz}\end{cases} \tag{4-21}$$

其中 M_{ix}、M_{iy}、M_{iz} 为力偶系中任一分力偶矩矢在相应坐标轴上的投影。于是，合力偶矩矢的

大小和方向余弦为

$$\begin{cases}M=\sqrt{M_x^2+M_y^2+M_z^2} \\ \quad =\sqrt{\left(\sum M_{ix}\right)^2+\left(\sum M_{iy}\right)^2+\left(\sum M_{iz}\right)^2} \\ \cos\alpha=\dfrac{M_x}{M},\cos\beta=\dfrac{M_y}{M},\cos\gamma=\dfrac{M_z}{M}\end{cases} \tag{4-22}$$

其中 α、β、γ 分别为合力偶矩矢 $\boldsymbol{M}$ 与 x、y、z 轴正向间的夹角。

(2)空间力偶系的平衡。

由于力偶系可以合成为一个合力偶,因此力偶系平衡的必要与充分条件是合力偶矩矢等于零,亦即力偶系所有各力偶矩矢的矢量和等于零,即

$$\boldsymbol{M}=\boldsymbol{0} \quad 或 \quad \sum \boldsymbol{M}_i=\boldsymbol{0} \tag{4-23}$$

今后为书写方便,将下角标"i"均省略。

由式(4-22)第一式,可将式(4-23)写成解析式

$$\begin{cases}\sum M_x=0 \\ \sum M_y=0 \\ \sum M_z=0\end{cases} \tag{4-24}$$

上式称为空间力偶系的平衡方程,即空间力偶系平衡的必要与充分条件是:该力偶系中所有各力偶矩矢在任一轴上投影的代数和等于零。

【例 4-5】 有四个力偶($\boldsymbol{F}_1$,$\boldsymbol{F}_1'$)($\boldsymbol{F}_2$,$\boldsymbol{F}_2'$)($\boldsymbol{F}_3$,$\boldsymbol{F}_3'$)和($\boldsymbol{F}_4$,$\boldsymbol{F}_4'$)分别作用在正方体的四个平面 $DCFE$,$CBGF$,$ABCD$ 和 $BDEG$ 内。各力偶矩的大小为 $M_1=200\ \text{N}\cdot\text{m}$,$M_2=500\ \text{N}\cdot\text{m}$,$M_3=3000\ \text{N}\cdot\text{m}$,$M_4=1500\ \text{N}\cdot\text{m}$,转向如图 4.18 所示,求此四个力偶的合力偶矩。

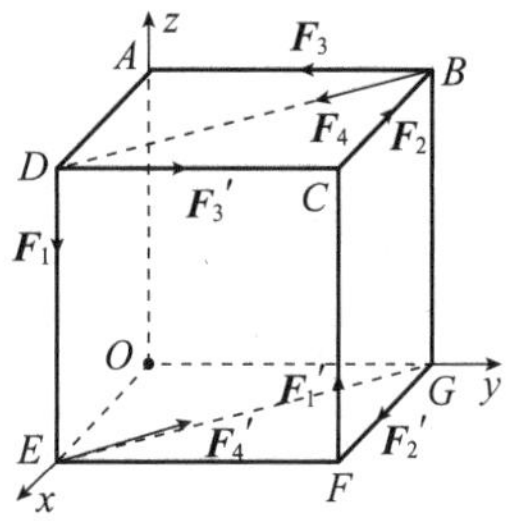

图 4.18

解:取 $Oxyz$ 坐标系。写出各力偶矩矢的解析表达式如下

$\boldsymbol{M}_1=200\boldsymbol{i}$,$\boldsymbol{M}_2=-500\boldsymbol{j}$,$\boldsymbol{M}_3=3000\boldsymbol{k}$

$\boldsymbol{M}_4=1500\cos45°\boldsymbol{i}+1500\sin45°\boldsymbol{j}$

$M_x=200+1500\cos45°=1261\ \text{N}\cdot\text{m}$

$M_y=-500+1500\sin45°=560.7\ \text{N}\cdot\text{m}$

$M_z=3000\ \text{N}\cdot\text{m}$

所以,合力偶矩矢的大小和方向余弦分别为

$$M=\sqrt{M_x^2+M_y^2+M_z^2}=\sqrt{1261^2+560.7^2+3000^2}$$

$$=3302\ \text{N}\cdot\text{m}$$

$$\cos\alpha=\frac{M_x}{M}=\frac{1261}{3302}=0.382$$

$$\cos\beta=\frac{M_y}{M}=\frac{560.7}{3302}=0.170$$

$$\cos\gamma=\frac{M_z}{M}=\frac{3000}{3302}=0.909$$

4.5 空间任意力系向一点简化

4.5.1 主矢和主矩

设一刚体受空间任意力系 $\boldsymbol{F}_1,\boldsymbol{F}_2,\cdots,\boldsymbol{F}_n$ 作用，各力作用点分别为 $A_1,A_2,\cdots,A_n$，如图 4.19(a)所示。任取一点 O 为简化中心，应用力线平移定理，依次将各力平移到 O 点，即得到一个作用于简化中心 O 的空间汇交力系 $\boldsymbol{F}'_1,\boldsymbol{F}'_2,\cdots,\boldsymbol{F}'_n$ 和一个由力偶矩矢分别为 $\boldsymbol{M}_1$，$\boldsymbol{M}_2,\cdots,\boldsymbol{M}_n$ 的附加力偶所组成的空间力偶系，如图 4.19(b)所示，且有

$$\boldsymbol{F}'_1=\boldsymbol{F}_1,\boldsymbol{F}'_2=\boldsymbol{F}_2,\cdots,\boldsymbol{F}'_n=\boldsymbol{F}_n$$

$$\boldsymbol{M}_1=\boldsymbol{M}_O(\boldsymbol{F}_1),\boldsymbol{M}_2=\boldsymbol{M}_O(\boldsymbol{F}_2),\cdots,\boldsymbol{M}_n=\boldsymbol{M}_O(\boldsymbol{F}_n)$$

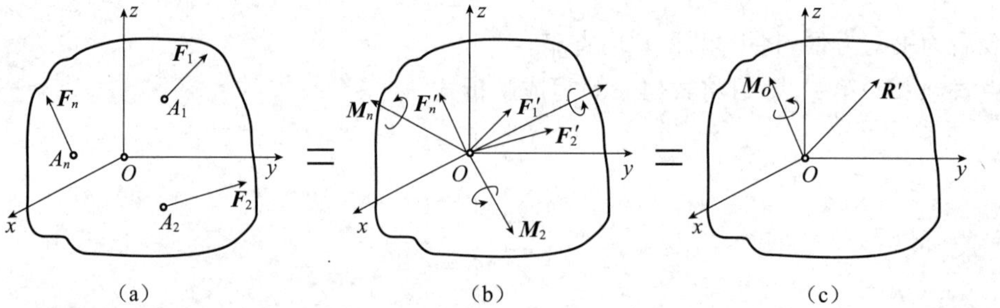

图 4.19

空间汇交力系 $\boldsymbol{F}'_1,\boldsymbol{F}'_2,\cdots,\boldsymbol{F}'_n$ 可合成为作用在 O 点的一个力 $\boldsymbol{R}'$，如图 4.19(c)所示，这个力的矢量 $\boldsymbol{R}'$ 称为原力系的主矢，且等于原力系中各力的矢量和，即

$$\boldsymbol{R}'=\sum\boldsymbol{F}'_i=\sum\boldsymbol{F}_i=\sum\boldsymbol{F} \tag{4-25}$$

同样，附加力偶所组成的空间力偶系可合成为一个力偶，其力偶矩矢 $\boldsymbol{M}_O$ 称为原力系对简化中心的主矩，且等于原力系中各力对简化中心之矩的矢量和，即

$$\boldsymbol{M}'_O=\sum\boldsymbol{M}_i=\sum\boldsymbol{M}_O(\boldsymbol{F}_i)=\sum\boldsymbol{M}_O(\boldsymbol{F}) \tag{4-26}$$

综上所述可知，空间任意力系向任一点简化，一般可得到一个力和一个力偶；这个力作用在简化中心，它的矢量称为原力系的主矢，并等于这力系中各力的矢量和；这个力偶的力偶矩矢等于原力系中各力对简化中心的矩的矢量和，并称为原力系对简化中心的主矩。显然，主矢 $\boldsymbol{R}'$ 只取决于原力系中各力的大小和方向，与简化中心的位置无关；而主矩 $\boldsymbol{M}_O$ 的大小和方向都与简化中心的位置有关。

为了用解析法计算主矢和主矩，以简化中心 O 为坐标原点，取直角坐标系 $Oxyz$，如图 4.19 所示。设 R'_x、R'_y、R'_z 和 F'_{ix}、F'_{iy}、F'_{iz} 分别表示主矢量 $\boldsymbol{R}'$ 和力系中第 i 个力 $\boldsymbol{F}_i$ 在坐标轴上的投影，则根据矢量投影定理有

$$\begin{cases}R'_x=\sum F_{ix}=\sum F_x\\R'_y=\sum F_{iy}=\sum F_y\\R'_z=\sum F_{iz}=\sum F_z\end{cases} \tag{4-27}$$

由此可得主矢量的大小和方向余弦为

$$\begin{cases}R'=\sqrt{R'^2_x+R'^2_y+R'^2_z}=\sqrt{(\sum F_x)^2+(\sum F_y)^2+(\sum F_z)^2}\\ \cos\alpha=\dfrac{R'_x}{}\\ \cos\beta=\dfrac{R'_y}{}\\ \cos\gamma=\dfrac{R'_z}{}\end{cases}\tag{4-28}$$

其中 α、β、γ 分别为主矢 $\boldsymbol{R}'$ 与 x、y、z 轴正向间的夹角。

同样，设 M_{Ox}、M_{Oy}、M_{Oz} 分别表示主矩 $\boldsymbol{M}_O$ 在坐标轴上的投影，根据力对点之矩与力对过该点的轴之矩的关系，可得

$$\begin{cases}M_{Ox}=\sum\ [\boldsymbol{M}_O(\boldsymbol{F}_i)]_x=\sum M_x(\boldsymbol{F}_i)=\sum M_x(\boldsymbol{F})\\ M_{Oy}=\sum\ [\boldsymbol{M}_O(\boldsymbol{F}_i)]_y=\sum M_y(\boldsymbol{F}_i)=\sum M_y(\boldsymbol{F})\\ M_{Oz}=\sum\ [\boldsymbol{M}_O(\boldsymbol{F}_i)]_z=\sum M_z(\boldsymbol{F}_i)=\sum M_z(\boldsymbol{F})\end{cases}\tag{4-29}$$

由此可得力系对 O 点主矩的大小和方向余弦为

$$\begin{cases}M_O=\sqrt{M_{Ox}^2+M_{Oy}^2+M_{Oz}^2}\\ \quad=\sqrt{[\sum M_x(\boldsymbol{F})]^2+[\sum M_y(\boldsymbol{F})]^2+[\sum M_z(\boldsymbol{F})]^2}\\ \cos\alpha'=\dfrac{M_{Ox}}{M_O},\cos\beta'=\dfrac{M_{Oy}}{M_O},\cos\gamma'=\dfrac{M_{Oz}}{M_O}\end{cases}\tag{4-30}$$

其中 α'、β'、γ' 分别为主矩 $\boldsymbol{M}_O$ 与 x、y、z 轴正向间的夹角。

4.5.2　简化结果分析

将空间任意力系向一点简化后，其简化的最后结果可能出现下列几种情形：

(1)主矢 $R'\neq0$，主矩 $M_O=0$。此时原力系的最后简化结果为作用于简化中心的一个力 $\boldsymbol{R}'$，即原力系的合力 $\boldsymbol{R}$。

(2)主矢 $R'=0$，主矩 $M_O\neq0$。此时原力系的最后简化结果为一个力偶，其力偶矩矢为 $\boldsymbol{M}_O$，此时主矩 $\boldsymbol{M}_O$ 与简化中心的位置无关。

(3)主矢 $R'=0$，主矩 $M_O=0$。此时原力系平衡。

(4)主矢 $R'\neq0$，主矩 $M_O\neq0$。这是简化结果的最一般情形，它还可以进一步简化为以下三种情形：

①$\boldsymbol{R}'\cdot\boldsymbol{M}_O=0$，即主矢与主矩垂直 $\boldsymbol{R}'\perp\boldsymbol{M}_O$。由平面力系简化理论，原力系可进一步简化为一合力 $\boldsymbol{R}$，$\boldsymbol{R}=\boldsymbol{R}'$，作用在离简化中心 O 一段距离 $OO'=d=\dfrac{M_O}{R}$，如图 4.20 所示。

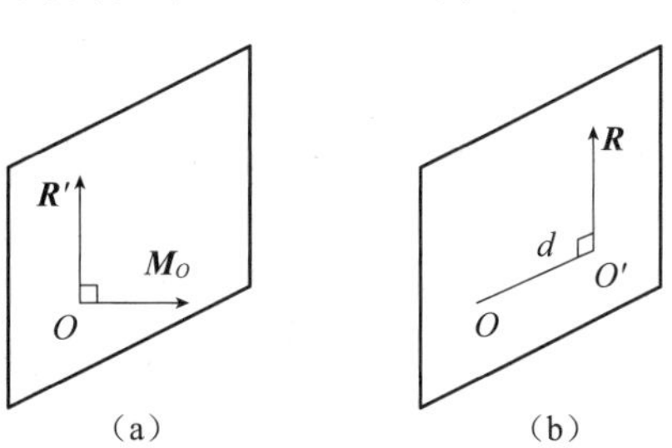

(a)　　(b)

图 4.20

②$\boldsymbol{R}' \cdot \boldsymbol{M}_O \neq 0$,且$\boldsymbol{R}' /\!/ \boldsymbol{M}_O$。此时主矢$\boldsymbol{R}'$与主矩$\boldsymbol{M}_O$的力偶所在平面垂直(图 4.21),原力系不能再简化。这种由一个力和一个力偶所组成的力系称为力螺旋。如果$\boldsymbol{R}'$与$\boldsymbol{M}_O$同向,即$\boldsymbol{R}' \cdot \boldsymbol{M}_O > 0$,称为右力螺旋[图 4.22(a)];如果$\boldsymbol{R}'$与$\boldsymbol{M}_O$反向,即$\boldsymbol{R}' \cdot \boldsymbol{M}_O < 0$,称为左力螺旋[图 4.22(b)]。力$\boldsymbol{R}'$的作用线称为力螺旋的中心轴。

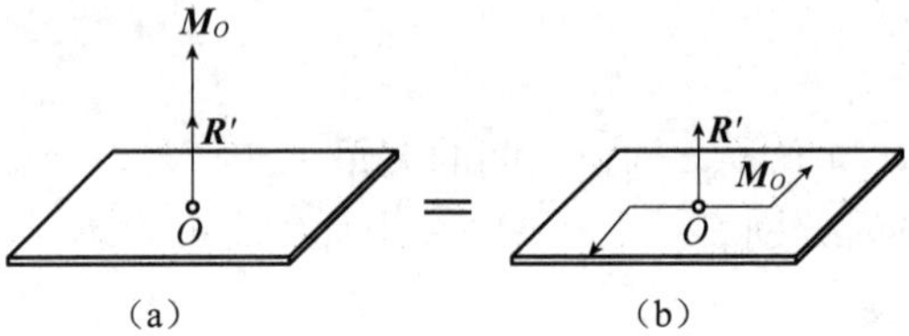

图 4.21

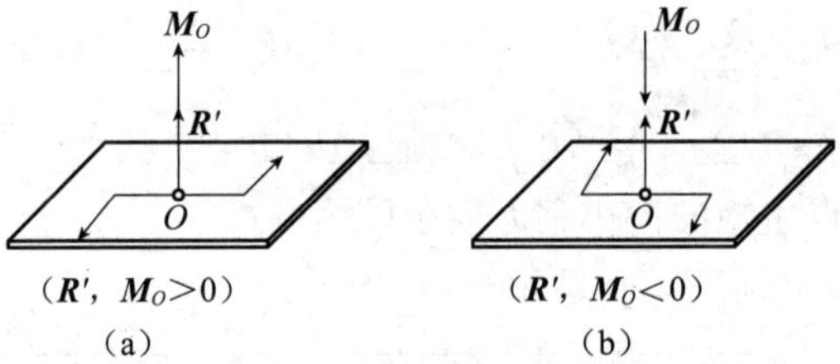

图 4.22

③主矢$\boldsymbol{R}'$与主矩$\boldsymbol{M}_O$成任意角α,原力系的最后简化结果为由一个力和一个力偶所组成的力系,即力螺旋。

综上所述,不平衡的空间任意力系向任一点简化的最后结果,可能是一个合力,或一个力偶,或一个力螺旋。当空间任意力系可以简化为一个合力时,与平面任意力系一样,合力矩定理成立,即空间力系如能合成一个合力,则其合力对任一点之矩,等于力系中各力对同一点之矩的矢量和。

$$\boldsymbol{M}_O(\boldsymbol{R}) = \sum \boldsymbol{M}_O(\boldsymbol{F}_i) = \sum \boldsymbol{M}_O(\boldsymbol{F}) \tag{4-31}$$

从O点任取一轴z,将式(4-23)投影到该轴上,并根据力对点之矩与力对通过此点的轴之矩之间的关系,可得

$$M_z(\boldsymbol{R}) = \sum M_z(\boldsymbol{F}_i) = \sum M_z(\boldsymbol{F}) \tag{4-32}$$

于是,空间力系的合力矩定理又可陈述为:空间任意力系如能合成为一个合力,则其合力对任一轴之矩,等于力系中各力对同一轴之矩的代数和。

在计算力对轴之矩时,应用空间力系的合力矩定理,常可使计算简单。这时,可先将原力沿坐标轴分解为三个分力,然后计算各分力对坐标轴之矩的代数和。

4.6 空间任意力系的平衡

空间任意力系向任一点简化的结果可得一主矢和主矩。因此,要使力系平衡,主矢与主矩必须都等于零。若主矢等于零,则表示作用于简化中心的空间汇交力系自成平衡;若主矩等于零,则表示附加空间力偶系也自成平衡;若两者都为零,则原力系必是平衡力系。于是可知,空间任意力系平衡的必要和充分条件:力系的主矢与力系对任一点的主矩都等于零。

由式(4-28)和式(4-30)可见,要使主矢 $R'=0$ 与主矩 $M_O=0$,必须也只需

$$\begin{cases}\sum F_x=0,\ \sum F_y=0,\ \sum F_z=0\\ \sum M_x(\boldsymbol{F})=0,\ \sum M_y(\boldsymbol{F})=0,\ \sum M_z(\boldsymbol{F})=0\end{cases}\tag{4-33}$$

因此,空间任意力系平衡的必要和充分条件又可陈述为:力系中所有各力在三个坐标轴中每一轴上的投影的代数和等于零,以及这些力对每一坐标轴之矩的代数和也等于零。式(4-33)称为空间任意力系的平衡方程。这六个方程是彼此独立的,在求解空间任意力系平衡问题时,可以解出六个未知量。

空间任意力系是力系的最一般情形,所有其他力系都是它的特例,因此这些力系的平衡方程也可直接由空间任意力系的平衡方程(4-33)导出。例如,对于空间平行力系(即各力作用线互相平行的空间力系称为空间平行力系)(图 4.23),取坐标系 $Oxyz$,令 z 轴与力系中各力平行,则不论力系是否平衡,都自然满足 $\sum F_x=0$, $\sum F_y=0$, $\sum M_z(\boldsymbol{F})=0$。于是空间平行力系的平衡方程为

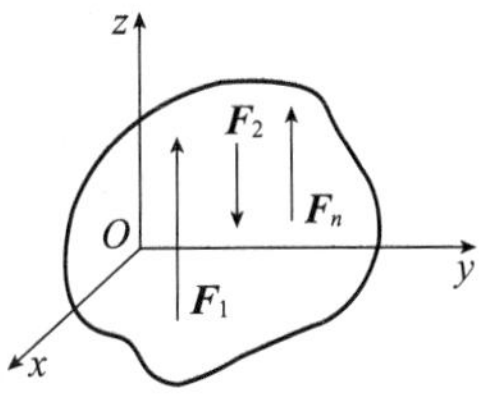

图 4.23

$$\sum F_z=0,\ \sum M_x(\boldsymbol{F})=0,\ \sum M_y(\boldsymbol{F})=0\tag{4-34}$$

上式表明,空间平行力系平衡的必要和充分条件是:力系中所有各力在与力的作用线平行的坐标轴上的投影的代数和等于零,以及这些力对两个与该坐标轴垂直的每一轴之矩的代数和等于零。因为空间平行力系只有三个平衡方程,所以在研究空间平行力系的平衡问题时,只能求解三个未知量。

同样,其他各种力系的平衡方程,也都可以从式(4-34)导出。

【例 4-6】 三轮小车自重 $W=8$ kN,作用于点 C,载荷 $F=10$ kN,作用于点 E,如图 4.24 所示。求小车静止时地面对车轮的反力。

解:(1)选小车为研究对象,画受力图如图 4.24 所示。其中 $\boldsymbol{W}$ 和 $\boldsymbol{F}$ 为主动力,$\boldsymbol{F}_A$、$\boldsymbol{F}_B$、$\boldsymbol{F}_D$ 为地面的约束反力,此五个力相互平行,组成空间平行力系。

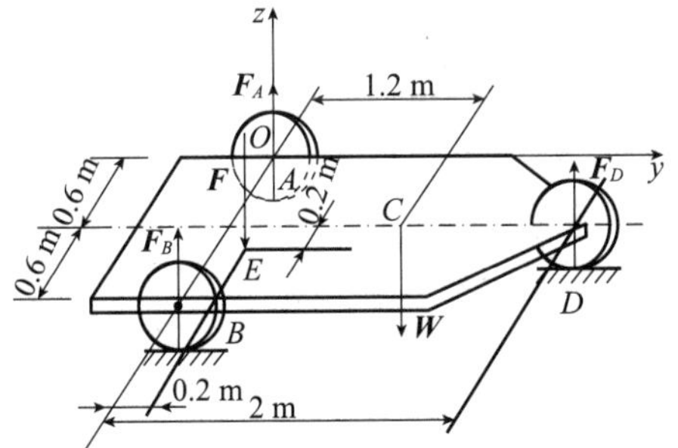

图 4.24

(2)取坐标轴如图 4.24 所示,列出平衡方程求解:

$$\sum M_x(\boldsymbol{F})=0 \Rightarrow -0.2\times F-1.2\times W+2\times F_D=0$$

$$F_D=\frac{1}{2}(0.2\times10+1.2\times8)=5.8\ \text{kN}$$

$$\sum M_y(\boldsymbol{F})=0 \Rightarrow 0.8\times F+0.6\times W-0.6\times F_D-1.2\times F_B=0$$

$$F_B=\frac{0.8\times 10+0.6\times 8-0.6\times 5.8}{1.2}=7.77\ \text{kN}$$

$$\sum F_z=0 \Rightarrow -F-W+F_A+F_B+F_D=0$$

$$F_A=10+8-7.77-5.8=4.43\ \text{kN}$$

【例 4-7】 传动轴如图 4.25 所示，以 A、B 两轴承支承。圆柱直齿轮的节圆直径 $d=17.3$ mm，压力角 $\alpha=20°$，在法兰盘上作用一力偶，其力偶矩 $M=1030$ N·m。如轮轴自重和摩擦不计，求传动轴匀速转动时 A、B 两轴承的反力及齿轮所受的啮合力 $\boldsymbol{F}$。

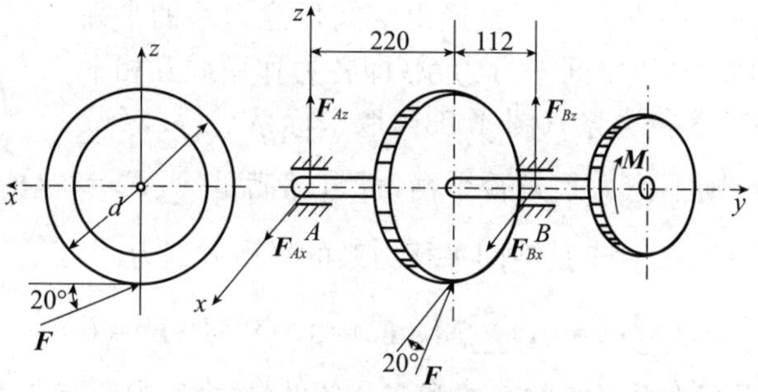

图 4.25

解：(1)取整个轴为研究对象。设 A、B 两轴承的反力分别为 $\boldsymbol{F}_{Ax}$、$\boldsymbol{F}_{Az}$、$\boldsymbol{F}_{Bx}$、$\boldsymbol{F}_{Bz}$，并沿 x、z 轴的正向，此外还有力偶 $\boldsymbol{M}$ 和齿轮所受的啮合力 $\boldsymbol{F}$，这些力构成空间一般力系。

(2)取坐标轴如图 4.25 所示，列平衡方程：

$$\sum M_y(\boldsymbol{F})=0 \Rightarrow -M+F\cos 20°\times\frac{d}{2}=0$$

$$F=\frac{1030\times 2}{0.0173\cos 20°}=126.68\ \text{kN}$$

$$\sum M_x(\boldsymbol{F})=0 \Rightarrow F\sin 20°\times 0.22+F_{Bz}\times 0.332=0$$

$$F_{Bz}=\frac{-126.68\sin 20°\times 0.22}{0.332}=-28.71\ \text{kN}$$

$$\sum M_z(\boldsymbol{F})=0 \Rightarrow -F_{Bx}\times 0.332+F\cos 20°\times 0.220=0$$

$$F_{Bx}=\frac{126.68\cos 20°\times 0.220}{0.332}=78.91\ \text{kN}$$

$$\sum F_x=0 \Rightarrow F_{Ax}+F_{Bx}-F\cos 20°=0$$

$$F_{Ax}=126.68\cos 20°-78.91=40.17\ \text{kN}$$

$$\sum F_z=0 \Rightarrow F_{Az}+F_{Bz}+F\sin 20°=0$$

$$F_{Az}=-126.68\sin 20°+28.71=-14.61\ \text{kN}$$

【例 4-8】 如图 4.26 所示，水平的长方形均质板重 $\boldsymbol{W}$，用 6 根直杆支承，直杆两端用球铰与板和地面连接，求各直杆所受的力。

解：取板为研究对象，它受重力 W 和 6 根杆的支承力而平衡。设所有杆的受力均为拉

力，画出受力图如图 4.26 所示。建立如图所示的坐标系，列平衡方程并求解

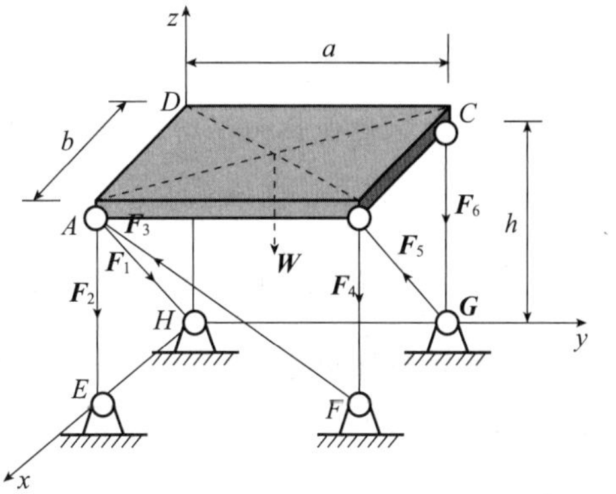

图 4.26

$$\sum M_{AB}(\boldsymbol{F})=0 \Rightarrow -F_6 \cdot b - W \cdot \frac{b}{2}=0$$

$$F_6=-\frac{W}{2}$$

$$\sum M_{AE}(\boldsymbol{F})=0 \Rightarrow F_5=0$$

$$\sum M_{AC}(\boldsymbol{F})=0 \Rightarrow F_4=0$$

$$\sum M_{BF}(\boldsymbol{F})=0 \Rightarrow F_1=0$$

$$\sum M_{BG}(\boldsymbol{F})=0 \Rightarrow F_3=0$$

$$\sum M_{FG}(\boldsymbol{F})=0 \Rightarrow -F_2 \cdot a - W \cdot \frac{a}{2}=0$$

$$F_2=-\frac{W}{2}$$

由本例可知，可以不用坐标轴为矩轴。选矩轴的原则是：尽量使较多未知力与矩轴平行或相交，以减少方程中未知量的数目。

通过以上例题可以发现，空间力系平衡问题的解题步骤与平面力系一样，在列平衡方程之前，要选取适当的投影轴和取矩轴，尽量使一个方程只含一个未知量，从而避免求解多元一次方程组。

4.7　重心及其计算

4.7.1　重心的概念

重力是地球对物体的引力，如果将物体看成由无数的质点组成，则重力便组成空间平行力系，这个力系的合力的大小就是物体的重量。不论物体如何放置，其重力的合力作用线相对于物体总是通过一个确定的点，这个点称为物体的重心(图 4.27 中 C 点)。

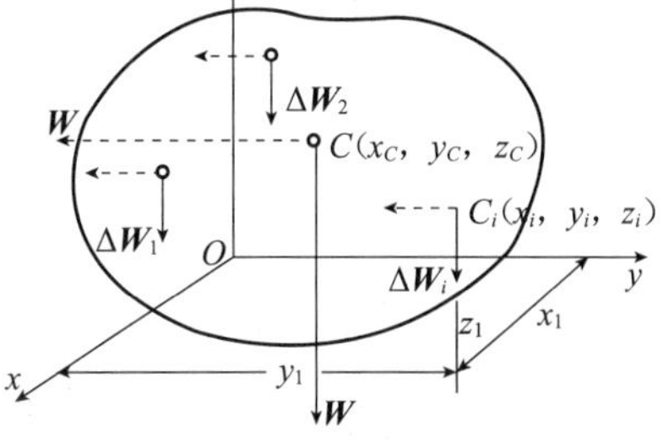

图 4.27

不论是在日常生活中还是在工程实际中，确定物体重心的位置都具有重要的意义。例如，当我们用手推车推重物时，只有重物的重心正好与车轮轴线在同一铅垂面内时，才能比较省力；电机转子、飞轮等旋转部件在设计、制造与安装时，都要求它的重心尽量靠近轴线，否则将产生强烈的振动，甚至引起破坏；而振动打桩机、混凝土捣实机等则又要求其转动部分的重心偏离转轴一定距离，以得到预期的振动；还有，在房屋构件截面设计以及起重

机、挡土墙、水坝等的倾翻问题中,都涉及重心位置的确定。

形状不变的物体,其重心在该物体中的位置是固定不变的。由几个物体组成的系统,其重心一般将随各物体相对位置的改变而改变。但如果组成系统的各物体之间的相对位置不变,则物体系统的重心在该系统中的位置也固定不变。

4.7.2 求物体重心的一般公式

为了确定物体重心的位置,可将该物体分为 n 个小块,各小块分别重 $\Delta \boldsymbol{W}_1, \Delta \boldsymbol{W}_2, \cdots, \Delta \boldsymbol{W}_n$。建立直角坐标系 $Oxyz$,如图 4.27 所示,则各小块重心坐标分别为 $C_1(x_1, y_1, z_1)$, $C_2(x_2, y_2, z_2), \cdots, C_n(x_n, y_n, z_n)$。显然,各小块所受重力的合力 $\boldsymbol{W}$ 即为整个物体所受的重力,而无论怎样放置物体,重力 $\boldsymbol{W}$ 的作用线均必通过其作用点 $C(x_C, y_C, z_C)$,该点即为物体的重心。根据合力矩定理,对 y 轴取矩有

$$Wx_C = \Delta W_1 x_1 + \Delta W_2 x_2 + \cdots + \Delta W_n x_n = \sum \Delta W_i x_i$$

所以

$$x_C = \frac{\sum \Delta W_i x_i}{W}$$

同理,利用坐标轮换的方法可得

$$y_C = \frac{\sum \Delta W_i y_i}{W}$$

$$z_C = \frac{\sum \Delta W_i z_i}{W}$$

归纳以上三式得出物体重心的一般公式:

$$x_C = \frac{\sum \Delta W_i x_i}{W}, y_C = \frac{\sum \Delta W_i y_i}{W}, z_C = \frac{\sum \Delta W_i z_i}{W} \tag{4-35}$$

式中,ΔW_i 为组成物体的微小部分的重量,其重心位置为 C_i;W 是整个物体的重量,重心在 C 处,且 $W = \sum \Delta W_i$;x_C、y_C、z_C 是物体重心坐标;x_i、y_i、z_i 是 ΔW_i 的重心坐标,如图 4.27 所示。

若物体是均质的,且以 $\boldsymbol{\gamma}$ 表示物体每单位容积的重量;以 ΔV_i 表示第 i 小块的体积;以 V 表示整个物体的体积,则因为 $W_i = \gamma \cdot \Delta V_i$ 及 $W = \sum W_i = \gamma \cdot \sum \Delta V_i = \gamma V$,故式(4-35)可变为

$$x_C = \frac{\sum \Delta V_i x_i}{V}, y_C = \frac{\sum \Delta V_i y_i}{V}, z_C = \frac{\sum \Delta V_i z_i}{V} \tag{4-36}$$

如令物体上各小块的体积均趋近于零,则有

$$x_C = \frac{\int_V x \mathrm{d}V}{V}, y_C = \frac{\int_V y \mathrm{d}V}{V}, z_C = \frac{\int_V z \mathrm{d}V}{V} \tag{4-37}$$

可见,均质物体的重心位置完全取决于物体的形状,而与物体的重量无关。因此,均质物体的重心与体积形心重合。

若物体不仅是均质的，而且是等厚薄壳，消去式(4-36)中的板厚，则重心的坐标公式为

$$x_C=\frac{\sum \Delta A_i x_i}{A},\ y_C=\frac{\sum \Delta A_i y_i}{A},\ z_C=\frac{\sum \Delta A_i z_i}{A} \tag{4-38}$$

或

$$x_C=\frac{\int_A x\,\mathrm{d}A}{A},\ y_C=\frac{\int_A y\,\mathrm{d}A}{A},\ z_C=\frac{\int_A z\,\mathrm{d}A}{A} \tag{4-39}$$

式中，ΔA_i 或 $\mathrm{d}A$ 分别是元面积和微元面积，又 $A=\sum \Delta A_i=\int_A \mathrm{d}A$ 是薄壳中心曲面的面积。

对均质等厚薄板(或平面图形)，如取沿平板厚度方向的中间平面(或平面图形所在的平面)xOy 为坐标面，则 $z_C\equiv 0$，但 x_C 和 y_C 仍分别由式(4-38)或式(4-39)中的前两式确定。

若物体为均质等截面细杆(或曲线)，则其重心的坐标公式为

$$x_C=\frac{\sum \Delta L_i x_i}{L},\ y_C=\frac{\sum \Delta L_i y_i}{L},\ z_C=\frac{\sum \Delta L_i z_i}{L} \tag{4-40}$$

$$x_C=\frac{\int_L x\,\mathrm{d}L}{L},\ y_C=\frac{\int_L y\,\mathrm{d}L}{L},\ z_C=\frac{\int_L z\,\mathrm{d}L}{L}$$ (4-41) 8

式中，ΔL_i 或 $\mathrm{d}L$ 分别是沿杆的元弧长和微元弧长，又 $L=\sum \Delta L_i=\int_L \mathrm{d}L$ 是杆的长度。

4.7.3 对称物体的重心

很多常见的物体往往具有一定的对称性，如具有对称面、对称轴或对称中心，此时，重心必在物体的对称面、对称轴或对称中心上。例如，均质圆球的重心在其对称中心上；均质矩形薄板和工字形薄板的重心在其对称轴的交点上；均质 T 形薄板和[形薄板的重心在其对称轴上(图 4.28)。

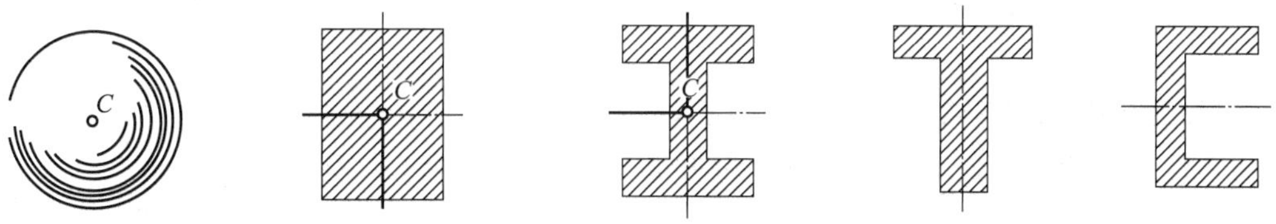

图 4.28

4.7.4 组合体的重心

工程中很多构件往往是由几个简单的基本形体组合而成的，即所谓组合体。若组合体中每一基本形体的重心(或形心)是已知的，则可采用以下方法求出组合体的重心(或形心)位置。

1. 分割法

将组合体分割成若干个简单体，进而求出重心位置的方法即为分割法。

【例 4-9】 试求 Z 形截面重心的位置，其尺寸如图 4.29 所示。

解:将Z形截面看作由Ⅰ、Ⅱ、Ⅲ三个矩形面积组合而成,每个矩形的面积和重心位置可方便求出。取坐标轴如图4.29所示。

Ⅰ:$A_1=300\ \text{mm}^2, x_1=15\ \text{mm}, y_1=45\ \text{mm}$

Ⅱ:$A_2=400\ \text{mm}^2, x_2=35\ \text{mm}, y_2=30\ \text{mm}$

Ⅲ:$A_3=300\ \text{mm}^2, x_3=45\ \text{mm}, y_3=5\ \text{mm}$

按式(4-38)求得该截面重心的坐标 x_C、y_C 为

$$x_C=\frac{\sum \Delta A_i x_i}{A}=\frac{300\times15+400\times35+300\times45}{300+400+300}=32\ \text{mm}$$

$$y_C=\frac{\sum \Delta A_i x_i}{A}=\frac{300\times45+400\times30+300\times5}{300+400+300}=27\ \text{mm}$$

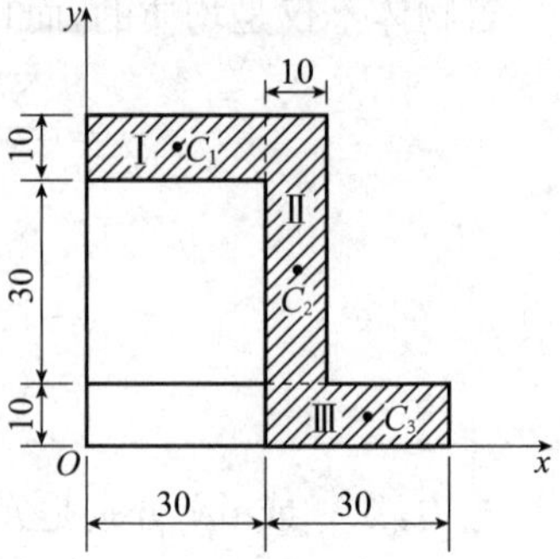

图4.29

2. 负面积法

将组合体看成甲形体减去乙形体,由于运算中乙形体取负值故称为负面积法。

【例4-10】 求图4.30所示图形的形心,已知大圆的半径为 R,小圆的半径为 r,两圆的中心距为 a。

解:取坐标系如图4.30所示,因图形对称于 x 轴,其形心在 x 轴上,故 $y_C=0$。

图形可看作由两部分组成,挖去的面积以负值代入,两部分图形的面积和形心坐标为

$$A_1=\pi R^2, x_1=y_1=0$$

$$A_2=-\pi r^2, x_2=a, y_2=0$$

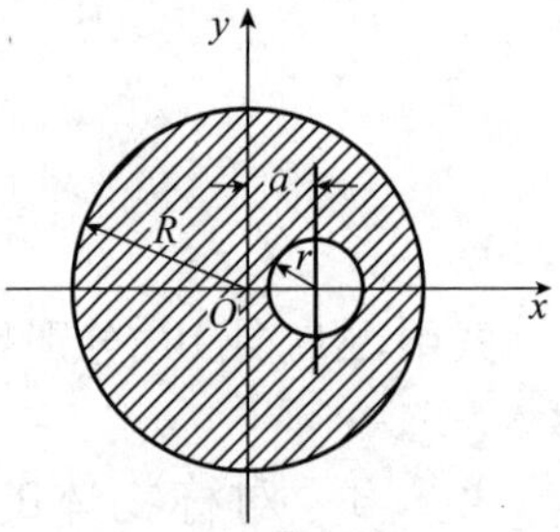

图4.30

由式(4-38)可得

$$x_C=\frac{A_1x_1+A_2x_2}{A_1+A_2}=\frac{\pi R^2\times0+(-\pi r^2)\times a}{\pi R^2+(-\pi r^2)}=\frac{ar^2}{R^2-r^2}$$

【例4-11】 试求一段均质圆弧的重心。设圆弧半径为 R,圆弧所对的圆心角为 2α(图4-31)。

解:选圆弧的对称轴为 x 轴并以圆心 O 为原点,则由对称性知必有 $y_C=0$。如以 $\mathrm{d}\theta$ 表示每段微圆弧 $\mathrm{d}L$ 所对的圆心角,则

$$x_C=\frac{\int_L x\,\mathrm{d}L}{L}=\frac{2\int_0^\alpha R\cos\theta\cdot R\mathrm{d}\theta}{2\int_0^\alpha R\mathrm{d}\theta}=R\,\frac{\sin\alpha}{\alpha}$$

若为半圆弧,则 $\alpha=\frac{\pi}{2}=0.637R$。

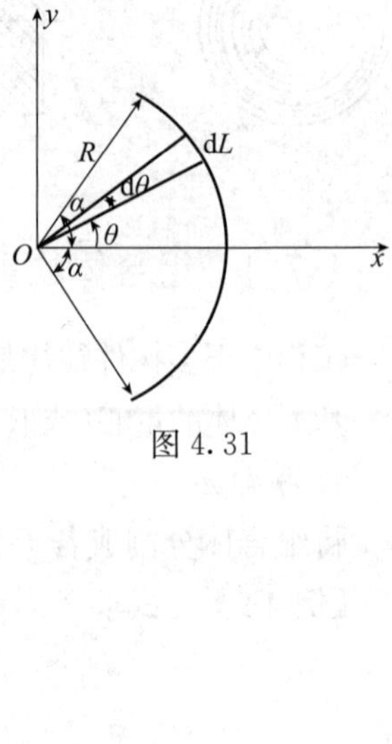

图4.31

本章小结

1. 力 $\boldsymbol{F}$ 在空间直角坐标轴上的投影有两种计算方法

(1)直接投影法：

$$\begin{cases} F_x = F\cos\alpha \\ F_y = F\cos\beta \\ F_z = F\cos\gamma \end{cases}$$

其中，α、β、γ 分别为力 $\boldsymbol{F}$ 与 x、y、z 三坐标轴间的夹角。

(2)二次投影法：

$$\begin{cases} F_x = F_{xy}\cos\varphi = F\sin\gamma\cos\varphi \\ F_y = F_{xy}\sin\varphi = F\sin\gamma\sin\varphi \\ F_z = F\cos\gamma \end{cases}$$

其中，γ 为力 $\boldsymbol{F}$ 与 z 轴间的夹角，φ 为 $\boldsymbol{F}_{xy}$ 与 x 轴间的夹角。

2. 力对轴之矩

(1)力对轴之矩是力使物体绕轴转动效应的度量，大小等于力在垂直于轴的平面上的分力对该平面和轴的交点之矩，记作

$$M_z(\boldsymbol{F}) = M_O(\boldsymbol{F}_{xy}) = \pm F_{xy}d$$

(2)在空间力系中，力对点之矩取决于力矩的大小、力矩平面的方位及力矩在其平面内的转向。据此，力对点之矩可用矢量表示。类似地，空间力偶对物体作用的效应取决于力偶矩的大小、力偶作用面的方位以及力偶矩的转向。力偶矩是矢量，符合矢量相加的平行四边形法则，它的运算与一般矢量相同。

(3)力偶对空间任一点之矩的矢量等于该力偶矩矢，而与矩心的选择无关。这一重要特性表明：力偶矩矢是自由矢量，它可以在空间平行移动。相应地，力偶可以在同一刚体上平行搬移，而不改变力偶对刚体的转动效应。

3. 空间汇交力系和空间力偶系的合成与平衡

二者合成的结果及平衡条件都十分相似：空间汇交力系可以合成为一个合力，其平衡的必要和充分条件是合力等于零，而平衡方程为

$$\sum F_x = 0,\ \sum F_y = 0,\ \sum F_z = 0$$

空间力偶系可以合成为一个合力偶，其平衡的必要和充分条件是合力偶矩矢等于零，它的平衡方程为

$$\sum M_x = 0,\ \sum M_y = 0,\ \sum M_z = 0$$

空间任意力系向一点简化，在一般情况下，可得一主矢 $\boldsymbol{R}'$ 和一主矩 $\boldsymbol{M}_O$，它们分别等于原力系中各力的矢量和以及原力系中各力对简化中心之矩的矢量和。如果进一步简化，则为一力螺旋。在特殊情况下，空间任意力系可简化为一个力或一个力偶。

4. 空间任意力系的平衡方程

空间任意力系有六个独立的平衡方程，其基本形式为三个投影方程和三个力矩方程：

$$\begin{cases}\sum F_x=0,\ \sum F_y=0,\ \sum F_z=0\\ \sum M_x(\boldsymbol{F})=0,\ \sum M_y(\boldsymbol{F})=0,\ \sum M_z(\boldsymbol{F})=0\end{cases}$$

有时,为了计算方便,可用力矩方程代替投影方程。利用六个方程可求解六个未知量。

空间汇交力系、空间力偶系和空间平行力系可以看成是空间任意力系的特殊情况,它们的平衡方程可由以上六个方程导出。

5. 重心

重心是物体重力合力的作用点,它在物体内的位置是不变的,重心公式可由合力矩定理导出。对于均质物体来说,重心与几何形状的中心(形心)是重合的,所以求均质物体重心位置即求其形心的坐标。对简单形状的均质物体,其重心可用积分形式的重心坐标公式确定;对均质的组合体的重心,可采用分割法或负面积法求得。

思考题

1. 为什么说,若空间汇交力系各力在任意三条既不共面又不互相平行的轴中每一条上的投影的代数和等于零,则必是平衡力系?
2. 位于两相交平面内的两力偶能不能等效或平衡?
3. 为什么说力矩矢是定位矢量,而力偶矩矢是自由矢量?
4. 对于变形体,力偶是否可以从物体的某一平面移到另一平行平面?为什么?
5. 物体的重心是否一定在物体上?非匀质物体的重心和它的形心重合吗?

习 题

4-1 图 4.32 所示力 $\boldsymbol{F}$ 作用于柱顶,$F=100$ kN,$\boldsymbol{F}$ 力与 xOy 平面内投影的夹角 $\alpha=45°$,该投影与 x 轴的夹角 $\beta=30°$。求力 $\boldsymbol{F}$ 在三个坐标轴方向的分力。

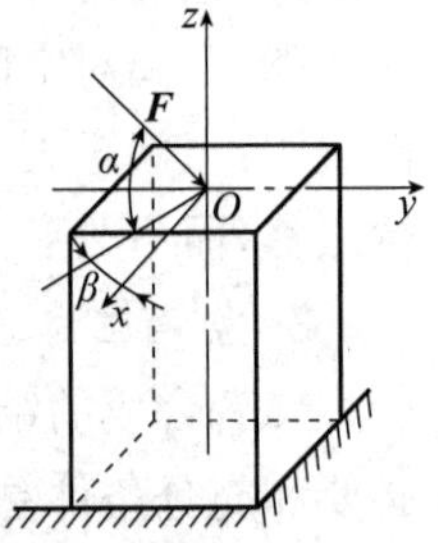

图 4.32

4-2 求图 4.33 所示力 $F=1000$ N 对 z 轴的力矩 M_z。

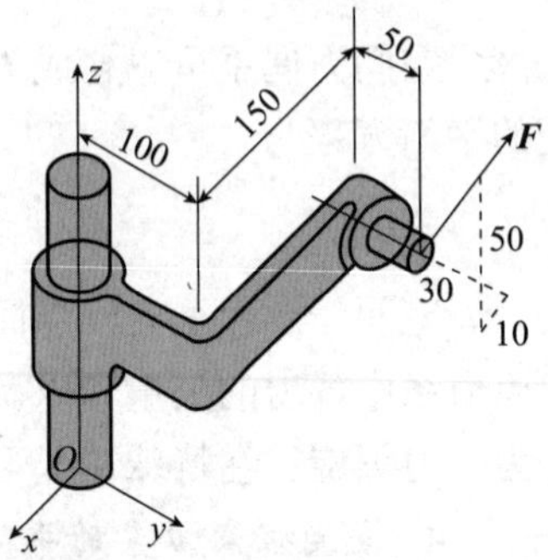

图 4.33

4-3　轴 AB 与铅直线成 α 角，悬臂 CD 与轴垂直地固定在轴上，其长为 a，并与铅直面 zAB 成 θ 角，如图 4.34 所示，如在点 D 作用铅直向下的力 $\boldsymbol{F}$，求此力对轴 AB 的矩。

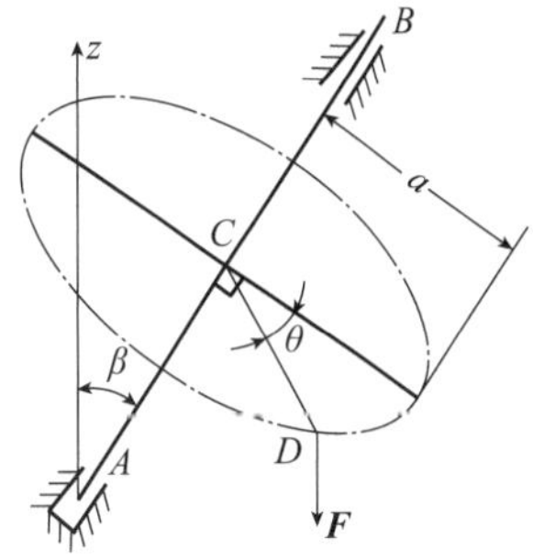

图 4.34

4-4　水平圆轮上 A 处有一力 $F=1$ kN 作用，$\boldsymbol{F}$ 在垂直平面内，与过 A 点的切线成夹角 $\alpha=60°$，OA 与 y 向的夹角 $\beta=30°$，$h=r=1$ m，如图 4.35 所示。试计算 F_x、F_y、F_z 及 $M_x(F)$、$M_y(F)$、$M_z(F)$ 的值。

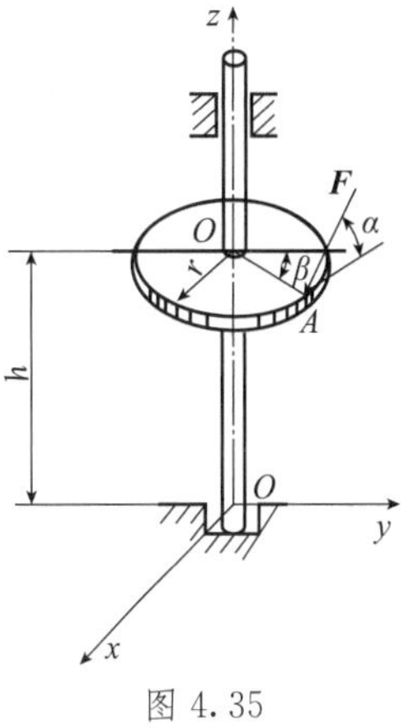

图 4.35

4-5　在图 4.36 所示起重机中，已知 $AB=BC=AD=AE$；点 A、B、D 和 E 均为球铰链连接，如三角形 ABC 的投影为 AF 线，AF 与 y 轴夹角为 θ，求铅垂支柱和各斜杆的内力。

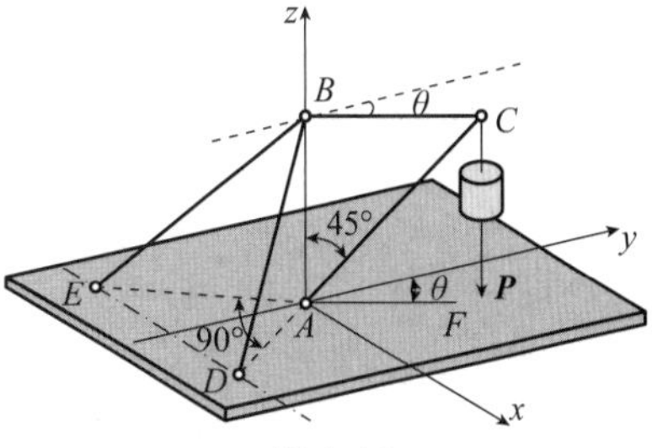

图 4.36

4-6　图 4.37 所示空间桁架由六根杆构成。在节点 A 上作用一力 $\boldsymbol{F}$，此力在矩形 $ABDC$ 平面内，且与铅垂线成 45°。$\triangle EAK \cong \triangle FBM$。等腰三角形 EAK、FBM 和 NDB 在顶点 A、B 和 D 处均为直角，又 $EC=CK=FD=DM$，若 $F=10$ kN，求各杆的内力。

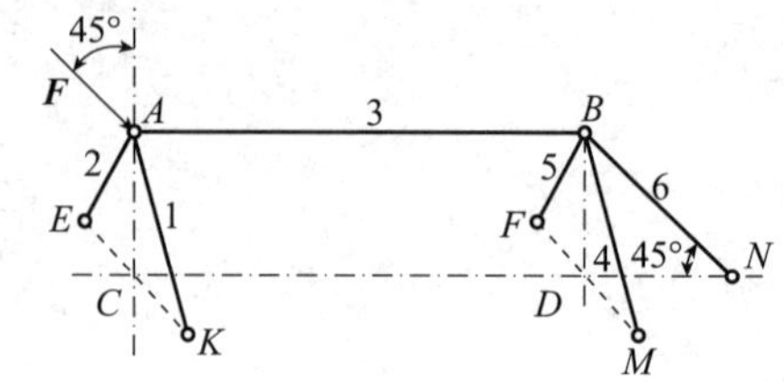

图 4.37

4-7　三脚圆桌的半径 $r=50$ cm，重为 $P=0.6$ kN。如图 4.38 所示，圆桌的三脚 A、B 和 C 形成一等边三角形。若在中线 CD 上距圆心为 a 的点 M 作用铅垂力 $F=1.5$ kN，求使圆桌不翻的最大距离 a。

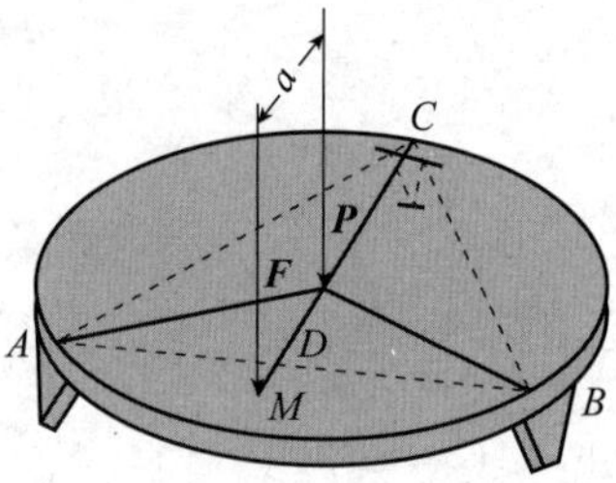

图 4.38

4-8　如图 4.39 所示，均质长方形薄板重 $W=200$ N，用球形铰链 A 和蝶链 B 固定在墙上，并用绳子 CE 维持在水平位置；E 和 A 点在同一铅垂线上，$\angle ECA=\angle BAC=30°$。求绳子的拉力 F 和支座约束反力。

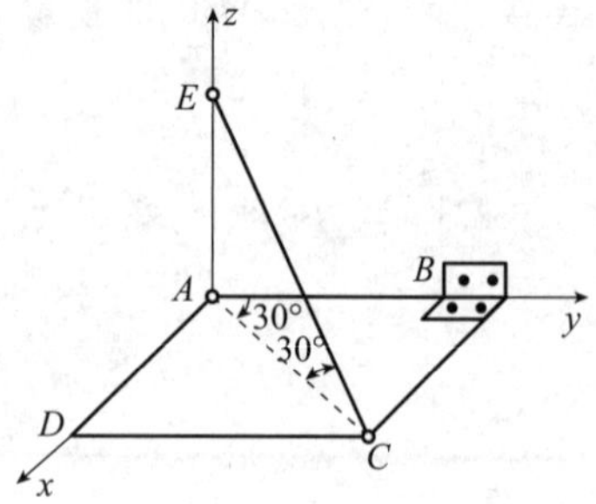

图 4.39

4-9　如图 4.40 所示三个圆盘 A、B 和 C 的半径分别为 15 cm、10 cm 和 5 cm。三根轴 OA、OB 和 OC 在同一平面内，$\angle AOB$ 为直角。在这三个圆盘上分别作用力偶，组成各力偶的力作用在轮缘上，它们的大小分别为 10 N、20 N 和 F。如果这三个圆盘所构成的物系是自由的，不计物系重量，求能使此物系平衡的力 $\boldsymbol{F}$ 的大小和角 θ。

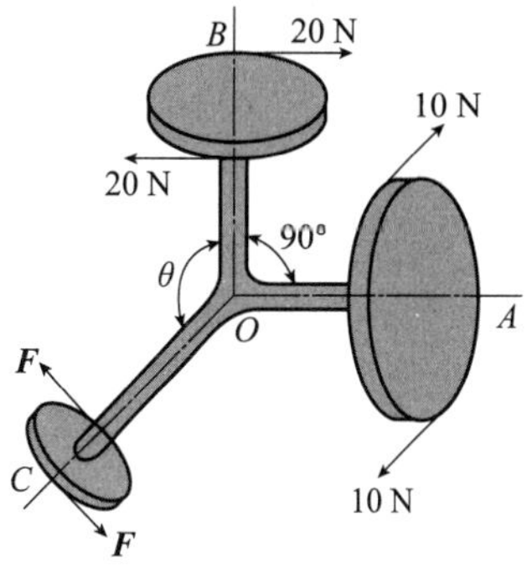

图 4.40

4-10　力系中，$F_1=100$ N，$F_2=300$ N，$F_3=200$ N，各力作用线的位置如图 4.41 所示。试将力系向原点 O 简化。

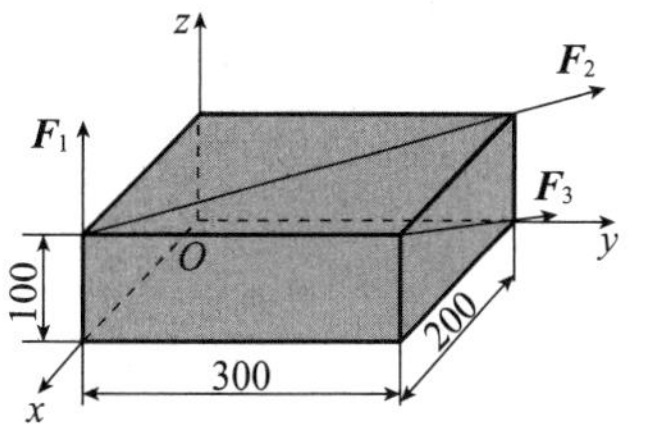

图 4.41

4-11　起重机装在三轮小车 ABC 上。已知起重机的尺寸：$AD=DB=1$ m，$CD=1.5$ m，$CM=1$ m，$KL=4$ m。起重机为平衡锤 F 所平衡，机身连同平衡锤 F 共重 $P_1=100$ kN，作用在重心 G 点，G 点在铅垂平面 MNF 之内，到机身轴线 MN 的距离 $GH=0.5$ m，如图 4.42 所示。所举重物 $P_2=30$ kN。求当起重机的平面 LMN 平行于 AB 时车轮对轨道的压力。

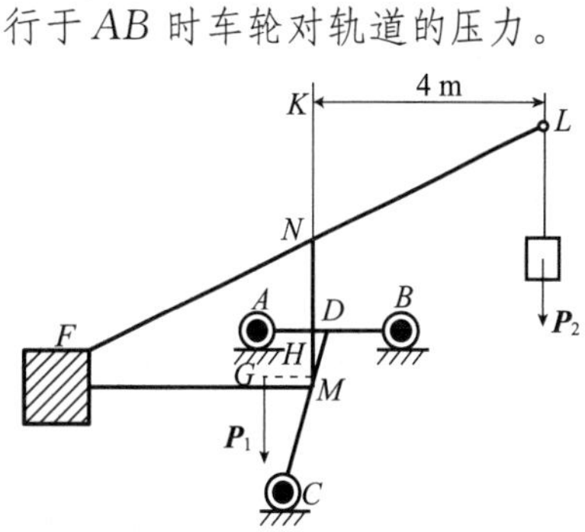

图 4.42

4-12　水平传动轴 AB 上装有两个皮带轮 C 和 D，与轴 AB 一起转动，如图 4.43 所示。皮带轮的半径分别为 $r_1=200$ mm 和 $r_2=250$ mm，皮带轮与轴承间的距离为 $a=b=500$ mm，两皮带轮间的距离 $c=1000$ mm。套在轮 C 上的皮带是水平的，其拉力为 $F_1=2F_2=5000$ N；套在轮 D 上的皮带与铅直线成角 $\alpha=30°$，其拉力为 $F_3=2F_4$。求在平衡情况下，拉力 F_3 和 F_4 的值，并求由皮带拉力所引起的轴承反力。

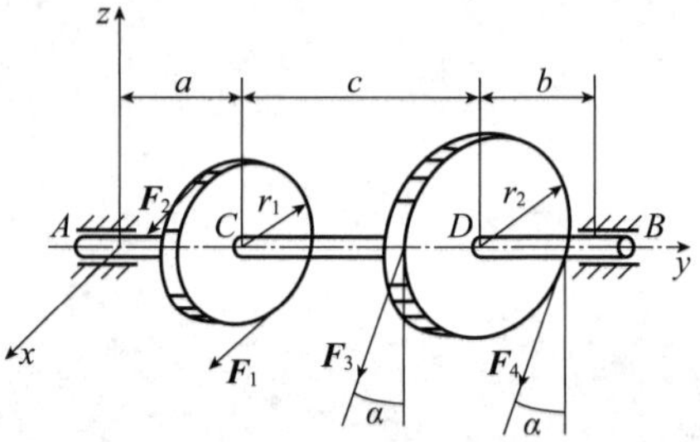

图 4.43

4-13　如图 4.44 所示手摇钻由支点 B、钻头 A 和一个弯曲的手柄组成。当支点 B 处加压力 $\boldsymbol{F}_x$、$\boldsymbol{F}_y$ 和 $\boldsymbol{F}_z$ 以及手柄上加上 $\boldsymbol{F}$ 后，即可带动钻头绕轴 AB 转动而切削材料，此时支点 B 不动，已知 $F_z=50$ N，$F=150$ N。求(1)切削时，材料的阻抗力偶矩 M；(2)材料对钻头的约束反力 F_{Ax}、F_{Ay} 和 F_{Az} 的值；(3)手在 x 和 y 方向所施加的力 F_x、F_y。

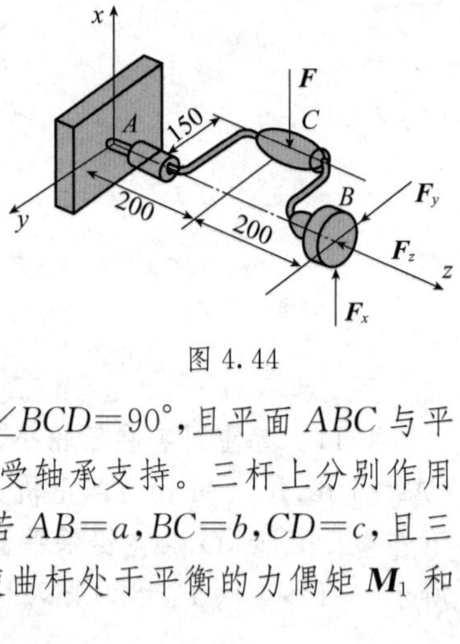

图 4.44

4-14　图 4.45 所示曲杆 $ABCD$ 有两个直角，$\angle ABC=\angle BCD=90°$，且平面 ABC 与平面 BCD 垂直。杆的 D 端用球铰链连接于地面上，另一端 A 受轴承支持。三杆上分别作用三个力偶，力偶所在平面分别垂直于 AB、BC 和 CD 三杆。若 $AB=a$，$BC=b$，$CD=c$，且三力偶的矩分别为 $\boldsymbol{M}_1$、$\boldsymbol{M}_2$ 和 $\boldsymbol{M}_3$，其中 $\boldsymbol{M}_2$ 和 $\boldsymbol{M}_3$ 为已知。求使曲杆处于平衡的力偶矩 $\boldsymbol{M}_1$ 和支座反力。

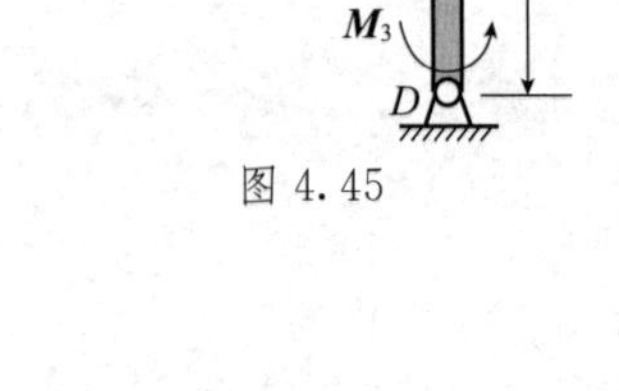

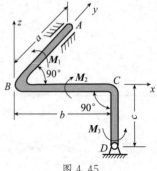

图 4.45

4-15　两个均质杆 AB 和 BC 分别重 $\boldsymbol{P}_1$ 和 $\boldsymbol{P}_2$，其端点 A 和 C 用球铰固定在水平面上，另一端 B 由球铰链相连接，靠在光滑的铅直墙上，墙面与 AC 平行，如图 4.46 所示。如 AB 与水平线交角为 45°，$\angle BAC=90°$，求 A 和 C 的支座约束力以及墙上点 B 所受的压力。

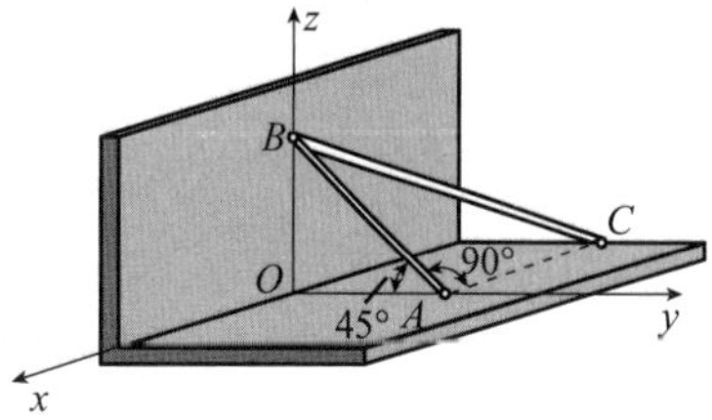

图 4.46

4-16　杆系由球铰连接，位于正方体的边和对角线上，如图 4.47 所示。在节点 D 沿对角线 LD 方向作用力 F_D。在节点 C 沿 CH 边铅直向下作用 F。如球铰 B、L 和 H 是固定的，杆重不计，求各杆的内力。

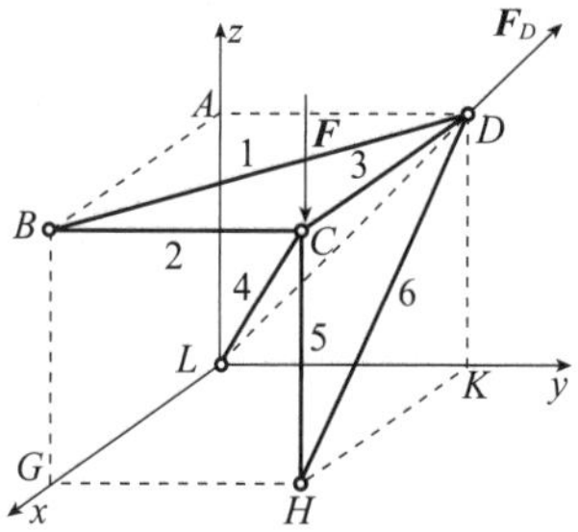

图 4.47

4-17　水平板由六根杆支撑，在板角处受铅直力 F 作用，如图 4.48 所示。设板和杆自重不计，求各杆的内力。

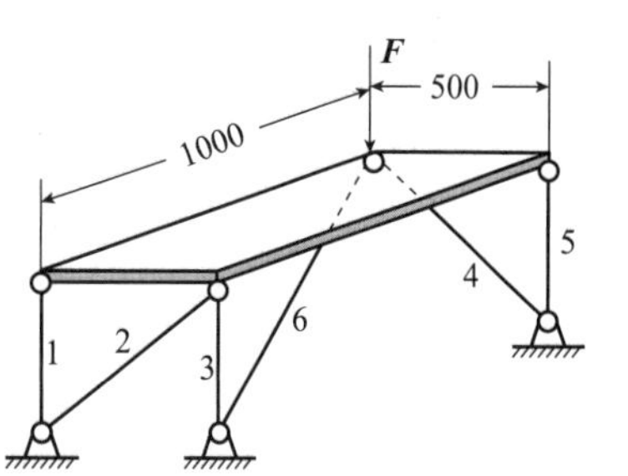

图 4.48

4-18　求图 4.49 所示对称工字形钢截面的形心。

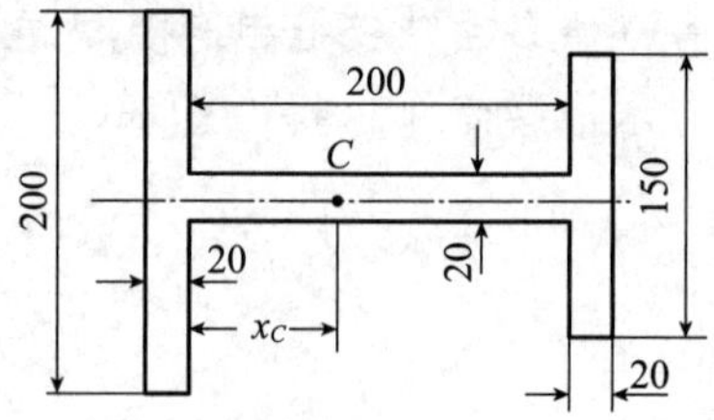

图 4.49

4-19　求图 4.50 所示均质块的重心位置。

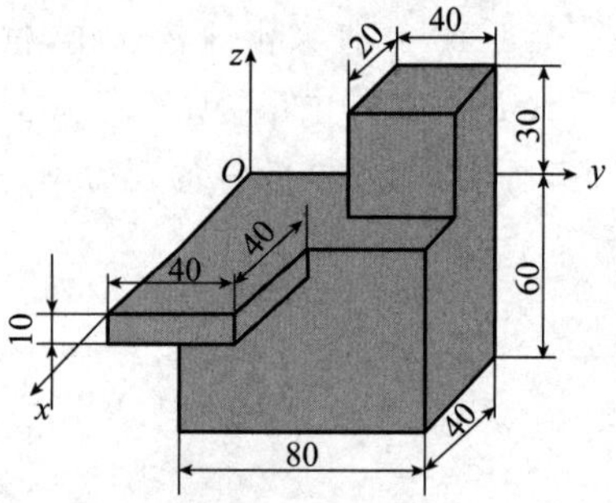

图 4.50

4-20　求图 4.51 所示 T 形截面的形心位置。

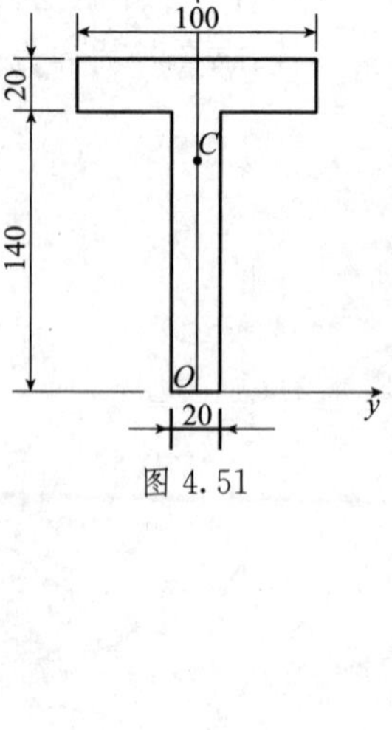

图 4.51

第5章　摩　擦

[教学提示]

前面几章所涉及的平衡问题，我们都忽略了摩擦的影响，把物体间的接触面看作是光滑的，这是依据抓主要矛盾的思想，在摩擦力不起重要作用的情况下而做的一种简化。但并不是所有的情况下都可以忽略摩擦，如重力坝与挡土墙依靠摩擦力来防止坝体的滑动，这时摩擦是重要的甚至是决定性的因素，必须加以考虑。按照接触物体之间可能相对滑动和相对滚动，摩擦可分为滑动摩擦和滚动摩擦。本章将介绍滑动摩擦及滚动摩阻定律，并重点研究有摩擦存在时物体的平衡问题。

[教学要求]

通过本章的学习，要求学生理解滑动摩擦的概念和摩擦力的特征；能熟练求解考虑滑动摩擦时单个物体和物体系统的平衡问题；掌握摩擦角和自锁概念；了解滚动摩擦现象，重点是考虑摩擦时物体系统平衡问题的求解方法。

5.1　滑动摩擦

当两物体的粗糙表面相互接触且有相对滑动或滑动趋势时，沿接触点的公切面彼此作用着阻碍相对滑动的力，称为滑动摩擦力，简称摩擦力。摩擦力作用在相互接触处，其方向与相对滑动（或趋势）的方向相反，其大小根据主动力作用的不同而不同。当物体之间仅出现有相对滑动趋势而尚未发生运动时（物体相对静止）的摩擦称为静滑动摩擦，简称静摩擦；对已发生相对滑动的物体间的摩擦称为动滑动摩擦，简称动摩擦。

5.1.1　静滑动摩擦与静滑动摩擦定律

设一物块放置在粗糙水平面上，该物块在重力 $\boldsymbol{P}$ 和法向力 $\boldsymbol{F}_N$ 的作用下处于静止状态，如图 5.1(a)所示。现在物块上施加一个大小可变化的水平力 $\boldsymbol{F}$，当力 $\boldsymbol{F}$ 由零逐渐增大，只要不超过某一定值，物体虽有向右滑动的趋势，但仍保持相对静止。由平衡条件知，这种非光滑面接触约束除对物块有法向力 $\boldsymbol{F}_N$ 外，还有一个阻碍物块右滑的切向力，此力即静滑动摩擦力，简称静摩擦力，记为 $\boldsymbol{F}_S$，其方向向左，如图 5.1(b)所示，其大小可由平衡方程求出。

$$\sum F_x = 0, F_y = F$$

可见，当物体保持相对静止时，静摩擦力 $\boldsymbol{F}_S$ 是被动力，随主动力 $\boldsymbol{F}$ 的增大而增大，这是静摩擦力和一般约束反力相同的性质。但是，静摩擦力并不随主动力 $\boldsymbol{F}$ 的增大而无限制地增大。当水平力 $\boldsymbol{F}$ 的大小达到一定数值时，物块处于将要滑动而尚未滑动的临界状态，此时静摩擦力达到最大值，称为最大静摩擦力，记为 $\boldsymbol{F}_{max}$。此后 $\boldsymbol{F}$ 若继续增大而静摩擦力不再随之增大,物块与支承面之间将产生相对滑动,静摩擦力也就变成了动摩擦力。这是静摩擦力和一般约束反力不同的性质。

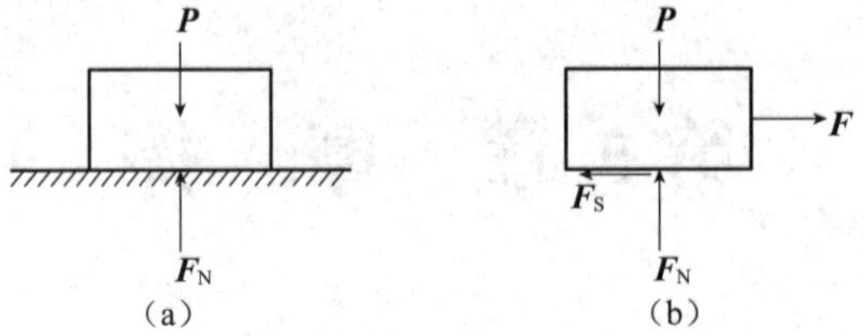

图 5.1

综上所述,可将静摩擦力的性质概括如下:

(1)当物体与约束面之间有正压力并有相对滑动趋势时,沿接触面切向产生静摩擦力,其方向与物体滑动趋势方向相反。

(2)静摩擦力的大小由平衡条件确定,其值在零与最大值之间,即

$$0 \leqslant F_S \leqslant F_{max} \tag{5-1}$$

当物体处于由静止到运动的临界状态时,静摩擦力达到最大值。

大量实验表明:最大静摩擦力的大小与两物体间的正压力成正比,即

$$F_{max} = f_S F_N \tag{5-2}$$

式(5-2)称为静摩擦定律(又称库仑摩擦定律),是工程中常用的近似理论。式中 f_S 是无量纲的比例常数,称为静摩擦系数,其大小需由实验测定。它与接触物体的材料和表面状况(如粗糙度、湿度和温度等)有关,而与接触面积和正压力的大小无关,一般可在一些工程手册中查到。表 5.1 中给出了一部分常用材料的静摩擦系数。由于影响静摩擦系数的因素很多,对于一些重要的工程,必须通过现场测量与试验精确地测定静摩擦系数的值作为设计计算的依据。

表 5.1 常用材料的滑动摩擦系数

材料名称	摩擦系数			
	静摩擦系数 f		动摩擦系数 f'	
	无润滑剂	有润滑剂	无润滑剂	有润滑剂
钢-钢	0.15	0.10～0.12	0.15	0.05～0.10
钢-铸铁	0.30		0.18	0.05～0.15
钢-青铜	0.15	0.10～0.15	0.15	0.10～0.15
钢-橡胶	0.90		0.60～0.80	
铸铁-铸铁		0.18	0.15	0.07～0.12
铸铁-青铜			0.15～0.20	0.07～0.15
铸铁-皮革	0.30～0.50	0.15	0.60	0.15
铸铁-橡胶			0.80	0.50
青铜-青铜		0.10	0.20	0.07～0.10
木-木	0.40～0.60	0.10	0.20～0.50	0.07～0.15

静摩擦定律给我们提供了利用摩擦和减少摩擦的途径，要增大最大静摩擦力，可以通过加大正压力或增大摩擦系数来实现。例如，汽车一般都用后轮驱动，因为后轮正压力大于前轮，这样可以产生较大的向前推动的摩擦力。

5.1.2 动滑动摩擦与动滑动摩擦定律

当滑动摩擦力已达到最大值 $\boldsymbol{F}_{max}$时，若再继续加大主动力 $\boldsymbol{F}$，物块与支承面之间将产生相对滑动。此时，接触物体之间仍在阻碍相对滑动的阻力存在，称这种阻力为动滑动摩擦力，简称动摩擦力，记为 $\boldsymbol{F}_{d}$。

由实验和实践的结果，可将动摩擦力的性质概括如下：

(1)当物体与约束面之间有正压力并有相对滑动时，沿接触面切向产生摩擦力，其方向与相对运动速度的方向相反。

(2)动摩擦力的大小与接触物体间的正压力成正比，即

$$F_{d}=fF_{N} \tag{5-3}$$

这就是动滑动摩擦定律。式中无量纲的系数 f 称为动摩擦系数，需由实验来测定，它与接触物体的材料和表面情况有关。

(3)动摩擦系数一般小于静摩擦系数，即 $f<f_{S}$。这就是为什么推动静物开始运动比维持物体以常速运动更加费力的原因。

(4)动摩擦系数还与接触物体间相对运动速度的大小有关。在多数情况下，动摩擦系数随相对运动速度的增大而减小。但由于它们关系复杂，通常当相对运动速度不大时，可以近似认为动摩擦系数是个常数。部分材料的动摩擦系数参见表 5.1。

在机器中，往往用降低接触表面的粗糙度或加入润滑剂等方法，使动摩擦系数降低，以减少摩擦和磨损。

5.2 考虑摩擦时物体的平衡问题

对于需要考虑摩擦的物体平衡问题，因为依然是平衡问题，所以并不需要重新建立力系的平衡条件和平衡方程，其解题方法和步骤与前几章所述基本相同，但又具有新的特点：

(1)分析物体受力和画受力图时，必须考虑接触处沿切向的摩擦力 $\boldsymbol{F}_{S}$，其方向不能随意假设，要根据相对滑动的趋势正确判定。

(2)作用于物体上的力系，除需满足静力学平衡方程外，还需满足补充方程(摩擦平衡方程)：$F_{max}\leqslant f_{S}F_{N}$，有几处摩擦，补充几个方程。

(3)由于存在不等式，解出的结果也是一个范围，而非一个确定的值。

工程中有不少问题只需要分析平衡的临界状态，这时静摩擦力等于其最大值，补充方程只取等号。有时为了计算方便，避免解不等式，即使求解平衡范围的问题，也先在临界状态下计算，求得结果后再根据力学概念或实践经验判断范围。

下面举例说明如何求解考虑摩擦时物体的平衡问题。

【例 5-1】 物体重 $P=980$ N，放在一倾角 $\alpha=30°$的斜面上，已知接触面间的静摩擦系数

为 $f_S=0.2$。有一大小为 $F=588$ N 的力沿斜面推物体，如图 5.2(a)所示，问物体在斜面上是处于静止还是滑动状态？若静止，此时摩擦力多大？

解：对于判断物体状态这一问题，可先假设物体处于静止状态，然后由平衡方程求出物体处于静止状态时所需的摩擦力 F_S，并计算出可能产生的最大静摩擦力 F_{max}，将两者进行比较，确定力 F_S 是否满足 $F_S \leqslant F_{max}$，从而断定物体是静止的还是滑动的。

(1)设物体静止但沿斜面有下滑的趋势，则其受力图及坐标系如图 5.2(b)所示。

(2)列出平衡方程：

$$\sum F_x=0 \Rightarrow F-P\sin\alpha+F_S=0$$

$$\sum F_y=0 \Rightarrow F_N-P\cos\alpha=0$$

解得
$$F_S=P\sin\alpha-F=980\sin30^\circ-588=-98\text{ N}$$
$$F_N=P\cos\alpha=980\cos30^\circ=848.7\text{ N}$$

(3)根据静摩擦定律，可能产生的最大静摩擦力为

$$F_{max}=f_S F_N=0.2\times848.7=169.7\text{ N}$$

将 F_S 与 F_{max} 进行比较得

$$|F_S|=98\text{ N}<169.7\text{ N}$$

这说明物体在斜面上保持静止。而此时静摩擦力 F_S 为 -98 N，负号说明实际方向与假设方向相反，故物体沿斜面有上滑的趋势(一般情况下，计算时需分别考虑这两种情况)。

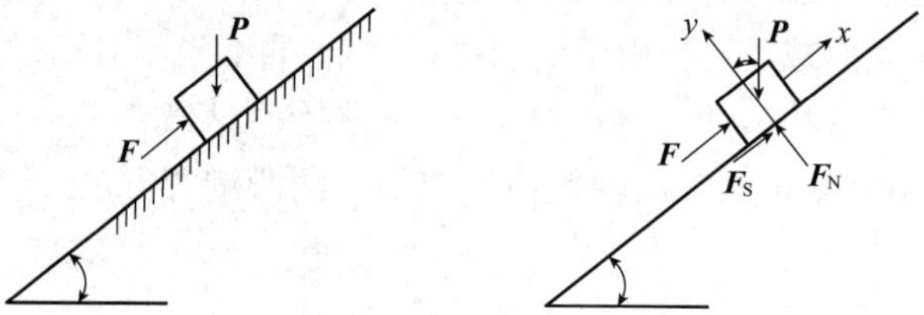

(a)　　(b)

图 5.2

【例 5-2】 图 5.3(a)所示为斜面上两物体的平衡问题。已知 A 物体重 100 N，各面接触处的静摩擦系数相同，$f_S=0.2$，不计滑轮阻力，试求系统平衡时，B 物体重量 Q 的限定范围。

解：由经验知道，当 B 物体较轻时，系统可能向左滑动；而当 B 物体较重时，系统可能向右滑动。为了求得平衡范围，假设系统处于待动的极限平衡状态。

(1)设系统有向左滑动趋势，当 Q 逐渐减小达到向左滑动的待动极限平衡状态时，Q 取得满足平衡条件的最小值 Q_{min}。

分别以 A 和 B 物体为研究对象，画出其受力图，如图 5.3(b)和(c)所示，此时摩擦力向右并达到最大值。选择图 5.3 所示参考坐标系，列出静力平衡方程：

对 A 物体：
$$\sum y=0 \Rightarrow N_1-W\cos60^\circ=0$$
$$\sum x=0 \Rightarrow T+F_1-W\sin60^\circ=0$$
$$F_1=f_S N_1$$

解得
$$T=W(\sin60^\circ-f_S\cos60^\circ) \quad ①$$

对 B 物体：　　$\sum y=0 \Rightarrow N_2-Q\cos30^\circ=0$

$$\sum x=0 \Rightarrow T+F_2-Q\sin30^\circ=0$$

$$F_2=f_S N_2$$

解得　　$T=Q(\sin30^\circ+f_S\cos30^\circ)$　　②

联立①、②方程，可解得

$$Q=W(\sin60^\circ-f_S\cos60^\circ)/(\sin30^\circ+f_S\cos30^\circ)$$

将 $W=100$ N，$f_S=0.2$ 代入上式求得

$$Q_{\min}=114\ \text{N}$$

(2)系统处于向右滑动的待动极限平衡状态时，其受力图如图 5.3(d)和(e)所示。按同样解题过程可以得系统保持平衡时 Q 的最大值：

$$Q_{\max}=W(\sin60^\circ+f_S\cos60^\circ)/(\sin30^\circ-f_S\cos30^\circ)=296\ \text{N}$$

因此，满足平衡条件的 B 物体的重量 Q 为

$$114\ \text{N}\leqslant Q\leqslant 296\ \text{N}$$

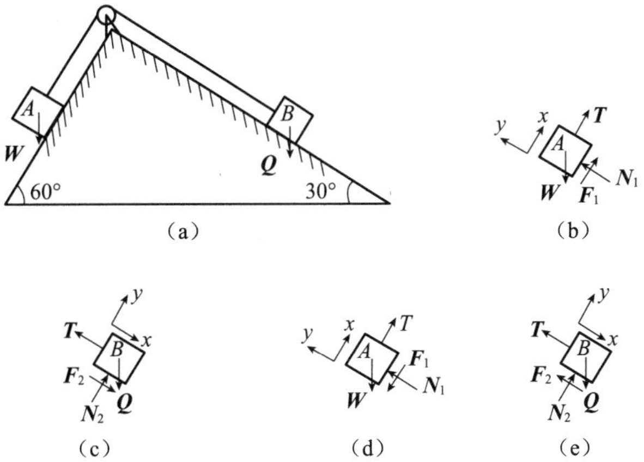

图 5.3

【例 5-3】 图 5.4 所示梯子 AB 靠墙斜立，梯与墙面、地面之间的摩擦系数均为 $f_S=0.3$。若人的重量 $\boldsymbol{P}$ 作用于梯子的 3/4 高度处，不计梯重，试求欲使梯子保持平衡，梯与地面间的夹角 α 所能取的最小值 $\alpha_{\min}$。

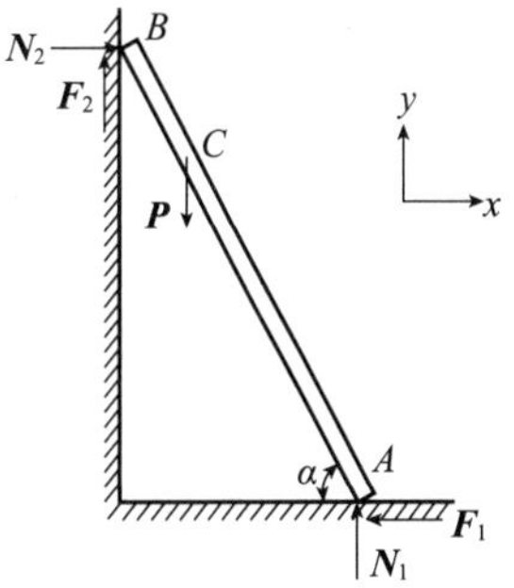

图 5.4

解：假设 α 较小，而使梯子恰好处于待动状态，此时各处摩擦力达到最大值。梯子的受力图和参考坐标系如图 5.4 所示，建立平衡方程：

$$\sum F_x=0 \Rightarrow F_1=f_S N_1 \quad ①$$

$$\sum F_y=0 \Rightarrow N_1+F_2=P \quad ②$$

$$\sum M_B=0 \Rightarrow N_1 AB\cos\alpha=F_1 AB\sin\alpha+P\cdot 1/4AB\cos\alpha \quad ③$$

最大静摩擦条件：

$F_1=f_SN_1, F_2=f_SN_2$ ④

联立①、②、③、④式解得

$$\tan\alpha=(3-2f_S)/(4f_S)=2.425\Rightarrow\alpha=67.6°$$

因此，要使梯子平衡，梯与地面之间的夹角不能小于67.6°。

5.3 摩擦角与自锁现象

5.3.1 摩擦角

考虑如图5.5(a)所示物块的受力，物块重为$\boldsymbol{P}$。当物块有相对运动趋势时，支承面对物块的法向反力$\boldsymbol{F}_N$和摩擦力$\boldsymbol{F}_S$可合成一个合力$\boldsymbol{F}_{RA}=\boldsymbol{F}_N+\boldsymbol{F}_S$，称为支承面全约束力。记全约束力与接触面公法线所夹角度为Φ。由于$\boldsymbol{F}_N=-\boldsymbol{P}$为常量，故$\boldsymbol{F}_{RA}$与$\Phi$随摩擦力$\boldsymbol{F}_S$的变化而变化。当物块处于平衡的临界状态时，静摩擦力达到最大值$\boldsymbol{F}_{max}$，夹角Φ也达到最大值Φ_{max}，全约束力与法线间夹角的最大值称为摩擦角，如图5.5(b)所示。可见：

$$\tan\Phi_{max}=F_{max}/F_N=f_SF_N/F_N=f_S \tag{5-4}$$

即摩擦角的正切等于静摩擦系数，因此f_S与Φ都是表示材料摩擦性质的物理量。

值得说明的是，式(5-1)和式(5-4)分别为静滑动摩擦力有最大限定值F_{max}这一概念的解析与几何表达式，因而二式等价。

由于物块可以在切平面上沿任意方向滑动，而每个方向的滑动都可以找到一条与摩擦角对应的全约束力的作用线，所有方向的全约束力的作用线在空间形成一个锥形，称为摩擦锥，如图5.5(c)所示。若物块与支承面沿任何方向的静摩擦系数均相同，即摩擦角相同，则摩擦锥将是一个顶角为$2\Phi_{max}$的正圆锥面。

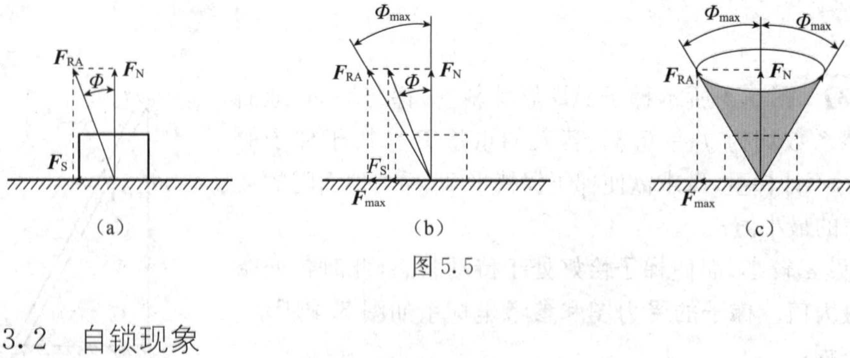

图5.5

5.3.2 自锁现象

考察如图5.6(a)所示的物块在有摩擦力存在时其平面与运动的可能性。设作用在物体上的各主动力的合力用$\boldsymbol{F}_R$表示，$\boldsymbol{F}_R$与法线间夹角为Φ，当物体处于平衡状态时，主动力的合力$\boldsymbol{F}_R$与全约束力$\boldsymbol{F}_{RA}$应等值、反向、共线，则有$\alpha=\Phi$。而物体平衡时，全约束力作用线不可能超出摩擦锥，即$\Phi\leqslant\Phi_{max}$，如图5.6(a)和(b)所示。因此，物块平衡时必有$\alpha\leqslant\Phi_{max}$，否则，物块将处于运动状态，如图 5.6(c)所示。

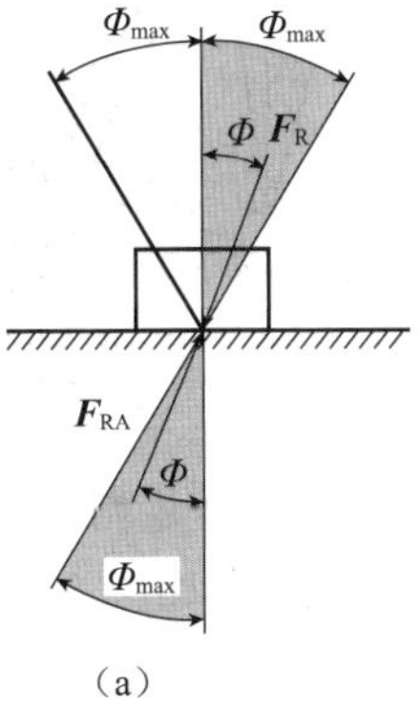

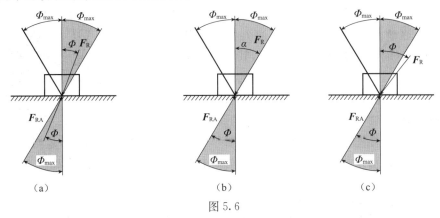

图 5.6

上述讨论表明，当主动力合力的作用线在摩擦角(锥)之内或与其边界重合时，则不论此合力有多大，总有全约束力与之平衡，物块必保持静止。这种现象称为自锁现象。反之，当主动力合力的作用线落在摩擦角(锥)之外，则不论此合力有多小，物块也会运动。

自锁现象在工程实际中有重要的应用，如千斤顶、压榨机就是利用自锁原理，使它们始终保持在平衡状态下工作。但有时却要避免自锁发生，如水闸门的自动启闭，都不允许发生自锁(也称卡死)现象。值得注意的是，在静摩擦力达到最大值的所有问题中，都存在自锁或不自锁问题。

5.3.3　摩擦角的应用

1. 斜面与螺纹的自锁条件

在如图 5.7 所示存在摩擦力的斜面-物块系统中，设物块 A 重 $\boldsymbol{P}$，斜面倾角为 α。由前面分析可知，在斜面坡度小到一定程度后，物块总能在重力 $\boldsymbol{P}$ 与全约束力 $\boldsymbol{F}_{RA}$ 二力作用下保持平衡，如图 5.7(a)和(b)所示；而在坡度增加到一定程度后，则得到相反的结果，如图5.7(c)所示。应用几何法，不难得出自锁对斜面倾角 α 必须是：

$$\alpha \leqslant \Phi_{max} \tag{5-5}$$

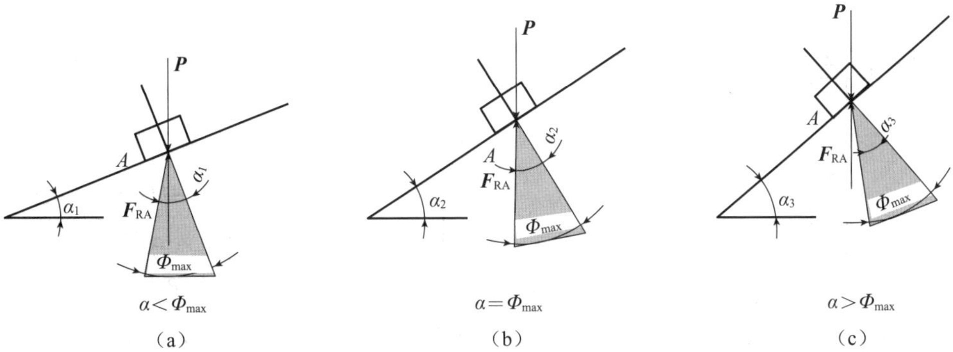

图 5.7

这称为斜面-物块系统的自锁条件。

上述结果可用来测定两种材料间的摩擦系数。用这两种材料做成的斜面和物块，如图 5.8 所示，把物块放在斜面上，逐渐增大斜面的角度 α，直到物块刚开始下滑时为止。这时的 α 角就是静摩擦角，其正切就是摩擦系数。

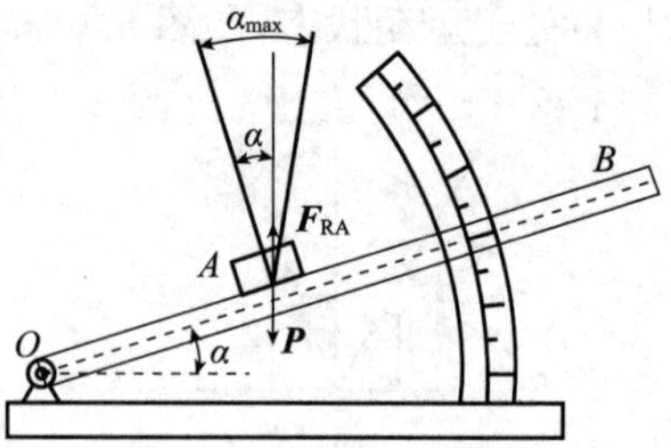

图 5.8

斜面的自锁条件就是螺纹的自锁条件，如图 5.9(a)所示。这种螺纹自锁实际上就是一种变相的斜面自锁，因为螺纹可以视为在圆柱上缠绕的斜面，如图 5.9(b)所示。螺纹升角 α 就是斜面的倾角，螺母相当于斜面上的滑块，加在螺母上的轴向载荷 $\boldsymbol{P}$ 相当于物块 A 的重力，如图 5.9(c)所示。

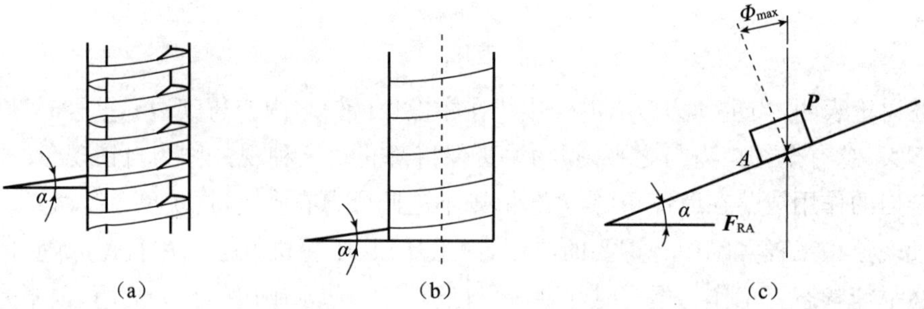

图 5.9

要使螺纹自锁，必须使螺纹的升角 α 小于或等于摩擦角。故螺纹的自锁条件是：

$$\alpha \leqslant \Phi_{max}$$

若螺旋千斤顶的螺杆与螺母之间的摩擦系数为 $f_S=0.1$，故 $\Phi_{max}=5°43'$，为保证螺旋千斤顶自锁，一般取螺纹的升角 α 为 $4°\sim4°30'$。

【例 5-4】 在混凝土模板的立柱与底座之间打入楔块以调整柱的高低，如图 5.10(a)所示。试求楔块 A、B 的自锁条件。

解：(1)计算式：立柱的侧向受支撑系统限制不能自由移动，立柱的上方承受变化的竖向载荷 $\boldsymbol{P}$ 的作用，立柱楔块系统的受力图如图 5.10(b)所示。

(2)系统自锁的条件是在任意大小的 P 力作用下保持平衡，楔块不会滑动。

取上楔块为研究对象，受力图如图 5.10(c)所示。

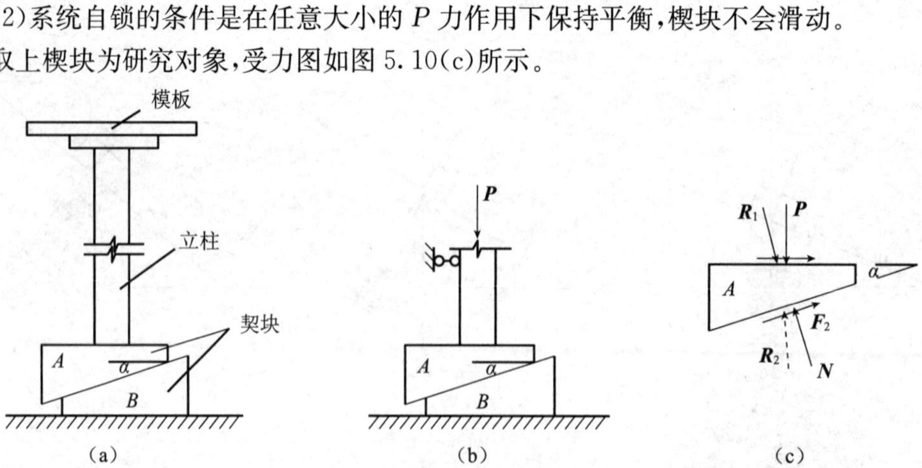

图 5.10

楔块上表面受 $\boldsymbol{P}$ 力和摩擦力 $\boldsymbol{F}_1$ 作用，其合力为 $\boldsymbol{R}_1$，$\boldsymbol{R}_1$ 与法线方向夹角为 Φ_1；下表面受法向反力 $\boldsymbol{N}_2$ 和摩擦力 $\boldsymbol{F}_2$ 作用，其合力 $\boldsymbol{R}_2$ 与法线方向夹角为 Φ_2。$\boldsymbol{R}_1$、$\boldsymbol{R}_2$ 反向共线，故

$$\Phi_1+\Phi_2=\alpha$$

这是平衡条件。

而最大摩擦力条件要求：

$$\Phi_1\leqslant\varepsilon_1,\Phi_2\leqslant\varepsilon_2$$

其中，ε_1、ε_2 分别是上下两个界面的摩擦角。联立解得

$$\alpha\leqslant\varepsilon_1+\varepsilon_2$$

取下楔块为研究对象进行受力分析，将得到

$$\alpha\leqslant\varepsilon_2+\varepsilon_3$$

其中 ε_3 为下楔块与基础之间的摩擦角。

由上可见，楔块立柱系统的自锁条件为

$$\alpha\leqslant\varepsilon_1+\varepsilon_2$$

$$\alpha\leqslant\varepsilon_2+\varepsilon_3$$

5.4　滚动摩阻

当两个相互接触的物体有相对滚动趋势或相对滚动时，物体间产生对滚动的阻碍称为滚动摩擦。人类的祖先在几千年之前就发明了车轮，他们已经明白滚动比滑动省力的简单道理，如搬运沉重的物体时，在物体下安放一些小滚子就能轻松地移动物体。

但是滚动也是有一定阻力的。下面通过简单的实例来分析。设在固定水平面上放置一重为 $\boldsymbol{P}$、半径为 r 的圆轮，在其中心 O 作用一水平力 $\boldsymbol{F}$，当力 $\boldsymbol{F}$ 不大时，圆轮仍保持静止。若圆轮的受力情况如图 5.11(a)所示时，则圆轮不可能保持平衡。因为静滑动摩擦力 $\boldsymbol{F}_S$ 与力 $\boldsymbol{F}$ 组成一力偶，将使圆轮发生滚动。但事实上当力 $\boldsymbol{F}$ 不大时，圆轮是可以平衡的。产生这一矛盾的原因是，圆轮和水平面实际上并不是绝对刚性的，当两者相互压紧时，一般会产生微量的接触变形，它们之间的约束力不均匀地分布在小接触面上，如图 5.11(b)所示。由力系简化理论，将此分布力向 A 点简化，得到一个力 $\boldsymbol{F}_R$ 和一个力偶，力偶的矩为 $\boldsymbol{M}_f$，如图 5.11(c)所示。这个力 $\boldsymbol{F}_R$ 可以分解为摩擦力 $\boldsymbol{F}_S$ 和法向约束力 $\boldsymbol{F}_N$，称这个矩为 $\boldsymbol{M}_f$ 的力偶为滚动摩阻力偶（简称滚阻力偶），它与力偶（$\boldsymbol{F}_R$，$\boldsymbol{F}_S$）平衡，转向与滚动趋势相反，如图 5.11(d)所示。实际上，在力 $\boldsymbol{F}$ 较小时，圆轮没有滚动，正是这个滚动摩阻力偶在起阻碍作用。

与静滑动摩擦力相似，滚动摩阻力偶矩 $\boldsymbol{M}_f$ 随着主动力的增加而增大，当力 $\boldsymbol{F}$ 增加到某个值时，圆轮处于将滚未滚的临界平衡状态，这时，滚动摩阻力偶矩达到最大值，称为最大滚动摩阻力偶矩，用 $\boldsymbol{M}_{max}$ 表示。若力 $\boldsymbol{F}$ 再增大一点时，圆轮就会滚动。在滚动过程中，滚动摩阻力偶矩近似等于 $\boldsymbol{M}_{max}$。由此可见，滚动摩阻力偶矩 $\boldsymbol{M}_f$ 的大小介于零与最大值之间，即

$$0\leqslant M_f\leqslant M_{max}$$

实验表明：最大滚动摩阻力偶矩与支承面的正压力（法向约束力）成正比，即

$$M_{max}=\delta F_N$$

称此为滚动摩擦定律。式中，δ是比例常数，称为滚动摩阻系数，简称滚阻系数。由上式知，滚动摩阻系数具有长度的量纲，其单位一般采用毫米(mm)。该系数由实验测定，与圆轮和支承面的材料性质和表面状况(硬度、光洁度、温度、湿度等)有关，与轮的半径无关。表5.2列出了几种材料的滚动摩阻系数的值。

表5.2 滚动摩阻系数 δ

材料名称	δ/mm	材料名称	δ/mm
铸铁与铸铁	0.50	软钢与钢	0.50
钢质车轮与钢轨	0.05	有滚珠轴承的料车与钢轨	0.09
木与钢	0.30～0.40	无滚珠轴承的料车与钢轨	0.21
木与木	0.50～0.80	钢质车轮与木面	1.50～2.50
软木与软木	1.50	轮胎与路面	2～10
淬火钢珠与钢	0.01		

滚动摩阻系数具有某种物理意义，解释如下：圆轮在即将滚动的临界平衡状态时的受力如图5.11(d)所示，此时$M_f=M_{max}$，根据力的平移定理的逆定理，F_N与M_{max}可用一力F'_N等效，如图5.11(e)所示。

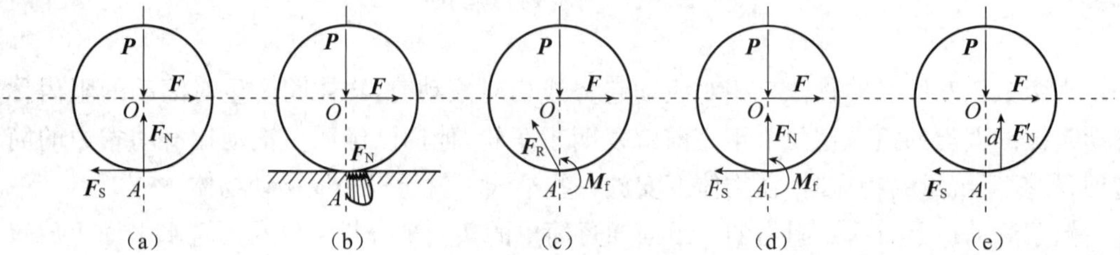

图5.11 圆轮受力情况

力F'_N的作用线距A点的距离为d，且有

$$M_{max}=dF'_N=dF_N=\delta F_N$$

因此，$\delta=d$，即滚动摩阻系数可看成在即将滚动时，法向约束力F'_N离中心线(AO)的最远距离，也就是最大滚动摩阻力偶矩的力偶臂，故它具有长度的量纲。

由图5.11(d)可知，可以分别计算出使圆轮滚动或滑动所需的水平拉力F，以分析究竟是使圆轮滚动还是滑动更省力。

由平衡方程$\sum M_A(F)=0$，可以求得

$$F_{滚}=\frac{M_{max}}{R}=\frac{\delta F_N}{R}=\frac{\delta P}{R}$$

由平衡方程$\sum F_x=0$，可以求得

$$F_{滑}=F_{max}=f_S F_N=f_S P$$

一般情况下，$\frac{\delta}{R}\leqslant f_S$，故有

$$F_{滚}\leqslant F_{滑}$$

以半径为450 mm的充气橡胶轮胎在混凝土路面上滚动为例，若$\delta=3.15$ mm，$f_S=$

0.7，则有

$$\frac{F_{滑}}{F_{滚}}=\frac{f_S R}{\delta}=\frac{0.7\times 450}{3.15}\approx 100$$

这表明使轮开始滑动的力比滚动的力约大 100 倍，可见滚动比滑动省力得多。

由于滚动摩阻系数较小，因此在大多数情况下，滚动摩阻是可以忽略不计的。

【例 5-5】 如图 5.12 所示，车轮重 $G=10$ kN，车轮半径 $r=30$ cm。车轮与地面之间静摩擦系数 $f_S=0.5$，滚动摩阻系数 $\delta=0.1$ cm，试计算推动此轮前进所需的最小水平作用力 F。

解：轮子相对地面可能有两种运动形式：滑动和滚动。下面分别计算推动轮子滑动和推动轮子滚动所需的最小水平作用力 F_{min1} 和 F_{min2}。

(1)假设轮子只滑不滚(如通过制动器不让轮子转动)时，推动轮子前进所需的最小水平力等于可能的最大静摩擦力：

$$F_{min1}=f_S G=0.5\times 10=5\ \text{kN}$$

(2)按即将滚动的临界平衡状态计算推动轮子所需的最小水平力：

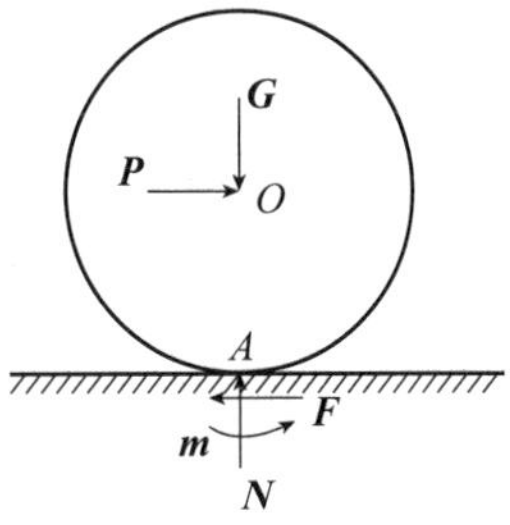

图 5.12

$$F_{min2}=\frac{\delta G}{r}=\frac{0.1\times 10}{30}=0.03\ \text{kN}$$

计算结果表明使轮子滚动所需要的推动力只要 0.03 kN，远小于使轮子在不转动情况下(如通过刹车制动不让轮子转动)发生滑动所需要的推动力 5 kN，两者相差 100 多倍。

本章小结

(1)滑动摩擦的概念和摩擦力的特征。

(2)考虑滑动摩擦时单个物体和物体系统的平衡问题。

(3)摩擦角和自锁概念。

(4)滚动摩擦现象。

(5)重点是考虑摩擦时物体系统平衡问题的求解方法。

思考题

1. 能否说最大静摩擦力总是与物体的重量 W 成正比。

2. 摩擦力是否一定是阻力？试举例说明。

3. 在粗糙的斜板上放置一重物，重物静止时，若敲打斜板，重物就有可能会下滑，试解释其原因。

4. 为什么在很光滑的路面上汽车无法行驶，人也无法行走？

5. 如图 5.13 所示，物块 A、B 重量分别为 $\boldsymbol{G}_1$、$\boldsymbol{G}_2$。将它们靠紧放置于斜面上，如果斜面的倾角为 α，物块 A、B 与斜面间的静摩擦系数分别为 f_{S1}、f_{S2}。试问 f_{S1}、f_{S2} 应满足什么条件，物块才能在斜面上保持平衡？

6. 如图 5.14(a)和(b)所示，物块重 $P=100$ N，物块与接触面间的静摩擦系数 $f_S=0.3$，

而作用力 F 分别为 20 N、250 N，这两种情况下当作用在物块上的水平力 $F=30$ N 时，物块是否平衡？为什么？

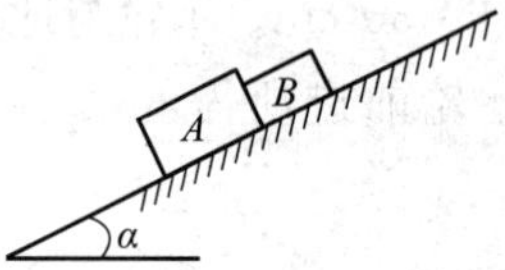

图 5.13

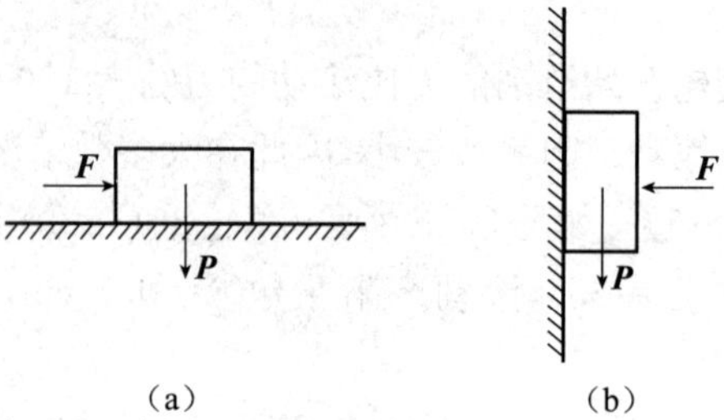

图 5.14

7. 骑自行车时，前后两轮的摩擦力各向什么方向？为什么？

8. 物块重 $\boldsymbol{P}$，一力 $\boldsymbol{F}$ 作用在摩擦角之外，如图 5.15 所示。已知 $\alpha=20^{\circ}$，$F=P$，问物块动不动？为什么？

9. 如图 5.16 所示，用钢楔劈物，设接触面间的摩擦角为 $\Phi_{\max}$。劈入后欲使楔不滑出，问钢楔两个平面间的夹角 α 应该多大？楔重不计。

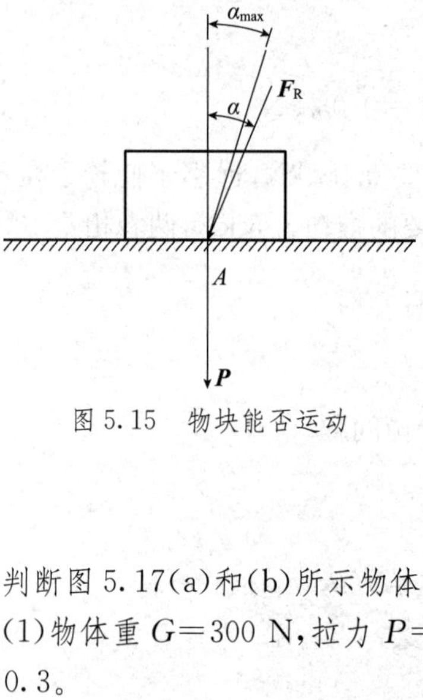

图 5.15 物块能否运动

图 5.16 钢楔劈物示意

习 题

5-1 判断图 5.17(a)和(b)所示物体能否平衡？并求这时物体所受摩擦力的大小和方向。已知：(1)物体重 $G=300$ N，拉力 $P=10$ N，$f_S=0.25$；(2)物体重 $G=15$ N，压力 $P=10$ N，$f_S=0.3$。

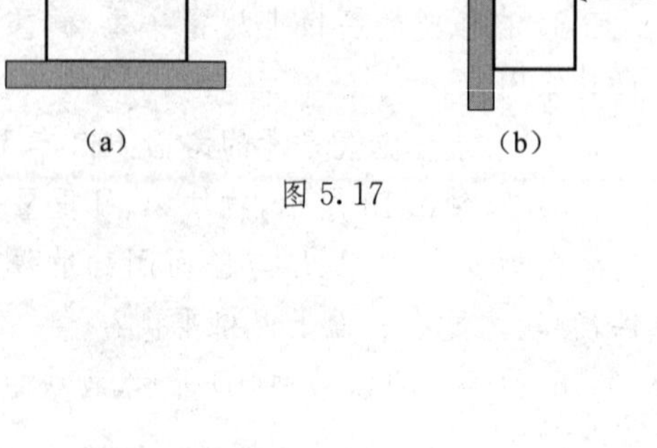

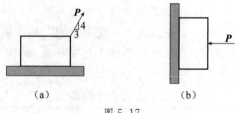

图 5.17

5-2　两物块 A、B 相叠放在水平面上，如图 5.18(a)所示。已知 A 物块重 300 kN，B 物块重 100 kN。A 物块与 B 物块间的静摩擦系数 $f_S=0.25$；B 物块与水平面间的静摩擦系数 $f_S=0.2$。求拉动 B 物块的最小力 P_1 的大小。若 A 物块被一绳拉住，如图 5.18(b)所示，此时拉动 B 物块的最小力 P_2 的值应为多少？

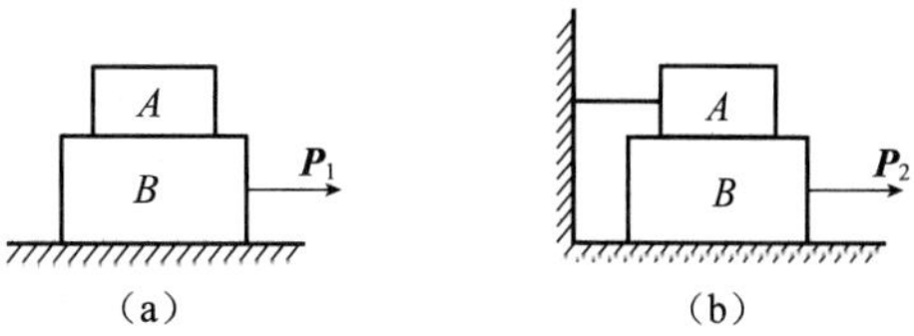

图 5.18

5-3　如图 5.19 所示，半圆柱体重为 $\boldsymbol{P}$。重心 C 到 O 的距离为 $a=4R/3n$，其中 R 为圆柱体的半径。如圆柱体与水平面之间的静摩擦系数为 f_S，求半圆柱体被拉动时所偏过的角度 θ。

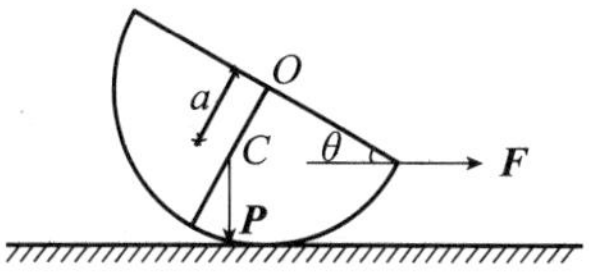

图 5.19

5-4　混凝土坝的横断面如图 5.20 所示，坝高 50 m，底宽 44 m，水深 45 m。设水压力按直线分布，代表水压力的合力，水的容重 $\gamma_1=10\ \text{kN/m}^3$，混凝土的容重 $\gamma_2=20\ \text{kN/m}^3$，坝与地面之间的静摩擦系数 $f_S=0.6$。问：(1)此坝是否会滑动？(2)此坝是否会绕 B 点而翻倒？平衡时地面与坝身之间正压力的合力位置在何处？

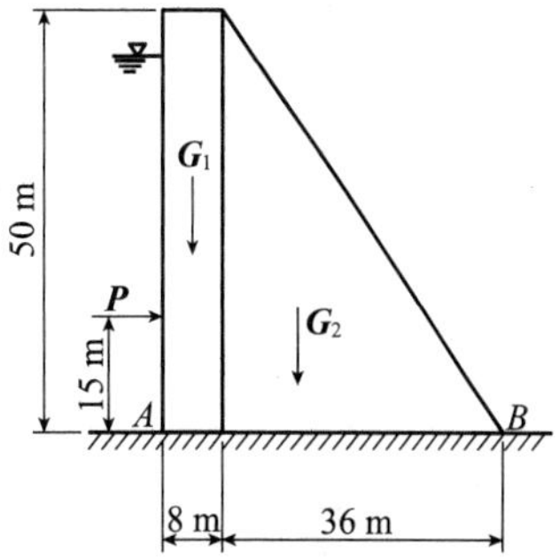

图 5.20

5-5　如图 5.21 所示，在直角 V 形槽内放置水平木板，板重不计，板与两槽壁间的摩擦角均为 ε，试问人在木板上走动要限制在什么范围内才能保证木板不会滑动？

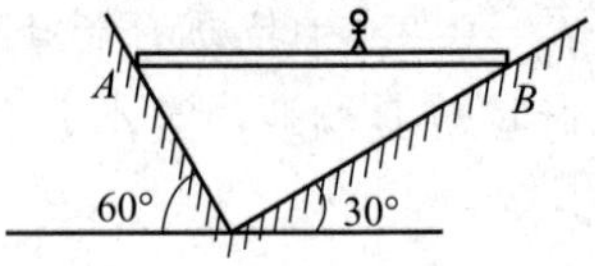

图 5.21

5-6　如图 5.22 所示，求使自重为 2 kN 的物块 C 开始向右滑动时，作用于楔块 B 上的力 $\boldsymbol{P}$ 的大小。已知各接触面的摩擦角均为 15°，楔块 A、B 的自重不计。

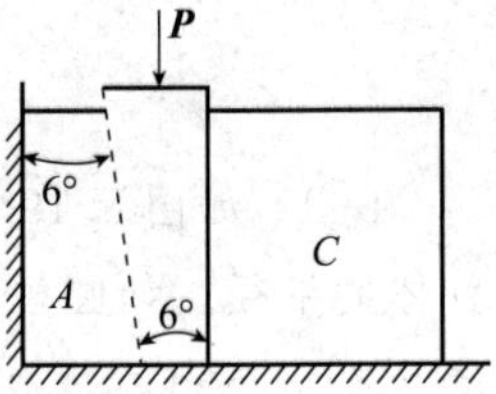

图 5.22

5-7　如图 5.23 所示，一木柜重 500 N，用一水平力 $\boldsymbol{P}$ 拉动。当 $\boldsymbol{P}$ 逐渐增大时，问木柜是首先滑动还是首先翻倒？设木柜与地面之间的静摩擦系数 $f_S=0.4$，图中 $a=h=1$ m。

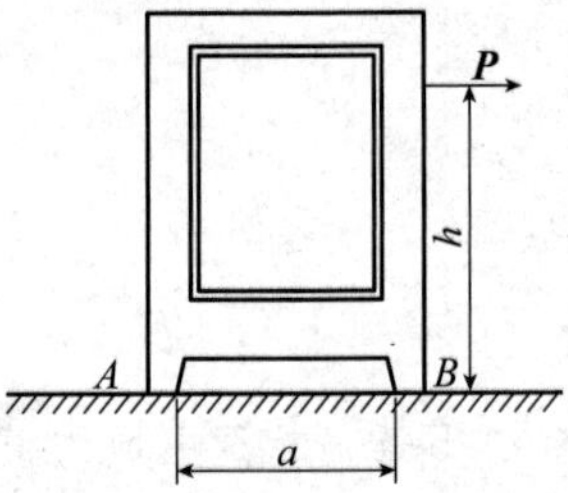

图 5.23

5-8　如图 5.24 所示，重为 200 N 的梯子靠在墙上，梯长 l 与水平面的夹角 $\alpha=60°$，各接触面间的静摩擦系数均为 0.3。今有一重为 600 N 的人沿梯子上爬，求人所能到达的最高点 C 与 A 点的距离。

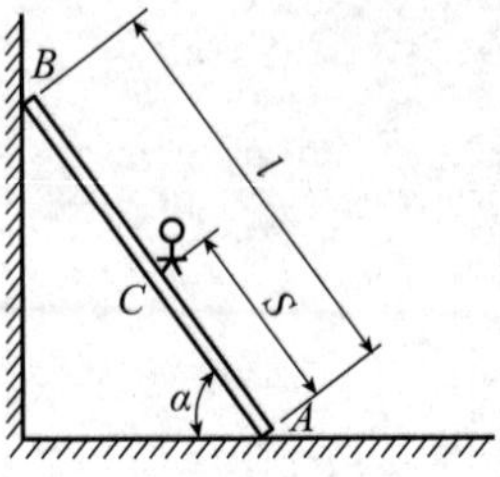

图 5.24

5-9 如图5.25所示，均质杆AB长$2b$，重$\boldsymbol{P}$，放在水平面和半径r的固定圆柱上。设各接触处的摩擦系数均为f_S，试求此杆处于平衡时Φ的最大值。

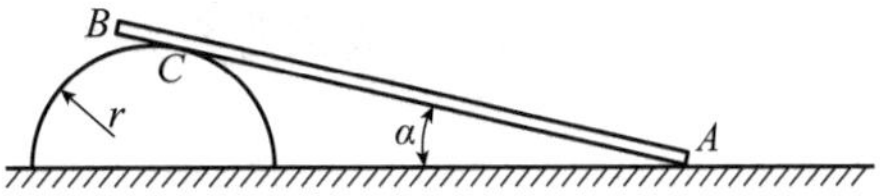

图5.25

5-10 CD梁的右端放在楔块上，楔块各接触处的摩擦系数均为0.25，梁为水平，梁重不计，铅垂力$W=7$ kN。求推动楔块向上所需的最小水平力P。尺寸如图5.26所示。

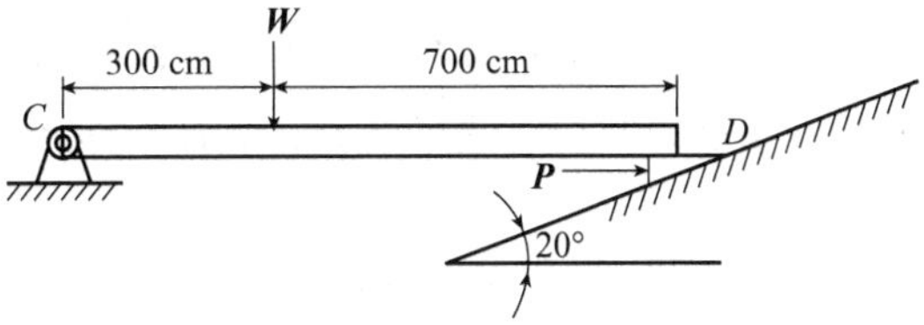

图5.26

5-11 如图5.27所示为运混凝土的装置，料斗连同混凝土总重25 kN，它与轨道面的滑动摩擦系数均为0.3，轨道与水平面夹角为70°。试分别求匀速上升和匀速下降时缆绳的拉力。

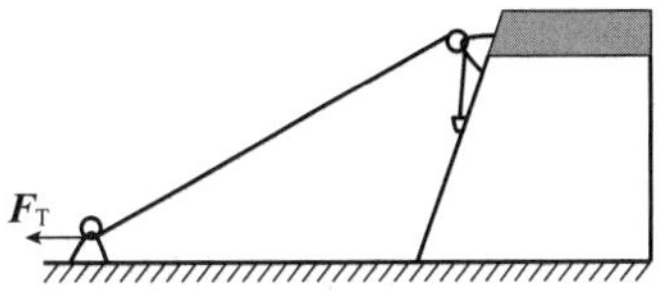

图5.27

5-12 如图5.28所示，边长为a与b的匀质物块放在斜面上，物块与斜面间的摩擦系数$f_S=0.4$。当斜面倾角α逐渐增大时，物块在斜面上翻倒和滑动同时发生，求a与b的关系。

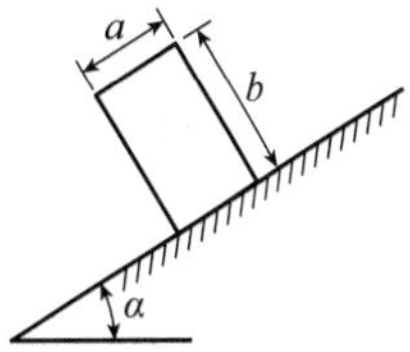

图5.28

5-13 砖夹的宽度为 25 cm，直角曲杆 AGB 和 $GCED$ 在点 G 铰接。砖的重量为 $\boldsymbol{P}$，提砖的合力 $\boldsymbol{F}_R$ 为作用在砖夹的对称中心线上，尺寸如图 5.29 所示。若砖夹与砖之间的静摩擦系数 $f_S=0.5$，试问 b 应为多大才能把砖夹起（b 是点 G 到砖块上所受正压力作用线的铅垂距离）？

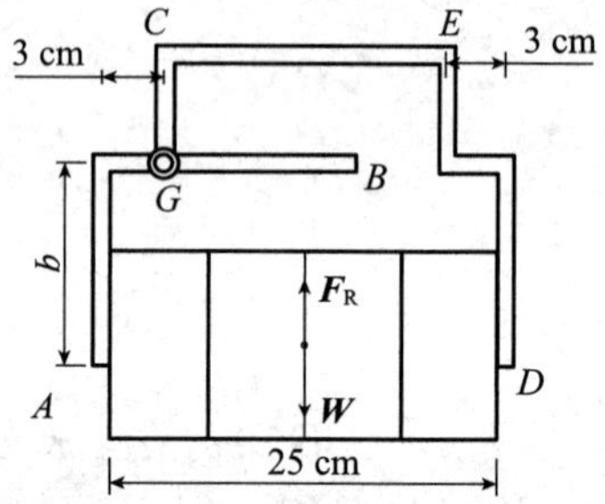

图 5.29

5-14 匀质长板 AD 重 $\boldsymbol{P}$，长为 4 m，用一短板 BC 支撑，如图 5.30 所示，$AC=BC=AB=3$ m，BC 板的自重不计，求 A、B、C 三处的摩擦角各为多大才能使之保持平衡。

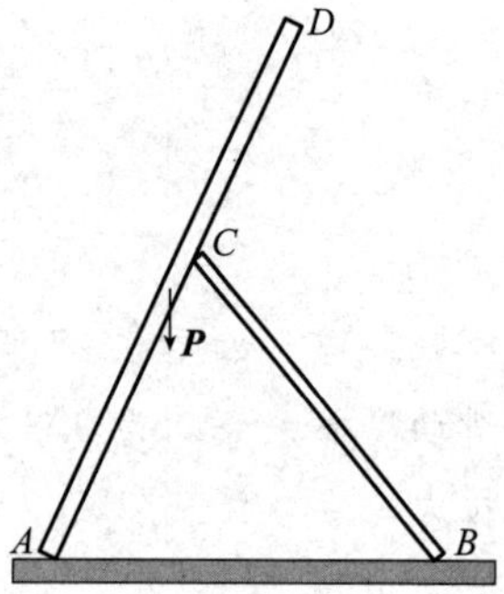

图 5.30

5-15 升降机安全装置的计算简图如图 5.31 所示。已知墙壁与滑块间的摩擦系数 $f_S=0.5$，构件自重不计，问机构的尺寸比例（$l:L$）应为多少方能确保安全制动，并求 α 与摩擦角 Φ_{max} 的关系。

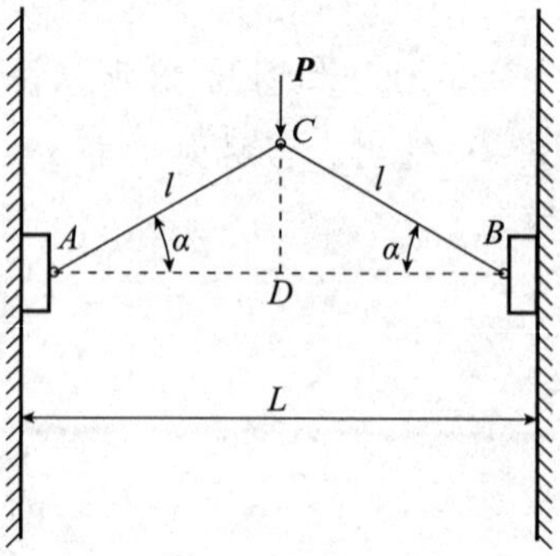

图 5.31

5-16　匀质杆 AB 和 BC 在 B 端铰接，A 端铰接在墙上，C 端则由墙阻挡，如图 5.32 所示。墙与 C 端接触处的摩擦系数 $f_S=0.5$，试确定平衡时的最大角度 θ，设两杆长度和重量相等，铰链的摩擦不计。

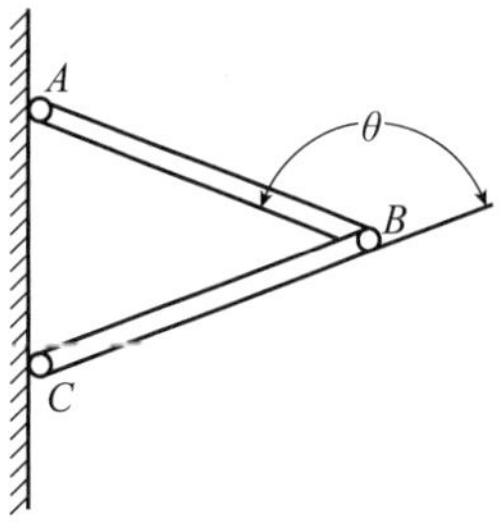

图 5.32

5-17　如图 5.33 所示，三个相同的匀质圆柱体堆放在水平面上，所有接触处的静摩擦系数为 f_S。为使上面的圆柱体保持平衡，试求 f_S 值至少应为多大？

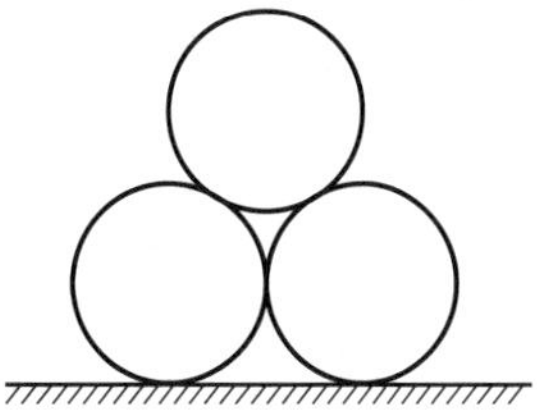
图 5.33

5-18　一轮半径为 R，在其铅垂直径的上端 B 点作用一水平力 $\boldsymbol{F}$，如图 5.34 所示。轮与水平面间的滚动摩阻系数为 δ。问力 $\boldsymbol{F}$ 使轮只滚不滑时轮与水平面间的动摩擦系数为 f_S 需要满足什么条件？

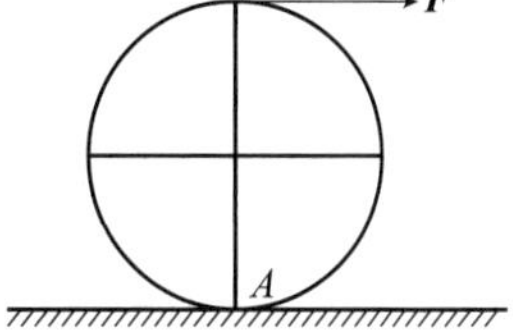

图 5.34

5-19　如图 5.35 所示，已知圆轮重 $\boldsymbol{P}$，半径为 R，轮与倾角为 α 的斜面之间的动摩擦系数为 f_s，滚动摩阻系数为 δ。求使轮在斜面上保持静止的 Q 值。

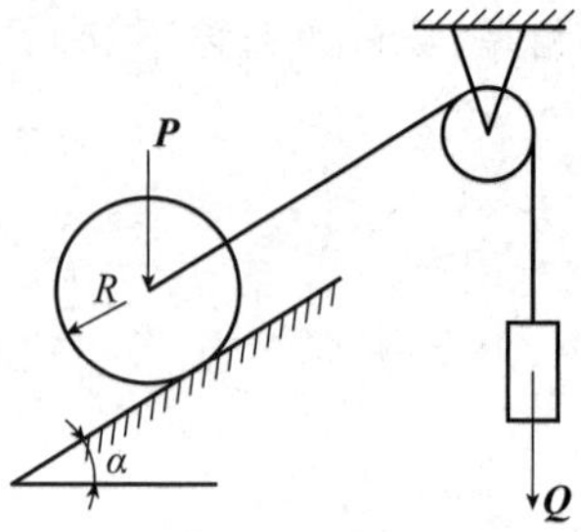

图 5.35

5-20　如图 5.36 所示，圆柱的直径为 60 cm、重 8 kN，圆柱与地面之间的滚动摩阻系数为 $\delta=0.5$ cm，拉力 $\boldsymbol{P}$ 与水平方向的夹角 $\alpha=30°$。求使圆柱滚动时力 P 的最小值，又当夹角取何值时最省力？

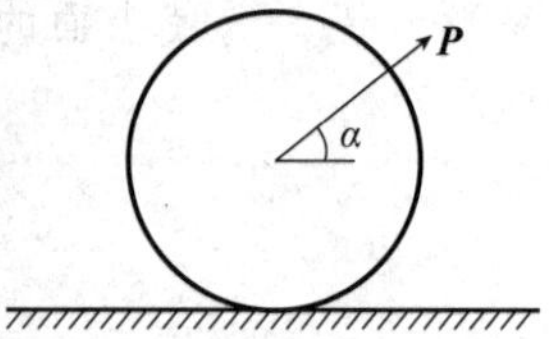

图 5.36

5-21　为了在较软的地面上移动一重为 1 kN 的木箱，可先在地面上铺上木板，然后在木箱与木板间放进钢管作为滚子，如图 5.37 所示。若钢管直径 $d=50$ mm，钢管与木板或木箱间的滚动摩擦系数均为 0.25，试求推动木箱所需的水平力 F。若不用钢管，而使木箱直接在木板上滑动，已知木箱与木板间的静摩擦系数为 0.4，试求推动木箱所需的水平力 F。

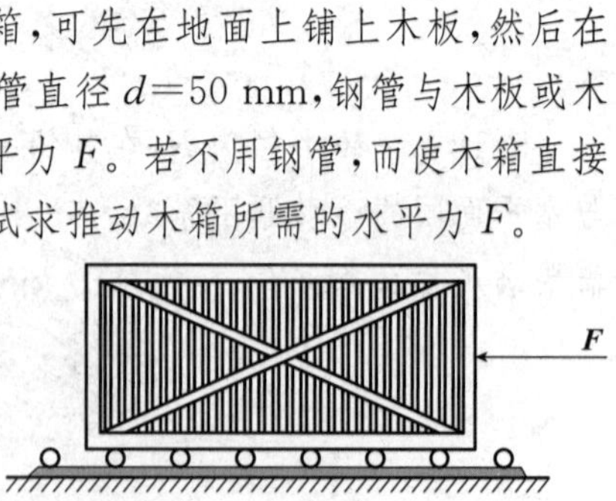

图 5.37

第二篇

运动学

引 言

运动学研究运动的几何性质，包括物体在空间的位置随时间变化的规律，物体的运动轨迹、速度和加速度等，而不涉及运动与作用力、质量之间的关系。

研究某一物体运动时，必须选择一个参考体。在参考体上固结的坐标系，称为参考坐标系或参考系。在大多数工程实际中，一般将固结于地球上的坐标系作为参考系。以后，如不加特别说明，就以此作为描述物体运动的参考系。

由于在运动学中不涉及物体的质量，因此根据研究问题的性质将物体简化为点和刚体两种模型。所谓点，是指不计大小和质量的几何点；而刚体是由无数个点组成的不变形的物体。

第 6 章　点的运动

[教学提示]

点的运动是研究点相对于某一选定参考系的运动规律，包括点的运动方程、轨迹、速度和加速度等。描述点的运动有矢量法、直角坐标法和自然法等。矢量法常用于理论推导，具体计算时一般采用直角坐标法和自然法。通常，点的运动轨迹已知时，采用自然法；点的运动轨迹未知时，采用直角坐标法。

[教学要求]

通过本章的学习，要求学生掌握描述点的运动的矢量法、直角坐标法和自然法；能根据点的运动方程求点的运动轨迹；能熟练求解与点的速度和加速度有关的问题。

6.1　点的运动矢量法

设动点 M 在空间作一曲线运动，任选某固定点 O 为参考点（图 6.1），由定点 O 向动点 M 引一矢径 $\boldsymbol{r}$，则动点的运动方程、速度和加速度为

$$\boldsymbol{r}=\boldsymbol{r}(t)$$

$$\boldsymbol{v}=\frac{\mathrm{d}\boldsymbol{r}}{\mathrm{d}t}$$

$$\boldsymbol{a}=\frac{\mathrm{d}\boldsymbol{v}}{\mathrm{d}t}=\frac{\mathrm{d}^2\boldsymbol{r}}{\mathrm{d}t^2}$$

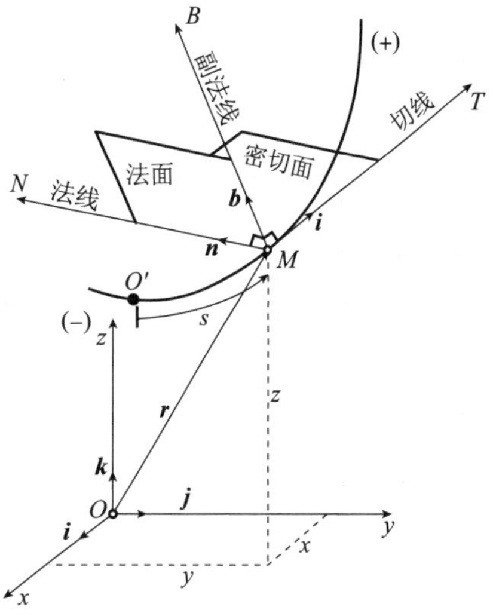

图 6.1

6.2　点的运动直角坐标法

过定点 O 建立一直角坐标系 $Oxyz$。设动点 M 在瞬时 t 的坐标为 x、y、z，其矢径为 $\boldsymbol{r}$（图 6.1），则以直角坐标表示的动点的运动方程、速度和加速度见表 6.1。

表 6.1　直角坐标表示

运动方程	速　度	加速度
$x=f_1(t)$	$v_x=x$	$a_x=x$
$y=f_2(t)$	$v_y=y$	$a_y=y$
$z=f_3(t)$	$v_z=z$	$a_z=z$

表 2.1 中的运动方程实际上就是以 t 为参数的轨迹参数方程，如果从这些方程中消去 t，则动点的轨迹方程可用下列两式表示，即

$$\begin{cases} F_1(x,y)=0 \\ F_2(x,y)=0 \end{cases}$$

此两方程分别表示两个柱形曲面，它们的交线就是动点的轨迹。

若点做平面曲线运动时，取其轨迹所在平面为 xOy，则恒有 $z=0$；相应地，若点做直线运动时，取其轨迹为 x 轴，则恒有 $y=z=0$。因此，表 6.1 所列公式完全适用于这两种点的运动。

6.3 点的运动自然法

在动点运动的轨迹上任取一定点 O，作为原点，并规定量取弧长 s 的正方向(图 6.1)，将此弧长的代数值称为弧坐标。同时在动点 M 处引入自然轴系，这样以自然法表示的动点的运动方程、速度和加速度见表 6.2。

表 6.2 自然法表示

运动方程	速 度	加速度
$s=f(t)$	$v=\dfrac{ds}{dt}$	$a_t=\dfrac{dv}{dt}=\dfrac{d^2s}{dt^2}$ $a_n=\dfrac{v^2}{\rho}$

表 6.2 中的公式表明，动点的速度方向是沿着动点轨迹的切线方向。若 $\dfrac{ds}{dt}>0$，则速度指向切线的正向；反之，速度指向切线的负向。动点的加速度 a 处于 τ 和 n 组成的密切面内。其中，法向加速度 a_n 表明速度方向随时间的变化率，其方向沿着动点的主法线，且指向轨迹曲线的曲率中心。切向加速度 a_τ 表明速度的大小随时间的变化率，其方向沿着动点在轨迹上的切线方向。若 $\dfrac{dv}{dt}>0$，则 a_τ 指向 τ 的正向；若 $\dfrac{dv}{dt}<0$，则指向 τ 的负向。当 a_τ 与 v 同号时，动点做加速曲线运动；反之，做减速曲线运动。

6.4 匀速和匀变速曲线运动

速度 $v=$ 常量的曲线运动，称为匀速曲线运动；切向加速度 $a_\tau=$ 常量的曲线运动，称为匀变速曲线运动。

设 $t=0$ 时，动点的初速度和初弧坐标分别为 v_0 和 s_0，则 s、v、a_τ、a_n 和 t 等各运动量之间的关系式见表 6.3。

表 6.3 匀速和匀变速曲线运动方程

匀速曲线运动	匀变速曲线运动
$a_\tau=0$	$a_\tau=$ 常量
$a_n=\dfrac{v^2}{\rho}$	$a_n=\dfrac{v^2}{\rho}$

续表

匀速曲线运动	匀变速曲线运动
v=常量	$v=v_0+a_\tau t$
$s=s_0+vt$	$s=s_0+v_0t+\frac{1}{2}a_\tau t^2$ $v^2-v_0^2=2a_\tau(s-s_0)$

当动点沿 x 轴做匀速直线运动或匀变速直线运动时，表 6.3 所列的关系式仍可适用，只需在这些式中分别用 a、x_0、x 代替 a_τ、s_0、s。显然，对直线运动而言，动点的曲率半径 $\rho-\infty$，故恒有 $a_n=0$。

6.5　点的运动学问题的常见类型

(1)已知点的运动方程求点的速度、加速度和轨迹等。这类问题的关键是如何正确建立点的运动方程。为此，首先要选择适当的坐标系，并把动点置于一般位置。为了避免符号上的差错，一般将动点放在直角坐标的第一象限或弧坐标的正向。其次，根据约束的几何条件(包括不变的绳长、机构装配的几何关系等)，并运用几何学的知识建立动点的运动方程。最后，对动点的运动方程进行求导运算，即可得到点的速度、加速度，并利用有关公式解得曲率半径和其他未知量。

(2)已知动点的加速度求动点的速度和运动方程等。这类问题的基本运算方法是积分，其积分常数由运动的初始条件(即 $t=t_0$ 时，动点的位置和速度)确定。

为便于进行定积分运算，有时要适当地进行变量置换，即把 a 用适当的导数形式表示，使微分方程仅包含两个变量，并可分别分离在微分方程等式的两边，逐次积分，即可得动点的速度和运动方程。现以动点沿 x 轴的直线运动为例，将加速度方程的变量分离方法列于表 6.4 中。

表 6.4　加速度方程的变量分离方法

加速度方程	加速度导数式	分离变量后的微分方程	速度方程
$a=a(t)$	$a=\frac{d\dot{x}}{dt}$	$d\dot{x}=a(t)dt$	$\dot{x}=v(t)$
$a=a(x)$	$a=\frac{d\dot{x}}{dt}\cdot\frac{dx}{dx}=\dot{x}\frac{d\dot{x}}{dx}$	$\dot{x}d\dot{x}=a(x)dx$	$\dot{x}=v(x)$
$a=a(\dot{x})$	$a=\frac{d\dot{x}}{dt}$	$\frac{d\dot{x}}{a(\dot{x})}=dt$	$\dot{x}=v(t)$
	$a=\frac{\dot{x}d\dot{x}}{dx}$	$\frac{\dot{x}d\dot{x}}{a(\dot{x})}=dx$	$\dot{x}=v(x)$

由表 6.4 可知，将速度写成 $x=\frac{dx}{dt}$，并代入速度方程，再积分一次就可得到相应的运动方程 $x=f(t)$。

(3)各种描述方法相结合的综合问题。对于这类问题，要求能灵活而熟练地运用各种描述方法所给出的关系式。

如已知直角坐标法描述的点的运动方程(包括轨迹方程)，求点沿轨迹的运动方程、切向加速度、法向加速度和曲率半径 ρ 等。现以点的平面曲线运动为例，图示这一问题的求解途径（图 6.2），图中虚、实线分别图示了某些物理量的两种求解方法。

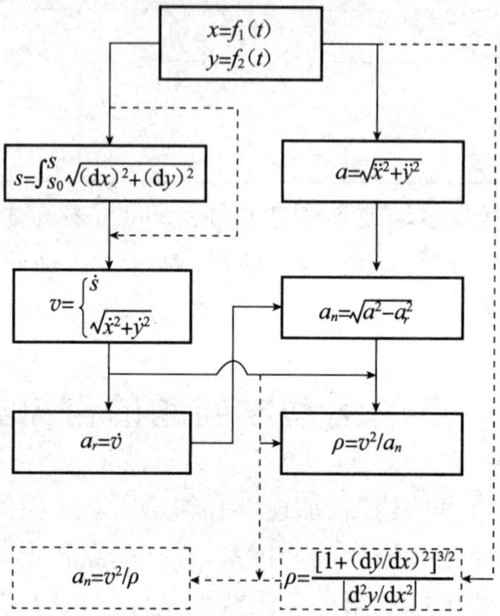

图 6.2

在实际问题中，点的运动学问题的类型颇多，应根据具体情况灵活应用上述各表所示的各种关系式进行解算。

【例 6-1】 杆 AC 沿槽以匀速 v 向上运动，并带动杆 AB 及滑块 B。若 $AB=l$，且初瞬时 $\theta=0$。求当 $\theta=60°$ 时，滑块 B 沿滑槽滑动的速度。

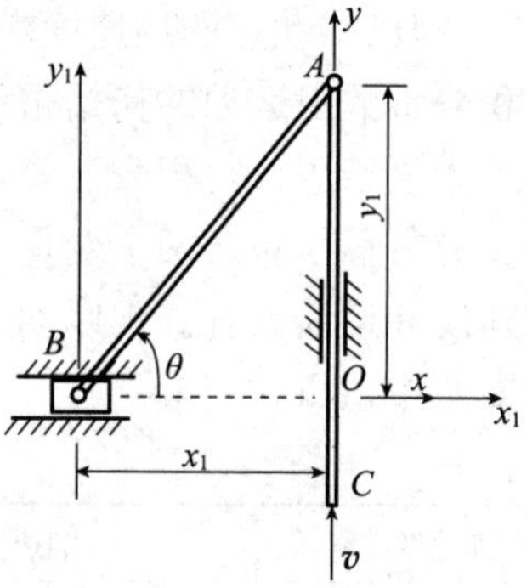

图 6.3

错误解答之一：

取坐标系 x_1By_1，如图 6.3 所示。由几何关系有

$$x_1^2+y_1^2=l^2 \quad ①$$

将上式对时间求导数，有

$$2x_1\dot{x}_1+2y_1\dot{y}_1=0 \quad ②$$

所以

$$\dot{x}_1=-\frac{y_1}{x_1}\dot{y}_1$$

因为 $\tan\theta=\frac{y_1}{x_1}$，$\dot{y}=v$，而当 $\theta=60°$ 时，$\tan60°=\sqrt{3}$，所以有

$$v_B=\dot{x}_1=-\dot{y}_1\tan\theta=-v\tan60°=-\sqrt{3}\,v$$

负号表示 v_B 的方向与 x_1 轴方向相反。

错误解答之二：

取坐标系 xOy，如图 6.3 所示，则由几何关系有物块 B 的运动方程为

$$x_B=l\cos\theta \quad ③$$

铰链 A 的运动方程为

$$y_A=l\sin\theta \quad ④$$

将式③、④对时间求导数，有

$$\dot{x}_B=-l\dot{\theta}\sin\theta \qquad ⑤$$

$$\dot{y}_A=l\dot{\theta}\cos\theta \qquad ⑥$$

由式⑥，有

$$\dot{\theta}=\frac{\dot{y}_A}{l\cos\theta} \qquad ⑦$$

将式⑦代入式⑤，得

$$v_B=\dot{x}_B=-\dot{y}_A\tan\theta$$

$\theta=60°$代入，得

$$v_B=-\sqrt{3}v$$

错因分析：

(1)错误解答之一的错误在于，所选取的坐标系原点与滑块 B 固结，故而该坐标系是移动的。题目要求滑块 B 沿滑槽滑动的速度，也即相对于地球表面的速度，滑槽即地球表面，故应选取与地球表面固结的参考坐标系。式①中的 x_1 只是 AC 杆上一点 O 与坐标系 x_1By_1 的相对位置，既然 x_1By_1 不是与地面固结的参考系，它对时间的一阶导数就不是滑块 B 相对滑槽的速度，而是相对动坐标系的相对速度。

(2)错误解答之二的错误在于，在所选的坐标系 xOy 中，以式③作为滑块 B 的运动方程是错误的。因为在坐标系 xOy 中，B 点的坐标应取负值，即

$$x_B=-l\cos\theta \qquad ⑧$$

正确解答：

将式⑧对时间求一阶导数，有

$$\dot{x}_B=l\dot{\theta}\sin\theta \qquad ⑨$$

在坐标系 xOy 中，A 点的坐标为

$$y_A=l\sin\theta,\dot{y}_A=l\dot{\theta}\cos\theta,\dot{\theta}=\frac{\dot{y}_A}{l\cos\theta}$$

代入⑨式，得

$$v_B=\dot{x}_B=l\frac{\dot{y}_A}{l\cos\theta}\sin\theta=\dot{y}_A\tan\theta$$

$\theta=60°$，$\dot{y}_A=v$ 代入，则有滑块 B 的速度为

$$v_B=\sqrt{3}v$$

其方向沿 Ox 轴正向。

本章小结

(1)点的运动方程形式：

①矢量：$\boldsymbol{r}=\boldsymbol{r}(t)$。

②直角坐标：$x=f_1(t)$，$y=f_2(t)$，$z=f_3(t)$。

③极坐标：$s=f(t)$。

(2)点的运动轨迹为消去时间变量的曲线方程。

(3)点的速度是运动方程的一阶导数。

(4)点的加速度是速度的一阶导数。

思考题

1. 在什么情况下,点的切向加速度等于零?什么情况下点的法向加速度等于零?什么情况下两者都为零?

2. 当点做曲线运动时,点的加速度矢量 $\boldsymbol{a}$ 是恒矢量,问点是否做匀变速运动?

3. 当点做曲线运动时,点的位移、路程和弧坐标是否相同?

4. 做曲线运动的两个动点,初速度相同,运动轨迹相同,运动中两点的法向加速度也相同,则任一瞬时两动点的切向加速度必相同,对吗?

5. 点 M 沿螺旋线自内向外运动,如图 6.4 所示,它走过的弧长与时间的一次方成正比,问点的加速度是越来越大,还是越来越小?这点越跑越快,还是越跑越慢?

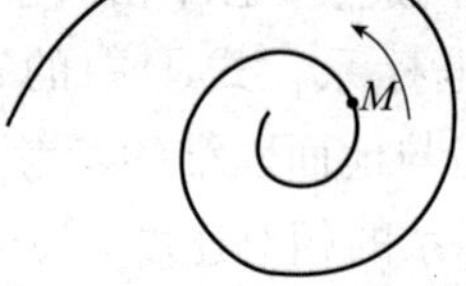

图 6.4

习　题

6-1　试分析下列情况,点做何种运动?速度和加速度的方向是否一致?

(1)$v=0$;　(2)$v\neq0, a_t=0, a_n=0$;　(3)$v\neq0, a_t\neq0, a_n=0$;

(4)$v\neq0, a_t=0, a_n\neq0$;　(5)$v\neq0, a_t\neq0, a_n\neq0$。

6-2　某点运动轨迹如图 6.5 所示,速度大小不变,则加速的大小和方向如何?

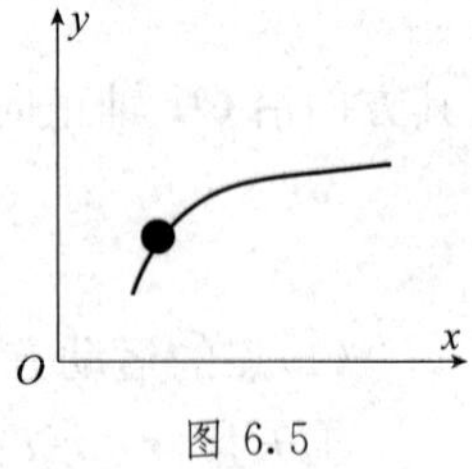

图 6.5

6-3　某点的运动方程为 $s=a-bt^2$,其中 a、b 是不为 0 的常数,则该点做什么运动?

6-4　圆轮绕固定轴 O 转动，某瞬时轮缘上一点的速度为 $\boldsymbol{v}$，加速度为 $\boldsymbol{a}$，如图 6.6 所示。试问哪些情况是不可能的？

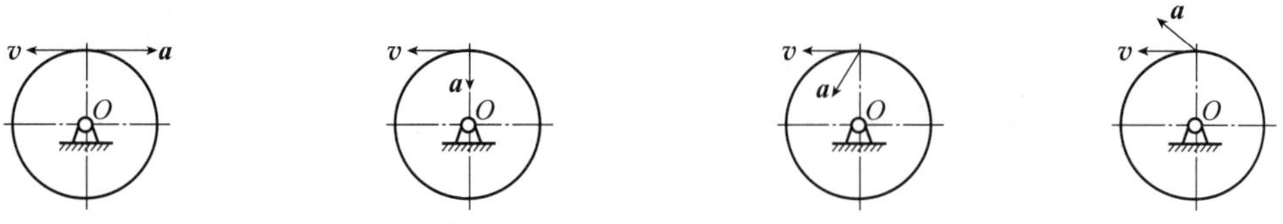

（a）　（b）　（c）　（d）

图 6.6

6-5　动点 A 的运动方程为 $\begin{cases} x=t \\ y=2+t^2 \end{cases}$，求该点的运动轨迹。

6-6　求上题中，$t=1$ s 时的速度、加速度和曲率半径。

6-7　已知点的运动方程，求其轨迹方程，并自起始位置计算弧长，求出点的运动规律。

(1) $\begin{cases} x=4t-2t^2 \\ y=3t-1.5t^2 \end{cases}$；　(2) $\begin{cases} y=4\cos^2 t \\ y=3\sin^2 t \end{cases}$；　(3) $\begin{cases} x=5\cos t^2 \\ y=5\sin t^2 \end{cases}$；　(4) $\begin{cases} x=t^2 \\ y=2t \end{cases}$。

6-8　已知动点用极坐标表示的运动方程为 $\begin{cases} r=3+4t^2 \\ \varphi=1.5t^2 \end{cases}$，试求 $\varphi=60^\circ$ 时点的速度和加速度。(r 以 m 计，φ 以 rad 计，t 以 s 计)

第 7 章 刚体的基本运动

[教学提示]

刚体的基本运动包括刚体的平行移动(简称移动或平动)和定轴转动,主要研究刚体的运动规律和刚体的运动与其体上各点运动之间的关系。

[教学要求]

通过本章的学习,要求学生理解平动和定轴转动的特征;掌握求与定轴转动刚体角速度、角加速度以及刚体内各点的速度和加速有关的问题;理解角速度、角加速度及刚体内各点速度和加速度的矢量表示法。

7.1 刚体的平动

在刚体运动过程中,其上任一直线始终与它原来的位置保持平行,称这种运动为刚体的平动,如果体内各点的轨迹是直线,则称为直线平动;如果体内各点的轨迹是曲线,则称为曲线平动。

刚体做平动时,体内各点的轨迹形状相同,在每一瞬时,各点具有相同的速度和加速度。因此,整个刚体的运动完全可由体内任一点的运动来确定。

7.2 刚体的定轴转动

刚体运动时,体内(或其延展部分)有一直线始终保持不动,称这种运动为刚体的定轴转动。保持不动的那条直线称为转轴或转动轴。表 7.1 列出了转动刚体的运动学公式。

表 7.1 刚体定轴转动的公式

	变速转动	匀变速转动	匀速转动
转动方程	$\varphi=f(t)$	$\varphi=\varphi_0+\omega_0 t+\frac{1}{2}\varepsilon t^2$ 或 $\varphi=\varphi_0+\frac{1}{2}(\omega_0+\omega)t$	$\varphi=\varphi_0+\omega t$
角速度	$\boldsymbol{\omega}=\omega\boldsymbol{k}$ $\omega=\frac{\mathrm{d}\varphi}{\mathrm{d}t}=\dot{\varphi}$	$\omega=\omega_0+\varepsilon t$ 或 $\omega^2=\omega_0^2+2\varepsilon(\varphi-\varphi_0)$	$\omega=$常数
角加速度	$\boldsymbol{\varepsilon}=\varepsilon\boldsymbol{k}$ $\varepsilon=\frac{\mathrm{d}^2\varphi}{\mathrm{d}t^2}=\frac{\mathrm{d}\omega}{\mathrm{d}t}=\ddot{\varphi}=\omega\frac{\mathrm{d}\omega}{\mathrm{d}\varphi}$	$\varepsilon=$常数	$\varepsilon=0$

表 7.1 中，角 φ 称为刚体的转角，单位为 rad(弧度)。转角 φ 和角速度 ω 均是一个代数量，可根据右手法则确定其正负号[图 7.1(a)]。角速度 ω 的大小表示了转动的快慢，其正负号表明了刚体转动的转向。角速度的单位为 rad/s(弧度/秒)。工程上常用转速 n 来表示转动快慢，其单位为 r/min(转/分)。角速度与转速的关系为

$$\omega=\frac{2\pi n}{60}=\frac{\pi n}{30}$$

角加速度 ε 也是代数量，其正向与转角 φ 的正向一致。代数量的正负号表示了 ε 的转向。显然，当 ε 与 ω 同号时，刚体做加速转动；当 ε 与 ω 异号时，刚体做减速转动。角加速度的单位为 rad/s^2(弧度/秒^2)。

应当指出，角速度和角加速度可以用沿着转轴的一个滑动矢量来表示，角速度矢 $\boldsymbol{\omega}$ 和角加速度矢 $\boldsymbol{\varepsilon}$ 的指向，可根据它们代数量的正负号按右手法则确定[图 7.1(a)]。

7.3　转动刚体上各点的速度和加速度

转动刚体与其体上任一点 M 的运动学关系见表 7.2。

表 7.2　转动刚体任一点的运动学关系

运动方程	速　度	加速度
$S=R\varphi$	$\boldsymbol{v}=v\boldsymbol{\tau}$ $v=R\omega$ $\boldsymbol{v}=\boldsymbol{\omega}\times\boldsymbol{r}$	$\boldsymbol{a}=a_\tau\boldsymbol{\tau}+a_n\boldsymbol{n}$ $a_\tau=R\varepsilon$ $a=R\sqrt{\varepsilon^2+\omega^4}$ $a_n=R\omega^2,\tan\alpha=\frac{\lvert\varepsilon\rvert}{\omega^2}$ 或 $\boldsymbol{a}=\boldsymbol{a}_\tau+\boldsymbol{a}_n=\boldsymbol{\varepsilon}\times\boldsymbol{r}+\boldsymbol{\omega}\times\boldsymbol{v}$

表 7.2 中，α 为加速度矢与转动半径 OM 之间的夹角[图 7.1(b)]。由表 7.2 中各式可知，在每一瞬时，转动刚体体内任一点的速度和加速度的大小都与转动半径 R 成正比，且各点加速度与转动半径成相同的夹角。

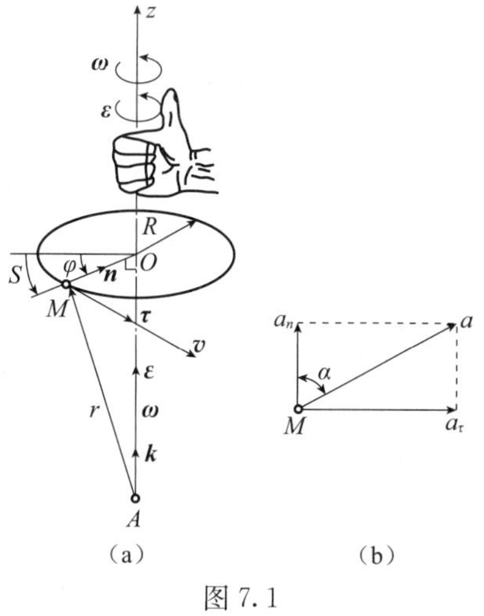

图 7.1

7.4 刚体基本运动的问题类型

(1)研究平动刚体的运动规律。因平动刚体的运动学问题可归结为点的运动学问题来研究,故一般取传递运动的接触点或连接点作为分析对象。

应当注意,刚体做曲线平动时,各点有各自的曲率中心和自然轴系,这一点在图示平动刚体各点的运动元素时,要多加注意。

(2)研究转动刚体及其体上一点的运动规律。

①求 ω 和 ε 或转动刚体上某一点的 v 和 a。这类问题,若已知转动方程,则可通过求导得到相应的 ω 和 ε,从而求出刚体上某点的 v 和 a;或已知转动刚体上某点的运动方程,用上述类似方法可求得体上其他点的 v 和 a 及刚体的 ω 和 ε。

②求转动方程或刚体上一点的运动方程。这类问题一般可通过对已知的 ε 方程或体上一点的 a 方程,进行积分运算得以解决。但尚须已知运动的初始条件,即 $t=0$ 时,转角 φ_0 和角速度 ω_0 或弧坐标和初速度 v_0。

【例 7-1】 如图 7.2 所示,机构由杆 O_1A、O_2B 和矩形板 $ABCDA$ 组成,已知 $O_1A=O_2B=r$,$O_1O_2=AB=DC=2r$,$AD=BC=d$,杆 O_1A 以 $\varepsilon=2t\ \mathrm{rad/s^2}$ 的角速度绕 O_1 轴转动,其中,t 以 s 计,长度以 m 计。设 $t=0$ 时,$\varphi_0=\dot{\varphi}_0=0$,当 $\varphi=90°$时,求矩形板顶点 D 和上边缘中点 E 的速度、加速度。

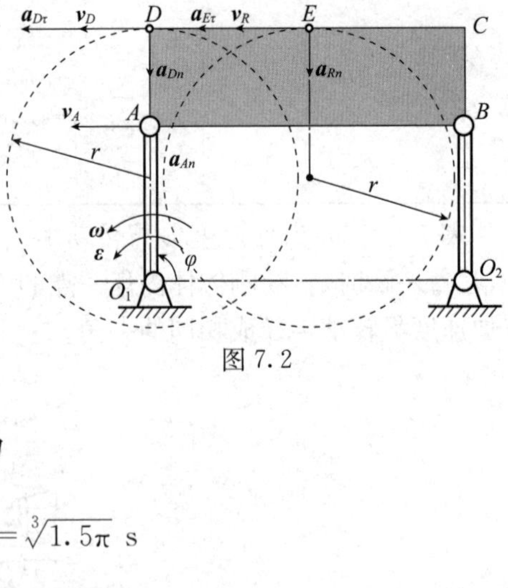

图 7.2

解:(1) 求 O_1A 的角速度 ω。因 O_1A 做变速转动,$t=0$ 时,$\varphi_0=\dot{\varphi}_0=0$,有

$$\int_0^{\omega}\mathrm{d}\omega=\int_0^t\varepsilon\mathrm{d}t$$

$$\int_0^{\varphi}\mathrm{d}\varphi=\int_0^t\omega\mathrm{d}t,$$

得

$$\omega=\int_0^t 2t\mathrm{d}t=t^2$$

$$\varphi=\int_0^t t^2\mathrm{d}t=\frac{t^3}{3}$$

由此可知,当 φ 转过 $\frac{\pi}{2}$ rad 时,经历的时间应为

$$t=\sqrt[3]{3\varphi}=\sqrt[3]{3\times\frac{\pi}{2}}=\sqrt[3]{1.5\pi}\ \mathrm{s}$$

该瞬时杆 O_1A 的角速度 $\omega=t^2=\sqrt[3]{(1.5\pi)^2}$ rad/s。

(2)计算点 D 和 E 的速度、加速度。

因矩形板做曲线平动,其上各点都有各自的曲率中心,在同一瞬时,各点的曲率半径是互相平行的,如图 7.2 所示的 D 和 E 点的运动轨迹,因此有

$v_D=v_E=v_A=r\omega=r\sqrt[3]{(1.5\pi)^2}=2.811r$ m/s (方向如图 7.2 所示)

$a_{D\tau}=a_{E\tau}=a_{A\tau}=r\varepsilon=r\times 2t=2r\sqrt[3]{1.5\pi}=3.353r\ \mathrm{m/s^2}$

$a_{Dn}=a_{En}=a_{An}=r\omega^2=r\sqrt[3]{(1.5\pi)^4}=7.091r\ \mathrm{m/s^2}$ (方向如图 7.2 所示)

【例 7-2】　平行四连杆机构在图 7.3 所示平面内运动。$O_1A=O_2B=0.2$ m，$AM=0.2$ m，$O_1O_2=AB=0.6$ m，如 O_1A 按 $\varphi=15\pi t$ 的规律转动，其中 φ 以 rad 计，t 以 s 计。$t=0.8$ 时，求 M 点的速度与加速度。

解：AB 杆为平移，O_1A 为定轴转动。根据平移的特点，在同一瞬时，M、A 两点具有相同的速度和加速度。

A 点做圆周运动，其运动方程为

$$s=O_1A\cdot\varphi=3\pi t$$

$$v_A=\frac{\mathrm{d}s}{\mathrm{d}t}=3\pi\ \mathrm{m/s}$$

$$a_{A\tau}=\frac{\mathrm{d}v}{\mathrm{d}t}=0$$

$$a_{An}=\frac{v_A^2}{O_1A}=\frac{9\pi^2}{0.2}=45\pi^2\ \mathrm{m/s}$$

此时 AB 杆正好第六次回到起始的水平位置 O 点处 v_M、a_M 的方向如图 7.3 所示

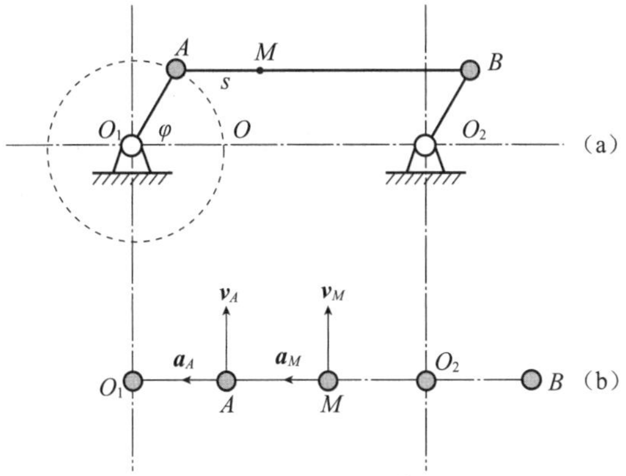

图 7.3

本章小结

(1)刚体运动的最简单形式为平行移动和定轴转动。

(2)刚体平行移动：

①刚体内任一点直线段在运动过程中，始终与它的最初位置平行，此种运动称为刚体平行移动，简称平动。

②刚体做平动时，刚体内各点的轨迹形状完全相同，可能是直线，也可能是曲线。

③刚体做平动时，在同一瞬时刚体内各点的速度和加速度大小、方向都相同。

(3)刚体绕定轴转动：

①刚体运动时，其中有两点保持不动，此种运动称为刚体定轴转动，简称转动。

②刚体的转动方程 $\varphi=f(t)$ 表示刚体的位置随时间的变化规律。

③角速度 ω 表示刚体转动的快慢程度和转向，是代数量，$\omega=\dot{\varphi}$。角速度也可以用矢量表示：$\boldsymbol{\omega}=\omega\boldsymbol{k}$。

④角加速度表示角速度对时间的变化率，是代数量，$a=\dot{\omega}=\ddot{\varphi}$，当 ω 与 a 同号时，刚体做

加速转动；当 ω 与 a 异号时，刚体做减速转动。角加速度也可以用矢量表示：$\boldsymbol{a}=a\boldsymbol{k}$。

⑤定轴转动刚体上点的速度、加速度与角速度、角加速度的关系：$\boldsymbol{v}=\boldsymbol{\omega}\times\boldsymbol{r}$，$\boldsymbol{a}_\tau=\boldsymbol{a}\times\boldsymbol{r}$，$\boldsymbol{a}_n=\boldsymbol{\omega}\times\boldsymbol{v}$，式中，$\boldsymbol{r}$ 为点的矢径。定轴转动刚体上点的速度、加速度的代数值为 $v=R\omega$，$a_\tau=Ra$，$a_n=R\omega^2$。

思考题

1. 各点做圆周运动的刚体平动与定轴转动有什么区别？

2.“刚体绕定轴转动时，各点的轨迹一定是圆的。”这说法对吗？

3. 刚体绕定轴转动，已知刚体上任意两点的速度方位，问能不能确定转轴的位置？

4. 刚体绕定轴转动时，角加速度为正，表示加速转动；角加速度为负，表示减速转动。这说法对吗？为什么？

5. 刚体绕定轴转动，其上某点 A 到转轴的距离为 R。为求出刚体上任意点在某一瞬时的速度和加速度的大小，只要知道 A 点的速度及该点的全加速度方向就可以了。这说法对吗？

习 题

7-1 杆件 AB 长为 L，绕 A 点转动，某瞬间加速度如图 7.4 所示，求该瞬间角速度和角加速度大小。

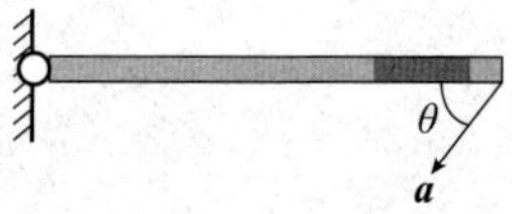

图 7.4

7-2 如图 7.5 所示，OA 杆长 4 m，AB 杆长 3 m，BD 杆长 4 m，C 为 BD 杆的中点。结构均绕 O 点转动，$\omega=2$ rad/s，$\varepsilon=5$ rad/s^2，对四个图依次求 A、B、C 点和任意点 x 点的速度和加速度。

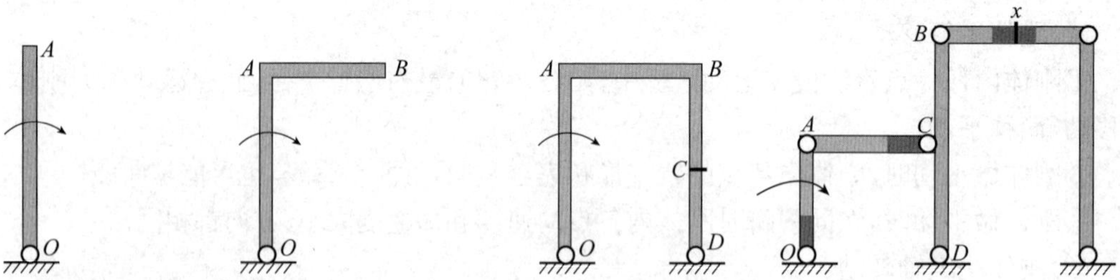

图 7.5

7-3　如图 7.6 所示，杆件 OA 长为 L，绕 O 点以角速度 ω 转动，使 A 点推动小箱向右运动，当 OA 杆和水平之间成 θ 角度时，小箱的速度是多少？

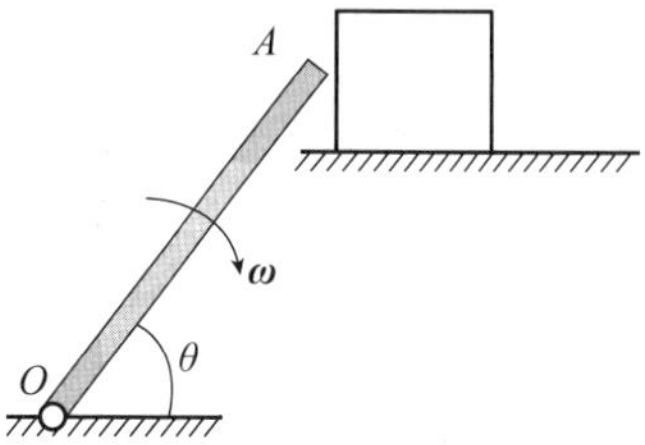

图 7.6

7-4　揉茶机的揉桶由三个曲柄支持，曲柄的支座 A、B、C 与支轴 a、b、c 都恰成等边三角形，如图 7.7 所示。三个曲柄长度相等，均长 $l=15$ cm，并以相同的转速 $n=45$ r/min 分别绕其支座转动。求揉桶中心点 O 的速度和加速度。

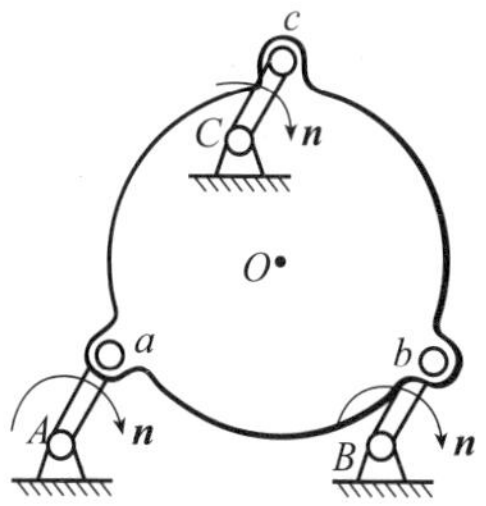

图 7.7

7-5　砂轮由静止开始做等加速转动，30 s 后转速达到 $n=900$ r/min，求砂轮的角速度和 30 s 内转过的圈数 N。

7-6　在输送散粒的振动式运输机中，$OO_1=AB$，$OA=O_1B=l$，如某瞬时曲柄 O_1B 与铅垂线成 α 角，且该瞬时角速度与角加速度分别为 ω_0 与 ε_0，转向如图 7.8 所示，试求运输带 AB 上任一点 M 的速度与加速度，并画出速度矢、加速度矢。

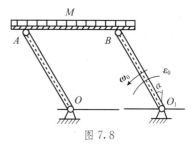

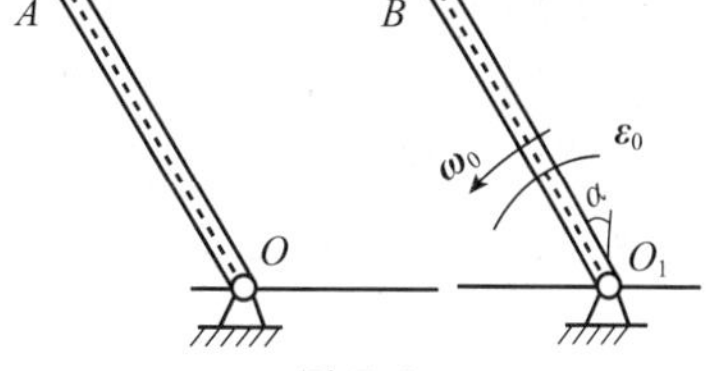

图 7.8

第 8 章　点的合成运动

[教学提示]

点的合成运动这部分内容,主要是应用运动的合成与分解的概念,研究同一动点相对于两个不同参考系的运动之间的关系,从而建立点的速度合成定理和加速度合成定理。

[教学要求]

通过本章的学习,要求学生掌握运动合成与分解的基本概念和方法;掌握点的速度合成定理和牵连运动为平动时点的加速度合成定理并能熟练运用;掌握牵连运动为转动时点的加速度合成定理及其应用。

8.1　静系、动系

固结于某一参考体上的坐标系 $Oxyz$,称为静坐标系,简称静系。通常如不加说明,则以固结于地球表面上的坐标系作为静系。

固结于相对静系运动的参考体上的坐标系,$O'x'y'z'$称为动坐标系,简称动系。

8.2　三种运动、三种速度、三种加速度

动点相对于静系的运动称为绝对运动。在绝对运动中的轨迹、速度和加速度称为动点的绝对轨迹、绝对速度和绝对加速度,并以 $\boldsymbol{v}_a$ 和 $\boldsymbol{a}_a$ 分别表示此速度和加速度。

动点相对于动系的运动称为相对运动。在相对运动中的轨迹、速度和加速度称为动点的相对轨迹、相对速度和相对加速度,并以 $\boldsymbol{v}_r$ 和 $\boldsymbol{a}_r$ 分别表示此速度和加速度。

动系相对静系的运动称为牵连运动,在某一瞬时,动系上与动点相重合的一点称为动点在此瞬时的牵连点。牵连点的速度和加速度称为动点在该瞬时的牵连速度和牵连加速度,并分别以 $\boldsymbol{v}_e$ 和 $\boldsymbol{a}_e$ 表示之。

上述三种运动的关系如图 8.1 所示,即动点的绝对运动可视为相对运动与牵连运动的合成运动;反之,动点的绝对运动也可分解为牵连运动和相对运动。

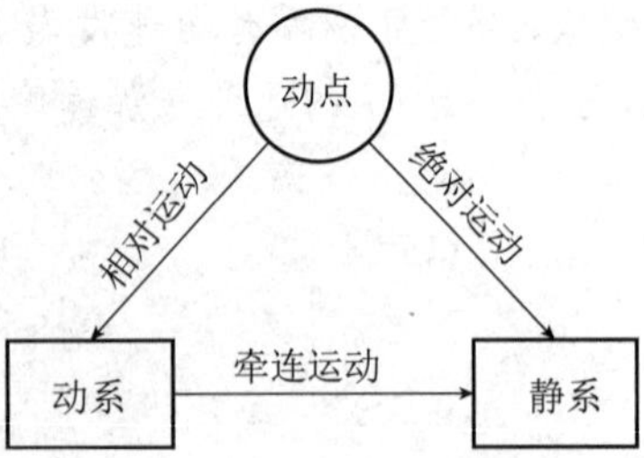

图 8.1

8.3　点的速度合成定理

可以证明,动点的三种速度 $\boldsymbol{v}_a$、$\boldsymbol{v}_r$、$\boldsymbol{v}_e$ 之间有如下关系式:

$$\boldsymbol{v}_a = \boldsymbol{v}_r + \boldsymbol{v}_e$$

即动点的绝对速度等于它的牵连速度和相对速度的矢量和，这就是点的速度合成定理。根据此定理可知，$\boldsymbol{v}_a$、$\boldsymbol{v}_r$、$\boldsymbol{v}_e$ 构成一速度平行四边形，其对角线为绝对速度 $\boldsymbol{v}_a$。

由于每个速度矢量包含大小和方向两个量，因此上式总共含有六个量，当已知其中任意四个量时，便可求出其余两个未知量。

应当指出，由于存在相对运动，因此不同瞬时，动系上与动点相重合的那一点即牵连点，在动系上的位置也随之而变化的。

8.4 点的加速度合成定理

动点的加速度合成与牵连运动的性质有关，当牵连运动为平动或转动时，动点的加速度合成定理如下：

牵连运动为平动：$\boldsymbol{a}_a = \boldsymbol{a}_e + \boldsymbol{a}_r$

牵连运动为转动：$\boldsymbol{a}_a = \boldsymbol{a}_e + \boldsymbol{a}_r + \boldsymbol{a}_k$

式中，$\boldsymbol{a}_k$ 称为科氏加速度，它是由于牵连运动与相对运动相互影响而产生的。$\boldsymbol{a}_k$ 的矢量表达式为

$$\boldsymbol{a}_k = 2\boldsymbol{\omega} \times \boldsymbol{v}_r$$

式中，$\boldsymbol{\omega}$ 为动系的角速度矢。设 $\boldsymbol{\omega}$ 与 $\boldsymbol{v}_r$ 间的夹角为 θ（图 8.2），则 $\boldsymbol{a}_k$ 的大小为

$$a_k = 2\omega v_r \sin\theta$$

其中，$\boldsymbol{a}_k$ 的指向由 $\boldsymbol{\omega}$ 与 $\boldsymbol{v}_r$ 的矢积确定。

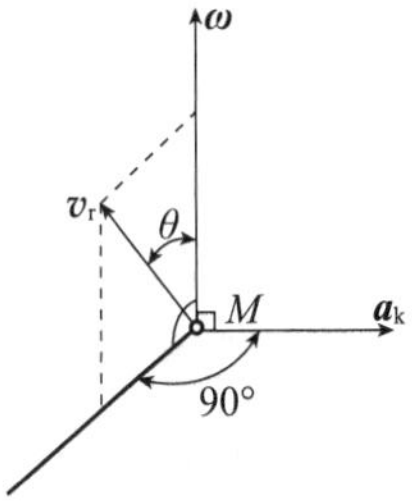

图 8.2

对于平面机构，因 $\boldsymbol{a}_a$、$\boldsymbol{a}_r$、$\boldsymbol{a}_e$ 和 $\boldsymbol{a}_k$ 等各加速度矢都位于同一平面中，所以运用加速度合成定理只能求解大小或方向共两个未知量。由于 $\boldsymbol{a}_a$ 或 $\boldsymbol{a}_e$ 或 $\boldsymbol{a}_r$ 都可能存在切向与法向两个加速度分量，因此在求解中，常应用合矢量投影定理进行具体计算。

8.5 应用速度或加速度合成定理解题的一般步骤和方法

（1）分析机构的运动情况，根据题意适当地选取动点、动系和静系。它们的选取方法一般可从两个方面考虑：其一，动系相对静系有运动，动点相对动系也有运动；其二，除题意特别指明动系或动点外，尽可能使选取的动点对动系有明显而简单的相对运动轨迹。在一般机构中，通常可选取传递运动的接触点为动点，与其邻接的刚体为动系。

（2）分析绝对运动、相对运动和牵连运动。绝对运动和相对运动都是指动点的运动。在相对运动的分析中，可设想观察者站在动系上，观察到的动点运动即为它的相对运动。牵连运动是指动系的运动，也就是固结着动系的刚体相对静系的绝对运动。

（3）根据题意，分析动点的各种速度或加速度，并图示速度或加速度矢量图。动点的 $\boldsymbol{v}_a$、$\boldsymbol{a}_a$ 和 $\boldsymbol{v}_r$、$\boldsymbol{a}_r$ 一般可以根据其绝对运动和相对运动进行分析。而在分析 $\boldsymbol{v}_e$ 和 $\boldsymbol{a}_e$ 时，关键在于

明确该瞬时牵连点的位置，然后根据动系运动性质分析牵连点的速度和加速度，亦即动点的牵连速度 $\boldsymbol{v}_e$ 和牵连加速度 $\boldsymbol{a}_e$；或可以认为动点暂不做相对运动，而把它固结在动系上，则动点随动系运动的速度和加速度即为 $\boldsymbol{v}_e$ 和 $\boldsymbol{a}_e$。

另外，在动点的各加速度分量中，当牵连运动为平动时，不含科氏加速度 $\boldsymbol{a}_k$。

(4)根据速度和加速度合成定理求解：

①运用 $\boldsymbol{v}_a=\boldsymbol{v}_e+\boldsymbol{v}_r$ 求解未知量时，一般可应用半图解法，即作出速度平行四边形，然后根据图示的几何关系求得待求量。

②应用加速度合成定理时，首先要区分牵连运动是平动还是转动，然后列出相应的矢量式，即 $\boldsymbol{a}_a=\boldsymbol{a}_e+\boldsymbol{a}_r$ 或 $\boldsymbol{a}_a=\boldsymbol{a}_e+\boldsymbol{a}_r+\boldsymbol{a}_k$。因在最一般情况下，加速度合成定理可写为

$$\boldsymbol{a}_{a\tau}+\boldsymbol{a}_{an}=\boldsymbol{a}_{e\tau}+\boldsymbol{a}_{en}+\boldsymbol{a}_{r\tau}+\boldsymbol{a}_{rn}+\boldsymbol{a}_k$$

所以，通常应用合矢量投影定理进行具体计算。不过，应当防止类似于 $\sum a_x=0$ 或“已知矢量投影＝未知矢量投影”等这类错误出现。

【例 8-1】 如图 8.3 所示，火车车厢以速度 v_1 沿直线轨道行驶。雨滴 M 铅垂落下，其速度为 v_2。求雨滴相对于车厢的速度。

解：动点：雨滴 M。

动系：$x'Oy'$ 与车厢固结。

静系：xOy。

绝对运动：雨滴相对地面铅垂落下。

相对运动：雨滴相对于车厢的运动。

牵连运动：车厢的运动(平动)。

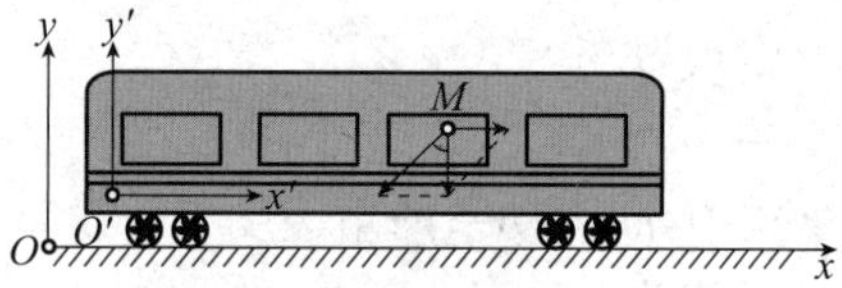

图 8.3

绝对速度：$v_a=v_2$。

车厢做移动，雨滴 M 的牵连点的速度为 v_1，$v_e=v_1$。

$$v_r=\sqrt{v_e^2+v_a^2}=\sqrt{v_1^2+v_2^2}$$

v_r 的方向可由 v_r 与铅垂线的夹角 φ 决定。

雨滴在车厢壁板擦过的痕迹与铅垂线的夹角为 φ，车厢的速度愈大，φ 角愈大。

【例 8-2】 平行四连杆机构的上连杆 BC 与一固定铅直杆 EF 相接触，在两者接触处套上一小环 M，当 BC 杆运动时，小环 M 同时在 BC、EF 杆上滑动。曲柄 $AB=CD=r$，连杆 $BC=AD=l$，若曲柄转至图 8.4 所示 φ 角位置时的角速度为 ω，角加速度为 ε，试求小环 M 的加速度。

解：动点：小环 M。

动系：固连在连杆 BC 上。

静系：固连在地面上动点 M。

绝对运动沿 EF 的直线运动，$\boldsymbol{a}_a$ 方向沿 EF。

相对运动沿 BC 的直线运动，$\boldsymbol{a}_r$ 方向沿 BC。

牵连运动是连杆 BC 的平移。

$a_e^\tau=r\varepsilon$，$\boldsymbol{a}_e^\tau\perp AB$，$a_e^n=r\omega^2$，$\boldsymbol{a}_e^n$ 与 AB 平行。

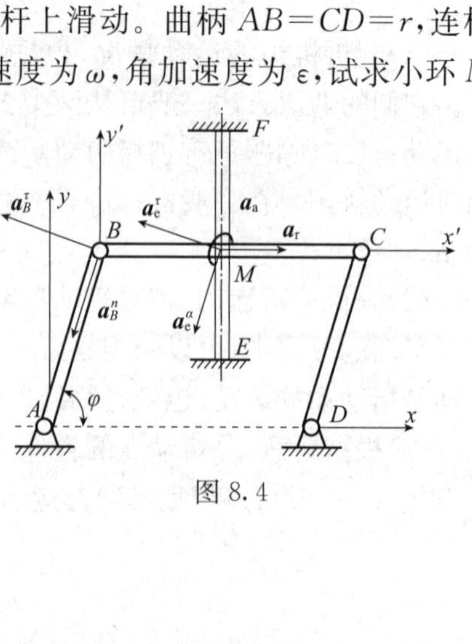

图 8.4

将加速度合成定理的矢量方程向 y' 轴投影：

$$a_a = -a_e^n \sin\varphi + a_e^\tau \cos\varphi + 0$$

所以 $a_a = r\varepsilon\cos\varphi - r\omega^2\sin\varphi$，方向如图 8.4 所示。

【例 8-3】 在图 8.5 中，偏心圆凸轮的偏心距 $OC=e$，半径 $r=\sqrt{3}e$，设凸轮以匀角速度 ω_O 绕轴 O 转动，试求 OC 与 CA 垂直的瞬时，杆 AB 的加速度。

解：A 为动点，动坐标系固结在凸轮上。

绝对运动：沿 AB 方向的直线运动。

$\boldsymbol{a}_a = \boldsymbol{a}_A$，方向已知，沿 AB。

相对运动：以 C 为圆心的圆周运动。

$$a_r^n = \frac{v_r^2}{r} = \frac{16e\omega_O^2}{3\sqrt{3}}\text{（指向 }AC\text{ 方向）}$$

牵连运动：动坐标系以 O 为定轴转动。

$$a_\tau^n = \frac{v_\tau^2}{r} = \frac{16e\omega_O^2}{3\sqrt{3}}\text{（指向 }AC\text{ 方向）}$$

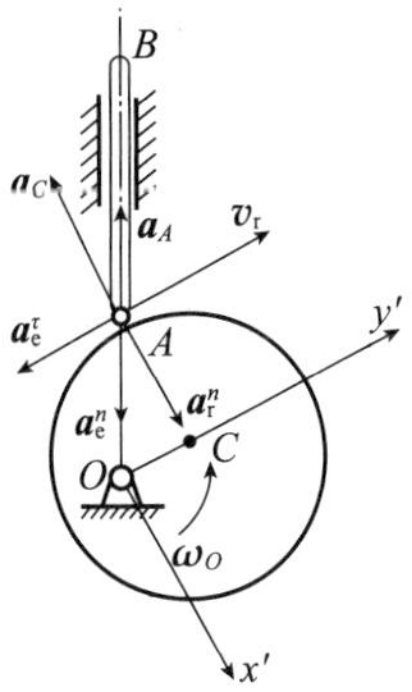

图 8.5

因为动坐标系为转动，所以有

$$a_C = 2\omega_O v_\tau = \frac{8}{\sqrt{3}}e\omega_O^2$$

根据加速度合成定理（图 8.6）：

$$\boldsymbol{a}_a = \boldsymbol{a}_e^\tau + \boldsymbol{a}_e^n + \boldsymbol{a}_r^n + \boldsymbol{a}_C$$

将矢量方程向 Ox' 轴投影：

$$\boldsymbol{a}_a\cos\alpha = -\boldsymbol{a}_e^n\cos\alpha - \boldsymbol{a}_r^n + \boldsymbol{a}_C$$

$$a_a = \frac{2}{\sqrt{3}}\left(-\frac{16e\omega_O^2}{3\sqrt{3}} - \sqrt{3}e\omega_O^2 + \frac{8}{\sqrt{3}}e\omega_O^2\right) = -\frac{2}{9}e\omega_O^2$$

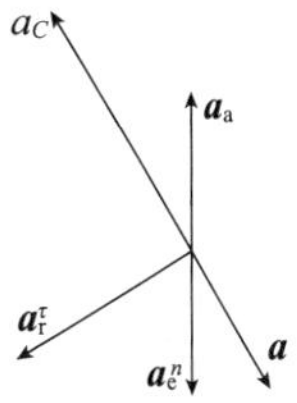

图 8.6

a_A 为负值，说明 $\boldsymbol{a}_A$ 的方向与图假设的方向相反。在此瞬时，$\boldsymbol{a}_A$ 的实际方向铅垂向下。

本章小结

(1)点的绝对运动为点的牵连运动和相对运动的合成结果。

(2)点的速度合成定理：绝对速度＝牵连速度＋相对速度，即 $\boldsymbol{v}_a = \boldsymbol{v}_e + \boldsymbol{v}_r$。

(3)点的加速度合成定理：

牵连运动为平动：绝对加速度＝牵连加速度＋相对加速度，即 $\boldsymbol{a}_a = \boldsymbol{a}_e + \boldsymbol{a}_r$。

牵连运动为转动：绝对加速度＝牵连加速度＋相对加速度＋科氏加速度，即 $\boldsymbol{a}_a = \boldsymbol{a}_e + \boldsymbol{a}_r + \boldsymbol{a}_k$。

思考题

(1)举例说明什么是相对运动、牵连运动和绝对运动？

(2)动坐标系上任意一点的速度、加速度是否就是牵连速度、牵连加速度？

(3)何谓点的相对速度和相对加速度？在静系中相对速度的改变是否就是相对加速度？

(4)图 8.7 中的平行四边形有无错误？错在哪？

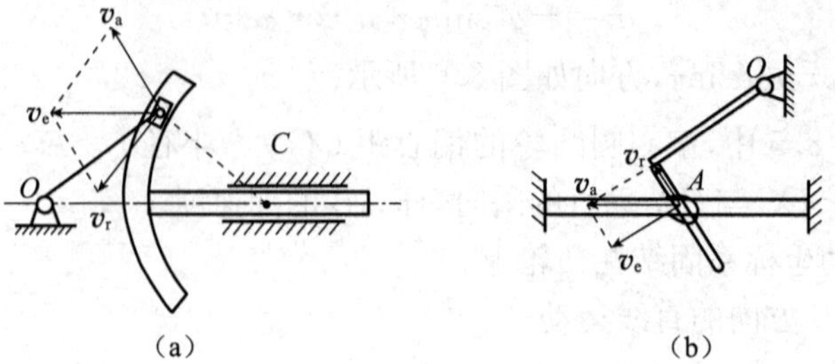

图 8.7

(5)为什么会出现科氏加速度？在什么情况下它为零？

(6)为什么 $a_{rr}=\dfrac{\mathrm{d}v_r}{\mathrm{d}t}$ 成立，而 $a_r=\dfrac{\mathrm{d}v_r}{\mathrm{d}t}$、$a_e=\dfrac{\mathrm{d}v_e}{\mathrm{d}t}$ 和 $a_{er}=\dfrac{\mathrm{d}v_e}{\mathrm{d}t}$ 仅在牵连运动为平动时才适用？

(7)在图 8.8 所示机构中，若取杆 AD 上的滑块 A 为动点，杆 OC 为动系，则其相对速度和相对加速度分别为 $\boldsymbol{v}_r$ 和 $\boldsymbol{a}_r$；反之，若以 OC 杆上并与滑块 A 重合的一点 A_1 为动点，杆 AD 为动系，则其相对速度 $\boldsymbol{v}'_r$ 和相对加速度 $\boldsymbol{a}'_r$ 是否有关系式：$\boldsymbol{v}'_r=-\boldsymbol{v}_r$，$\boldsymbol{a}'_r=-\boldsymbol{a}_r$？试说明。

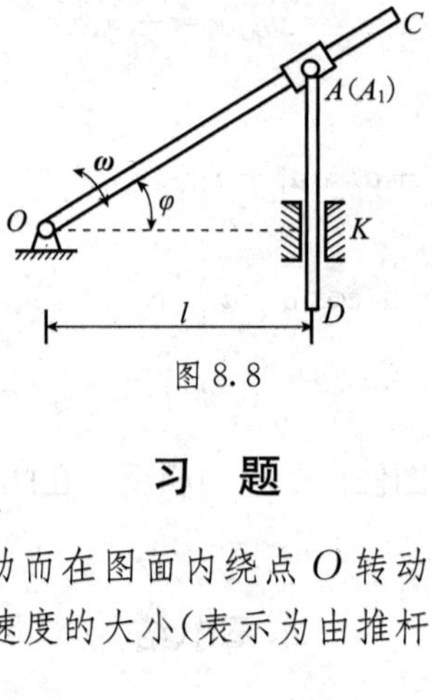

图 8.8

习　题

8-1　杆 OA 长 l，由推杆推动而在图面内绕点 O 转动，如图 8.9 所示。假定速度为 $\boldsymbol{v}$，BC 段的高为 h。试求杆端 A 的速度的大小(表示为由推杆至点 O 的距离 x 的函数)。

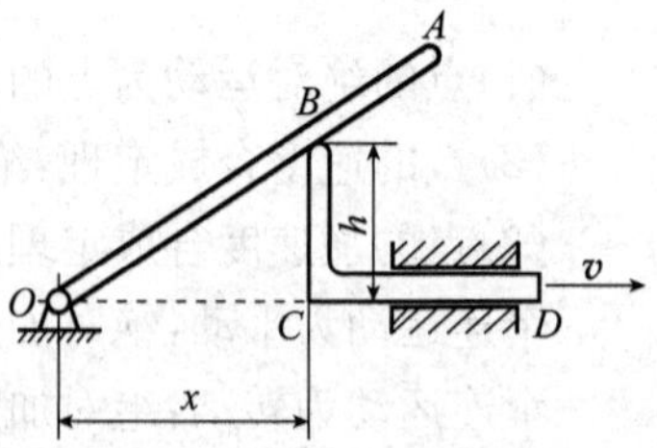

图 8.9

8-2 如图 8.10 所示摇杆机构的滑杆 AB 以等速 v 向上运动，初瞬时摇杆 OC 水平，摇杆 OC 长为 a，OD 长为 l。试求当 $\varphi=\frac{\pi}{4}$ 时点 C 的速度大小。

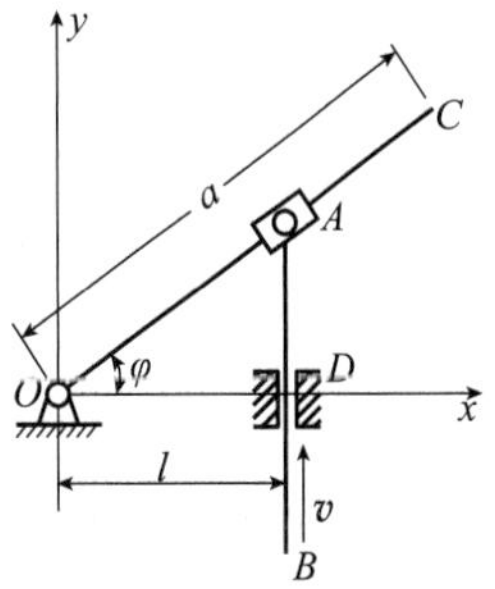

图 8.10

8-3 在图 8.11 所示机构中，已知 $O_1A=O_2B=r=0.4\ \text{m}$，$O_1O_2=AB$，$O_1A$ 杆的角速度 $\omega=4\ \text{rad/s}$，角加速度 $\alpha=2\ \text{rad/s}^2$，求三角板 C 点的加速度，并画出其方向。

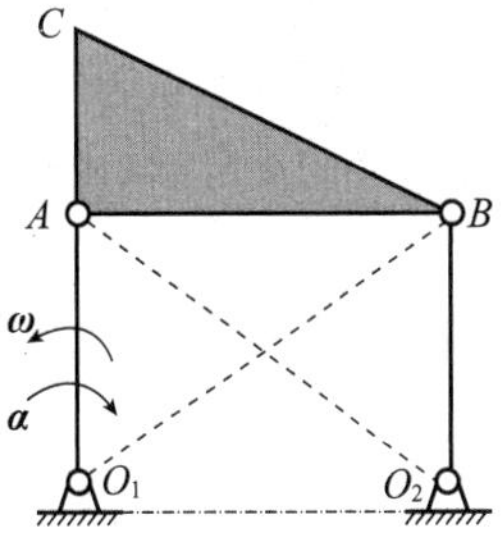

图 8.11

8-4 在图 8.12 所示的两种机构中，已知 $O_1O_2=a=200\ \text{mm}$，$\omega_1=3\ \text{rad/s}$。求图示位置时杆 O_2A 的角速度。

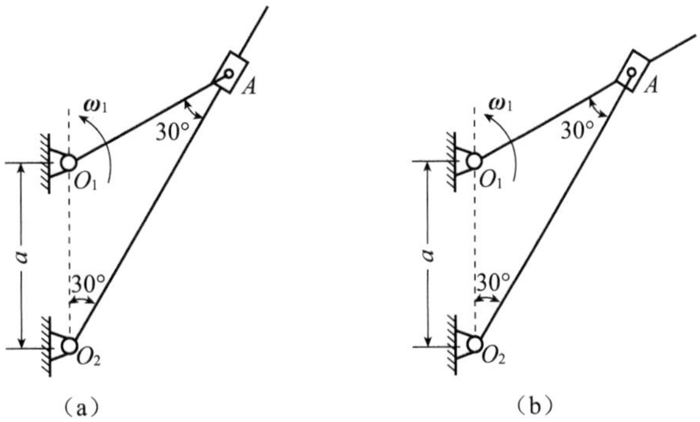

图 8.12

8-5 如图 8.13 所示，直角曲杆 OBC 绕 O 点顺时针转动的角速度 $\omega=3$ rad/s，使套在其上的小环 M 沿固定直杆 OA 滑动，已知 $OB=10$ cm，求当 $\angle BOA=60^\circ$ 时，小环 M 的加速度。

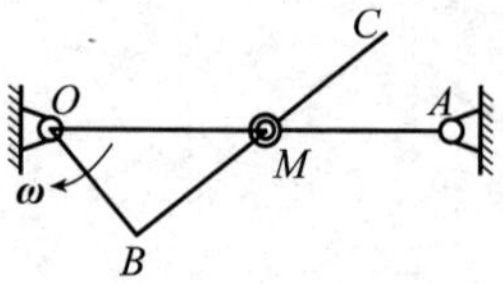

图 8.13

8-6 小车沿水平方向向右做加速运动，加速度为 49.2 cm/s^2，在小车上有一轮绕 O 轴转动，轮的半径为 20 cm，规律 $\varphi=t^2$（t 以 s 计，φ 以 rad 计），当 $t=1$ s 时，轮缘上点 A 的位置如图 8.14 所示，求此时点 A 的绝对加速度。

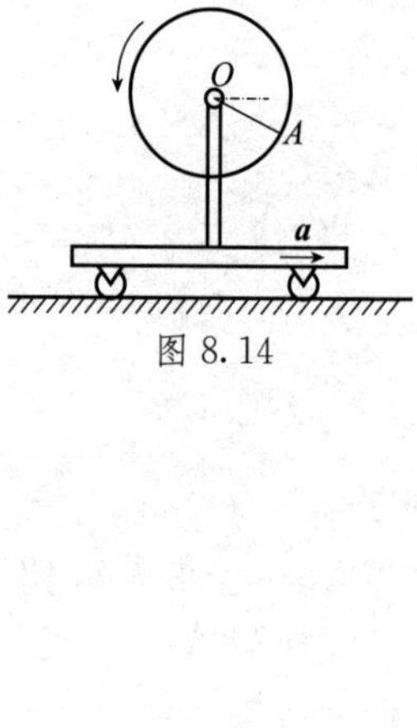

图 8.14

第 9 章 刚体的平面运动

[教学提示]

应用合成运动的概念，将刚体的平动和转动合成，并据此来研究平面运动刚体的角速度、角加速度及其刚体上任一点的速度和加速度。

[教学要求]

通过本章的学习，要求学生理解平动和定轴转动的特征；掌握求与定轴转动刚体角速度、角加速度以及刚体内各点的速度和加速度有关的问题；理解角速度、角加速度及刚体内各点速度和加速度的矢量表示法。

9.1 刚体的平面运动方程

9.1.1 平面运动的特点

在运动过程中，刚体上任一点离某固定平面的距离始终保持不变，称这种运动为刚体的平面运动。

刚体的平面运动可以简化为一平面图形在其自身平面内的运动。

9.1.2 运动方程

设平面图形 S 在固定平面 xOy 内运动(图 9.1)，显然，图形 S 的位置完全由其上任一线段 $O'M$ 的位置所确定。这就是说，图形 S 在任一瞬时的位置可用任一点 O' 的坐标 x'_O、y'_O 及 $O'M$ 与 x 轴正向间的夹角 φ 来表示。即刚体的平面运动方程可写为

$$x'_O=f_1(t)$$
$$y'_O=f_2(t)$$
$$\varphi=f_3(t)$$

通常，将 O' 点称为基点。

9.2 平面运动分解为平动和转动

若取 xOy 为静系，平面图形上任一点 O' 为基点，并在 O' 点上固结一随其做平动的动系 $x'O'y'$(图 9.1)，则图形 S 的相对运动为绕基点 O' 的转动；图形的绝对运动就是平面运动；而牵连运动为动系随同基点 O' 的平动。由此可见，平面图形 S 的运动可以分解为随基点的平动和绕基点的转动。为了方便，在下面叙述中，一般将不再图示动系和静系。

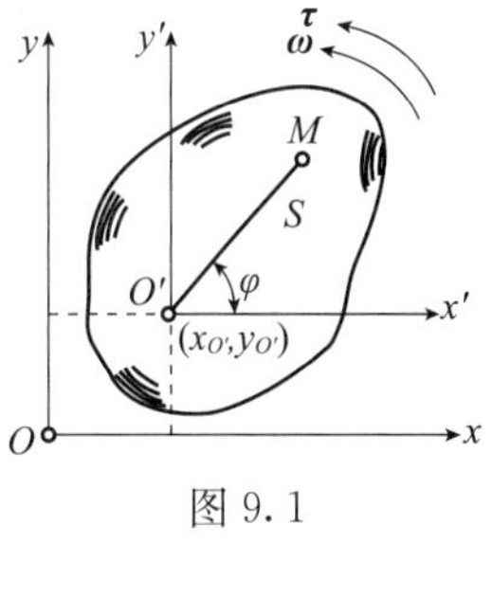

图 9.1

应当注意，平面运动随同基点的平动规律与基点的选择有关，而绕基点的转动规律与基点的选择无关。因此，在论及角速度和角加速度时，无须指明它们是对哪个基点而言的，并可统称为图形的角速度和角加速度。又因动系做平动，故在动系中观察到图形的角速度与角加速度就是图形相对静系的绝对角速度和绝对角加速度。

9.3 平面图形内各点的速度

平面图形内各点的速度有三种求解方法，见表 9.1。通常，瞬心法和投影法应用较多。

表中，关系式$(v_M)_{O'M}=(v'_O)_{O'M}$称为速度投影定理，该定理对任何运动形式的刚体都是适用的。由于它是一个代数方程，故根据此定理可求出式中一个未知量。

表 9.1 平面图形速度求解法

合成法（基点法）	$\boldsymbol{v}_M=\boldsymbol{v}_{O'}+\boldsymbol{v}_{O'}\boldsymbol{v}_{O'}$ $\begin{cases}大小：v_{MO'}=O'M\cdot\omega\\方向：\perp O'M，并顺着\ \omega\ 的转向指向前方\end{cases}$
投影法	$(\boldsymbol{v}_M)_{O'M}=(\boldsymbol{v}_{O'})_{O'M}$（$O'$与$M$为图形上任意两个点）
瞬心法	$\boldsymbol{v}_M=\boldsymbol{v}_{MC}$ $\begin{cases}大小：v_{MC}=CM\cdot\omega\\方向：\perp MC，并顺着\ \omega\ 的转向指向前方\end{cases}$ 条件 $v_C=0$，C 点称为平面图形的速度瞬心

由瞬心法所表述的关系式可知，当以速度瞬心 C 为基点时，平面图形上各点的速度分布规律与刚体绕定轴转动时一样。因此，平面图形在任一瞬时的运动可以看成绕速度瞬心 C 的瞬时转动。于是，速度瞬心又称为平面图形的瞬时转动中心，图形上任一点 M 与 C 点的连线，称为瞬时转动半径。显然，在不同瞬时，平面图形具有不同的速度瞬心。

瞬心法的关键是确定平面图形在每一瞬时的瞬心位置，图 9.2 给出了按已知运动条件确定平面图形速度瞬心 C 的几种方法。

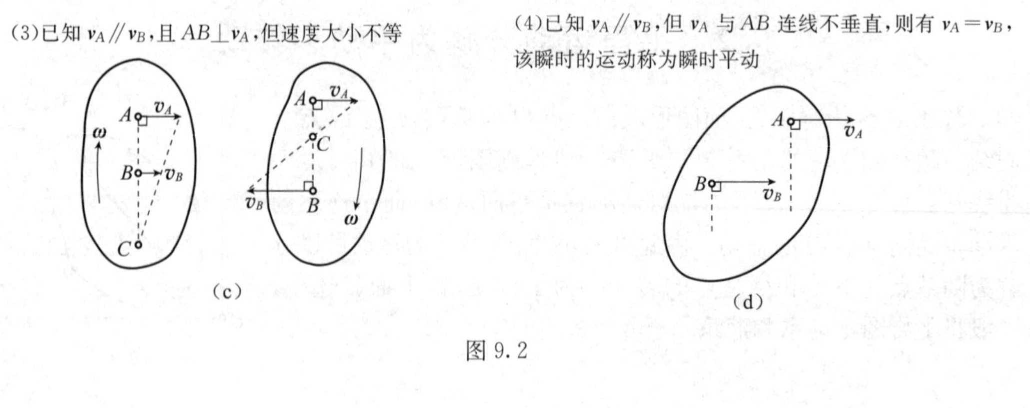
(1)沿固定面做纯滚动
ω
O
v
C
(a)
(2)已知 v_A 和 v_B 的方位，但 v_A 与 v_B 互不平行
v_A
ω
A
C
v_B
(b)
(3)已知 $v_A /\!/ v_B$，且 $AB\perp v_A$，但速度大小不等
A
v_A
ω
B
v_B
C
A
v_A
C
v_B
B
ω
(c)
(4)已知 $v_A /\!/ v_B$，但 v_A 与 AB 连线不垂直，则有 $v_A=v_B$，该瞬时的运动称为瞬时平动
A
v_A
B
v_B
(d)

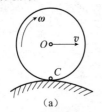

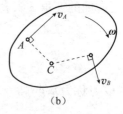

图 9.2

应该注意，刚体做瞬时平动时，其各点的速度相等，角速度为零。但此瞬时，刚体各点的加速度并不相同，且角加速度亦不为零。

9.4 平面图形内各点的加速度

由牵连运动为平动时的点的加速度合成定理，可得平面图形上任一点的加速度关系式为

$$\boldsymbol{a}_M=\boldsymbol{a}_{O'}+\boldsymbol{a}_{MO'}^{\tau}+\boldsymbol{a}_{MO'}^{n}$$

称此为加速度合成法或基点法。式中，$\boldsymbol{a}_{O'}$ 为基点 O' 的加速度；相对切向加速度大小 $a_{MO'}^{\tau}=O'M\cdot\varepsilon$，方位垂直 $O'M$，指向顺着角加速度 ε 的转向；相对法向加速度大小 $a_{MO'}^{n}=O'M\cdot\omega^2=\dfrac{v_{MO'}^2}{O'M}$，方位沿着 $O'M$ 连线，并总是指向基点 O'。

上式是一个平面矢量等式，故可用以求解式中两个未知量。

9.5 平面运动分析的内容和方法

研究平面运动刚体的运动，主要是分析刚体的角速度 $\boldsymbol{\omega}$、角加速度 $\boldsymbol{\varepsilon}$ 及其体上一点的速度 $\boldsymbol{v}$、加速度 $\boldsymbol{a}$。由于在实际机构中，平面运动刚体通常与平动刚体、定轴转动刚体等组成平面机构，因而平面运动刚体的运动分析问题，常常包含在平面机构的运动分析之中。这就是刚体所涉及的运动学问题，通常是综合性问题，需要灵活应用运动学知识加以分析。下面结合平面机构运动分析，着重将平面运动刚体的运动分析的内容和步骤归纳如下：

(1)根据机构的约束条件，判断各刚体的运动类型，即哪些刚体做平动，哪些刚体做定轴转动或平面运动，或纯滚动。同时，弄清相邻两刚体的连接情况，相邻两刚体是通过连接点(如铰接点)还是接触点(如凸轮与挺杆的接触点)进行运动传递的？若是接触点，相接触的两点之间是否有相对运动？在运动过程中，接触点是否有变化？等等。

(2)明确求解思路。一般，从已知运动的刚体着手，通过连接点或接触点的运动分析，求解指定刚体或点的运动。一般来说，连接点的运动，可用刚体运动知识进行分析；接触点的运动，可用点的合成运动概念进行分析。但应当注意，当牵连运动为刚体的平面运动时，应有科氏加速度存在。此外，有时运用点的运动学知识直接求解更为方便。

(3)平面图形的角速度及其刚体上任一点的速度分析。通常，点的速度求解，可应用速度投影定理或速度瞬心法，或两者综合应用；图形的角速度求解，可用速度瞬心法。但当给出的题意条件不能选用此两种方法求解未知量时，则可选用速度合成法。

在求解过程中，应注意下面几点：

①根据选用的求解方法，图示必要的运动元素及几何关系。

②在应用速度合成法时，点的绝对速度必须是速度平行四边形的对角线；在应用速度投

影定理时，所选的两点必须在同一平面图形上；在应用速度瞬心法时，要正确地找出图形的速度瞬心位置，且图形的瞬心位置将随时间而改变。

刚体的平动和平面图形的瞬时平动两者不可混淆。平动刚体的角速度和角加速度均为零，其体上各点的速度和加速度均相等。而瞬时平动是指某瞬时，该平面图形的角速度等于零，但角加速度不等于零；其体内各点的速度相等，但各点的加速度不等。

(4)平面图形的角加速度及其体上任一点的加速度分析。运用加速度合成法求解时，应考虑如下几方面问题：

①在做加速度分析以前，为了便于解得各法向加速度，一般先做速度分析，求出图形的角速度及其体上相应点的速度。

②选已知点作为基点，根据加速度合成法列出所求点的加速度矢量式，并据此在该点处图示各项加速度矢量。这里，应注意，由于速度瞬心的加速度并不等于零，因此在图示加速度时，切不可将速度瞬心误作为加速度瞬心处理。

③用加速度合成法建立的加速度矢量等式是一个平面矢量等式，故据此等式只能求解两个未知量，且通常是选用合矢量投影定理进行具体计算。

④半径为 R、圆心为 O 的圆轮，沿固定面做纯滚时，其与固定面的接触点 C 的速度和加速度为 $v_C=0$ 和 $a_C\neq0$，且有关系式 $\omega_O=\dfrac{v_O}{R}$ 和 $\varepsilon_O=\dfrac{a_{O\tau}}{R}$。

【例 9-1】 已知：曲柄-滑块机构中 $OA=r,AB=l$；曲柄 OA 以等角速度 $\boldsymbol{\omega}$ 绕 O 轴转动(图 9.3)。求连杆的平面运动方程。

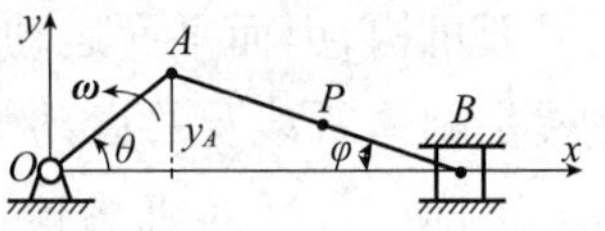

图 9.3

解：确定连杆平面运动的三个独立变量与时间的关系。

连杆的平面运动方程为

基点 A：$x_A=r\cos\omega t, y_A=r\sin\omega t$，

求转角 φ：

因为 $\dfrac{l}{\sin\theta}=\dfrac{r}{\sin\varphi}$，所以 $\sin\varphi=\dfrac{r}{l}\sin\theta$。又因为 $\omega t=\theta$，所以 $\varphi=\arcsin\left(\dfrac{r}{l}\sin\omega t\right)$。

【例 9-2】 曲柄连杆机构中，曲柄 OA 长 r，连杆 AB 长 l，曲柄以匀角速度 $\boldsymbol{\omega}$ 转动，当 OA 与水平线的夹角 $\alpha=45°$ 时，OA 正好与 AB 垂直，如图 9.4 所示。

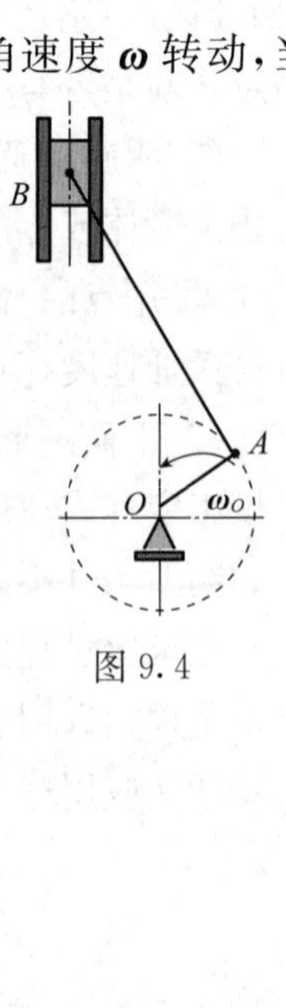

图 9.4

求：(1)滑块的速度 v_B。

(2)连杆 AB 的角速度 ω_{AB}。

(3)连杆 AB 中点 C 的速度。

思路：

(1)分析运动。

(2)通过关联点寻找已知与未知的关系。

(3)通过定理解决问题。

解：(1)基点法(图 9.5)。

①选择基点：A(速度已知)，$v_A=r\omega$。

②建立平移系 $x'Ay'$。

③将滑块沿铅垂方向的运动(绝对运动)分解为跟随基点的平移-牵连运动;以 A 点为圆心、AB 为半径的圆周运动-相对运动。

④应用速度合成定理:

$$\boldsymbol{v}_B=\boldsymbol{v}_A+\boldsymbol{v}_{BA}$$

由平行四边形得到:

滑块的速度:

$$v_B=\frac{v_A}{\cos\alpha}=\frac{r\omega_0}{\cos\alpha}$$

连杆的瞬时角速度:

$$\omega_{AB}=\frac{v_{AB}}{l}=\frac{v_A\tan\alpha}{l}=\frac{r\omega_0}{l}\tan\alpha$$

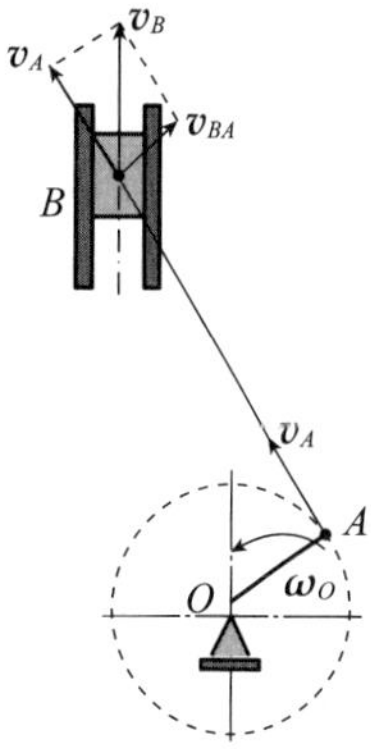

图 9.5

再求连杆 AB 中点 C 的速度 v_C。

仍选 A 为基点:

$$\boldsymbol{v}_C=\boldsymbol{v}_A+\boldsymbol{v}_{CA}$$

$$v_C=\sqrt{v_A^2+v_{CA}^2}=\sqrt{(r\omega_O)^2+\left(\frac{r}{2}\omega_O\right)^2}=\frac{\sqrt{5}}{2}r\omega_O$$

$$\tan\beta=\frac{v_A}{v_{CA}}=2$$

(2)速度投影法(图 9.5)。

B 点的速度方向已知,求 B 点的速度大小用速度投影定理。

$$v_A=v_B\cos\alpha$$

$$v_B=\frac{v_A}{\cos\alpha}=\sqrt{2}\,r\omega_O$$

【例 9-3】 已知:半径为 R 的圆轮在直线轨道上做纯滚动,轮心速度为 v_O(图 9.6)。求轮缘上 A、B、C、D 四点的速度。

解: 如图 9.7 所示,圆轮与地面接触点 A,由于没有相对滑动,因而在这一瞬时,A 点的速度 $v_A=0$。A 点即为速度瞬心 I。假设这一瞬时的角速度为 ω。

由 $v_O=R\omega$ 得 $\omega=\dfrac{v_O}{R}$。

$$v_A=0,v_B=\sqrt{2}\,v_O$$

$$v_C=2v_O,v_D=\sqrt{2}\,v_O$$

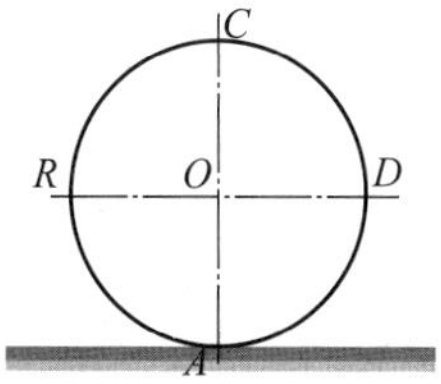

图 9.6

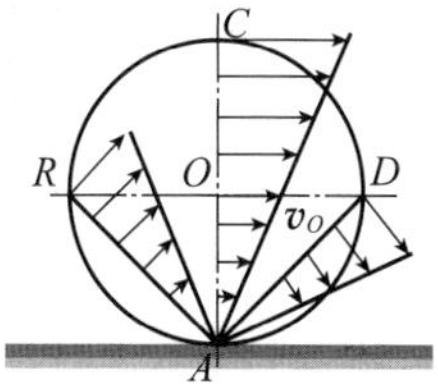

图 9.7

【例 9-4】 在曲柄连杆机构中，曲柄 OA 长 r，连杆 AB 长 l，曲柄以匀角速度 $\boldsymbol{\omega}$ 转动，当 OA 与水平线的夹角 $\alpha=45°$时，OA 正好与 AB 垂直(图 9.8)。试用瞬心法求此瞬时 AB 杆的角速度和滑块 B 的速度。

解：运动分析：连杆 AB 在图示瞬时的速度瞬心为 I，连杆在这瞬时的角速度为 ω_{AB}。

$$v_B=BI\cdot\omega_{AB}$$

$$\begin{cases}v_A=r\omega\\ v_A=AI\cdot\omega_{AB}\end{cases}$$

$$AI\cdot\omega_{AB}=r\omega,\omega_{AB}=\frac{r\omega}{AI}$$

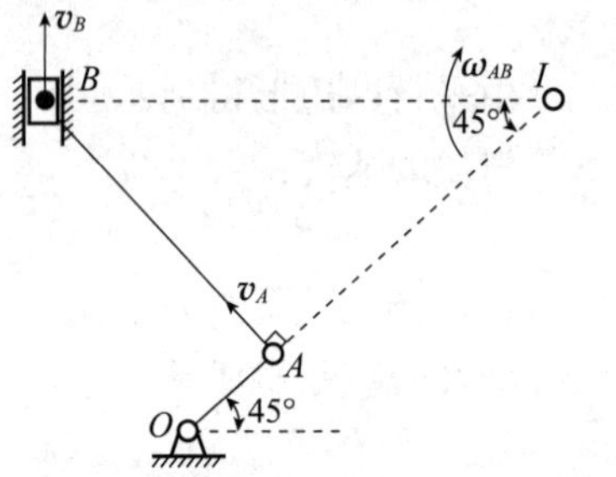

图 9.8

由图的几何关系：

$$AI=l,BI=\sqrt{2}l$$

$$v_B=\sqrt{2}r\omega,$$

$$\omega_{AB}=\frac{r}{l}\omega$$

$\boldsymbol{v}_B$ 的方向和$\boldsymbol{\omega}_{AB}$的转向如图 9.8 所示。

【例 9-5】 平面四连杆机构 $ABCD$ 的尺寸和位置如图 9.9 所示。已知杆 AB 以匀角速度 $\omega=2$ rad/s绕 A 轴转动，求 C 点的加速度。

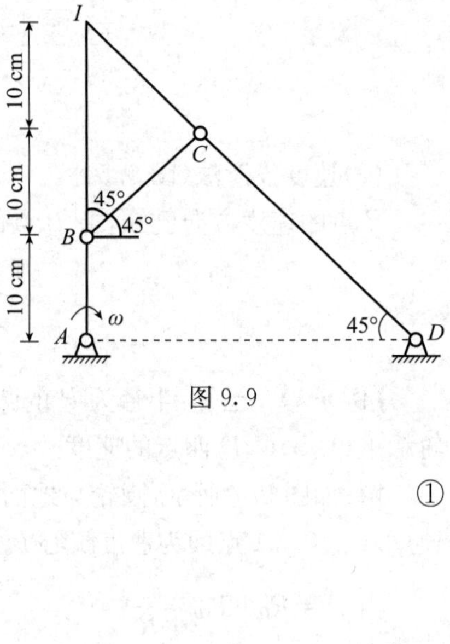

图 9.9

解：(1) $v_B=AB\cdot\omega=20$ cm/s。BC 做平面运动，速度瞬心为 I，则

$$\omega_{BC}=\frac{v_B}{IB}=\frac{20}{20}=1\text{ rad/s}$$

$$v_C=\omega_{BC}\cdot IC=1\times10\sqrt{2}=10\sqrt{2}\text{ cm/s}$$

$$\omega_{CD}=\frac{v_C}{CD}=\frac{10\sqrt{2}}{20\sqrt{2}}=0.5\text{ rad/s}$$

(2)以 B 点为基点，则 $\boldsymbol{a}_C^\tau+\boldsymbol{a}_C^n=\boldsymbol{a}_B+\boldsymbol{a}_{CB}^\tau+\boldsymbol{a}_{CB}^n$ ①

其中：$a_B=\omega^2\cdot AB=40\text{ cm/s}^2$

$a_{CB}^n=\omega_{BC}^2\cdot BC=10\sqrt{2}\text{ cm/s}^2$

$a_C^n=\omega_{CD}^2\cdot CD=5\sqrt{2}\text{ cm/s}^2$

将式①向 BC 轴投影，得

$$a_C^\tau=-a_B\sin45°-a_{CB}^n\Rightarrow a_C^\tau=-30\sqrt{2}\text{ cm/s}^2$$

所以

$$a_C=\sqrt{(a_C^\tau)^2+(a_C^n)^2}=43\text{ cm/s}^2$$

本章小结

(1)刚体在运动过程中，刚体上任一点离某一固定平面的距离始终保持不变的运动，称为刚体的平面运动。

(2)求平面图形上各点速度的方法：

①基点法。

②速度投影法。

③速度瞬心法。

(3)求平面图形上各点加速度的基点法：

平面图形上基点 O 与动点 M 的加速度关系为 $\boldsymbol{a}_M=\boldsymbol{a}_{O'}+\boldsymbol{a}_{MO'}^{\tau}+\boldsymbol{a}_{MO'}^{n}$。

思考题

1. 刚体的平面运动可以分解为平动和转动，那么刚体的定轴转动是不是平面运动的特殊情况？刚体的平动是否一定是平面运动的特殊情况？

2. 平面运动构件上任意一点的速度有几种求法？哪种方法是最基本的方法？三种方法的本质是什么？哪些方法可以求图形的 ω？

3. 刚体的平动和刚体的瞬时平动有何异同？平面运动刚体绕瞬心的转动和刚体绕定轴转动又有何异同？

4. 平面运动刚体速度瞬心的速度为零，加速度又等于速度对时间的一阶导数，所以速度瞬心的加速度也为零。这种说法对吗？为什么？

5. 试证：当 $\omega=0$ 时，平面图形上两点的加速度在此两点连线上的投影相等。

6. 请对下列两机构的速度分析图(图 9.10)做是非判断，并纠正错误之处。图(a)中，点 C 表示杆 BD 的速度瞬心。

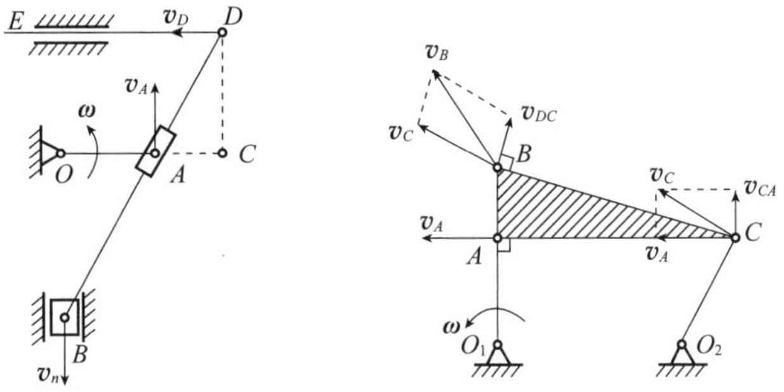

(a)　(b)

图 9.10

7. 设 $\boldsymbol{v}_A$ 和 $\boldsymbol{v}_B$ 是平面图形内的两点速度，试判别图 9.11 所示的三种情况中，哪种是可能的？

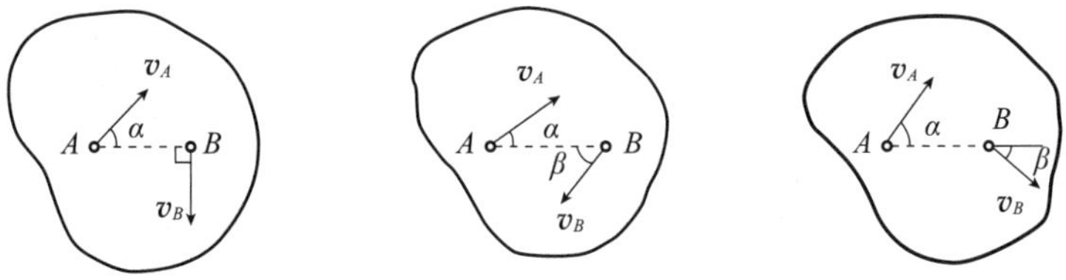

(a)　(b)　(c)

图 9.11

习　题

9-1　轮 O 沿固定面做无滑动滚动，其 $\boldsymbol{\omega}$、$\boldsymbol{\varepsilon}$ 如图 9.12 所示，试计算下列三种情况中轮心的加速度。

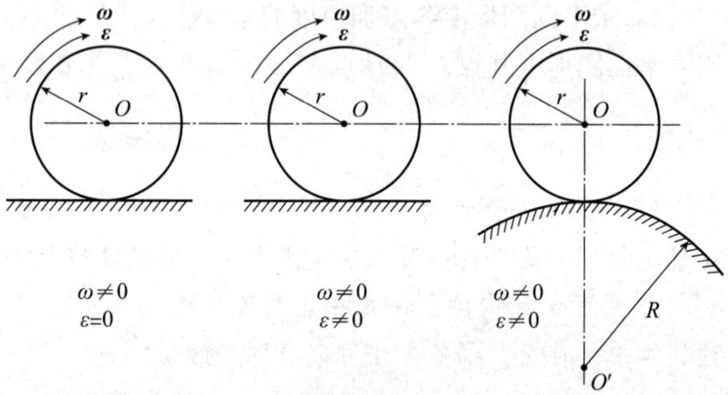

图 9.12

9-2　在如图 9.13 所示的平面机构中，$AB=BD=DE=l=300$ mm。在图示位置时，$BD/\!/AE$，杆 AB 的角速度为 $\omega=5$ rad/s。试求此瞬时杆 DE 的角速度。

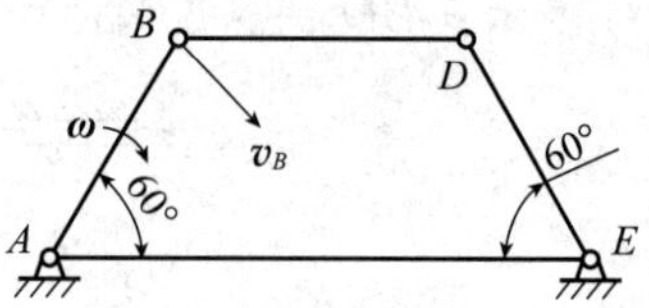

图 9.13

9-3　如图 9.14 所示滚压机构的滚子沿水平方向做无滑动的滚动。已知曲柄 OA 长 15 cm，绕 O 轴的转速 $n=60$ r/min；滚子的半径 $R=15$ cm。求当曲柄与水平面的夹角为 $60°$，且曲柄与连杆 AB 垂直时，滚子的角速度和滚子前进的速度。

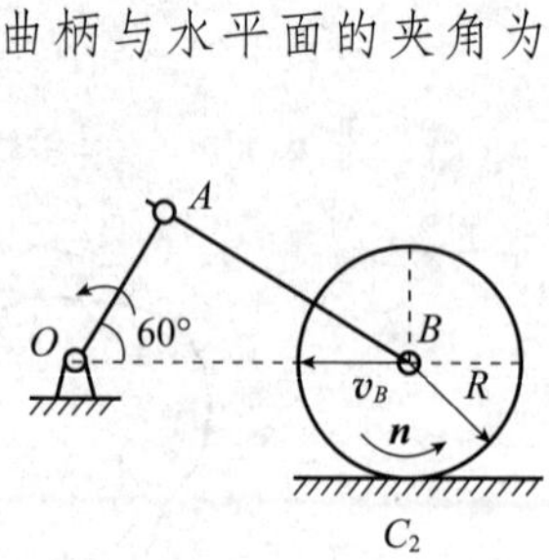

图 9.14

9-4　在图 9.15 所示机构中，曲柄 $OA=r$，以角速度 $\omega=4$ rad/s 绕 O 轴转动。$O_1C\parallel O_2D$，$O_1C=O_2D=r$，求杆 O_1C 的角速度。

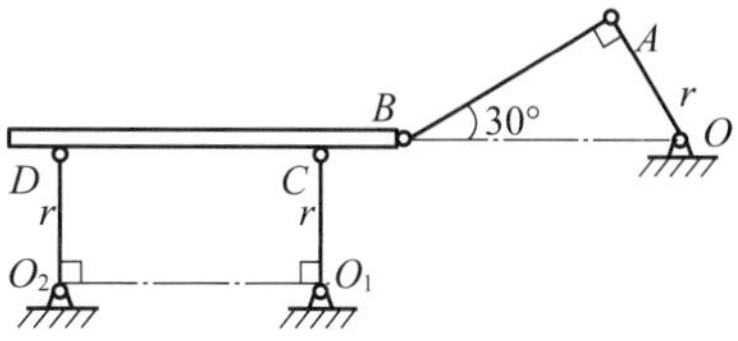

图 9.15

9-5　已知图 9.16 所示机构滑块 B，沿水平方向按规律 $S_B=0.01t^2+0.18t$ 移动，通过连杆 AB 带动半径 $R=0.1$ m 的轮子沿水平方向只滚不滑。求当 $t=1$ s 时，点 A 和点 C 在图示位置的速度和加速度。

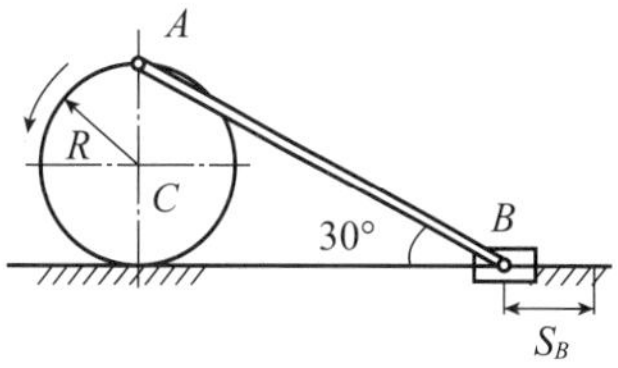

图 9.16

9-6　曲柄 OA(图 9.17)$=17$ cm，绕定轴 O 转动的角速度 $\omega_{OA}=12$ rad/s，$AB=12$ cm，$BD=44$ cm，滑块 C、D 分别沿着铅垂与水平滑道运动，在图示瞬时 OA 铅垂，求滑块 C 与 D 的速度。

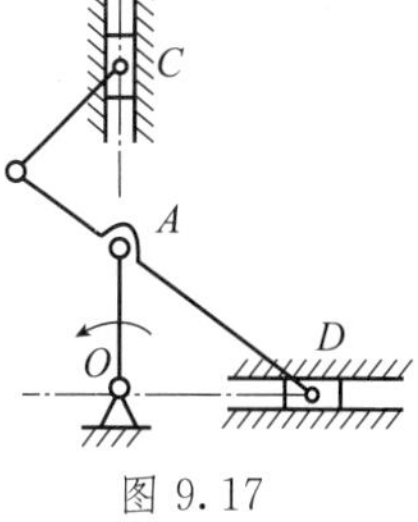

图 9.17

第三篇

动力学

引言

动力学(dynamics)是经典力学的一个分支,主要研究运动的变化与造成这种变化的各种因素。换句话说,动力学主要研究的是力对于物体运动的影响。更确切地说,动力学研究由于力的作用,物理系统怎样随着时间的演进而改变。动力学的基础定律是艾萨克·牛顿提出的牛顿运动定律。对于任意物理系统,只要知道其作用力的性质,引用牛顿运动定律,就可以研究该作用力对该物理系统的影响。自20世纪以来,动力学又常被人们理解为侧重于工程技术应用方面的一个力学分支,机器和机械设计中的均衡问题、振动问题、动反力问题等,均属于动力学问题;在土建水利工程的结构设计中,也愈来愈多需要考虑动力学方面的问题,如动力载荷的作用、振动、抗震、抗风设计等;在很多尖端科学技术中,如人造地球卫星和宇宙火箭发射与运行等,更包含着许多动力学问题。

动力学普遍定理以简明的数学公式,表明两类之间的关系:一类是与运动特征相关的量,如动量、动量矩、动能等;一类是与力相关的量,如冲量、力矩、功等。运动学普遍定理包括动量定理、动量矩定理及动能定理。

第 10 章　质点动力学基础

[教学提示]

本章介绍动力学的基础知识，即以牛顿第二定律为基础的质点动力学基础方程，由于加速度可用微分形式表达，故又称为质点的运动微分方程。本章重点讨论了如何建立质点的运动微分方程，并用以解决质点动力学的两类问题。

[教学要求]

通过本章的学习，要求学生着重掌握和理解基本概念和牛顿三定律的内容及物理意义，能正确应用质点运动微分方程求解质点动力学的两类问题。

10.1　惯性坐标系定义

为了描述一物体运动情况，需把物体放在一个坐标系内，适用于牛顿定律的坐标系称为惯性系。在绝大多数工程中，可取固结于地球的坐标系为惯性坐标系，但是对于某些必须考虑地球自转的影响问题(如落体对铅球垂线的偏离等)才选取以地心为原点，而三个坐标轴指向三个恒星的坐标系为惯性坐标系。在以后的章节中，如果没有特殊说明，所有运动均在惯性坐标系内。

动量定理、动量矩定理及动能定理，这些定理将在下面的几章中依次讲解。

10.2　质点运动微分方程

设有一质点 z，质量为 m，作用于该质点的所有的力合成为 $\boldsymbol{F}=\sum\boldsymbol{F}_i$，如图 10.1 所示。令质点的加速度为 $\boldsymbol{a}$，则有

$$m\boldsymbol{a}=\boldsymbol{F} \tag{10-1}$$

由运动学知，当用质点 M 对坐标原点 O 的矢径 $\boldsymbol{r}$ 来表明它的位置时，质点加速度 $\boldsymbol{a}$ 是

$$\boldsymbol{a}=\frac{\mathrm{d}\boldsymbol{v}}{\mathrm{d}t}=\frac{\mathrm{d}^2\boldsymbol{r}}{\mathrm{d}t^2}$$

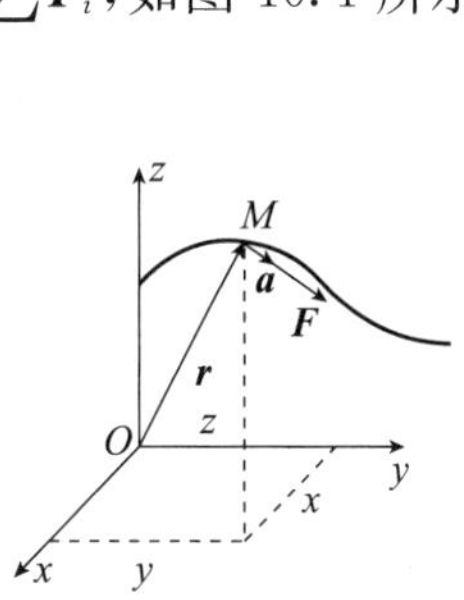

图 10.1

其中 $\boldsymbol{v}$ 是质点的速度。于是方程可以改写为

$$m\frac{\mathrm{d}\boldsymbol{v}}{\mathrm{d}t}=\boldsymbol{F} \text{ 或 } m\frac{\mathrm{d}^2\boldsymbol{r}}{\mathrm{d}t^2}=\boldsymbol{r} \tag{10-2}$$

这就是矢量形式的质点运动微分方程。过原点 O 取直角坐标系 $Oxyz$，将方程投影到各坐标轴上，就得到了直角坐标形式的质点运动微分方程：

$$m\frac{\mathrm{d}^2x}{\mathrm{d}t^2}=F_x,\quad m\frac{\mathrm{d}^2y}{\mathrm{d}t^2}=F_y,\quad m\frac{\mathrm{d}^2z}{\mathrm{d}t^2}=F_z \tag{10-3}$$

其中 F_x、F_y、F_z 分别为作用于质点的各力在 x、y、z 轴上的投影之和。

如果质点做平面曲线运动,取运动平面为 $Oxyz$ 平面,则方程成为

$$m\frac{\mathrm{d}^2x}{\mathrm{d}t^2}=F_x,\quad m\frac{\mathrm{d}^2y}{\mathrm{d}t^2}=F_y,\quad F_z=0 \tag{10-4}$$

如果质点做直线运动,取运动直线为 x 轴,则方程成为

$$m\frac{\mathrm{d}^2x}{\mathrm{d}t^2}=F_x,\quad F_y=0,\qquad F_z=0 \tag{10-5}$$

设已知质点的运动轨迹曲线,以轨迹曲线在质点所在处的切线 τ(指向曲线正方向)、法线(指向曲率中心)n 及垂直于 τ 和 n 的 b 为自然坐标轴,如图 10.2(a)所示。将方程投影到自然坐标轴上,有

$$ma_\tau=F_\tau,\quad ma_n=F_n,\quad ma_b=F_b$$

由于

$$a_\tau=\frac{\mathrm{d}^2s}{\mathrm{d}t^2},\quad a_n=\frac{v^2}{\rho}$$

而加速度在 b 方向上的投影 $a_b=0$,于是

$$m\frac{\mathrm{d}^2s}{\mathrm{d}t^2}=F_\tau,\quad m\frac{v^2}{\rho}=F_n,\quad F_b=0 \tag{10-6}$$

这就是自然坐标轴形式的质点运动微分方程。

当质点做平面曲线运动时,如采用极坐标表示法,如图 10.2(b)所示,则质点的加速度为

$$a=(\ddot{\rho}-\rho\dot{\varphi}^2)\rho_0+(\dot{\rho}\dot{\varphi}+2\dot{\rho}\dot{\varphi})\varphi_0$$

于是将方程两边投影到 ρ_0 及 φ_0 方向,就得到

$$m(\ddot{\rho}-\rho\dot{\varphi}^2)F_\rho,\quad m(\rho\ddot{\varphi}+2\dot{\rho}\dot{\varphi})=F_\varphi$$

自然,所有的力垂直于曲线平面方向如 z 轴上的投影之和必须等于零,即 $F_z=0$。

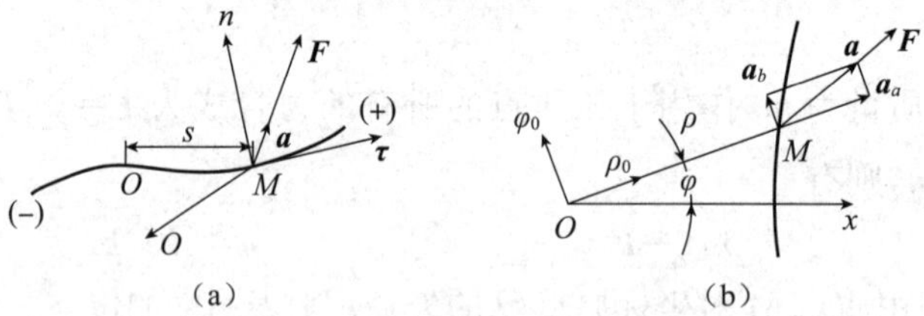

图 10.2

10.3 质点动力学的两类问题

质点动力学的问题基本可以分为两类:

(1)设已知质点的运动规律,需求质点所受的力,则不难用微分方程解答。

(2)设已知作用于质点的力,需求质点的力可能是时间、质点的位置坐标、速度的函数。只有当函数关系较简单时,才能求得微分方程的精确解;如果函数关系复杂,求解将非常困

难,有时只能满足于求出近似解。此外,求解微分方程时将出现积分常数,这些积分常数需根据已知的初始条件确定。

【例 10-1】 质量为 M 的小球在水平面内运动,如图 10.3 所示,运动轨迹为一椭圆,已知其直角坐标系形式的运动方程:

$$\begin{cases} x=a\cos\omega t \\ y=b\sin\omega t \end{cases}$$

求作用在小球上的力。

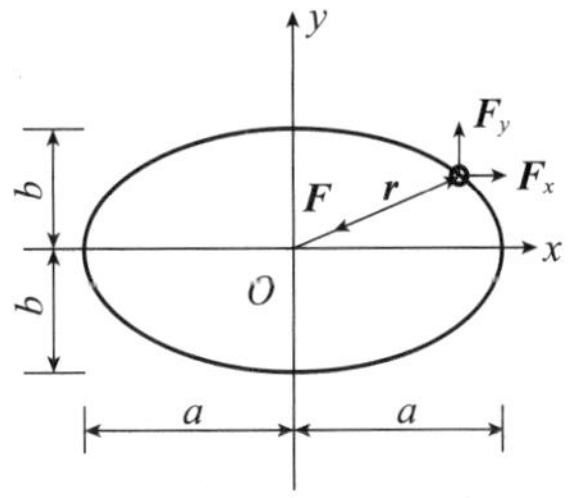

图 10.3

解:本题为第一类问题,即已知运动求力。取小球为研究对象,进行受力分析。小球所受的力 $\boldsymbol{F}$ 是未知的,可假设它沿着 x、y 坐标轴的两个分量为 $\boldsymbol{F}_x$ 和 $\boldsymbol{F}_y$。将小球的运动方程对时间 t 求二阶导数,得

$$\begin{cases} \ddot{x}=-a\omega^2\cos\omega t \\ \ddot{y}=-b\omega^2\sin\omega t \end{cases}$$

代入直角坐标形式的运动微分方程,有

$$\begin{cases} M\ddot{x}=-Ma\omega^2\cos\omega t=F_x \\ M\ddot{y}=-Mb\omega^2\sin\omega t=F_y \end{cases}$$

求出作用在小球上的力在坐标轴上的投影,就能写出力的解析式:

$$F=(-Ma\omega^2\cos\omega t)\boldsymbol{i}+(-Mb\omega^2\sin\omega t)\boldsymbol{j}=-M\omega^2[(a\cos\omega t)\boldsymbol{i}+(b\sin\omega t)\boldsymbol{j}]=-M\omega^2\boldsymbol{r}$$

其中 $\boldsymbol{r}$ 为小球所在位置的矢径 $\boldsymbol{r}=x\boldsymbol{i}+y\boldsymbol{i}=(a\cos\omega t)\boldsymbol{i}+(b\sin\omega t)\boldsymbol{j}$,由此可知,力 $\boldsymbol{F}$ 与 $\boldsymbol{r}$ 共线、反向,其大小正比于 r 的模。

【例 10-2】 如图 10.4 所示,质量为 m 的矿石 M,从水面静止开始沉降,已知水的阻力为 $F_R=-\mu v$,其中比例系数 μ 是与矿石形状、横截面尺寸、介质密度有关的常数。求矿石的运动规律。

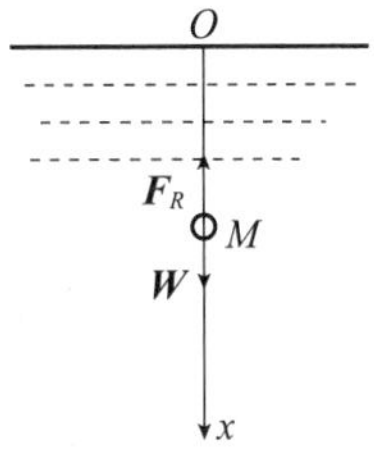

图 10.4

解:已知力求运动,是第二类问题。取矿石为研究对象,矿石上受有重力 $\boldsymbol{W}$ 和阻力 $\boldsymbol{F}_R$。矿石做匀变速直线运动,取水面为坐标原点,x 轴铅直向下。

矿石运动的初始状态是,在 $t=0$ 时,$x_0=0$,$v_0=0$. 矿石运动微分方程为

$$m\ddot{x}=W-F_R$$

$$\frac{\mathrm{d}v}{\mathrm{d}t}=g-\frac{\mu}{m}v$$

为简便起见,令 $a=\dfrac{\mu}{m}$,有

$$\int_0^v \frac{\mathrm{d}v}{g-av}=\int_0^t \mathrm{d}t$$

$$-\frac{1}{a}\ln(g-av)\Big|_0^v=t$$

$$v=\frac{g}{a}(1-\mathrm{e}^{-at})$$

当 $t\to\infty$ 时，$e^{-at}\to 0$，于是得到矿石下降的最大速度为

$$v_{\max}=\frac{g}{a}=\frac{mg}{\mu}$$

矿石的运动微分方程为

$$x=\frac{g}{a}t-\frac{g}{a^2}(1-e^{-at})=\frac{mg}{\mu}t-\frac{m^2g}{\mu^2}(1-e^{-\frac{\mu}{m}})$$

本章小结

本章是动力学的基础，要点如下：

动力学主要研究运动的变化与造成这种变化的各种因素，且要熟悉两种基本问题：一是已知质点的运动规律，需求质点所受的力，则不难用微分方程解答；二是已知作用于质点的力，需求质点的力可能是时间、质点的位置坐标、速度的函数。

思考题

1. 静力学与动力学的研究内容是什么？
2. 什么叫惯性坐标系？
3. 推导直角坐标形式的质点运动微分方程。
4. 质点动力学问题可分为哪两类？
5. 动力学建模方法的关键问题是什么？建模步骤有哪些？

习　题

10-1　物块 A 和 B 彼此用弹簧连接，其质量分别为 20 kg 和 40 kg，如图 10.5 所示。已知物块 A 在铅锤方向做自由震动，其振幅 $A=10$ mm，周期函数 $T=0.25$ s。试求此系统对支承面 CD 的最大压力和最小压力。

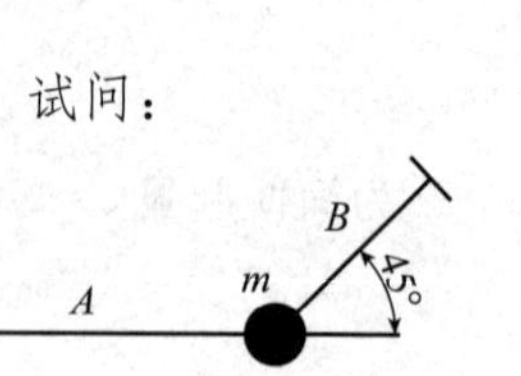

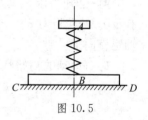

图 10.5

10-2　如图 10.6 所示，用两绳悬挂的质量为 m 的小球处于静止。试问：

(1)两绳中的张力各为多少？

(2)若将绳 A 剪断，则绳 B 在瞬间的张力又等于多少？

图 10.6

10-3　列车以 36 km/h 的速度在水平直线轨道上行驶。设制动时列车每吨质量受的阻力为 2940 N，问列车开始制动后在多少时间内，并经过多大距离才停止？

10-4　重为 $\boldsymbol{P}$ 的物体以初速 φ 铅锤上抛，如空气阻力与物体速度的平方成正比，且比例系数为 μ。求物体落回地面时的速度。

第 11 章　动量定理

[教学提示]

动力学普遍定理以简明的数学公式，表明两类量之间的关系，一类是与运动特征相关的量，如动量、动量矩、动能等；一类是与力相关的量，如冲量、力矩、功等。在一定条件下，用这些量求解问题非常方便简捷。从形式上看，这些定理都是从运动微分方程推导得来的，只不过是应用时避免了许多重复的数学推演。但是，应当指出，有的定理实际上是作为独立的基本定律而存在，有的定理早在牛顿之前就已建立。另外，所有定理中的那些量都有深刻的物理意义，了解这些物理意义，将使我们对机械运动有更深入的认识。

[教学要求]

通过本章的学习，要求学生着重掌握质点系动量定理、动量守恒定理和质心运动定理的内容、意义及应用。

11.1　质点系动量定理

设有 n 个质点组成的质点系，取其中一质点 M_i 来考察，令质点 M_i 的质量 m_i、速度 $\boldsymbol{v}_i$，作用于质点 M_i 的所有力的合力为 $\boldsymbol{F}_i$，则有

$$\frac{\mathrm{d}m_i\boldsymbol{v}_i}{\mathrm{d}t}=\boldsymbol{F}_i \tag{11-1}$$

应当注意在所有作用于质点 M_i 的那些力中，既有所考察的质点系内其他质点对该质点 M_i 的作用力，也有质点系之外的物体对质点 M_i 的力。

以后，我们把所考察的质点系内各质点之间相互作用的力称为内力，所考察的质点系之外的物体作用于该质点的力称为外力。

必须指出，内力与外力的区分是相对的。随着所取的考察对象不同，同一个力可能是内力，也可能是外力。例如，将一列火车作为考察对象，则机车与第一节车厢之间相互的作用力为内力，但如将机车与车厢分为两个质点来考虑，它们之间相互作用的力就为外力。

内力既然是质点之间相互作用的力，根据反作用定律，这些力必然成对出现，而且每一对都是大小相等、方向相反而且作用线相同。因此，对整个质点系来说，内力系的主矢量以及对任一点的主矩都等于零，或者说，内力系所有各力的矢量和等于零，内力系对任一点或任一轴的矩之和也等于零。

用 $\boldsymbol{F}_i^{\mathrm{e}}$ 和 $\boldsymbol{F}_i^{\mathrm{i}}$ 分别表示作用于质点 M_i 上外力的合力与内力的合力，则 $\boldsymbol{F}_i=\boldsymbol{F}_i^{\mathrm{e}}+\boldsymbol{F}_i^{\mathrm{i}}$，代入方程(11-1)后得

$$\frac{\mathrm{d}m_i\boldsymbol{v}_i}{\mathrm{d}t}=\boldsymbol{F}_i^{\mathrm{e}}+\boldsymbol{F}_i^{\mathrm{i}} \tag{11-2}$$

对质点系中每一个质点写出这样一个方程，共有 n 个方程相加，即得

$$\sum\frac{\mathrm{d}m_i\boldsymbol{v}_i}{\mathrm{d}t}=\boldsymbol{F}_i^e+\boldsymbol{F}_i^i \tag{11-3}$$

根据矢量运算法则

$$\sum\frac{\mathrm{d}m_i\boldsymbol{v}_i}{\mathrm{d}t}=\frac{\mathrm{d}}{\mathrm{d}t}\sum m_i\boldsymbol{v}_i \tag{11-4}$$

而 $\sum m_i\boldsymbol{v}_i$ 是质点系各质点的动量之和，称为质点系的动量，用 $\boldsymbol{P}$ 表示，即

$$\boldsymbol{P}=\sum m_i\boldsymbol{v}_i \tag{11-5}$$

方程的右边第一项 $\sum\boldsymbol{F}_i^e$ 为作用于质点系外力的矢量和，第二项 $\sum\boldsymbol{F}_i^i$ 为作用于质点系的内力矢量和。

【例 11-1】 小车质量为 $m_1=100$ kg，在光滑水平直线轨道上以 $v_1=1$ m/s 的速度匀速运动。现有一质量为 $m_2=50$ kg 的人从高处跳到车上，其速度大小为 $v_2=2$ m/s，方向与水平线成 60°角，如图 11.1 所示。求在人跳上车后车的速度。如果该人又从车上向后跳下，跳离车时，相对于车子的速度 $v_r=1$ m/s，方向与水平线成 30°角。求在人跳离后车子的速度。

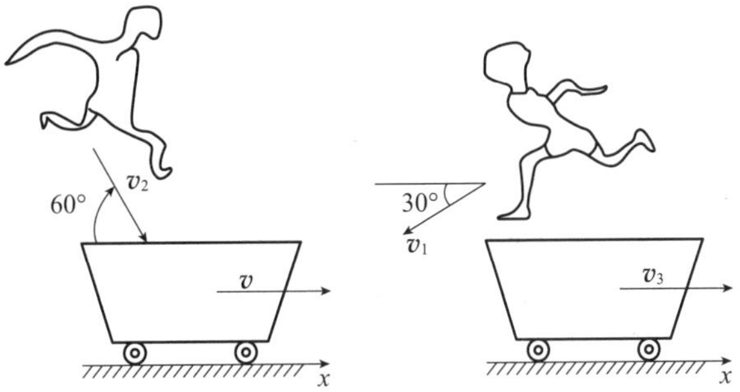

图 11.1

解：取人和车作为研究的质点系，则人和车之间的作用力为内力，不能改变质点系的动量。而外力如重力、轨道的约束力都沿铅垂方向，它们在水平轴上的投影代数和为零，因此质点系的动量在水平轴上投影的代数和守恒。

建立直角坐标系，人跳上车子之前，质点系的动量在 x 轴上的投影为

$$P_x=m_1v_1+m_2v_2\cos60°$$

人跳上车后，质点系的动量在 x 轴上的投影为

$$P_x=(m_1+m_2)v$$

其中 v 是人跳上车后，与车一起运动的速度。

根据动量守恒定理：

$$m_1v_1+m_2v_2\cos60°=(m_1+m_2)v$$

代入数据：

$$v=1\ \mathrm{m/s}$$

即人跳上车后，车子的速度恰好仍为 1 m/s。

当人又从车上跳下来，人和车组成的质点系的动量在 x 轴上的投影仍旧守恒。起跳前，质点系的动量在 x 轴上的投影为

$$P_x=(m_1+m_2)v$$

起跳后，由于人力的作用使车子的速度变为 v_3，人相对地球的速度在 x 轴上的投影为

$$v_3-v_r\cos30°$$

根据动量守恒定理：

$$(m_1+m_2)v=m_1v_3+m_2(v_3-v_r\cos30°)$$

代入数据：

$$v_3=\frac{150+25\sqrt{3}}{150}=1.29\ \text{m/s}$$

【例 11-2】 桩锤的锤头 A 的质量 $m=30$ kg，从高度 $h=1.5$ m 处自由落下，击桩后与桩一起运动，经过时间 $\tau=0.02$ s 后停止，求锤头对桩的平均打击力。

解：取锤头 A 为研究对象。在锤头 A 击到桩与锤头一起下沉终了的过程，作用在锤头上的力有重力 $\boldsymbol{G}$，击桩后的反力 $\boldsymbol{F}_N$。锤头在击桩前为自由落体运动，由运动学的分析可知，自由下落的高度 h 与时间 t 之间的关系为

$$t=\sqrt{\frac{2h}{g}}$$

锤头击桩后受重力 $\boldsymbol{G}$ 和反力 $\boldsymbol{F}_N$ 的作用，做减速运动，经过时间 τ 后停止。于是该过程的总计时间为

$$T=t+\tau=\sqrt{\frac{2h}{g}}+\tau$$

由于问题涉及速度、时间、力之间的关系，且初始及末了瞬时的运动情况是明确的，故可应用积分形式的动量定理求解。设始、末两个基本点瞬时的速度为零，即

$$mv=0,\quad mv_0=0$$

在运动过程中，始终有重力的作用，重力 $\boldsymbol{G}$ 的冲量大小为 $mg(t+\tau)$，方向是铅直向下。锤头与桩接触时产生接触反力 $\boldsymbol{F}_N(t)$，该力的冲量为 $\int_0^x \boldsymbol{F}_N(t)\mathrm{d}t$ 。由于 $\boldsymbol{F}_N(t)$随时间的变化规律是未知的，这里只求其平均反力：

$$\boldsymbol{F}_N^*=\frac{\int_0^x \boldsymbol{F}_N(t)\mathrm{d}t}{\tau}$$

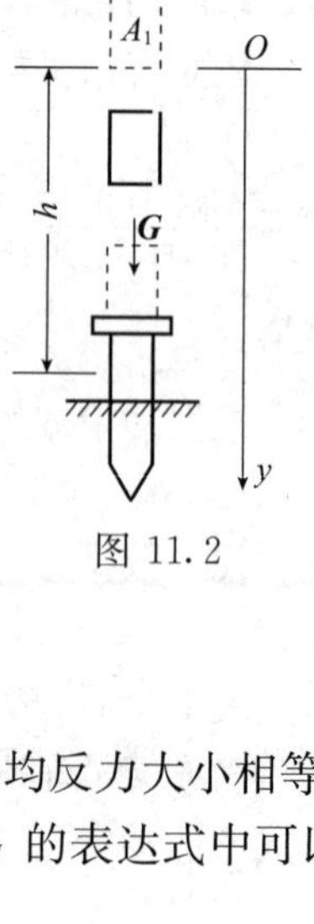

图 11.2

这样，撞击反力的冲量就可以用平均反力表示为 $\boldsymbol{F}_N^*\tau$，方向是铅直向上。建立直角坐标轴，如图 11.2 所示，得到方程：

$$0=\sum I_y=mg(t+\tau)-F_N^*\tau$$

代入数据，得

$$F_N^*=\frac{1}{\tau}[mg(t+\tau)]=\frac{1}{\tau}\left[mg\left(\sqrt{\frac{2h}{g}}+\tau\right)\right]$$

代入数据，得

$$F_N^*=8427\ \text{kg}$$

根据作用力与反作用力定律，锤头对桩的平均撞击力与上面求出的平均反力大小相等、方向相反，作用在桩上。这个平均撞击力是锤头重力的 29 倍。从前面 F_N^* 的表达式中可以

看出，产生这样大的打击力，是由击桩的时间很短所致，用撞击获得巨大的力，这种现象被广泛地应用于生产和生活之中。

11.2　质量中心、质心运动定理

质点系的运动不仅与作用在质点系上的力及各质点的质量大小有关，而且与质量的分布情况有关。质量中心就是表征质点系质量分布情况的概念之一。

设有 n 个质点 $M_1, M_2, \cdots, M_n$ 组成的质点系，各质点的质量分别为 $m_1, m_2, \cdots, m_n$，各质点质量之和 $\sum m_i = m$ 就是质点系的质量。取固定点 O，设任一质点 M_i 对 O 点的矢径为 $\boldsymbol{r}_i$，则有下列公式：

$$\boldsymbol{r}_C = \frac{\sum m_i \boldsymbol{r}_i}{m} \quad 或 \quad m\boldsymbol{r}_C = \sum m_i \boldsymbol{r}_i \tag{11-6}$$

确定的一点 C 称为质点系的质量中心，简称质心，又称惯性中心。

过 O 点取直角坐标系坐标 O_{xyz}，命 M_i 的坐标为 (x_i, y_i, z_i)，则质心的位置坐标可由下式决定：

$$x_C = \frac{\sum m_i x_i}{m} \quad 或 \quad y_C = \frac{\sum m_i y_i}{m} \quad 或 \quad z_C = \frac{\sum m_i z_i}{m} \tag{11-7}$$

如质点系在地面附近，即在重力场内，设 $\boldsymbol{P}_i$ 及 $\boldsymbol{P}$ 分别是质点 M_i 及整个质点系的重力，则有

$$m_i = \frac{P_i}{g}, \quad m = \frac{P}{g}$$

而质心坐标公式成为

$$x_C = \frac{\sum P_i x_i}{P}, \quad y_C = \frac{\sum P_i y_i}{P}, \quad z_C = \frac{\sum P_i z_i}{P}$$

这就是质心位置的坐标公式。可见，在重力场内，质点系的质心与重心相重合。但应注意，质心与重心是两个不同的概念，质心完全取决于质点系各质点的质量的大小及其分布情况，不论质点系在宇宙空间什么位置它都存在，而重心只是当质点系位于重力场中时才存在，所以质心比重心更具广泛意义。

将式(11-6)两边对时间 t 求导，得

$$m\frac{\mathrm{d}\boldsymbol{r}_C}{\mathrm{d}t} = \frac{\mathrm{d}}{\mathrm{d}t}\sum m_i \boldsymbol{r}_i = \sum m_i \frac{\mathrm{d}\boldsymbol{r}_C}{\mathrm{d}t}$$

因 $\frac{\mathrm{d}\boldsymbol{r}_C}{\mathrm{d}t} = \boldsymbol{v}_C$ 是质点系质心的速度，而 $\frac{\mathrm{d}\boldsymbol{r}_i}{\mathrm{d}t} = \boldsymbol{v}_i$ 是质点 M_i 的速度，所以

$$m\boldsymbol{v}_C = \sum m_i \boldsymbol{v}_C = \boldsymbol{I} \tag{11-8}$$

可见，质点系的质量与质心加速度的乘积就等于质点系的动量。该式为计算质点系，特别是为计算刚体的动量提供可简捷的方法。将上式代入质点系动量定理的表达式，得到

$$\frac{\mathrm{d}(m\boldsymbol{v}_C)}{\mathrm{d}t} = \sum \boldsymbol{F}_i^{\mathrm{e}}$$

即

$$m\frac{\mathrm{d}\boldsymbol{v}_C}{\mathrm{d}t}=\sum\boldsymbol{F}_i^{\mathrm{e}}\quad 或\quad m\frac{\mathrm{d}^2\boldsymbol{v}_C}{\mathrm{d}t^2}=\sum\boldsymbol{F}_i^{\mathrm{e}}\tag{11-9}$$

上式表明,质点系的质量与质心加速度的乘积等于作用于质点系上的外力的矢量和。

将上式投影到固定直角坐标轴 x、y、z 上,可得

$$m\frac{\mathrm{d}^2x_C}{\mathrm{d}t^2}=\sum F_{ix}^{\mathrm{e}},\quad m\frac{\mathrm{d}^2y_C}{\mathrm{d}t^2}=\sum F_{iy}^{\mathrm{e}},\quad m\frac{\mathrm{d}^2z_C}{\mathrm{d}t^2}=\sum F_{iz}^{\mathrm{e}}\tag{11-10}$$

以上两组方程就是质心的运动微分方程。与质点运动微分方程比较,可见质点系质心的运动与单个质点的运动相同,这个质点的质量等于质点系的质量,而且在这个质点上作用着所有作用于质点系的外力。这就是质心运动定理。

在式(11-9)中,设 $\sum F_i^{\mathrm{e}}=0$,即质点系不受外力,或作用于质点系的外力的矢量和等于零,则 $v_C=$常量,即质心处于静止(原来处于静止状态)或做匀速直线运动状态(原做匀速直线运动)。在式(11-10)中,设 $\sum F_{ix}^{\mathrm{e}}=0$,即作用于质点系的外力在 x 轴上的投影代数和始终等于零,则 $v_{Cr}=0=$常量,即质心的 x 坐标在该轴上的坐标不变(如果质心的初速度在 x 轴的投影等于零的话),或者质心沿 x 轴的运动是匀速的。由此可见,要改变质点系质心的运动,必须有外力作用,质点系内部各质点之间相互作用力不能改变质心的运动。

例如,汽车开动时,气缸内的燃气压力对汽车的整体来说是内力,不能使汽车前进,只是当燃气推动活塞,通过传动机构带动主动轮转动,地面对主动轮作用的向前的摩擦力大于总阻力时,汽车才能前进。在日常生活中我们知道,在非常光滑的地面上走路很困难;在静止的小船上,人向前走,船往后退等。都是因为水平方向的外力很小,人的质心或是人与小船的质心趋向于保持静止。

根据质心运动定理,某些质点系动力学问题可以直接用质点动力学理论来解答。例如,刚体做平行移动时,知道了刚体质心的运动,也就知道了整个刚体的运动,所以刚体运动问题完全可以作为质点求解(这个结论在质点动力学问题的一些例子中已经用过了)。又如,土建工程中采用定向爆破的施工方法时,要求一次爆破就将大量土石方抛掷到指定的地方。怎样才能达到目的呢?我们知道,爆破出来的土石块运动各不相同,情况很复杂,但就它们的整体来说,不计空气阻力,爆破后就只受重力作用,根据质心运动定理,它们质心的运动就像一个质点在重力作用下做抛射运动一样。因此,只要控制好质心的初速度,使质心的运动轨迹通过指定区域内的适当位置,就可能使大部分土石块落在该区域内,达到预期的效果。

【例 11-3】 曲柄连杆机构安装在平台上,平台放在光滑的水平基础上,如图 11.3(a)所示。均质曲柄 OA 重 $\boldsymbol{P}_1$,以等角速度 $\boldsymbol{\omega}$ 绕 O 转动。均质连杆 AB 重 $\boldsymbol{P}_2$,平台重 $\boldsymbol{P}_3$,平台重心 D 与 O 轴在同一铅垂线上,不计滑块 B 的重力,曲柄和连杆的长度相等,即 $OA=OB=L$。当 $t=0$ 时,曲柄 A 与平台的夹角 $\varphi=0$,并且平台速度为零。求平台的水平运动规律和基础对平台的反力。

解:取曲柄、连杆和平台组成的质点系为研究对象,质点系所受外力为曲柄、连杆和平台的重力 $\boldsymbol{P}_1$、$\boldsymbol{P}_2$、$\boldsymbol{P}_3$ 以及地面对平台的法向约束反力 $\boldsymbol{F}_N$。所有外力皆为铅垂,且初始时系统静止,故系统的质心在 x 轴上的坐标守恒,即 X_C 为常数。

杆 OA 做匀速转动,杆 AB 为平面 B 在光滑平面上运动。由于平台运动,因此必须应用

符合运动的概念研究杆 OA 和 AB 的运动。

建立运动坐标系 $xO'y$，原点 O' 与系统初始时的 O 点重合，写出初始位置和一般位置两瞬时的质心坐标，利用质心的横坐标守恒，求出平台的运动规律。

令 $t=0$，则

$$x_{C0}=\frac{m_1\frac{l}{2}+m_2\frac{3l}{2}+m_3\cdot 0}{m_1+m_2+m_3}$$

在任意瞬时 t，曲柄 OA 转过 φ 角，如图 11.3(b)所示，曲柄连杆和平台的质心坐标 x_1、x_2、x_3 分别为

$$x_1=\frac{l}{2}\cos\omega t+x,\quad x_1=\frac{3l}{2}\cos\omega t+x,\quad x_3=x$$

系统质心的横坐标为

$$x_{C2}=\frac{m_1\left(\frac{l}{2}\cos\omega t+x\right)+m_2\left(\frac{3l}{2}\cos\omega t+x\right)+m_3\cdot 0}{m_1+m_2+m_3}$$

根据质心坐标守恒，$x_{C0}=x_{C2}$，即

$$m_1\frac{l}{2}+m_2\frac{3l}{2}=m_1\left(\frac{l}{2}\cos\omega t+x\right)+m_2\left(\frac{3l}{2}\cos\omega t+x\right)$$

解出

$$x=\frac{l(P_1+P_2)}{P_1+P_2+P_3}(1-\cos\omega t)$$

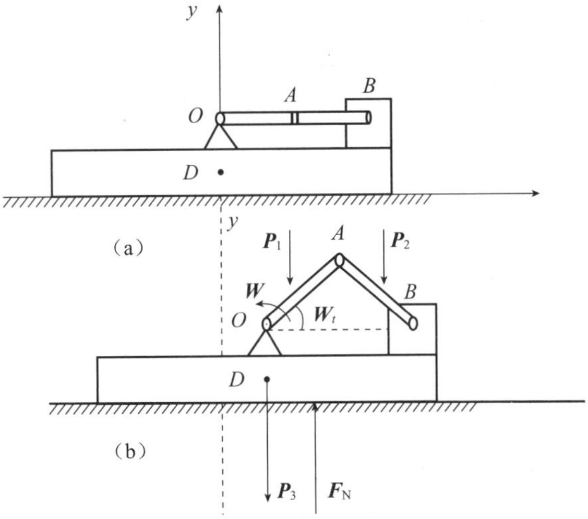

图 11.3

上式为平台的水平运动规律。为求出对平台的反力，应用质心运动定理。首先在一般位置上写出系统质心的坐标，即质心的运动方程。由于平台只做水平滑动，因此平台质心的纵坐标为常数，设为 b，于是质心的纵坐标为

$$x_{C2}=\frac{m_1\left(b+\frac{l}{2}\sin\omega t+x\right)+m_2\left(b+\frac{3l}{2}\sin\omega t\right)+m_3\cdot b}{m_1+m_2+m_3}$$

$$y_C''=\frac{m_1\left(-\frac{l}{2}\omega^2\sin\omega t+x\right)+m_2\left(-\frac{l}{2}\omega^2\sin\omega t\right)}{m_1+m_2+m_3}$$

代入公式 $My_C''=\sum F_{iy}^{e}$，得

$$F_N=P_1+P_2+P_3--\frac{l}{2}\omega^2\left(\frac{P_1}{g}+\frac{P_2}{g}\right)\sin\omega t$$

本章小结

本章知识要点：利用质点系动量公式 $\frac{\mathrm{d}m_i\boldsymbol{v}_i}{\mathrm{d}t}=\boldsymbol{F}_i$ 求解质点、质点系的动力学问题。

思考题

1. 利用动量定理求解质点系动力学问题有哪些优点？

2. 简要论述质点系动量定理的内容及物理意义。

4. 对同一质点系而言，内力合外力是如何界定的？

5. 简要论述质点系动量定理的内容及物理意义。

6. 在任一段时间内，质点系的动量在任一固定轴上的投影的增量，是否等于作用于质点系的外力的冲量在同一轴上的投影的代数和？为什么？

7. 质点系的质心是如何确定的？

8. 质点系的质心与重心有何区别？

9. 如何理解质心运动定理？

习 题

11-1 设炮身重为 m_1，炮弹重为 m_2，炮弹沿水平方向的发射初速度为 v_0，试求炮身的速度。

11-2 一小船质量为 M，以速度 v_0 在静水中沿直线航行。站在船尾上的人质量为 m_0，设某瞬时人开始以相对于船身的速度 v_r 走向船头，求此时小船的速度（水的阻力忽略不计）。

11-3　跳伞者质量为 70 kg,自停留在高空的直升机中跳出落下 100 m 后将降落伞打开。张伞前的空气阻力略去不计,并设在张伞之后的运动中所受阻力为一常量。自张伞时开始经 5 s 后,跳伞者的速度减至 4.5 m/s。求将人系于伞上之绳所受的拉力。

11-4　汽车以 36 km/h 的速度在平直道上行驶。设车轮在制动后立即停止转动,问车轮对地面的滑动摩擦系数 f 应为多大方能使汽车在制动后 6 s 时停止。

11-5　水平面上放一匀质三棱柱 A,在其斜面上又放一匀质三棱柱 B。两三棱柱的横截面均为直角三角形。三棱柱 A 的质量 m_A 为三棱柱 B 质量 m_B 的三倍,其尺寸如图 11.4 所示。设各处摩擦力均不计,初始时系统静止。求当三棱柱 B 沿三棱柱 A 滑下接触到水平面时,三棱柱 A 移动的距离。

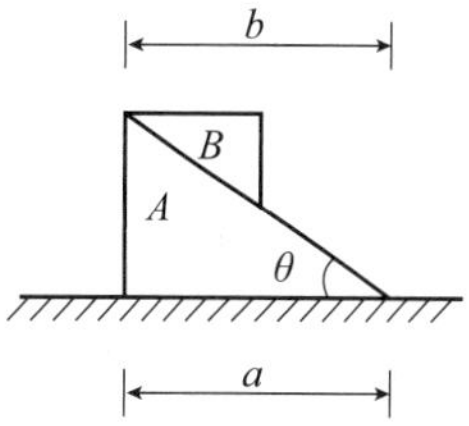

图 11.4

11-6　如图 11.5 所示,均质杆 AB 长 l,直立在光滑的水平面上。求它从铅直位置无初速度地倒下时,端点 A 相对图示坐标系统的轨迹。

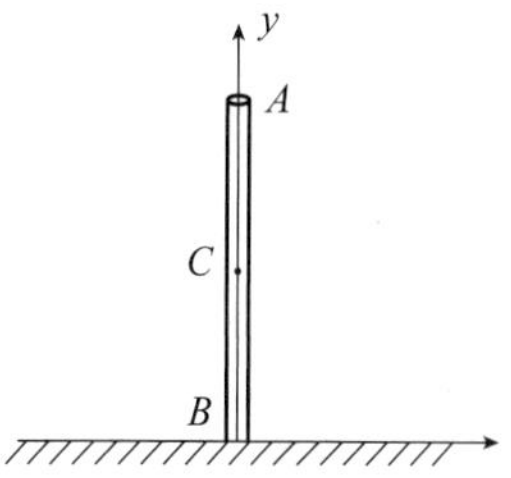

图 11.5

第 12 章　动量矩定理

[教学提示]

第 11 章建立了作用力与动量变化的关系，即动量定理。当刚体在力的作用下绕某点或某轴转动时，用动量无法描述刚体的机械运动。例如，一刚体在外力系作用下绕过质心的定轴转动，无论刚体转动快慢如何，也无论其转动变化如何，它的动量恒等于零。因而，动量定理不能表征这种质点系的运动规律。此时，要用动量矩这一概念描述质点系的运动状态。质点系动量矩的变化与作用在该质点系上的力对该点或该轴之矩有关。动量矩定理建立了这两者之间的关系，通过该定理能更深入地了解当刚体绕某点或某轴转动时机械运动的规律。

本章将介绍转动惯量、动量矩定理及其运用。

[教学要求]

通过本章的学习，要求学生了解转动惯量、回转半径、平行移轴定理、质点和质点系的动量矩等概念；熟悉并掌握动量矩定理、刚体绕定轴转动的微分方程、刚体做平面运动的微分方程；能应用以上定律、定理求解有关的动力学问题。

12.1　动量矩

本节介绍质点、质点系(刚体)的动量矩。

12.1.1　质点的动量矩

设质点 M 某瞬时的动量为 $m\boldsymbol{v}$，对点 O 的位置矢径为 $\boldsymbol{r}$(图 12.1)，位置坐标为 (x,y,z)。类似于力对点之矩，将质点的动量对点 O 的矩，定义为质点对点 O 的动量矩，即

$$\boldsymbol{M}_O(m\boldsymbol{v})=\boldsymbol{r}\times m\boldsymbol{v} \tag{12-1}$$

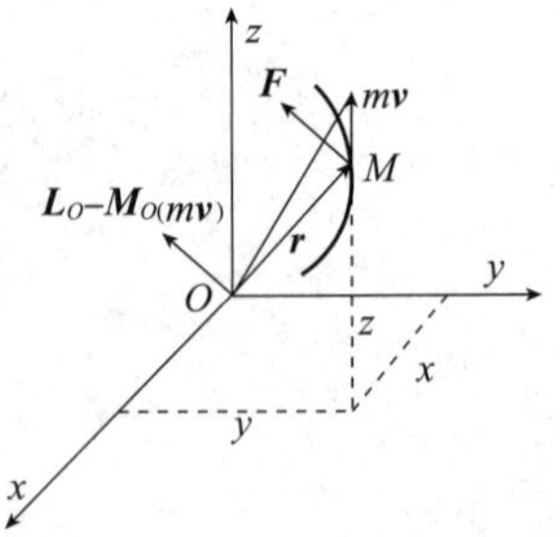

图 12.1

质点对点 O 的动量矩是矢量，其方位垂直于 $\boldsymbol{r}$ 和 $m\boldsymbol{v}$ 矢量所决定的平面，指向按右手螺旋法则确定。

质点 M 的瞬时位置坐标类似于力对点的矩与对轴的矩之间的关系，可得到质点对点 O 的动量矩与对过该点定轴之矩的关系：

$$\begin{cases}M_x=[\boldsymbol{r}\times m\boldsymbol{v}]_x=ymv_z-zmy_y\\ M_y=[\boldsymbol{r}\times m\boldsymbol{v}]_y=zmv_x-xmy_z\\ M_z=[\boldsymbol{r}\times m\boldsymbol{v}]_z=xmv_y-ymy_x\end{cases} \tag{12-2}$$

式中，M_x、M_y、M_z 分别为质点对 x、y、z 轴的动量矩，即质点对某点的动量矩在过此点的某轴上的投影等于质点对此轴的动量矩。

式(12-1)也可写为

$$\begin{aligned}\boldsymbol{M}_O(m\boldsymbol{v})&=\boldsymbol{r}\times m\boldsymbol{v}=M_x\boldsymbol{i}+M_y\boldsymbol{j}+M_z\boldsymbol{k}=[\boldsymbol{r}\times m\boldsymbol{v}]_x\boldsymbol{i}+[\boldsymbol{r}\times m\boldsymbol{v}]_y\boldsymbol{j}+[\boldsymbol{r}\times m\boldsymbol{v}]_z\boldsymbol{k} \\ &=m(yv_z-zv_y)\boldsymbol{i}+m(zv_x-xv_z)\boldsymbol{j}+m(xv_y-yv_x)\boldsymbol{k}\end{aligned} \tag{12-3}$$

式中，$\boldsymbol{i}$、$\boldsymbol{j}$、$\boldsymbol{k}$ 分别为 x、y、z 轴上的单位矢量。动量矩的量纲为 $\dim[M_O]=[M][L]^2[T]^{-1}$，单位为 $\mathrm{kg\cdot m^2/s}$。

12.1.2　质点系的动量矩

质点系中每个质点对定点 O 的动量矩的矢量和，称为质点系对定点 O 的动量矩，记为

$$\boldsymbol{L}_O=\sum\boldsymbol{M}_O(m_i\boldsymbol{v}_i)=\sum\boldsymbol{r}_i\times m_i\boldsymbol{v}_i \tag{12-4}$$

式中，m_i、$\boldsymbol{v}_i$ 和 $\boldsymbol{r}_i$ 分别为质点 M_i 的质量、速度和对点 O 的位置矢径。

同理，质点系中各质点的动量对于任一定轴的矩的代数和，称为质点系对于该轴的动量矩，即

$$L_z=\sum M_z(m_i\boldsymbol{v}_i) \tag{12-5}$$

类似式(12-2)，有

$$\begin{cases}[\boldsymbol{L}_O]_x=L_x=\sum M_x(m_i\boldsymbol{v}_i)=\sum[\boldsymbol{r}_i\times m_i\boldsymbol{v}_i]_x \\ [\boldsymbol{L}_O]_y=L_y=\sum M_y(m_i\boldsymbol{v}_i)=\sum[\boldsymbol{r}_i\times m_i\boldsymbol{v}_i]_y \\ [\boldsymbol{L}_O]_z=L_z=\sum M_z(m_i\boldsymbol{v}_i)=\sum[\boldsymbol{r}_i\times m_i\boldsymbol{v}_i]_z\end{cases} \tag{12-6}$$

即质点系对定点 O 的动量矩在过该点的某轴上的投影等于质点系对该轴的动量矩。式(12-4)也可写为

$$\begin{aligned}\boldsymbol{L}_O(m\boldsymbol{v})&=[\boldsymbol{L}_O]_x\boldsymbol{i}+[\boldsymbol{L}_O]_y\boldsymbol{j}+[\boldsymbol{L}_O]_z\boldsymbol{k}=L_x\boldsymbol{i}+L_y\boldsymbol{j}+L_z\boldsymbol{k} \\ &=\sum M_x\boldsymbol{i}+\sum M_y\boldsymbol{j}+\sum M_z\boldsymbol{k} \\ &=\sum[\boldsymbol{r}_i\times m_i\boldsymbol{v}_i]_x\boldsymbol{i}+\sum[\boldsymbol{r}_i\times m_i\boldsymbol{v}_i]_y\boldsymbol{j}+\sum[\boldsymbol{r}_i\times m_i\boldsymbol{v}_i]_z\boldsymbol{k} \\ &=\sum m_i(y_iv_{iz}-z_iv_{iy})\boldsymbol{i}+\sum m_i(z_iv_{ix}-x_iv_{iz})\boldsymbol{j}+\sum m_i(x_iv_{iy}-y_iv_{ix})\boldsymbol{k}\end{aligned} \tag{12-7}$$

12.1.3　刚体的动量矩

1. 定轴转动刚体的动量矩

设刚体以角速度绕定轴 z 转动，如图 12.2 所示。刚体内任一点 M_i 的质量为 m_i，离转轴的距离为 r_i，速度为 $\boldsymbol{v}_i$。由式(12-5)知刚体对转轴 z 的动量矩为

$$\begin{aligned}L_z&=\sum M_z(m_i\boldsymbol{v}_i)=\sum m_iv_ir_i \\ &=\sum m_i\omega r_i^2=\sum m_ir_i{}^2\cdot\omega=J_z\omega\end{aligned} \tag{12-8}$$

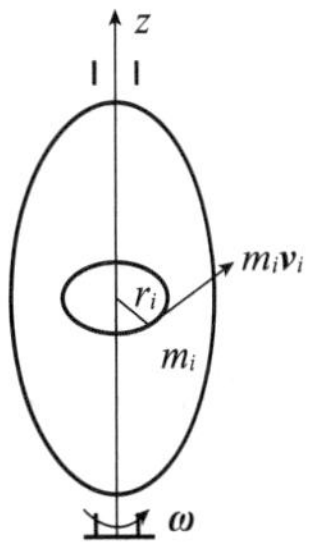

图 12.2

其中，$\sum m_ir_i{}^2=J_z$ 是刚体对称轴 z 的转动惯量，即做定轴转动的刚

体对转轴的动量矩,等于刚体对转轴的转动惯量与角速度的乘积。

2. 平动刚体的动量矩

刚体平行移动时的动量矩,由式(12-4)得

$$\boldsymbol{L}_O = \sum \boldsymbol{M}_O(m_i \boldsymbol{v}_i) = \sum \boldsymbol{r}_i \times m_i \boldsymbol{v}_i = \sum \boldsymbol{r}_i \times m_i \boldsymbol{v}_C = \boldsymbol{r}_C \times m\boldsymbol{v}_C \quad \text{或} \quad L_z = M_z(m\boldsymbol{v}_C)$$

即平动刚体对固定点(轴)的动量矩等于刚体质心的动量对该点(轴)的动量矩。

3. 平面运动刚体的动量矩

平面运动刚体对垂直于质量对称平面的固定轴的动量矩,等于刚体随同质心做平动时质心的动量对该轴的动量矩与绕质心轴做转动时的动量矩之和。

$$L_z = M_z(m\boldsymbol{v}_C) + J_C\omega$$

【例 12-1】 如图 12.3 所示,已知滑轮 A 的质量、半径、绕质心的转动惯量分别是 m_1、R_1、J_1,滑轮 B 的质量、半径、绕质心的转动惯量分别是 m_2、R_2、J_2,物体 C 的质量为 m_3,速度为 $\boldsymbol{v}_3$,且 $R_1 = 2R_2$。求系统对 O 轴的动量矩。

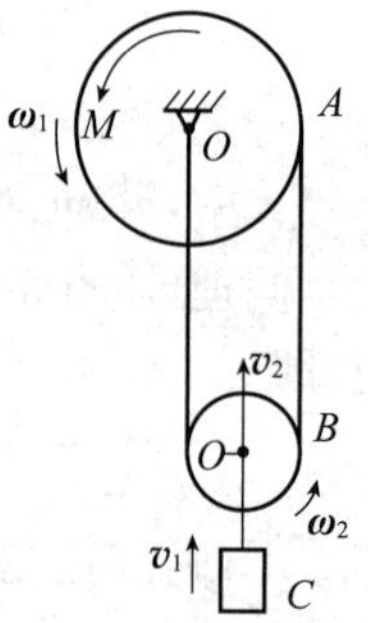

图 12.3

解:

$$L_O = L_{OA} + L_{OB} + L_{OC} = J_1\omega_1 + (J_2\omega_2 + m_2 v_2 R_2) + m_3 v_3 R_2$$

因为

$$v_2 = v_3 = \frac{1}{2}\omega_1 R_1 = \frac{1}{2}\omega_2 R_2 = \frac{1}{4}\omega_2 R_1$$

所以

$$L_O = \left(\frac{J_1 + 2J_2}{R_2^2} + m_2 + m_3\right) R_2 v_3$$

12.2 动量矩定理

本节讨论质点和质点系的动量矩定理及其应用。

12.2.1 质点的动量矩定理

设质点对定点 O 的动量矩为 $\boldsymbol{M}_O(m\boldsymbol{v})$,作用力 $\boldsymbol{F}$ 对同点的矩为 $\boldsymbol{M}_O(\boldsymbol{F})$,如图 12.1 所示。将动量矩对时间求一阶导数,有

$$\frac{\mathrm{d}}{\mathrm{d}t}\boldsymbol{M}_O(m\boldsymbol{v}) = \frac{\mathrm{d}}{\mathrm{d}t}(\boldsymbol{r} \times m\boldsymbol{v}) = \frac{\mathrm{d}\boldsymbol{r}}{\mathrm{d}t} \times m\boldsymbol{v} + \boldsymbol{r} \times \frac{\mathrm{d}}{\mathrm{d}t}(m\boldsymbol{v})$$

因为 $\frac{\mathrm{d}}{\mathrm{d}t} = \boldsymbol{v}$,因此,$\frac{\mathrm{d}}{\mathrm{d}t} \times m\boldsymbol{v} = \boldsymbol{v} \times m\boldsymbol{v} = \boldsymbol{0}$,又根据质点动量定理,有 $\frac{\mathrm{d}}{\mathrm{d}t}(m\boldsymbol{v}) = \boldsymbol{F}$,所以

$$\frac{\mathrm{d}}{\mathrm{d}t}\boldsymbol{M}_O(m\boldsymbol{v}) = \boldsymbol{M}_O(\boldsymbol{F}) \tag{12-9}$$

此式即为质点动量矩定理:质点对某定点的动量矩对时间的一阶导数,等于作用力对同一点的矩。

取式(12-9)在直角坐标轴上的投影,并利用点的动量矩与对轴的动量矩的关系式,可得质点动量矩的另一种表达式

$$\begin{cases}\dfrac{d}{dt}M_x(m\boldsymbol{v})=M_x(\boldsymbol{F})\\ \dfrac{d}{dt}M_y(m\boldsymbol{v})=M_y(\boldsymbol{F})\\ \dfrac{d}{dt}M_z(m\boldsymbol{v})=M_z(\boldsymbol{F})\end{cases} \tag{12-10}$$

即质点对某轴的动量矩的一阶导数，等于作用力对同一轴的矩。

【例 12-2】 单摆如图 12.4 所示，已知 $m,\tau,t=0$ 时，$\varphi=\varphi_0$，从静止开始释放。求单摆的运动规律。

解：将小球视为质点，做受力分析，画受力图。

$$M_O(F)=M_O(F_T)M_O(mg)=-mgl\sin\varphi$$

因为 $v\perp OM$，所以 $M_O(mv)=ml\dot{\varphi}l=ml^2\dot{\varphi}$，由质点动量矩定理 $\dfrac{d}{dt}M_O(mv)=M_O(F)$ 得

$$\frac{d}{dt}M_O(ml^2\dot{\varphi})=-mgl\sin\varphi,ml^2\dot{\varphi}+mgl\sin\varphi=0$$

设单摆做微幅摆动，$\sin\varphi=\varphi_0$，并令 $\omega_n^2=\dfrac{g}{l}$，则 $\ddot{\varphi}+\omega_n^2=0$。

解微分方程，并代入初始条件：$t=0,\varphi=\varphi_0,\dot{\varphi}=0$，

则单摆的运动方程为 $\varphi=\varphi_0\cos\left(\sqrt{\dfrac{g}{l}}t\right)$。

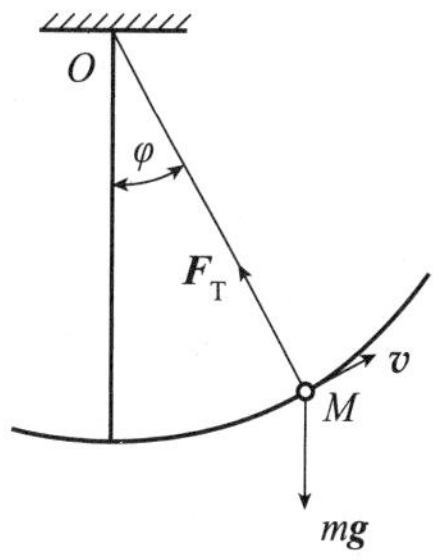

图 12.4

如果 $\sum\dfrac{d}{dt}M_C(F_i^e)\equiv0$ 或 $\sum\dfrac{d}{dt}M_{Cz}(F_i^e)\equiv0$

12.2.2 质点系的动量矩定理

研究由 n 个质点组成的质点系。设质点系中第 i 个质点 M_i 的质量为 m_i，对定点 O 的位置矢径为 $\boldsymbol{r}_i$，动量为 $m_i\boldsymbol{v}_i$，其上作用的力分为外力 $\boldsymbol{F}_i^e$ 和内力 $\boldsymbol{F}_i^i$。根据质点的动量矩定理有

$$\frac{d}{dt}\boldsymbol{M}_O(m_i\boldsymbol{v}_i)=\boldsymbol{M}_O(\boldsymbol{F}_i^e)+\boldsymbol{M}_O(\boldsymbol{F}_i^i)$$

这样的方程共有 n 个，相加后得

$$\sum_{i=1}^{n}\frac{d}{dt}\boldsymbol{M}_O(m_i\boldsymbol{v}_i)=\sum_{i=1}^{n}\boldsymbol{M}_O(\boldsymbol{F}_i^e)+\sum_{i=0}^{n}\boldsymbol{M}_O(\boldsymbol{F}_i^i)$$

注意到内力总是大小相等、方向相反，作用线相同地成对出现，故有 $\sum\limits_{i=1}^{n}\boldsymbol{M}_O(\boldsymbol{F}_i^i)=0$ 且 $\sum\limits_{i=1}^{n}\dfrac{d}{dt}\boldsymbol{M}_O(m_i\boldsymbol{v}_i)=\dfrac{d}{dt}\sum\limits_{i=1}^{n}\boldsymbol{M}_O(m_i\boldsymbol{v}_i)=\dfrac{d}{dt}\boldsymbol{L}_O$，于是得，

$$\frac{d}{dt}\boldsymbol{L}_O=\sum_{i=1}^{n}\boldsymbol{M}_O(\boldsymbol{F}_i^e) \tag{12-11}$$

即质点系对于任一定点 O 的动量矩对时间的一阶导数，等于作用于质点系的所有外力对同一点的力矩的矢量和。这就是质点系动量矩定理的微分形式。

将式(12-11)投影到直角坐标轴上，得

$$\begin{cases}\dfrac{\mathrm{d}L_x}{\mathrm{d}t}=\sum\limits_{i=1}^{n}M_x(\boldsymbol{F}_i^{\mathrm{e}})\\\dfrac{\mathrm{d}L_y}{\mathrm{d}t}=\sum\limits_{i=1}^{n}M_y(\boldsymbol{F}_i^{\mathrm{e}})\\\dfrac{\mathrm{d}L_z}{\mathrm{d}t}=\sum\limits_{i=1}^{n}M_z(\boldsymbol{F}_i^{\mathrm{e}})\end{cases} \tag{12-12}$$

即质点系对任一定轴的动量矩对时间的一阶导数,等于作用于该质点系的所有外力对同一轴的力矩的代数和。这是用投影形式表示的质点系动量矩定理。

必须指出,上述动量矩的表达式只适用于对固定点和固定轴,对动点和动轴,其表达式较复杂。

12.2.3 动量矩守恒定律

如果作用于质点的力对某定点 O,某定轴的矩恒等于零,即 $\dfrac{\mathrm{d}}{\mathrm{d}t}\boldsymbol{M}_O(m\boldsymbol{v})=0$ 或 $\dfrac{\mathrm{d}}{\mathrm{d}t}\boldsymbol{M}_z(m\boldsymbol{v})=0$ 知,质点对该点及该轴的动量矩保持不变,即 $\boldsymbol{M}_O(m\boldsymbol{v})=$恒矢量,或 $\boldsymbol{M}_z(m\boldsymbol{v})=$恒量。此为质点动量矩守恒定律。

由式(12-11)、式(12-12)知,质点系的内力不能改变质点系的动量矩,只有作用于质点系的外力才能使质点系的动量矩发生改变。若外力对某定点(或某定轴)的主矩等于零,则质点系对该点(或该轴)的动量矩保持不变。这就是质点系动量矩守恒定律。

【例 12-3】 如图 12.5(a)所示,小球 A 与 B 以细绳相连,质量皆为 m,其余构件质量不计。忽略摩擦,系统绕 z 轴自由转动,初始时系统的角速度为 $\boldsymbol{\omega}_0$。当细绳拉断后,求各球与铅垂线成角 θ 时系统的角速度 $\boldsymbol{\omega}$,如图 12.5(b)所示。

解:此系统上的外力有重力和轴承处约束反力,它们对转轴 z 的力矩恒为零,因此系统对 z 轴的动量矩守恒。

当 $\theta=0$ 时,动量矩 $L_{z1}=2ma^2\omega_0$;当 $\theta\neq0$ 时,动量矩 $L_{z2}=2m(a+l\sin\theta)\omega$,由 $L_{z1}=L_{z2}$ 解得 $\omega=\dfrac{a^2}{a+l\sin\theta}\omega_0$。

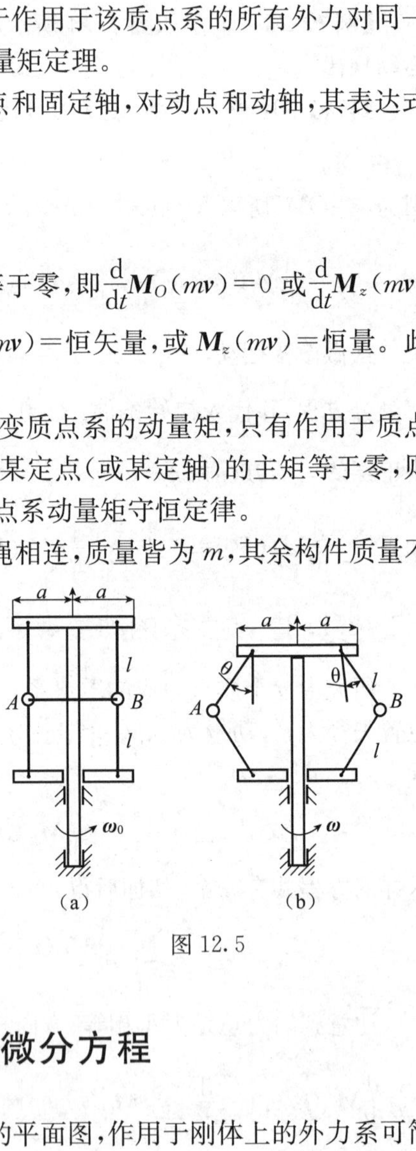

图 12.5

12.3 刚体平面运动微分方程

设如图 12.6 所示的平面图形为通过刚体质心 C 的平面图,作用于刚体上的外力系可简化为在此平面图形上的平面力 $F_1^{\mathrm{e}},F_2^{\mathrm{e}},\cdots,F_n^{\mathrm{e}}$。系建立固定坐标系 xOy 及随质心 C 平动的坐标系 Cx_Cy_C,则刚体的运动可分解为随质心 C 的平动和绕质心轴 z_C(过质心且垂直于运动平面的轴)的转动。于是由质心运动定理和相对于质心 C 的动量矩定理,有

$$m\boldsymbol{a}_C=\sum\boldsymbol{F}_i^{\mathrm{e}}$$

$$\frac{\mathrm{d}\boldsymbol{L}_C}{\mathrm{d}t}=\sum \boldsymbol{M}_C(\boldsymbol{F}_i^{\mathrm{e}}) \tag{12-13}$$

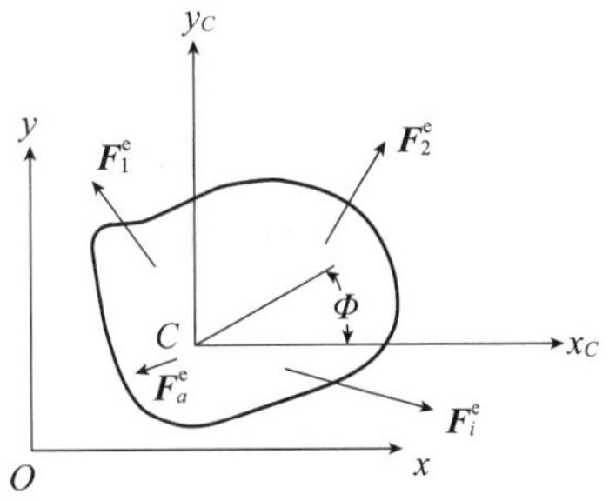

4

图 12.6

式中，m 是刚体的质量；$\boldsymbol{a}_C$ 是质心 C 的加速度。上式中第一式投影到 x、y 轴上，得

$$\begin{cases} ma_{CX}=\sum F_{ix}^{\mathrm{e}} \\ ma_{CY}=\sum F_{iy}^{\mathrm{e}} \\ \dfrac{\mathrm{d}L_C}{\mathrm{d}t}=\sum M_C(F_i^{\mathrm{e}}) \end{cases} \tag{12-14}$$

若刚体绕轴 z_C 转动的角速度为 $\boldsymbol{\omega}$，把绕定轴转动刚体的动量矩表达式(12-8)代入上式，可得

$$ma_{CX}=m\ddot{x}_C=\sum F_{ix}^{\mathrm{e}}$$

$$ma_{CY}=m\ddot{y}_C=\sum F_{iy}^{\mathrm{e}}$$

$$J_C\alpha=J_C\ddot{\varphi}=\sum M_C(F_i^{\mathrm{e}})$$

这就是刚体的平面运动微分方程。

下面举例说明如何应用刚体的平面运动微分方程求解平面运动刚体的动力学问题。

【例 12-4】 匀质圆轮质量为 m，半径为 R，沿倾角为 θ 的斜面滚下，如图 12.7 所示。设轮与斜面间的摩擦因数为 f，试求轮心 C 的加速度和斜面对于轮子的约束反力。

解：以轮为研究对象，作用在轮上的外力有重力 $m\boldsymbol{g}$，法向反力 $\boldsymbol{F}_N$ 及摩擦力 $\boldsymbol{F}$。建立如图 12.8(a)所示 xOy 坐标系，并注意到 $\ddot{x}_C=a_C$，$\ddot{y}_C=0$。由式(12-14)，得

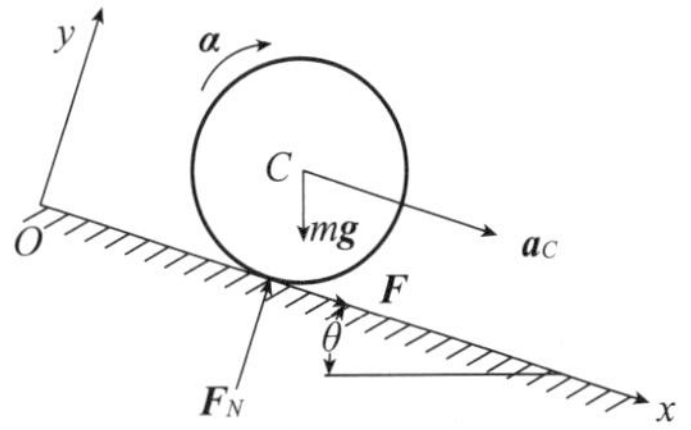

图 12.7

$$ma_c=mg\sin\theta-F \tag{①}$$

$$0=-mg\cos\theta+F_N \tag{②}$$

$$J_{zC}=F\alpha \tag{③}$$

由式②可得

$$F_N=mg\cos\theta \tag{④}$$

在式①及式③中，包含三个未知量 a_C、F 和 α，必须有一附加条件才能求解。下面分别种情况来讨论：

(1)斜面光滑，即 $f=0$，当轮由静止开始运动，轮做平动，此时 $a_C=g\sin\theta$。

(2)轮子与斜面间无相对滑动，则有

$$a_C=R\alpha \tag{⑤}$$

联立式①、式③、式⑤，并以 $J_C=\frac{1}{2}mR^2$ 代入，解得

$$a_C=\frac{2}{3}g\sin\theta,\quad \alpha=\frac{2g}{3R}\sin\theta,\quad F=\frac{1}{3}mg\sin\theta \tag{⑥}$$

(3)轮子与斜面间有滑动，则摩擦力为动滑动摩擦力，有

$$F=fF_N \tag{⑦}$$

联立式①、式③、式④、式⑦，解得

$$a_C=(\sin\theta-f\cos\theta)g,\quad \alpha=\frac{2g\cos\theta}{R},\quad F=fmg\cos\theta$$

要确定有无滑动，须视摩擦力的大小是否达到最大值。因为要使轮子只滚不滑，必 $F\leqslant fF_N$，所以由式⑥有

$$\frac{1}{3}mg\sin\theta\leqslant fmg\cos\theta$$

即

$$f\geqslant\frac{1}{3}\tan\theta$$

受力图如图 12.8(b)所示。注意静滑动摩擦力的方向与相对滑动趋势相反，大小应满足条件：

$$F_S\leqslant f_S F_N$$

式中，f_S 为静滑动摩擦系数。

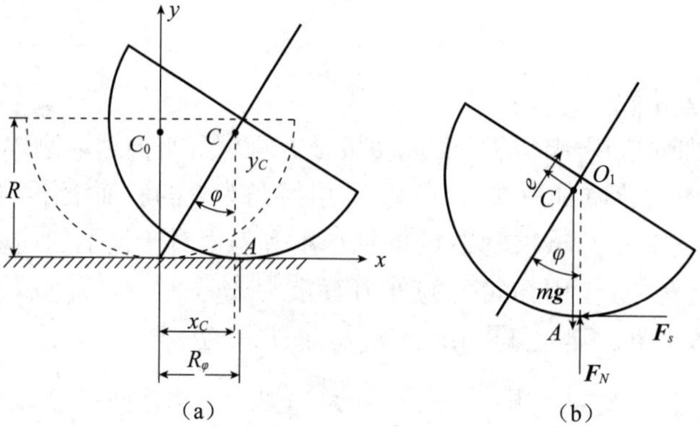

图 12.8

应用式(12-8)，半圆柱体的平面运动微分方程：

$$m\ddot{x}_C=m(R\ddot{\varphi}-e\ddot{\varphi}\cos\varphi+e\dot{\varphi}^2\sin\varphi)=-F_S$$

$$m\ddot{y}_C=m(e\ddot{\varphi}\sin\varphi+e\dot{\varphi}^2\cos\varphi)=F_S-mg$$

$$J_{zC}\ddot{\varphi}=F_S(R-e\cos\varphi)-F_N e\sin\varphi$$

令 $J_{zC}=m\rho_{zC}^2$，ρ_{zC}^2 是柱体对质心轴 z_C 的回转半径。这是一组非线性微分方程。此处仅研究微小摆动，即 φ 很小，则 $\sin\varphi\approx\varphi$，sos $\varphi\approx1$，又 $\dot{\varphi}$、$\ddot{\varphi}$ 均为一阶微量，略去二阶以上微量，故可将上面的微分方程组线性简化为

$$m(R\ddot{\varphi}-e\ddot{\varphi})=-F_S$$

$$0=F_N-mg$$

$$m\rho_{zC}^2\ddot{\varphi}=F_S(R-e)-F_N e\varphi$$

从前两式求出 F_S、F_N，代入第三式，得

$$\ddot{\varphi}+\frac{eg}{\rho_{zC}^2+(R-e)^2}\varphi=0$$

这是线性系统自由振动微分方程，振动周期为

$$T=2\pi\sqrt{\frac{\rho_{zC}^2+(R-e)^2}{eg}}$$

由刚体的定轴转动微分方程和刚体的平面运动微分方程，再根据已知条件，求解所建立的动力学方程。

思考题

1. 质点系的动量按公式 $p=\sum m_i v_i = m v_C$ 计算，那么质点系的动量矩是否也可以按公式 $L_0=\sum M_0(m_i v_i)=M_0(m v_C)$ 计算？为什么？

2. 花样滑冰运动员利用手臂伸张和收拢来改变旋转速度，试说明其原因。

3. 坐在转椅上的人不接触地面，能否使转椅转动？为什么？

4. 为什么直升机要有尾桨？如果没有尾桨，直升机飞行时将会怎样？

5. 如图 12.9 所示，传动系统中 J_1、J_2 为轮Ⅰ、轮Ⅱ轴的转动惯量，轮Ⅰ的角加速度按式 $\alpha_1=\frac{M_1}{J_1+J_2}$ 计算对吗？

6. 质量为 m 的匀质圆盘，平放在光滑的水平面上，其受力情况如图 12.10 所示。设开始时，圆盘静止，图中 $R=2r$。试说明各圆盘将如何运动。

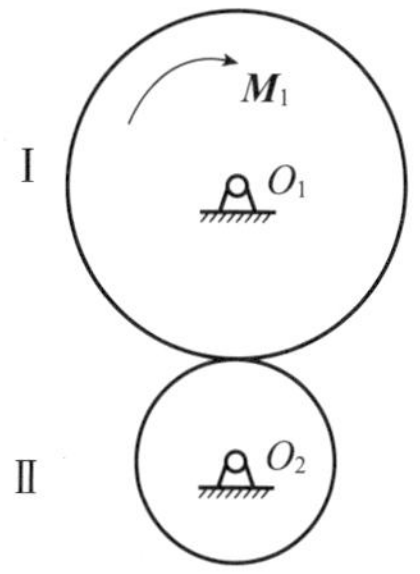

图 12.9

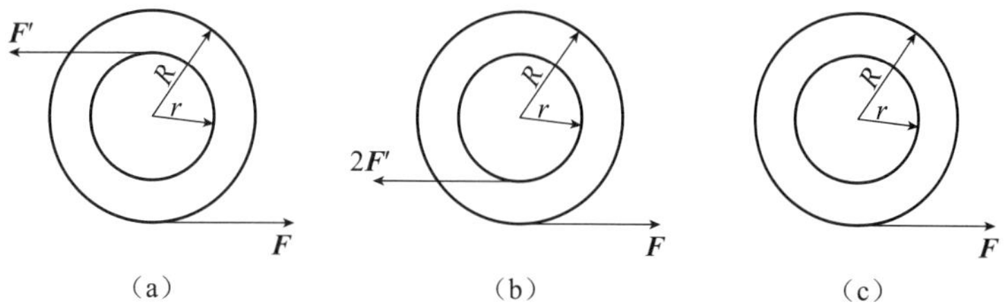

图 12.10

习　题

12-1　如图 12.11 所示，无重杆 OA 以角速度 $\boldsymbol{\omega}_0$ 绕 O 轴转动。质量 $m=25$ kg，半径 $R=200$ mm 的匀质圆盘以三种方式安装于 OA 杆的 A 点：(a) 圆盘与杆焊接在一起；(b) 圆盘与杆在 A 点铰接，且相对杆以角速度 $\boldsymbol{\omega}_r$ 以逆时针转动；(c) 圆盘相对 OA 杆以角速度 $\boldsymbol{\omega}_r$ 顺时针转动。已知 $\omega_0=\omega_r=4$ rad/s，计算在这三种情况下，圆盘对 O 的动量矩。

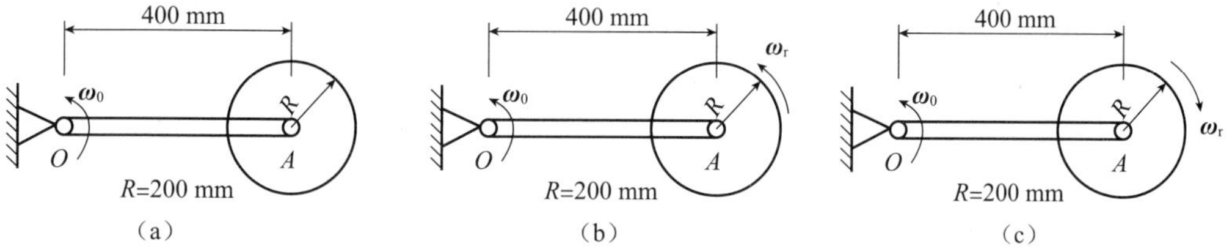

图 12.11

12-2 如图 12.12 所示，质量为 m 的偏心轮在水平面运动，轮子轴心为 A，质心为 C，$AC=e$；轮子半径为 R，对轴心 A 的转动惯量为 J_A；C、A、B 三点在同一铅直线上。求轮子在下列条件下对地面 B 点的动量矩。(1)当轮子只滚不滑时，若 $\boldsymbol{v}_A$ 为已知；(2)当轮子既滚又滑时，$\boldsymbol{v}_A$、$\boldsymbol{\omega}$ 为已知。

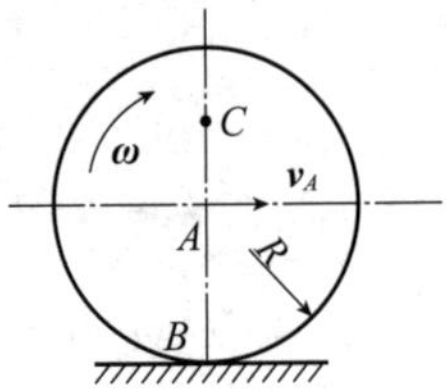

图 12.12

12-3 如图 12.13 所示，小球 A，质量为 m，连接在长 l 的无重杆 AB 上，放入有液体的容器中。杆以初始角度 $\boldsymbol{\omega}_0$ 绕轴转动，小球受到与速度反向的液体阻力 $\boldsymbol{F}=km\boldsymbol{\omega}$，$k$ 为比例常数。问经过多少时间角速度 ω 成为 ω_0 的一半？

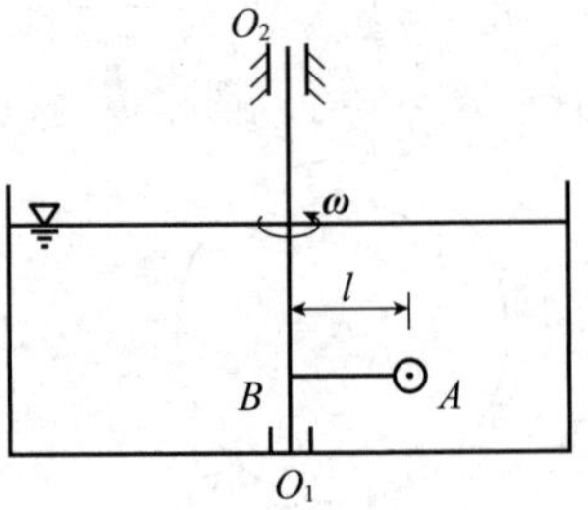

图 12.13

12-4 如图 12.14 所示，两个重物 M_1 和 M_2 的质量为 m_1 和 m_2，分别系在两条不计质量的绳子上。此绳子又分别围绕在半径为 r_1 和 r_2 的塔轮上。塔轮质量为 m_3，质心为 O，对 O 的回转半径为 ρ。重物受重力作用而运动，求塔轮的角加速度 α。

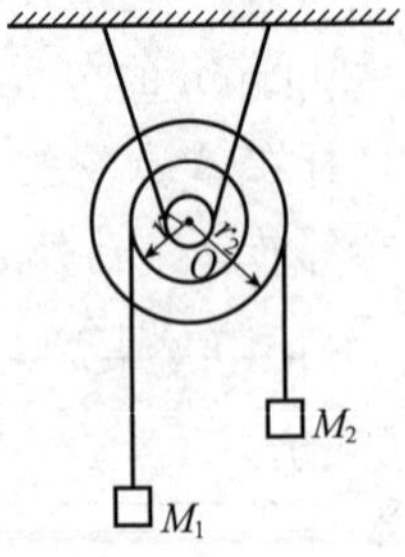

图 12.14

12-5　如图 12.15 所示，匀质杆 AB 长为 l、质量为 m_1，B 端连一质量为 m_2 的小球（小球可看作质点），杆上 D 点连一刚度系数为 k 的弹簧，使杆在水平位置保持平衡。设给小球一微小位移 δ_0，而 $v_0=0$，试求杆 AB 的运动规律。

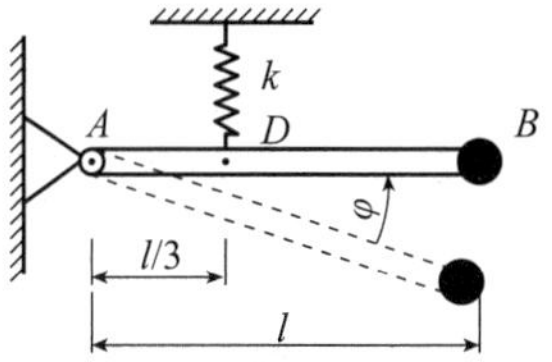

图 12.15

12-6　如图 12.16 所示，匀质圆柱体 A 和 B 的质量均为 m，半径为 r。一绳绕于绕固定轴 O 转动的圆柱 A 上，绳的另一端绕在圆柱 B 上。求 B 下落时质心的加速度（不计摩擦）。

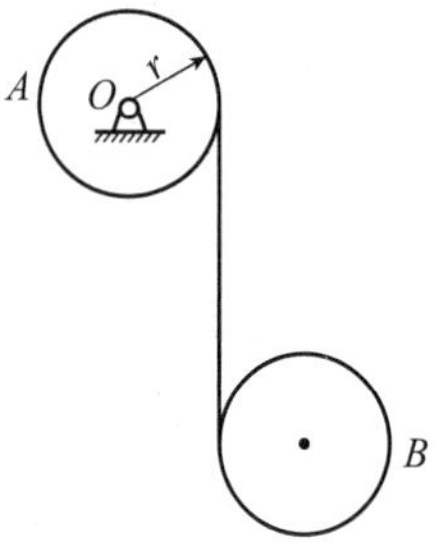

图 12.16

12-7　如图 12.17 所示，板的质量为 m_1 受水平力 $\boldsymbol{F}$ 作用沿水平面运动，板与平面间的动摩擦为 f，板上放一质量为 m_2 的匀质实心圆柱，此圆柱在板上只滚动而不滑动。求板的加速度。

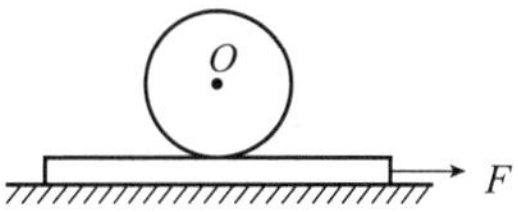

图 12.17

12-8　匀质长方形板，质量为 m，尺寸分别为 b 和 h，放置在光滑水平面上，如图 12.18 所示。若 B 点的支承面突然移开，试求此瞬间 A 点的加速度及 A 端的约束反力。

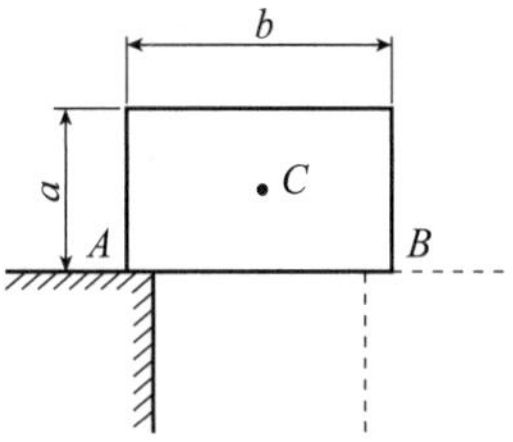

图 12.18

第 13 章　动能定理

[教学提示]

自然界中存在多种运动形式，它们互相依存，互相联系，在一定条件下互相转化。前两章我们讨论了以动量为基础建立起来的动力学普遍定理，可以归为动量原理一类。本章将讨论另一类以动能为基础建立起来的动力学普遍定理，称为动能原理，它包含动能定理和机械能守恒定理等。

能量转换与功之间的关系是各种形式运动的普遍规律，在机械运动中则表现为动能定理。不同于动量和动量矩定理，动能定理是从能量的角度来分析质点、质点系的动力学问题，有时更为方便、有效。同时，其还可以建立机械运动与其他形式运动之间的联系。

[教学要求]

通过本章的学习，要求学生了解力的功、功率、动能、势能、功率方程和机械效率等重要概念，熟练掌握动能定理和机械能守恒定律，并能综合运用动量定理、动量矩定理和动能定理分析较复杂的动力学问题。

13.1　动　能

本节介绍质点和质点系的动能及计算。

13.1.1　质点与质点系的动能

1. 质点的动能

设质点的动能为 m，速度为 v，则质点的动能为

$$E=\frac{1}{2}mv^2 \tag{13-1}$$

动能是标量，恒取正值。动能的量纲与功的量纲相同。动能的单位，在国际单位制中也为 J。

动能和动量都是机械运动的一种度量，前者与质点速度的平方成正比，是一个标量；后者与质点速度的一次方成正比，是一个矢量。

2. 质点系动能

质点系内各点动能的代数和称为质点系动能，即

$$T=\sum \frac{1}{2}m_i v_i^2 \tag{13-2}$$

13.1.2　刚体的动能

刚体是由无数质点组成的质点系。刚体做不同的运动时，各质点的速度分布不同，刚体

的动能应按照刚体的运动形式来计算。

1. 平动刚体的动能

当刚体做平动时，各点速度都相同，可用质心的速度 v_C 表示，有

$$T=\sum\frac{1}{2}m_iv_i^2=\frac{1}{2}v_C^2\sum m_i=\frac{1}{2}mv_C^2 \tag{13-3}$$

式中，$m=\sum m_i$ 是刚体的质量。

2. 定轴转动刚体的动能

如图 13.1 所示，刚体绕定轴 z 转动，角速度为 ω，其中任一点 m_i 到转轴的垂距为 r_i，于是刚体的动能为

$$T=\sum\frac{1}{2}m_iv_i^2=\sum\frac{1}{2}m_i(r_i\omega)^2=\frac{1}{2}\omega^2\sum m_ir_i^2=\frac{1}{2}J_z\omega^2 \tag{13-4}$$

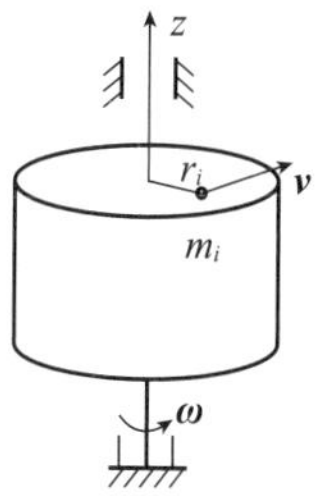

图 13.1

式中，J_z 是刚体对于 z 轴的转动惯量。即绕定轴转动刚体的动能，等于刚体对转轴的转动惯量与角速度平方乘积的一半。

3. 平面运动刚体的动能

取刚体质心 C 所在的平面如图 13.2 所示，设图形中的点 P 是某瞬时速度的瞬心，$\boldsymbol{\omega}$ 是平面图形转动的角速度，于是平面运动的刚体的动能为

$$T=\frac{1}{2}J_P\omega^2$$

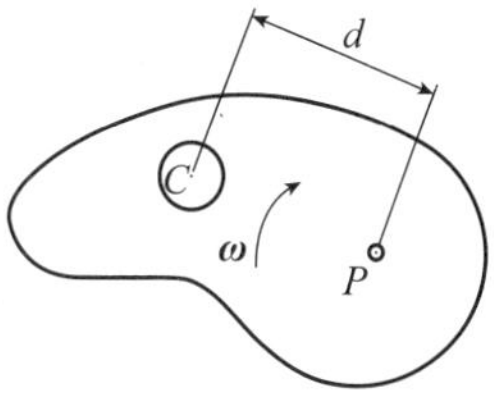

图 13.2

式中，J_P 是刚体对于瞬时轴的转动惯量。将转动惯量的平行轴定理代入，有

$$T=\frac{1}{2}(J_C+md^2)\omega^2=\frac{1}{2}J_C\omega^2+\frac{1}{2}m(d\omega)^2=\frac{1}{2}J_C\omega^2+\frac{1}{2}mv_C{}^2 \tag{13-5}$$

即做平面运动的刚体的动能，等于随质心平动的动能与绕质心转动的动能的和。

【例 13-1】 如图 13.3 所示，系统是由匀质圆盘 A、B 以及重物 D 组成。A、B 各重 P，半径均为 R。圆盘 A 绕定轴转动，圆盘 B 沿水平做纯滚动，且两圆盘中心的连线 OC 为水平线。重物 D 重为 Q，在图示瞬时的速度为 v。若绳的质量不计，求此时系统的动能。

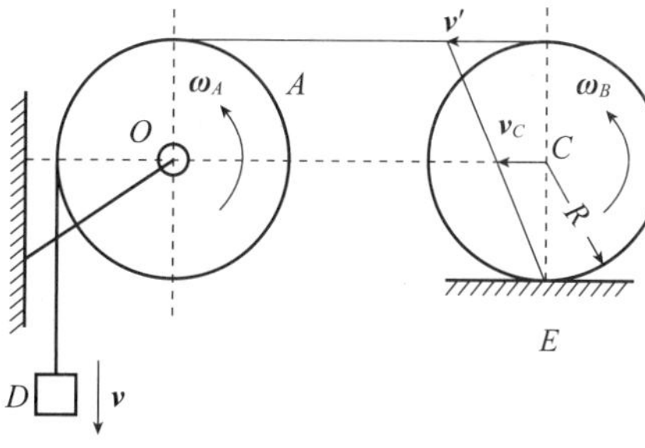

图 13.3

解：系统中圆盘 A 做定轴转动，圆盘 B 做平面运动，重物 D 做平动。

根据重物 D 的速度为 v，且绳不可伸长，可求得圆盘 A 的角速度为

$$\omega_A = \frac{v}{R}$$

圆盘 B 的角速度为

$$\omega_B = \frac{v}{2R}$$

圆盘 B 质心 C 的速度为

$$v_C = \frac{v}{2}$$

因重物 D 做平动，则重物 D 的动能

$$T_1 = \frac{1}{2} m_D v^2 = \frac{Q}{2g} v^2$$

圆盘 A 做定轴转动，则圆盘 A 的动能

$$T_2 = \frac{1}{2} J_O \omega_A^2 = \frac{1}{2}\left(\frac{1}{2} \cdot \frac{p}{g} R^2\right)\left(\frac{v}{R}\right)^2 = \frac{p}{4g} v^2$$

圆盘 B 做平面运动，则圆盘 A 的动能

$$T_3 = \frac{1}{2} m_B v_C^2 + \frac{1}{2} J_C \omega_B{}^2 = \frac{1}{2} \cdot \frac{p}{g}\left(\frac{v}{2}\right)^2 + \frac{1}{2}\left(\frac{1}{2} \cdot \frac{p}{g} R^2\right)\left(\frac{v}{2R}\right)^2 = \frac{3p}{16g} v^2$$

此时整个系统的动能为

$$T = T_1 + T_2 + T_3 = \frac{Q}{2g} v^2 + \frac{p}{4g} v^2 + \frac{3p}{16g} v^2 = \frac{v^2}{2g}\left(Q + \frac{7}{8} p\right)$$

13.2 动能定理

以上讨论了力的功、质点和质点系动能计算，本节要研究动能变化与作用力所做功之间的关系，即动能定理。

13.2.1 微分型的动能定理

设质点系中任意质点 M_i 的质量为 m_i，位置矢径为 $\boldsymbol{r}_i$，速度为 $\boldsymbol{v}_i$，作用于该支点的所有力为 $\boldsymbol{F}_i$，根据静力学公理(牛顿第二定律)有

$$m_i \frac{\mathrm{d}\boldsymbol{v}_i}{\mathrm{d}t} = \boldsymbol{F}_i$$

两边点乘 $\mathrm{d}\boldsymbol{r}$ 得

$$m_i \frac{\mathrm{d}\boldsymbol{v}_i}{\mathrm{d}t} \cdot \mathrm{d}\boldsymbol{r} = \boldsymbol{F}_i \cdot \mathrm{d}\boldsymbol{r}$$

因 $\mathrm{d}\boldsymbol{r} = \boldsymbol{v}\mathrm{d}t$，上式可写成

$$m_i \boldsymbol{v}_i \cdot \mathrm{d}\boldsymbol{v}_i = \boldsymbol{F}_i \cdot \mathrm{d}\boldsymbol{r}_i$$

将 $\boldsymbol{v}_i \cdot \mathrm{d}\boldsymbol{v}_i = \frac{1}{2}\mathrm{d}(\boldsymbol{v}_i \cdot \boldsymbol{v}_i) = \frac{1}{2}\mathrm{d}v_i^2$，$\delta W_i = \boldsymbol{F}_i \cdot \mathrm{d}\boldsymbol{r}_i$ 代入上式，有

$$\mathrm{d}\left(\frac{1}{2} m_i v_i^2\right) = \delta W_i \tag{13-6}$$

式(13-6)称为质点动能的微分形式，即质点动能的增量等于作用在质点上力的元功。若质点由 n 个质点组成，则每个质点都可以列出这样的一个方程，将它们相加，得

$$\sum \mathrm{d}\left(\frac{1}{2}m_i v_i^2\right)=\sum \delta Wi$$

或

$$\mathrm{d}\sum\left(\frac{1}{2}m_i v_i^2\right)=\sum \delta Wi$$

即

$$\mathrm{d}T=\sum \delta W_i \tag{13-7}$$

这就是质点系动能定理的微分形式：质点系动能的变化，等于作用于质点系上所有力的元功和。

由式(13-6)可见，力做正功，质点动能增加；力做负功，质点动能减少。

13.2.2 积分型的动能定理

根据微分式(13-6)有

$$\int_{v_1}^{v_2}\mathrm{d}\left(\frac{1}{2}m_i v_i^2\right)=W_{12}$$

或

$$\frac{1}{2}m_i v_{i2}^2-\frac{1}{2}m_i v_{i1}^2=W_{12} \tag{13-8}$$

这就是质点动能定理的积分形式：质点动能的改变量等于作用于质点上的力做的功。

对式(13-7)积分有

$$T_2-T_1=\sum W_i \tag{13-9}$$

式中，T_1 和 T_2 分别是质点系在运动过程的起点和终点的动能。式(13-9)为质点系动能定理的积分形式：质点系在运动过程中，起点和终点的动能改变量，等于作用于质点系上全部力所做的功的和。

13.2.3 理想约束

对于光滑固定面和一端固定的绳索等约束，其约束都垂直于力作用点的位移，约束反力不做功。又如光滑铰支座、固定端等约束，显然其约束反力也不做功。约束反力做功等于零的约束称为理想约束。在理想约束条件下，质点系动能的改变只与主动力做功有关，式(13-6)至式(13-9)中只需计算主动力所做的功。

光滑铰链、刚性二力构件以及不可伸长的细绳等作为系统内的约束时，其单个的约束力不一定不做功，但一对约束反力做功之和等于零的，也都是理想约束。如图13.4(a)所示的铰链，铰链处相互作用的约束力 $\boldsymbol{F}$ 和 $\boldsymbol{F}'$ 是等值反向的，它们在铰链中心的任何位移 $\mathrm{d}\boldsymbol{r}$ 上的做功之和都等于零。又如图13.4(b)所示，跨过光滑滑轮的细绳对系统中两个质点的拉力 $F_1=F_2$，如绳索不可伸长，则两端的位移 $\mathrm{d}\boldsymbol{r}_1$ 和 $\mathrm{d}\boldsymbol{r}_2$ 沿绳索的投影必相等，因而 $\boldsymbol{F}_1$ 和 $\boldsymbol{F}_2$ 两约束力做功之和等于零。至于图13.4(c)所示的二力杆对 A、B 两点的约束力，有 $F_1=F_2$，

而两端位移沿 AB 连线的投影又是相等的，所以约束力 $\boldsymbol{F}_1$、$\boldsymbol{F}_2$ 做功之和也等于零。

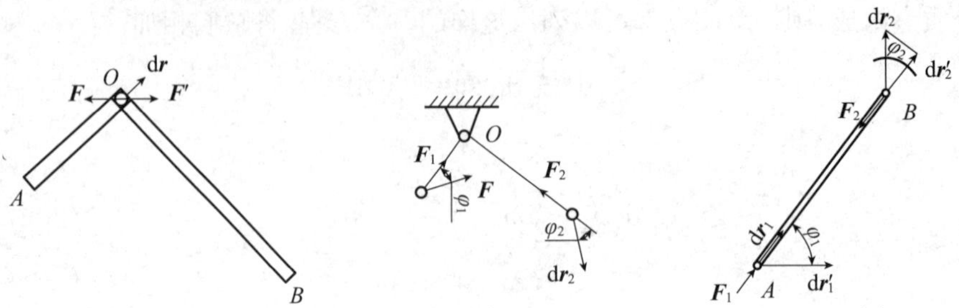

(a)　　(b)　　(c)

图 13.4

一般情况下，滑动摩擦力与物体的相对位移反向，摩擦力做负功，不是理想约束，应用动能定理是要计入摩擦力的功。但当轮子在固定面上只滚不滑时，接触点为瞬心，滑动摩擦力点没动，此时的滑动摩擦力也不做功。因此，不计滑动摩阻时，纯滑动的接触点也是理想约束。

工程中很多约束可视为理想约束，此时未知的约束反力并不做功，这对动能定理的应用是非常方便的。

必须注意的是，作用于质点系的力既有外力，又有内力，在某些情况下，内力虽然等值反向，但所做功的和并不等于零。例如，由两个相互吸引的质点 M_1 和 M_2 组成的质点系。

两质点相互作用的力 $\boldsymbol{F}_{12}$ 和 $\boldsymbol{F}_{21}$ 是一对内力，如图 13.5 所示。虽然内力的矢量和等于零，但是当两个质点相互趋近时，两力所做功的和为正；当两质点相互离开时，两力所做功的和为负。所以内力所做的功的和一般不等于零。又如，汽车发动机的气缸内膨胀的气体对气塞和气缸的作用力都是内力，内力功的和不等于零，内力的功使汽车的动能增加。此外，如机器中轴和轴承之间相互作用的摩擦力对于整个机器是内力，它们做负功，总和为负数。应用动能定理时，都要计入这些内力所做的功。

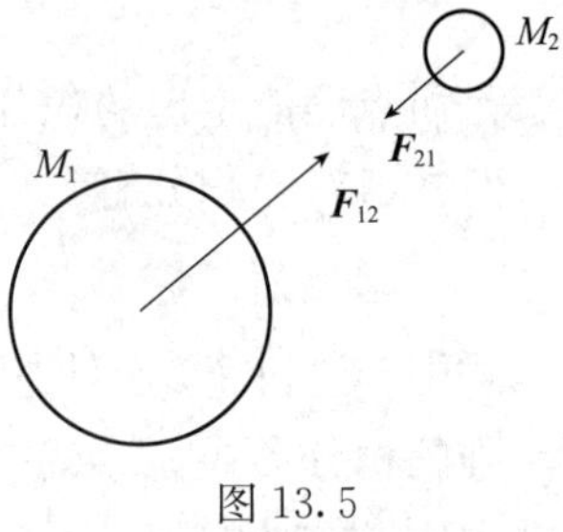

图 13.5

同时也要注意，在不少情况下，内力所做功的和等于零。例如，刚体内两质点相互作用的力是内力，两力大小相等、方向相反。因为刚体上任意两点的距离保持不变，沿这两点的连线的位移必定相等，其中一力做正功，另一力做负功，这一对力所做的功的和等于刚体内任一对内力所做的功的和，都等于零。于是得结论：刚体所有内力做功的和等于零。

【例 13-2】 绞车的鼓轮质量为 m_1，半径为 r，视为匀质圆柱，绳索另一端有一个质量为 m_2 的重物。鼓轮在不变矩 $\boldsymbol{M}$ 的作用下，通过绳索牵引重物沿倾角为 θ 的斜面上升，如图 13.6 所示。设开始时系统静止，不计各处摩擦，求当鼓轮转过 φ 角后的角速度 ω 和角加速度 α。

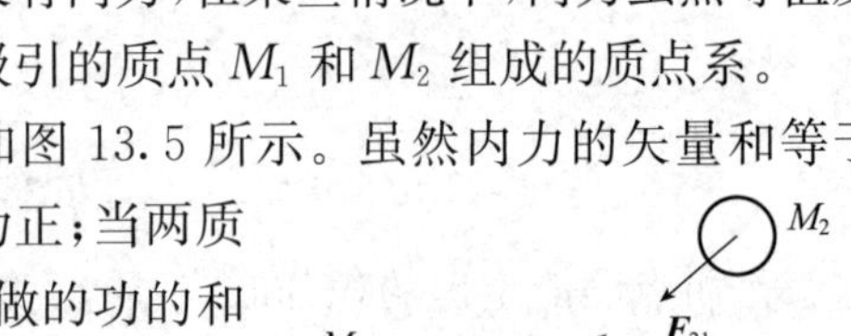

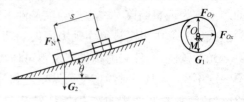

图 13.6

解： 取鼓轮和重物为研究对象，以鼓轮从静止开始到转过 φ 角作为研究过程。在这个过程中，重物上升一段距离 $s=r\varphi$。在过程的起始瞬时系统的动能为

$$T_0=0$$

设过程终了瞬时轮的角速度为 $\boldsymbol{\omega}$，则重物的速度 $\boldsymbol{v}=r\boldsymbol{\omega}$，此时系统的动能为

$$T_1=\frac{1}{2}m_2v^2+\frac{1}{2}J_O\omega^2=\frac{1}{2}m_2r^2\omega^2+\frac{1}{2}\left(\frac{1}{2}m_1r^2\right)\omega^2=\frac{1}{4}r^2\omega^2(2m_2+m_1)$$

系统所受的约束力为理想约束，作用于质点系的主动力有力偶 $\boldsymbol{M}$ 和重力 $\boldsymbol{G}_1$、$\boldsymbol{G}_2$，在上述过程中，各力做功的和：

$$\sum W=M\varphi-G_2s\sin\theta=(M-m_2gr\sin\theta)\varphi$$

由质点系动能定理式(13.9)有

$$\frac{1}{4}r^2\omega^2(2m_2+m_1)-0=(M-m_2gr\sin\theta)\varphi \qquad ①$$

于是得

$$\omega=\frac{2}{r}\sqrt{\frac{M-m_2gr\sin\theta}{2m_2+m_1}\varphi}$$

欲求 α，将式①中的 φ 和 ω 作为时间的函数，然后两端对时间 t 求导数，得

$$\frac{1}{2}r^2\omega\alpha(2m_2+m_1)=(M-m_2gr\sin\theta)\omega$$

两边同时消去 ω，即得鼓轮的角加速度 α：

$$\alpha=\frac{2(M-m_2gr\sin\theta)}{(2m_2+m_1)r^2}$$

本章小结

(1)正确理解并熟练计算动能、功等物理量。

(2)牢固掌握动能定理，能熟练应用动能定理求解质点、质点系的动力学问题。

(3)能熟练地综合应用动力学普遍定理求解质点、质点系的动力学问题。

思考题

1. 摩擦力可能做正功吗？举例说明。

2. 弹簧由其自然位置拉长 10 mm 或压缩 10 mm，弹簧力做功是否相等？拉长 10 mm 和再拉长 10 mm，这两个过程中位移相等，弹性力做功是否相等？

3. 比较质点的动能与刚体绕定轴转动的动能的计算式，指出它们相似的地方。

4. 运动员起跑时，什么力使运动员的质心加速运动？什么力使运动员的动能增加？产生加速度的力一定做功吗？

5. 试总结质心在质点系动力学中有什么特殊的意义。

6. 质量为 m 的质点，其矢径的变化规律为 $\boldsymbol{r}=x\boldsymbol{i}+y\boldsymbol{j}+z\boldsymbol{k}$，其中 $\boldsymbol{i}$、$\boldsymbol{j}$、$\boldsymbol{k}$ 为沿固定直角坐标轴的单位矢量，x、y、z 为时间的已知函数。试给出动能、动量、对坐标原点 O 的动量矩、质点承受的力以及该力的功率的表达式。

7. 两个均匀纸圆盘，质量相同，半径不同，初始时平置于光滑水平面上。如在此两圆盘上同时作用有相同的力偶，在下述情况下比较两圆盘的动量、动量矩和动能大小。(1)经过

同样的时间间隔;(2)转过同样的角度。

8. 在距地面高为 h 处,以大小相等、方向不同的速度分别抛出质量相同的小球。问这些球落地时,它们的动量、动能是否相等,为什么? 空气阻力不计。

习　题

13-1　如图 13.7 所示,滑道连杆机构的曲柄 OA 长为 r,以匀角速度 $\boldsymbol{\omega}$ 绕 O 轴转动。曲柄 OA、滑块 A 和连杆 BCD 的质量分别为 m_1、m_2 和 m_3,试求此机构在图示瞬时的动能。

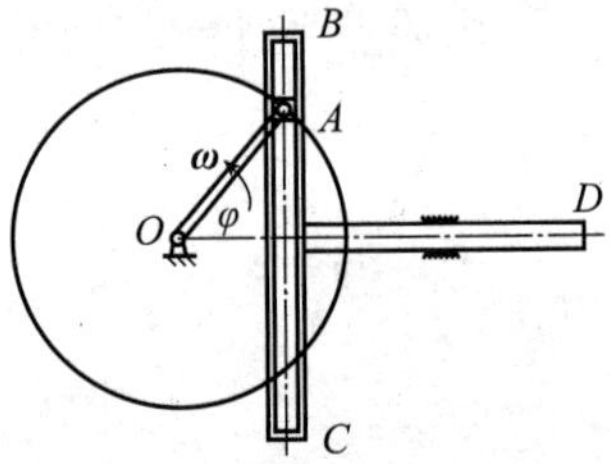

图 13.7

13-2　如图 13.8 所示,胶带输送机由电动机带动,每秒输送质量 $m=100$ kg 的煤到 $h=1$ m 的高处。已知胶带速度 $v=1$ m/s。摩擦损失忽略不计,求电动机的输出功率。

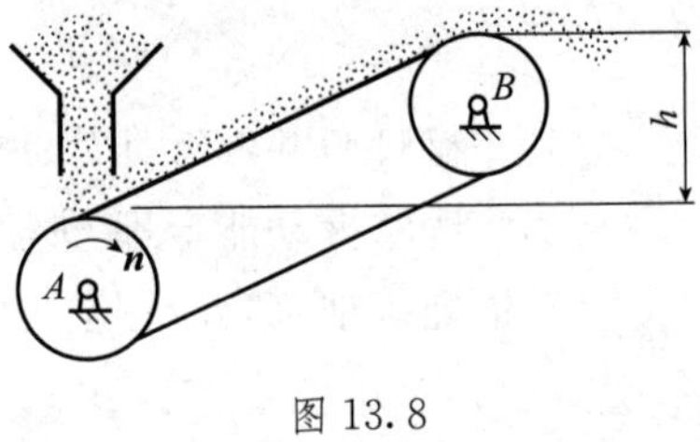

图 13.8

第 14 章 达朗伯原理

[教学提示]

提供了解决动力学问题的另一种方法,即把动力学问题在形式上化为静力学问题来求解,这种方法也称为动静法。达朗伯原理与动力学普遍定理的研究对象和作用是一致的,但思路更为清晰,方法更为便捷。应用达朗伯原理来求解动约束反力和动应力时,会显得很方便,因而在工程技术中有着广泛的应用。

[教学要求]

通过本章的学习,要求学生正确理解惯性力的概念,并能熟练地在质点系上虚加惯性力;明确达朗伯原理只是通过假想地加上惯性力的方法把动力学问题在形式上转化为静力学问题,所研究的质点系并不处于平衡状态;能应用达朗伯原理求解工程实际问题。

14.1 惯性力的概念

达朗伯原理涉及一个重要的概念,即惯性力的概念。任何物体都有保持静止或匀速直线运动的属性,称为惯性。当物体受到外力作用而产生运动状态的变化时,运动物体即对施力物体产生反作用力,由于这种反作用力是因运动物体的惯性引起的,故称为运动物体的惯性力,力作用对象是施力物体。

下面举例说明什么是惯性力。设工人沿着光滑地面用手推车,车的质量为 m,手对车的推力为 $\boldsymbol{F}$,车子获得的加速度为 $\boldsymbol{a}$,如图 14.1 所示。根据动力学基本定律有

$$\boldsymbol{F}=m\boldsymbol{a}$$

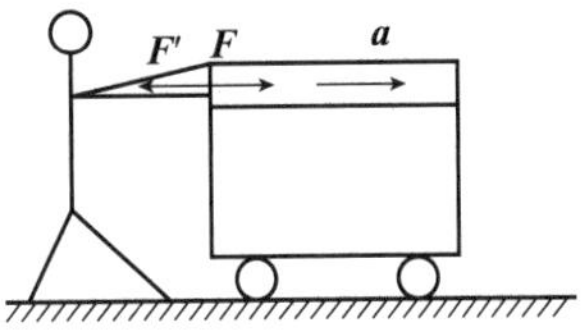

图 14.1

同时,车对工人的手作用一反作用力 $\boldsymbol{F}'$,根据作用力与反作用力的关系有

$$\boldsymbol{F}'=-\boldsymbol{F}=-m\boldsymbol{a}$$

这个反作用力 $\boldsymbol{F}'$就是小车的惯性力。

再如图 14.2 所示,用绳的一端系住质量为 m 的小球,另一端固结于光滑水平平台的 O 点,让小球在平台上做圆周运动。设绳长为 l,在绳子的拉力 $\boldsymbol{F}_{\mathrm{T}}$ 的作用下,小球以速度 v 在水平面内做匀速圆周运动,则有

$$\boldsymbol{F}_{\mathrm{T}}=m\boldsymbol{a}_n=m\frac{\boldsymbol{v}^2}{l}$$

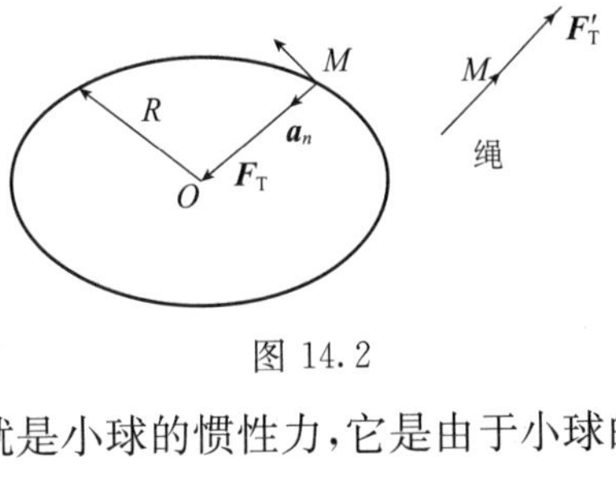

图 14.2

同时,小球对绳子必作用有一反作用力 $\boldsymbol{F}'_{\mathrm{T}}$,这个力就是小球的惯性力,它是由于小球的

惯性运动遭到破坏而表现出其惯性的力，若没有绳子拉住小球，它将沿切线方向做匀速直线运动。显然，小球的惯性力 $\boldsymbol{F}'_{\mathrm{T}}=-m\boldsymbol{a}_n$。

综上所述，可将惯性力概括如下：质点惯性力的大小等于质点的质量与加速度的乘积，方向与加速度的方向相反，它不作用于运动质点本身，而是质点作用于周围施力物体上的力。用统一的符号 $\boldsymbol{F}_I$ 来表示惯性力，即惯性力 $\boldsymbol{F}_I=-m\boldsymbol{a}_n$。

惯性力是客观存在的，如高速飞行的子弹能把钢板击穿，是由于子弹的惯性力；又如锤炼金属使锻件产生变形，是由于锤子的惯性力。

14.2 质点的达朗伯原理

设一质点的质量为 m，加速度为 $\boldsymbol{a}$，作用于质点的力有主动力 $\boldsymbol{F}$ 和约束反力 $\boldsymbol{F}_N$，如图 14.3 所示。根据动力学基本定律有

$$m\boldsymbol{a}=\boldsymbol{F}+\boldsymbol{F}_N \tag{14-1}$$

或

$$\boldsymbol{F}+\boldsymbol{F}_N-m\boldsymbol{a}=0 \tag{14-2}$$

令

$$\boldsymbol{F}_I=-m\boldsymbol{a}$$

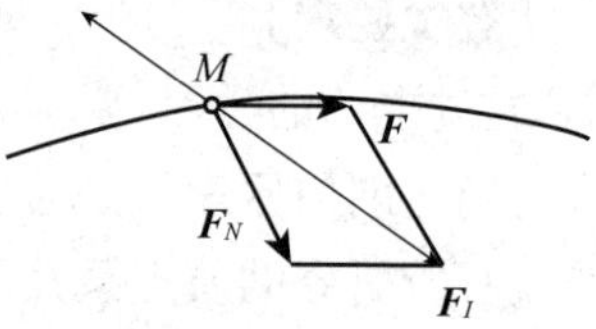

图 14.3

则有

$$\boldsymbol{F}+\boldsymbol{F}_N+\boldsymbol{F}_I=0 \tag{14-3}$$

上式在形式上是力系的平衡方程。实际上质点并没有受到惯性力 $\boldsymbol{F}_I$ 的作用，它也不处于平衡状态，即“平衡力系”并不存在，但当质点上假想地加上惯性力后，作用于质点上的主动力 $\boldsymbol{F}$、约束反力 $\boldsymbol{F}_N$ 和惯性力 $\boldsymbol{F}_I$ 就构成一个假想的平衡力系。

式(14-3)表明：在质点运动的任一瞬时，作用于质点上的主动力、约束力和假想加在质点上的惯性力在形式上组成一平衡力系，这就是质点的达朗伯原理。

在研究质点动力学问题时，除非用于质点的主动力、约束反力外，再虚加上质点的惯性力，就可得到一假想的平衡力系，列出该力系的平衡方程，其实质是质点的动力学基本方程，可求出未知或加速度。于是，质点动力学问题就可以在形式上化为静力学问题来求解，这种方法称为动静法。动静法只是一种方法，但它在动力学问题中有十分广泛的应用。

【例 14-1】 有一圆锥摆，如图 14.4 所示，质量 $m=1$ kg 的小球系于长 $l=30$ cm 的绳上，绳的另一端则系于固定点 O，并与铅直线成 $\theta=60°$角。如小球在水平面内做匀速圆周运动，求小球的速度 v 与绳的张力 F_{T} 的大小。

解：以小球为研究对象，它受到重力 $\boldsymbol{P}$ 及绳的拉力 $\boldsymbol{F}_{\mathrm{T}}$ 的作用。

以地面为参考系，小球在水平面内有法向加速度 $a_n=\dfrac{v^2}{l\sin\theta}$。

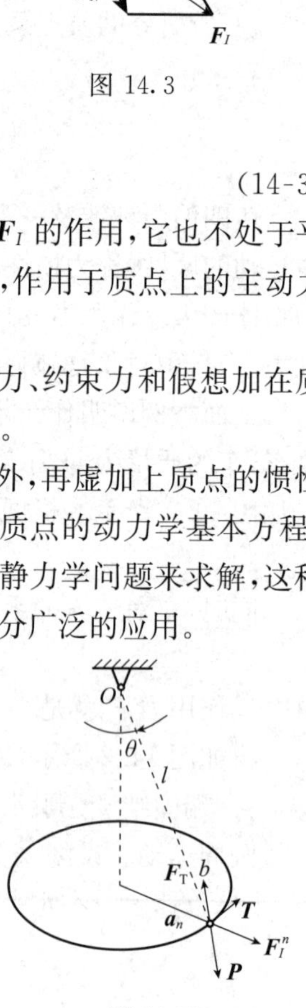

图 14.4

在小球上加上法向惯性力$\boldsymbol{F}_I^n$，其大小 $F_I^n = ma_n = m\dfrac{v^2}{l\sin\theta}$，方向与法向加速度$a_n$ 相反。

根据达朗伯原理，作用在小球上的主动力 $\boldsymbol{P}$、约束反力 $\boldsymbol{F}_T$ 和法向惯性力 $\boldsymbol{F}_I^n$ 在形式上组成平衡力系。

取自然坐标轴如图 14.4 所示，写出平衡方程

$$\sum F_b = 0 \Rightarrow F_T\cos\theta - P = 0$$

$$\sum F_n = 0 \Rightarrow F_T\sin\theta - F_I^n = 0$$

解得

$$F_T = \frac{P}{\cos\theta} = \frac{mg}{\cos\theta} = 19.6\ \text{N}$$

$$v = \sqrt{\frac{F_T l\sin^2\theta}{m}} = 2.1\ \text{m/s}$$

【例 14-2】 已知球磨机的滚筒如图 14.5 所示，当球磨机滚筒以等角速度 $\boldsymbol{\omega}$ 绕水平轴O转动，带动滚筒内的钢球，使之旋转到 θ 角后脱离筒壁，沿抛物线下落来打击物料。设滚筒半径为 R，试求钢球脱离球磨机滚筒时的角 θ 及钢球随滚筒转动而不落下时，滚筒的临界角速度 ω_{cr}。

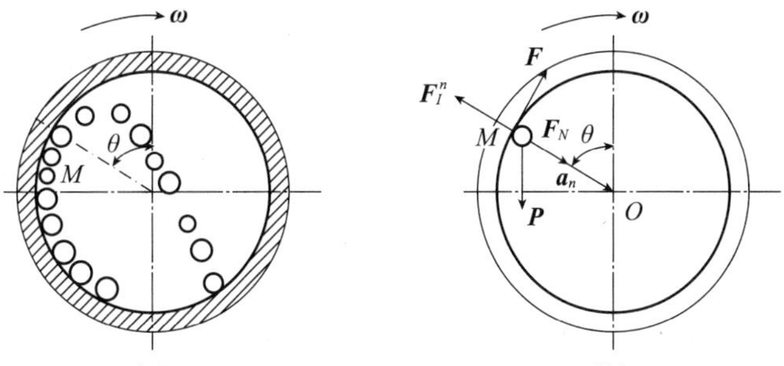

图 14.5

解：以未脱离筒壁的最外层一个小球为研究对象，不考虑其他球对它的作用力，它受到重力 $\boldsymbol{P}$、摩擦力 $\boldsymbol{F}$ 和法向约束反力 $\boldsymbol{F}_N$的作用。钢球随筒壁做匀速圆周运动，有法向加速度 $a_n = R\omega^2$。在钢球上加上法向惯性力 $\boldsymbol{F}_I^n$，其大小$F_I^n = ma_n = mR\omega^2$，方向与法向加速度$a_n$ 相反。

根据达朗伯原理，作用在钢球上的力 $\boldsymbol{P}$、$\boldsymbol{F}$、$\boldsymbol{F}_N$ 和法向惯性力 $\boldsymbol{F}_I^n$在形式上组成平衡力系。

取自然坐标轴，写出平衡方程：

$$\sum F_n = 0 \Rightarrow P\cos\theta + F_N - F_I^n = 0$$

即

$$F_N = F_I^n - P\cos\theta = mR\omega^2 - mg\cos\theta$$

这是钢球在任一位置θ时受到的法向约束反力F_N。由上式可知，随着钢球的上升，θ减小，

F_N 将逐渐减小。当钢球即将脱离筒壁时，$F_N=0$，由此可求出脱离筒壁时的夹角 θ：

$$\theta=\arccos\left[\frac{R\omega^2}{g}\right]$$

若增大滚筒转速，则钢球能和滚筒一起转到最高点，且此时$F_N=0$，即钢球在 $\theta=0$ 时，$F_N=0$，因此

$$\cos 0^\circ=\frac{R\omega^2}{g}=1$$

求出球磨机滚筒的临界角速度为

$$\omega_{cr}=\sqrt{\frac{g}{R}}$$

设计计算中，一般球磨机的工作角速度选取为 $0.76\omega_{cr}\sim0.88\omega_{cr}$。

14.3 质点系的达朗伯原理

设有 n 个质点组成的质点系，其中第 i 个质点的质量为m_i。在主动力 $\boldsymbol{F}_i$ 和约束反力 $\boldsymbol{F}_{Ni}$的作用下，其加速度为 $\boldsymbol{a}_i$。根据质点的达朗伯原理，在第 i 个质点上假想地加上它的惯性力 $\boldsymbol{F}_{Ii}=-m_i\boldsymbol{a}_i$，则有

$$\boldsymbol{F}_i+\boldsymbol{F}_{Ni}+\boldsymbol{F}_{Ii}=0\quad(i=1,2,\cdots,n)\tag{14-4}$$

即作用在每个质点上的主动力、约束反力和假想加上的该质点的惯性力在形式上构成一个平衡力系。对整个质点来说，共有 n 个这样的平衡力系，它们综合在一起仍构成平衡力系。因此，在质点系运动的任一瞬时，作用于质点系的主动力、约束反力和假想地加在每个质点上的惯性力构成一个平衡力系，这就是质点系的达朗伯原理。

这里要注意的是：对于质点，虚加上惯性力后得到的平衡力系是汇交力系，但对于质点系，就不是汇交力系，而是一任意力系。

【例 14-3】 滑轮半径为 r，重量为 $\boldsymbol{P}$，可绕水平轴转动，轮缘上跨过的软绳两端各挂重量为 $\boldsymbol{P}_1$ 和 $\boldsymbol{P}_2$ 的重物，且 $P_1>P_2$，如图 14.6 所示。设开始时系统静止，绳的重量不计，绳与滑轮之间无相对滑动，滑轮的质量全部均匀地分布在轮缘上，轴承的摩擦忽略不计。求重物的加速度。

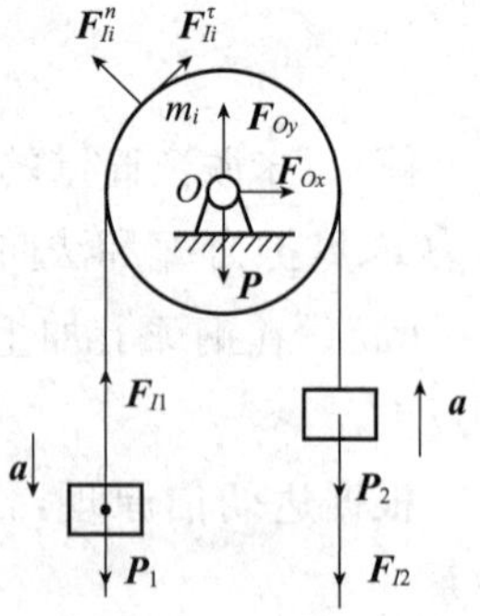

图 14.6

解：以滑轮与重物所组成的质点系为研究对象。它受到重力 $\boldsymbol{P}_1$、$\boldsymbol{P}_2$、$\boldsymbol{P}$ 和轴承约束反力 $\boldsymbol{F}_{Ox}$、$\boldsymbol{F}_{Oy}$的作用。

由于$P_1>P_2$，设重物的加速度大小为 a，方向各自如图 14.6 所示。在质点系中每个质点上假想地加上惯性力，惯性力的方向与各自的加速度方向相反，大小分别为

$$F_{I1}=\frac{P_1}{g}a,\quad F_{I2}=\frac{P_2}{g}a$$

由于绳与滑轮间无相对滑动，因此轮缘上各点的切向加速度$a_i^\tau=a$，法向加速度$a_i^n=\frac{v^2}{r}$。

设滑轮边缘上各点的质量为m_i，在各质点上加上其切向惯性力的大小$F_{Ii}^{\tau}=m_i a_i^{\tau}=m_i a$，方向沿轮缘切线，指向如图 14.6 所示；法向惯性力的大小$F_{Ii}^{n}=m_i a_i^{m}=m_i \dfrac{v^2}{r}$，方向沿半径背离中心。

应用质点系达朗伯原理，有平衡方程

$$(P_1-P_2)r-F_{I1}r-F_{I2}r-\sum F_{Ii}^{\tau}\cdot r=0$$

因为

$$\sum F_{Ii}^{\tau}\cdot r=\sum m_i a r=ar\sum m_i=ar\frac{P}{g}$$

解得

$$a=\frac{P_1-P_2}{P_1+P_2+P}g$$

本章小结

(1)理解惯性力的概念。

(2)掌握平动、定轴转动和平面运动刚体的惯性力系简化结果。

(3)牢固掌握动静法的应用。

(4)了解定轴转动刚体动反力的概念和消除动反力的条件。

思考题

1. 在加速行驶的一列火车中，哪一节车厢挂钩受力最大？为什么？

2. 质量为 m 的质点，在空中做抛物线落体运动，只受到重力作用，其惯性力的大小和方向如何确定？

3. 应用达朗伯原理时，是否运动着的质点都需加上惯性力？若质点做匀速圆周运动，是否存在惯性力？

4. 匀质圆环绕通过中心且与圆环平面垂直的转轴转动，试问圆环上各质点的离心力是否相等？为什么？

习 题

14-1 物体系统由质量分别为 m_A 与 m_B 组成，放置在光滑水平面上。今在此系统上作用一如图 14.7 所示的力 $\boldsymbol{F}$，试用达朗伯原理说明 A、B 之间相互作用力的大小是否等于 F。

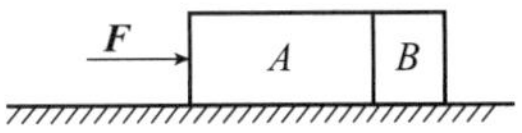

图 14.7

14-2 如图 14.8 所示，质点沿位于铅直面内的固定光滑圆弧轨道运动，当到达最高点时，质点没有向下落，能否说明此时质点在主动力即重力 $\boldsymbol{G}$、约束反力 $\boldsymbol{F}_N$ 和惯性力 $\boldsymbol{F}_I$ 的作用下处于平衡？

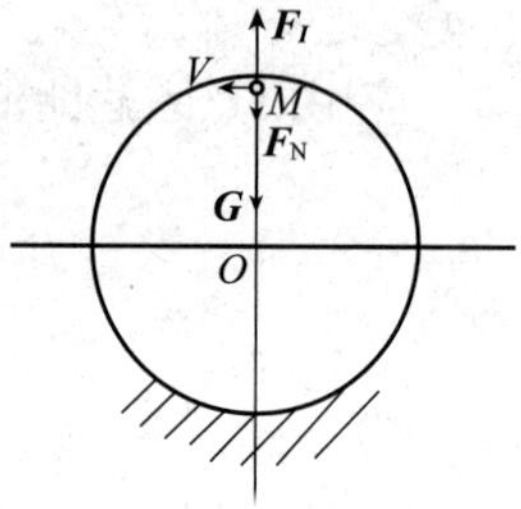

图 14.8

14-3 半径为 r、质量为 m 的匀质圆盘，沿水平直线轨道做纯滚动，如图 14.9 所示。已知圆盘质心 C 在某瞬间时的速度 $\boldsymbol{v}_C$ 和加速度 $\boldsymbol{a}_C$，试计算瞬时惯性力系向瞬心 O 的简化结果。

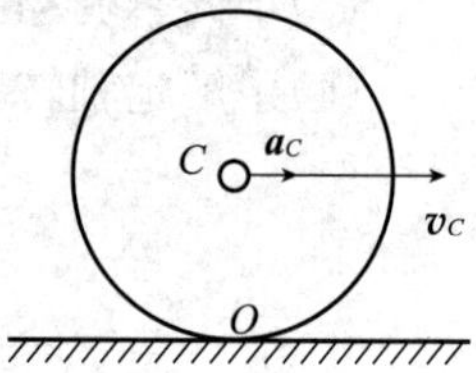

图 14.9

参考文献

[1]董卫华. 理论力学[M]. 武汉:武汉工业大学出版社,1997.

[2]汪菁. 工程力学[M]. 北京:化学工业出版社,2004.

[3]梁圣复. 建筑力学[M]. 北京:机械工业出版社,2009.

[4]同济大学航空航天与力学学院基础力学教学研究部. 理论力学[M]. 上海:同济大学出版社,2018.

[5]周衍柏. 理论力学[M]. 北京:高等教育出版社,2018.

[6]范钦珊. 工程力学[M]. 北京:机械工业出版社,2004.

[7]贾启芬,刘习军. 理论力学[M]. 2 版. 北京:机械工业出版社,2007.

[8]刘巧伶. 理论力学[M]. 北京:科学出版社,2005.

[9]李厚民,余天庆. 理论力学题解精粹[M]. 北京:中国地质大学出版社,2004.

[10]和兴锁. 理论力学典型题解析及自测试题[M]. 西安:西北工业大学出版社,2001.

[11]肖锡武,徐昭光,吴永桥. 理论力学题解[M]. 武汉:华中科技大学出版社,2002.

[12]蒋沧如. 理论力学[M]. 2 版. 武汉:武汉理工大学出版社,2004.

[13]贾启芬,刘习军. 理论力学[M]. 北京:机械工业出版社,2006.